滨海疗养院

飗飗/著

知识产权出版社
全国百佳图书出版单位
——北京——

图书在版编目（CIP）数据

滨海疗养院/飏飏著. —北京：知识产权出版社，2019.10
ISBN 978-7-5130-6488-0

Ⅰ.①滨… Ⅱ.①飏… Ⅲ.①长篇小说—小说集—中国—当代 Ⅳ.①I247.5

中国版本图书馆 CIP 数据核字（2019）第 214065 号

责任编辑：李　叶　　**责任印制：**刘译文
封面设计：段维东

滨海疗养院
BINHAI LIAOYANGYUAN
飏飏　著

出版发行：	知识产权出版社有限责任公司	网　　址：	http://www.ipph.cn
电　　话：	010-82004826		http://www.laichushu.com
社　　址：	北京市海淀区气象路 50 号院	邮　　编：	100081
责编电话：	010-82000860 转 8745	责编邮箱：	laichushu@cnipr.com
发行电话：	010-82000860 转 8101	发行传真：	010-82000893
印　　刷：	北京嘉恒彩色印刷有限责任公司	经　　销：	各大网上书店、新华书店及相关专业书店
开　　本：	880mm×1230mm　1/32	印　　张：	12.875
版　　次：	2019 年 10 月第 1 版	印　　次：	2019 年 10 月第 1 次印刷
字　　数：	333 千字	定　　价：	49.00 元

ISBN 978-7-5130-6488-0

目录

滨海疗养院

第一章

“大唐记者!”

“哟，这不是迈凯伦车队的首席发言人吗?”

刚和唐枫采访完回到报社，实习记者许娴几乎被雨水淋个透湿。她满面疲惫，仍然颇有兴趣地注视着眼前的一幕。显然，对方在和她的搭档唐枫开玩笑，后者也有戏谑之意。

许娴不太熟悉“发言人”，不过她知道面前这位面孔黢黑，体格健壮且风趣的男人叫麦恺伦，他在发行出版部工作。

“听倪主编说你们要去修身养性。”麦恺伦问道，“我俩互换下工作如何”?

“大概不行”，唐枫露出洁白的牙齿，微笑着说，“你要和倪主编沟通后才可以”。

“哎呀!你分明是在寻找借口，你今后当上主编，我们还怎么过日子?”

“我现在仍是一名记者。”

“听说你要采访的地方不错，记得给我留个疗养的位置。”

“你真抬举我了。我哪有那么大的权力?”

麦恺伦会意地笑了。

“这位小师妹，我和你师姐一起出去采访，给你放个小长假，好好出去玩几天。”

明知这是玩笑话，还是让许娴有些不知所措。她脸色绯红，接连“嗯”了几声。

“发言人，你不能信口开河，你要做好师哥的表率作用。”

“我信口开河?大唐记者，你要知道男女搭配干活儿不累。”

“你呀……真是油腔滑调。”

麦恺伦故意瞪大眼睛面向许娴，夸张地耸耸肩，“小师妹，你师姐在夸我。”他歪着脑袋，无奈地摊开双手，“我简直有点受宠若惊”！

“有时候，善辩的狼外婆更让人感觉可怕。”唐枫顺嘴说着，没有想表达什么意思，只是希望赶快回到自己的办公室。

“大唐记者，难道我是狼外婆?”

“发言人，你赶快忙正经儿事吧。我想，你应该把广告赞助商拉过来，让我们享几天清福。像这种糟糕的天气，免得我们东跑西颠，这么辛苦。”

麦恺伦似乎对于她的挖苦不以为然。

“赞助商很快会有消息”，他仰起头，懊恼地看着窗外阴雨连绵的天气，“每逢车队比赛，我最讨厌下雨天，滨海市公路湿滑不易取得好成绩”。说话时，他是一本正经的样子。

唐枫乐呵呵地笑了起来，“发言人，到此为止吧，我们还要去换衣服”。她瞅了一下自己和同伴身上湿漉漉的衣服。

“好吧，别感冒了，大唐记者。”

“再见，发言人。”

她们与麦恺伦挥手告别，走向办公室。

“唐姐，他为什么叫你‘大唐记者’?”走在后面的许娴伸长脖子，紧走几步，歪头问道。

“麦恺伦爱和人开玩笑。”

“嗯，他的名字很有意思。”

“是的。否则大家怎么会送他‘迈凯伦车队发言人’的绰号。”

“他最大的梦想，是不是要把迈凯伦车队，拉成报社广告赞助商?”许娴的联想力很丰富。

唐枫回头，用赞赏的目光看着她，“正是如此，他们‘同名同姓’好办事。我希望他真能办成”。

许娴笑靥如花，她打开办公室房门，扭头对唐枫说道：“唐姐，你赶快把湿衣服脱了吧。”

“好的。你也把衣服换了，小心着凉。”

“知道啦。”

“我书桌柜子里有姜汁红糖，待会儿泡两杯喝点驱驱寒。”

“我来冲吧。”许娴利索地脱下外套，拿起唐枫和自己的水杯，“你先休息会儿”。

“嗯”了一声，唐枫一边脱下湿乎乎的衣服，一边瞅着窗外淅淅沥沥的小雨，“唉！这雨什么时候才会停啊”？

七月二十一日，天气晴。

一周漫长湿滑的雨天，好似霉变的心情，唐枫终于可以把它抖落在地。爽朗的清晨，将开启美好的一天，她和许娴踏上了采访之路。

中巴车上，唐枫倚靠着座椅，头部微微倾斜，温润的空气里弥漫着一股淡淡的咸味。海边风光旖旎，随着海岸线蛇行灰色的轨迹，时常会出现海湾的影子，给人一种惊喜的感觉。湛蓝平缓的海面上，林立着一排排养殖紫菜的竹竿，网兜上湿润嫩绿的色彩格外引人注目。熟悉的味道，慢慢唤起她对往昔的回忆。

思念让唐枫的目光变得悠缓透彻，记忆像一条牵动嘴角上扬的线，那过往的光阴和萦绕在心扉的牵挂，那或欢乐，或叹息的时刻，便一一呈现在她眼前……

汽车转弯经过小槲树加油站，接下来将是漫长的上坡路，中巴车停下来补充燃料，为攀爬储备动力。所有乘客纷纷下车，舒缓久坐疲劳的筋骨。许娴拉着唐枫这边看花，那边手搭凉棚遥望大海，忙得像个天真的小孩。

汽车再次上路，山路变得曲折起来，右侧山峦紧逼，左侧是临海的悬崖，下边的海浪扑打着怪石嶙峋的岩石，道路迂回曲折，逶迤而行。山道狭窄得刚好能容两辆汽车相向擦身而过，道路上几乎没有车辆，也很难见到人影。引擎发出低沉的吼叫开始加力，路况渐渐变得险恶。随着车厢左右摇摆，唐枫的身体也慢慢随之晃动，肩膀不时触碰到邻窗边的许娴。

许娴那伸长的脖子，似坐非坐的身躯，还有那双左顾右盼的大眼睛，再配上一张一翕的嘴巴，能看出她此时强烈的好奇心。如果能把她此刻的肖像抓拍下来，绝对会给她很大的惊喜。

所有的肢体动作和面部表情，折射出许娴内心的惊喜和激动。也难怪，从久居的北方来到南方沿海小城，碧海蓝天，椰树成林，白帆点点的景色，足以让她惊喜不已。

“唐姐，我们什么时候到疗养院?”许娴双眼始终瞅着窗外，饱览秀美景色的同时，她头也不回地问道。作为同事以“姐妹”方式相称，彼此间少了层距离感，无形中增加了亲和力。

“车已上转角山。到达山顶之后，你自然就会看到疗养院。”

“疗养院建在山顶上?”

“是啊。站得高，看得远。”

“从山上俯视大海，风景应该不错吧?”许娴盯着被丛林遮挡、时隐时现的大海，心不在焉地说道。

“当然，疗养院是观赏大海的一处绝佳场所。”

“如此说来，这座山就是疗养院的代名词?”

对于这种说法，唐枫不太肯定，“转角山是因为有了疗养院才出名，还是疗养院建因在转角山上而有名，真是无法考证”。望着车窗外飞驰的景色，她脸上浮现出一副思考的神情。从意识深处，好像没有正确答案与之匹配。自小到大，唐枫始终生活在这座城市，还真没有考证过这座山名字的由来。大概特别熟悉的事物，才会造成潜意识上的疏忽。“熟视无睹”一词，也许正缘于此。

“转角山”的名字是历经沧海桑田，大浪淘沙后遗留下来的俗称。建设这座滨海城市时，转角山矗立在那儿已有万年光阴。它见证了一个荒凉小渔村，逐步走向繁华都市的辉煌历程。

许娴的说话声，打断了唐枫的思绪，“唐姐，它为什么叫转角山”?

唐枫收回凝望窗外的目光，看着一双清纯无邪的眼神注视着自己，就如一股石上清泉，脉脉流过心间。她喜欢许娴较真的态度。唐枫右手直立比作疗养院，左手平行比作公路弯道，做了个近似 90 度转弯的姿势，“转角山海拔 500 多米。汽车会沿着公路直达山顶，疗养院则坐落在最顶端。距离疗养院不远处，公路会有个近似直角的弧形拐弯。顺着这条路，汽车会到达山脚。我想，转角山的名字，应该由此而得来的吧”。

说完，她坦诚地注视着对方。

“哦，原来如此……”听了她一番解说，许娴好像明白了。

看着还有几分懵懂的许娴，唐枫继续说道：“滨海市作为沿海小城，疗养院是块金字招牌。虽然院内床位不算多，有百十余张。可是每年全市、本省及邻省，过来疗养的人员仍需排队等候……”

“这么火？难道它有经营秘籍？”对于刚参加工作的许娴来说，对疗养院还没有什么概念。

“如我刚才所说，疗养院地处转角山顶，从那里可以鸟瞰大海。院内环境优美，绿植覆盖率高，各项设施完善，去年还被评为省级‘园林式疗养院’。面朝大海，四季花开的日子谁不想过？”

听到唐枫这番话，许娴不由得瞪大眼睛。真没想到，首次采访，竟会到如此景色优美的地方。这也印证了“迈凯伦车队发言人”的嫉妒心理。“滨海市本身就是旅游名片，想不到还隐藏着另一个世外桃源！”一番发自肺腑的感言之后，许娴用略带遗憾的口气问道，“倪主编为什么只给我们三天的采访时间”？余音未了，她又扭头把脸紧贴车窗，目光不放过任何一道风景。

“三天时间足够了，采访提纲已拟定好，届时，你可以作为参考。从与疗养院管理层谈话，到各科室体检服务流程，要突出每项工作的亮点。我想，本次采访稿由你来写。”

关于稿件问题，似乎双方事先没有沟通好。“什么？我来写?”许娴意外地反问，声音有点大，引来前后座乘客诧异的目光。她立马捂住嘴，微微欠身，低头对前后连说几声“对不起”。

“万事开头难，你只要把握好相关要素，慢慢就会写出好文章。”

“我感觉责任重大，害怕搞砸了……”

“你没有亲自动手，怎么知道会搞砸?我们的工作就是一边采访，一边写作。不写东西如何做报道?”

唐枫的话没错，这是无可争辩的事实。

许娴撅着嘴，还是心存顾虑的样子，“我怕耽误咱们宣传标杆单位……”她鼓着腮帮子，怔怔地望着窗外，“如果因为我，造成不可弥补后果，嗯……那我可承担不起”。看着车窗映照出师姐关爱的目光，她犹豫地说出自己心里的担忧。

“放心，有我作你后盾!”

“那可说好了，唐姐。你可要替我把好关啊，我们拉钩不许变!”许娴回过头来，唐枫眼眸里浮现出她亮丽、清新的面孔。

唐枫的话正合许娴心意。其实，许娴刚才表达所谓的“担心”，无非想要换回唐枫一句很负“责任”的话。唐枫掩口而笑，明白对方在耍小聪明。许娴赶紧伸出自己小拇指，紧紧勾在唐枫小指上。刚走出校门的许娴，显然为人处世还很稚嫩，不过打心眼儿里，唐枫还是喜欢她耿直的性格。

“希望不辜负此次大好行程!”许娴的视线透过车窗，伴随着中巴车缓缓驶进了疗养院的大门。

中巴车前，唐枫驻足拨打电话的同时，用眼睛仔细搜寻接站的人。虽然倪云飞主编已协调好采访相关事宜，但唐枫与要见面的人，只是简单通过电话而已，他们素昧平生。手机末端传来“嘟嘟”占线的忙音。面对未知局面，唐枫无法做出准确预判，从心里渐渐萌生出不安情绪。

显然，许娴注意力没有放在师姐身上。她只是对周边的新环境感觉好奇，眼睛渐渐变得有些不够用。环视周遭，绿树红花，假山流水，小溪鱼游，好一派秀美的景色，不由让人心生错觉，仿佛置身在某个旅游景点。不是偶尔经过的“白大褂”，很难让人想到这是一所疗养院。

对面走来一个男人，中等身材，穿一身白大褂，右手拿着手机，打着电话走了过来。唐枫稍微离他远了一点，男子稍微走近了，已能听到声音。

“好的。您的建议我们会虚心接受。我会马上安排相关人员去解决此事，请您放心。”他大声说着，当耳膜响起略微熟悉的男中音时，一阵惊喜掠过唐枫全身。她不太确定，这就是在电话里和自己通话的声音。

男子在唐枫不远处停下脚步，边打电话，边左右张望，好像在寻找什么人。

“您好！请问您是不是丁院长?”唐枫向前紧走两步，用试探性口气问道。

男子一脸诧异地转过身来，唐枫有礼貌地鞠了一躬。

“稍等。”男子对着电话说，又转向她，“您就是唐枫记者?”

“我是唐枫。”她毕恭毕敬地说道。

男子顿时面露慌乱之色，他对着电话说了声“我一会儿给你打过去”便挂断了电话，视线立刻转向了唐枫，说道：“唐记者您好！”

这次，唐枫听得十分清楚，眼前这位正是与自己电话联系过的人。

“我们以前过通电话。我叫丁熙忠。”他把手机放进衣兜，微微鞠躬向唐枫还礼。

“您好！丁院长。”

“欢迎你们莅临指导！”丁熙忠说出的话，声调虽不高，但富有厚厚的磁性。与他谈话，仿佛会产生肉眼看不到的微妙引力。

刚才电话接不通，看来是因为丁熙忠在打电话。能用如此诚挚的语调，他在与谁说话？注视着对方那张热情朴实的脸，唐枫暗自思忖。随后，两人手握在一起，他的手温暖而有力。这是唐枫的第一感觉。

丁熙忠有三十五六岁，由于经常锻炼的缘故，身姿挺拔匀称，显出一份踏实与厚重。浓密的黑发，宽宽的额头，脸上架着一副精致金丝镶边眼镜，透过镜片，深邃的目光令人印象深刻。

握完手，他似乎早有准备，后退半步，侧身指向身后不远处一位男医生模样的人，“唐记者，我给您介绍下王俊副院长”。

随着他手指方向，能看到一位长者。此人身体偏肥胖，估计有四十七八岁。

唐枫注意力全部放在了丁熙忠身上，没想到，院长身后还另有其人。由于身边来回穿梭的“白大褂”的干扰，她只是没有留意王副院长罢了。

王俊个头不高，较为敦实。他身上赘肉不少，似乎白大褂的号码不太合身，致使前排扣子没有系上，露出浅色竖条纹衬衫和灰色的裤子，大肚腩包裹住皮带扣。他微微有些谢顶，花白相间的头发，与额前一小撮长势顽强、略显黑色的头发形成鲜明对比。他红彤彤的脸上架着一副眼镜，好像镜片与硕大的脸庞不太般配。他咧嘴微笑，露出几颗有烟渍的牙齿。

“您好，您好！我经常在电视上见到您报道的新闻，现在看到您本人，真荣幸！”王俊紧走两步，肥厚的双手紧紧握住唐枫的手。

空气里裹挟着淡淡的烟草味，悄悄试探着有灵敏嗅觉的唐枫，她微蹙了一下眉头。之所以对刺激性气味比较敏感，缘自她患有轻微的过敏性鼻炎，曾多次就医治疗，只是效果不太明显。有时，还会影响到正常生活。为此，唐枫很是苦恼。

“王副院长是我的老领导。”丁熙忠右手指向王俊，身体微微前倾，用诚恳的语调，再次向客人介绍王俊曾经辉煌的履历。

王俊脸色微微泛红，慌忙摆动双手，“哪里，哪里。全是过去的老黄历，旧事不要重提”。言罢，王俊又要再次握手。唐枫略微迟疑了下，出于礼貌，还是伸出右手。

“话不能这么说，您当过我的领导，走到哪儿也改变不了这个事实。”

“嘿嘿……你还是那么较真儿。”

王俊以前是丁熙忠的上级，他可以不说。既然在客人面前提及此事，彰显对待资历比自己老的同志，他是发自内心的尊重，不是简单的客套话。丁熙忠低调做人，高调做事的品行，唐枫曾耳闻之，不如今天目见之。

王俊紧盯着唐枫的眼睛，握着她的手，微微在用力，“还是年轻人有闯劲、有魄力”！他一语双关地说道。

似乎这话存在自嘲成分。“酸葡萄心理”一词跃上唐枫心头，或许王俊心里有种酸溜溜的感觉吧？她不禁哑然失笑。

“您好！”

她礼节性地握过手后，迅速把手抽了回来。王俊胖胖的脸上，露出一丝不易让人觉察的窘态。唐枫眼角余光捕捉到镜片后，他紧盯着自己的目光游移不定。

热情的丁熙忠好像没有注意到他们之间的微妙变化，还在介绍领导班子成员，“唐记者，王副院长负责总务科和财务科。另外，还有位女副院长刘爽，今天参加市卫生局会议没到场。等她回来后，我再介绍给你。刘爽副院长负责医务科和护理部”。他提高了声调，颇有点神秘地说，“另外，王副院长还肩负一项重要使命……”

“我负责你们采访期间的后勤事务。”王俊不合时宜地插了一句话，不由让人心生讨厌。

“对”，丁熙忠双手背在身后，随声附和道，“王副院长负责此项工作。”他脸上浮现出有教养式的微笑，令人印象深刻。

看来王俊不单单从事业务工作，还肩负着待人接物的重要任务。

“这是我同事许娴。”趁说话的空当儿，唐枫把站在身边观察他们说话的同伴，向两位院长做了介绍。

“哦，欢迎，欢迎！”丁熙忠和王俊异口同声地说道。

“两位领导好！”许娴动作拘谨，面带羞涩，仓促地与两位院长分别握握手。

“唐记者，关于采访一事，倪主编已跟我详细说过了。你们坐车也累了，先去休息吧。”

“好的，谢谢。”

“不客气，这是我们应该做的。”

丁熙忠脸上露出绅士般的微笑，用低沉的声音说：“今晚，我们在食堂安排了晚宴，为两位记者接风洗尘。届时敬请光临！”

“感谢两位领导。”唐枫微微欠身致谢，举止端庄文雅，“您们百忙之中还来迎接我们，真是多有打扰”。

“哪里，我们只想尽地主之谊。”两位院长会意地交换了一下眼神。似乎招待之事，他们认真商量过。

“不用客气。在你们这儿吃点工作餐即可，我们还想多留些时间四处转转，好好欣赏下园林美丽的景色。”唐枫婉言谢绝之后，两位记者会心的目光交织在一起。她们默契的程度还是相当高。

“呃，那就……那就主随客便吧。”不是预想之中的结果，丁熙忠没再过多勉强，但说出的话，却让旁人十分受用。他手扶镜框，左右交替看着两位记者，“我真心希望两位能在这儿多住几天，能给我们提出一些建设性的意见”。

“不好意思，还有别的采访任务不能久留。我们会把这儿好的工作理念和经验传播出去，让大家有个学习机会。”

“那就辛苦两位记者了，我代表疗养院感谢你们！”

“不用。还是你们管理有方，有自己的工作特点。”

“唐记者过奖了。”

丁熙忠扭头，用手指向王俊，“王副院长为了让两位记者接接疗养院的地气，特意安排你们住和疗养人员一样的房间”。然后，他把头又转向唐枫，“关于采访的事，我们稍后再说”。

王俊双手倒背在身后，脸上皮笑肉不笑。他目光交替看着两位记者，没再插嘴。

唐枫面对丁熙忠，微笑点头致谢，“等您有时间，我们再采访”。

“好的，我们电话联系！”丁熙忠微笑歪头，伸出右手拇指和小指，放在耳边做了个打电话的手势。

瞅见搭档举手投足和眉宇之间无不透露出良好的心情，王俊好像也为之高兴。

疗养院接受报社采访，可以说是一次“质”的飞跃。在当地，滨海日报很有权威性。不管记者采访个人或单位，无疑都是博取众人眼球、提高知名度的绝好时机。所以，丁熙忠不敢怠慢。

丁熙忠唯恐照顾不周，再次做了强调，“王副院长负责你们采访期间的后勤工作，有事可以随时找他”。对待报社采访，他显得很上心。

“丁院长，谢谢您。您有事先去忙吧。”唐枫笑了笑，露出洁白的牙齿，用手撩了下被风吹散的刘海。

“好的。”丁熙忠向上推推镜框，转身面对着王俊，“王副院长，一定要好好照顾贵客”。

“您放心吧。”王俊双手互相揉搓，面向丁熙忠郑重说道。

“我回办公室了。”

“您忙去吧，这儿有我。”

两位院长擦肩而过，丁熙忠低低地说了声“辛苦”，双方露出会心的微笑。然后他扭头，向客人伸出右手，“两位记者，回头见”！

“回头见！”

目送丁熙忠离去的背影，倏然，唐枫想到用“谦谦君子，温润如玉”来形容他不为过。她个人十分欣赏这段话，费尽周折查证出处时，发现与其相似的《国风·秦风·小戎》里有“言念君子，温润如玉”。这段话道出“君子”超凡脱俗气质，淡然的境界，只有做到世事洞明，才会有如此返璞归真的感悟。从言谈举止上，唐枫觉得丁熙忠很有涵养。

“你们快过来!”王俊向主楼方向招手示意，大声地喊道。

他的声音，迫使唐枫把视线转向那个方向。随着王俊挥舞的手臂，从来往体检的人群里，依次出现两个医护人员的身影。从他的举动看，似乎是事先有安排。其实，唐枫眼角的余光早就捕捉到，距离她和院长们谈话不远的地方，两位医护人员一直在向这个位置眺望，她们交头接耳，好像在等待下一步指令。

行事一向低调的她，从来不想受到采访单位额外的照顾。这两个医护人员不会全程陪同吧?唐枫很想知道王俊下一步的安排。

记者满脸猜疑和迷惑的神情，被人尽收眼底——那就是王俊，他很会察言观色。

“唐记者，她们会带您二位去房间休息。”王俊双手倒背身后，注视着款款而来的医护人员，仿佛他对身边两位记者视而不见，“医院现在人手很紧张，她们待会儿还要去体检中心工作”。说完，他双手插进衣兜，面对记者，抿了抿嘴。

看来，自己有点太过敏感了，医护人员只是为她们引路而已。唐枫莞尔一笑，对自己的多疑有点无语。

随着两位医护人员逐渐走近，唐枫看清楚了，走在前面的是一位三十多岁的女性，一副医生打扮。她身材高挑匀称，五官比例恰到好处，两只乌黑发亮会说话的眼睛，正在不停打量着自己。她小巧挺拔的鼻梁上，戴了一幅好看的黑边框眼镜，举手投足之间，显得成熟大方。女医生身后，则是身着护士装的姑娘，看年纪和许娴相仿，她笑嘻嘻的，脸上充满热情。

她们走到记者面前，异口同声说“两位记者好”，然后各自俯身，拿起地上的两个行李包转身即走，以至于唐枫想伸手阻拦，说声客气话都来不及。

“你们把记者带到房间去。”王俊对离去医护人员的背影说道。

“知道了，放心吧！”女医生没回头。

王俊看了看唐枫和许娴，皱起眉头，气鼓鼓地大声质疑女医生：“你知道是几号楼，几号房间吗？”这两个医护人员没有主动与王俊打招呼，想必王副院长有点磨不开面子，在客人面前要刷一下存在感。

“一号楼202房间！”女护士替同伴把话补充完整，头都没回。听女护士说出房间号，女医生故意伸出手，捉弄似的扯了一下她的衣袖，好像嫌对方多嘴似的，但只换回女护士扮了个鬼脸的回应。

她们为何不正面与王俊说话，难道是成心的？眼前的情景，容不得唐枫多想。“王副院长，再见！”不能让王俊再次失去存在感，她急匆匆地与之挥手告别，然后和许娴疾步向前，紧紧跟随在医护人员身后。

“哦……再见！”目光追随记者离去的背影，王俊机械挥舞的手臂悬停在半空，不知在思索什么。

自认是有威望的领导，时刻想得到下属的尊重，尤其在客人面前要为自己挣足面子，没承想受到了冷落。王俊使劲挠挠头顶为数不多的头发，一股懊恼之气从丹田升起，久久聚集在胸腔。

尾随医护人员，两位记者沿着办公楼走廊向东走去。领路的医护人员不时低头私语交谈，有时还嬉笑着回头张望。双方说到兴头上，女护士还用自己肩膀撞了下女医生，而对方则夸张般地假意躲避。看似情同闺蜜的两人，在说何趣事？用“热情、疏远、猎奇”等字眼来形容她们很恰当。

一行人离开办公楼的东门，穿过紫藤林荫小道，踏上鹅卵石铺成的小径，四周是刚刚修葺整齐的绿草地。和着盛开的鲜花，空气里弥漫着一股青草和淡淡的花香。错落有致的景色，吸引了许娴的注意力。她松开挽着师姐的手臂，不时俯下身，用手在花丛上方轻轻扇动，微闭眼睛，尽情嗅着绽开花朵的馨香。她很享受这个宁静祥和的氛围。

许娴这副陶醉的模样，也深深感染了唐枫，她不由放缓了忙碌的脚步。

“两位记者，走楼梯近些，上去就是。”女护士回头对着她们说道。

女孩扭头的瞬间，唐枫发现她长得和许娴有几分惊人的相似。一双大大的眼睛，脸上挂着无忧无虑的微笑，只要嘴角微微上翘，脸颊就会浮现一对漂亮的小酒窝。

“好，我们听你的。”唐枫歪头，与女护士真诚的目光相对。“真漂亮，正是风华正茂时！”唐枫心里暗暗称赞。

第二章

接待完滨海日报社的记者，丁熙忠迈着轻快的步伐走向自己的办公室。

湛蓝天空下白云悠悠飘过，蓊郁树林下盛开着繁星般的花朵，而勤劳蜜蜂嗡嗡飞舞忙着采蜜——丁熙忠，他就是通过自己的辛苦劳作，采到了甜美蜂蜜的蜜蜂。人交好运的时候，会感觉周边一切事物都是新鲜、美好的，此刻，他好像是位经验老到的船长，正在指挥水手们拔锚起航。他的团队凝心聚力，扬起风帆，劈开波浪，驶向理想的彼岸。

疗养院获得滨海日报采访，市卫生局领导对此高度重视。这也是对丁熙忠任院长以来的工作的肯定，也是最高的褒奖。

初上任时，丁熙忠已向局领导表态——疗养院要立足现有资源，完善各项配套设施，努力提高医护人员专业技能，争取达到一流服务水准。立下的豪言壮语，能否实现？从丁熙忠本心而言，自认底气不足。现在能接受滨海日报采访，是个难得的机遇，也是个自我展示的平台。疗养院未来的宏伟蓝图，已呈现在丁熙忠眼前：接受报社采访，全院骨干开会商讨的情景，在他脑海里慢慢浮……

办公楼三层。

明亮的会议室，所有参会人员都在发言。紧临丁熙忠的，一位是王俊副院长，另一位是刘爽副院长。其他人则围成半圆，分别坐着医务科科长顾颂歌、账务科科长谭敏、总务科科长郑宇凡和护理部主任钟婉贞。这个会在平时来说很平常，但今日，在平常之中，又让人觉得很反常。与会人员讨论之热烈，实为罕见。究其原因，疗养院接受采访已成为全院头等大事，它已进入快速车道，所有部门要为之开绿灯，各科室手头其他工作全部暂停。

夏日时节，阳光炙烤着大地，难免让人心生煎熬。闻听此消息，如浴甘霖，整个疗养院精神为之一振。医护人员都想把最光鲜亮丽的一面，展现给全市、全省乃至全国人民。

能接受知名媒体的采访，搭建平台的人就是丁熙忠。自他任院长以来，无论从外部声誉、医患关系还是治疗水平均得到社会各界的褒扬，有些兄弟单位还专门组织人员过来学习取经。对其本人而言，夯实基础，砥砺奋进，取得成效，意味着个人事业有成，未来的“金光大道”正向他频频招手。“必须付出十二分的力气，才能不枉殊荣。”他反复叮嘱自己。

丁熙忠一边仔细听着科室负责人的汇报，一边在笔记本上认真记录。对于从业务科室走出来的人，他对各项工作谙熟于心，明白其中的“亮点”和“热点”。记者采访的关键不就是寻求创新和突破吗？他深知其中的内涵。所以，全院对此狠下功夫。事先，他与两位副院长通过气，除了深度挖掘有特色的工作之外，还要寻找引人注目的东西，做到事半功倍，一举两得。

“近期疗养的人员很多，我那儿人手不够用，希望院领导能协调解决。”说话的是护理部主任钟婉贞，她面无表情地看着丁熙忠，用中指向上推了下黑色镜框，“各位领导，那位新来的肖医生什么时候能过来?”随后，她探求的目光又转向王俊和刘爽，好像在寻求声援。

“嗯……”这是犹豫迟疑的声音，疗养院人员调配问题很尖锐，丁熙忠感到非常棘手。疗养院名声在外，疗养人员纷至沓来，随即带来的是医护人员少、疲于应付的局面。刚分配过来的新医生肖依娜，却被钟婉贞盯上了。丁熙忠感觉很诧异。此前，院长办公会商讨过，准备把肖依娜分到总务科，这是郑宇凡早就提出来的申请，三位院长点头默认，没有人对此有异议。

难道有人私底下给了钟婉贞许诺?还是她故意当着所有人拆自己的台?丁熙忠显得很被动，场面有些难堪。如何回答这个问题，他在反复掂量。一方面新生力量的注入，能调动广大医护人员工作的积极性;另一方面丁熙忠还要左右兼顾到，不能让空缺人手的科室吃亏。

看出事情苗头，王俊长长地吁了一口气，搓搓手，率先开腔:“关于人员分配问题，院长会上确实研究过，按讨论结果，原来准备把肖依娜分到郑宇凡科长那儿。但我认为总务科主要负责实施保障任务，工作负荷相比护理部来说不算太大。”他冷静地扫视过众人之后，低头看着手里笔记本，露出一副忧心忡忡的样子，“护理部工作则不然，现在三幢疗养楼全部处于满员状态，还有陆续来疗养的人。目前的困难，总务科尚能克服。所以，我建议先把肖依娜放到钟医生那里，以解燃眉之急”。说完，他把征询目光投向了丁熙忠。

关键时刻王俊头脑就是清醒!许多火烧眉毛的事，他能及时替院长打圆场。丁熙忠非常佩服他相机行事的能力。护理部主管领导是刘爽。王俊则显得非常大度，把要分到下属科室的肖依娜，主动调剂到钟婉贞负责的护理部。他审时度势，顺势而为的做法，会让刘爽永远心存感激。姜毕竟还是老的辣。

丁熙忠扭头瞥见沉默不语的刘爽，她面露感激之情，频频向王俊点头致谢。

郑宇凡始终没有说话，削瘦的脸庞毫无表情。他前额散乱的头发，几乎遮住了眼睛，一双黄褐色眼珠紧盯主管领导王俊。他纤瘦的手指，捏着一根未点燃的香烟，在鼻子下面来回嗅着。他有抽烟的嗜好。结果出乎意料。总务科人手短缺的几份申请和领导的批示，现在已不算数。凭借王俊上嘴皮碰下嘴皮，一切灰飞烟灭。到头来，自己算是白忙活一场，郑宇凡有点于心不甘。

对于王俊，熟悉其秉性脾气的人都知道，凡是他做过的决定，好像合乎常理，且以大局为出发点，不掺杂任何感情色彩，没有让人拒绝的理由。但事后反过来推敲，得利者，往往是亲近他的那一类人。为人处事，我行我素，时时不按常理出牌；对待焦点问题，前提是不得罪对方，最终换取个人利益最大化——这是王俊最为显著的特点。由此，医护工作者给他冠以“圆滑”美誉。

“郑科长，你看……”话已至此，丁熙忠想征求郑宇凡的意见。

当初把肖依娜分到总务科，是因护理部从未提及人手短缺的问题。如果新来的刘爽对业务不甚了解，那么作为护理部主任的钟婉贞，应该对科室工作有充分的预见性。她为什么不早说？丁熙忠很是恼火。

在这节骨眼上提起人手不足的问题，钟婉贞明显有坐收渔翁之利的嫌疑，这种做法会招致别人的反感。虽然王俊的话有道理，但会打乱总务科既定的工作部署。丁熙忠不能让两位能力很强的科长伤和气。

“假如郑宇凡坚持原来的决定，我一定要站在他的立场上。否则，院长办公会通过的事宜，今后会大打折扣，少了执行力。”丁熙忠心里如是想。

“呃……既然王副院长把理由说得这么充分，那就按领导的意思办吧。”郑宇凡犹豫地说道，把香烟从鼻子底下拿开，“不过，医院再来新人的话，您可要优先考虑我那儿了，丁院长”。他眼睛紧紧盯着丁熙忠，脸上没有任何感情色彩。

“丁院长”三字郑宇凡说得很重。他对王俊的做法很反感，而且很失望。

闻听郑宇凡所言，丁熙忠显得很高兴。这也说明他的团队，是一支很团结的集体，是一支能战斗的集体。“郑科长真是识大体、顾大局。再来新人一定安排到总务科。”他拍着胸脯，非常有把握地说道。丁熙忠很感激郑宇凡。理解和包容——对方以实际行动做了很好的诠释。能得到下属的理解和支持，疗养院的工作会更上一层楼。

王俊从座位上离身，走到郑宇凡面前，从烟盒里掏出一根香烟，递到他跟前。

“我这儿有！”还在气头上的郑宇凡，手指捏着那根香烟，故意在王俊眼前晃了晃。他那双褐色眼珠，始终没有正眼瞧王俊，而是目不斜视，直盯前方，尽管前面没有焦点人物。

“抽我的，你尝尝这个。”绕开郑宇凡拿烟的手，王俊把香烟递到对方面前。

“郑科长，工作上会暂时出现困难，我们想办法克服。”王俊仍是一副沉稳老练的模样。不知内情的人，无法读懂其深奥的心思。他微笑向丁熙忠打招呼，说，“丁院，你们先说着，我陪郑科长出去抽根烟”。

他们视线相撞的一瞬间，丁熙忠已读懂其含义。

王俊亲切地把手搭在郑宇凡后背上，一前一后走出会议室。丁熙忠心里如明镜般清楚。王俊借抽烟机会，再和对方谈心，好让郑宇凡接受他的观点。

遇到丁熙忠执行不畅，或者他人对工作颇有微词的时候，救火队员王俊就会及时出现调停。而且，结果会朝着好的方向发展。诸如此类事情，他经历多次。对待棘手的问题，王俊考虑得很细致、很充分，所提出的建议，似乎没有任何驳斥的理由。所以，丁熙忠庆幸自己有个非常好的“左膀”。他的“右臂”则是刘爽副院长——她负责的护理部和医务科，也是全院的闪光点。无论领导的魄力，还是组织和执行的能力，两位副院长让丁熙忠感觉非常满意，他很享受身边的工作氛围。

接下来，谭敏和顾颂歌分别提出了问题，丁熙忠和刘爽一一回答。会议进行得很顺利，丁熙忠暗自松了口气。当王俊和郑宇凡返回会议室时，丁熙忠用征求口吻询问郑宇凡，是否还有亟待解决的事，他微笑着说“没有”。与之前相比，他判若两人，双眼熠熠生辉，脸上有了红润的颜色，洋溢着十足的活力。真有两把刷子！丁熙忠很佩服王俊做人思想工作的能力。至此，针对报社的采访，科长们把要关注、解决的问题，与三位院领导协调完毕。

会议结束。众人陆续走出会议室，丁熙忠从后面喊了声：“钟医生，请你等一下！我有话给你说……”

听到院长单独留下钟婉贞，所有人都有点意外，王俊最为突出。她是不是会上发言欠考虑，还是另有原因？他前行步伐稍有停顿，但没有回头。很快，王俊脚步恢复常态，坚定地向前走去。

（这是前几天开会的情景。）

一号疗养楼相距办公楼不远，两地直线距离约 50 米左右。两位记者随着医护人员踏入疗养楼西门，一行人右拐上了楼梯。她们迈上二层走廊向东望去，201 房门前，有位年老女士低头弯腰，正在摆弄着轮椅。她羸弱的身影吸引了众人的注意。

“王阿姨，您带向老出去遛弯啊？”

听到背后有人呼喊自己，王阿姨站直了身体，慢慢转过脸。似乎她的眼睛有点花，眯缝着眼，瞅了一会儿，才发出惊讶的声音：“噢，原来是高护士……还有钟医生！”看到熟悉的医护人员，她眼里闪现出一丝惊喜。

“我们给您二老带来两位新邻居。”高护士赶紧上前两步，放下手里的行李，双手挽着对方的胳膊，“怎么出去没有找我帮忙呢”？她话里充满了嗔怪的语气。

从双方言语上，她们应该关系不错。唐枫暗自思忖。

“唉！你们每天忙得不可开交，今天又有这么多人过来体检。所以，我想……”

高护士凑到王阿姨脸前，认真地说：“没事。我忙完手里的活儿，一定会过来陪您和向老出去走走。”

她伸手拂去对方肩上一处不起眼的灰尘，“王阿姨，您是不是想调整扶手的高度”？

“是的。”王阿姨弯下腰，用手指着轮椅，声音里是历尽沧桑后的无奈，“人老了，不中用了”。

“让我来。”高护士快乐地打了个响指，俯下身子，“马上就好”。她利索地把轮椅扶手调整到位。

“谢谢。”

“甭客气。”高护士单膝着地，对坐在轮椅上的人说，“向老，待会儿下去，您要接着给我讲您腿负伤后，医护人员是怎样从死亡线上把您抢救过来的”。

“嗯，没问题。”背对唐枫她们的老者，响亮地回答。他声如洪钟，底气十足。

眼前一幕，引起王女士琐碎的回忆，“孩子们工作都很忙，很难抽出时间陪我们。如果没有你们的照顾，我真不知道怎么才能照顾好老向”。她手扶轮椅把手，喃喃地说道。

“王阿姨，您就别舍近求远了，有事尽管开口。”高护士直起身来说。

“好的，非常感谢。”王女士双手合十，面向医护人员。

这显然是“老熟人”之间的对话。彼此交谈的语言和动作举止，自然流露不矫作，场面温馨动人。唐枫全部看在眼里。

“王阿姨，您好！”唐枫趁机微笑着打招呼，许娴也赶忙递上问候。

“两位漂亮姑娘，你们好！”看到这么多人，王女士很高兴，她把轮椅原地做了 180 度调头。唐枫看清了轮椅上端坐的老者——老向，俨然他们是一对夫妻。

王女士一头齐耳银丝短发，身材不高，略显单薄，但脸色红润富有光泽。一副慈祥端庄的容貌，给人有十足的亲切感。轮椅上坐姿端正的老向，寸发如霜染，一副大大的国字脸。白色眉毛下，一双炯炯有神的眼睛，给人留下如烙印般的记忆。“你们好！”他露出一副和蔼的笑容，微微举起右手，主动与记者们打招呼。

“您好！”唐枫她们点头致意。眼前情景，不由让人升起浓浓的敬意。唐枫觉得用“被甲据鞍，精神矍铄”形容老向很恰当，尽管他双腿有不便。“您二老如需帮忙，今后几天吩咐我们就行。”她微微欠身，用尊敬的口吻对两位老人说道。

“谢谢你们。”王女士双手再次合十道谢，脸上绽出开心的笑容。稍后，她好像想起什么，面对两位医护人员，说，“我要感谢你们丁院长。他说我们住在二楼，老向坐轮椅出行不方便，今天把让我们调到楼下 101 房间去住。101 对面就是值班室，遇到救急的事，找医生也方便……”她低声细语地说道，略微停顿后，“你们见到丁院长，先替我谢谢他啊。他不忙的时候，我一定亲自登门感谢……”

“好啦，好啦，您不用这么客气！”目睹眼前一切，钟医生紧走两步，从身后扶住她双肩，“王阿姨，您别急，等会儿我们把两位贵客安顿好后，从前面电梯带你们下去”。

“别为我们操心，先照顾好客人。”

“您放心吧，两位客人已到目的地！”钟医生嘴紧贴王女士耳朵，小声耳语道，“你们待会儿换房间，叫我过来帮您收拾东西”。

“不用那么麻烦。我和老向只是些简单的换洗衣物，随手就能带下去。”

“别不好意思。搬不动的东西，您可别闪着腰哦！您的腰不太好，一定记得叫我来帮忙。”

“哈哈……知道了。”

钟医生的举动显得很亲昵，似乎她和王阿姨关系更加亲密。

“两位姑娘，有空请到楼下101房间做客。”面对唐枫她们，王女士一边说着，一边把轮椅掉转方向，沿走廊向东走去。似乎她担忧医护人员放不下心，又回过头来安慰似说道，“你们都去忙各自的事吧，别惦记我们”。

“钟医生，你们先进屋，我去帮王阿姨。”看着她吃力推轮椅的背影，高护士把刚拎起的行李，交给了钟医生。紧跑几步，她从王女士手里接过轮椅推手，转身对着后面三人微笑挥了挥手。然后她们肩并肩，边走边聊，顺着走廊向主楼梯走去。

目送渐行渐远的背影，唐枫心里有几分感动。“我们也到了。”钟医生言罢，示意旁边202房间，“请进。这是您二位的房间。”她放下手里的行李，右手握住打开的门锁，左手做了个“请”的姿势。

“谢谢，给你们添麻烦了。”

“不客气！”

唐枫和许娴提上行李，跟随钟医生进入房间。钟医生随手带上房门，面对两位记者开口说道：“您二位有什么事可以找我。”然后，她用例行公事般的口气，开始自我介绍，“我叫钟婉贞，是护理部主任。刚才那个护士叫高小藜，她主要负责一号疗养楼，工作地点在楼下的值班室。我们刚才经过的一层西门楼梯的对面就是值班室。你们有什么需要，可以随时叫她。”

临近正午，温度逐渐攀升。钟婉贞从兜里掏出白色手帕，轻拭上唇和鼻翼两端渗出的汗珠。她用中指向上推了下镜框，又接着说道："丁院长迎接你们的地方是办公楼，也叫门诊和体检楼。你们所住的是一号疗养楼。紧邻一号疗养楼向东，是二号疗养楼和三号疗养楼……"

"哇，真是好大啊！"对方还未介绍完，许娴有些情不自禁。疗养院是何等规模，相关功能和属性，她记忆里了无痕迹。

钟婉贞轻扬眉毛，嘴角隐约浮现微笑，眼里闪现出一种自豪和得意——她以此为荣。许娴羡慕的语调，激起她继续解说的欲望。镜片后，她乌黑灵活的眼睛骨碌地转着，颇有点洋洋自得。"一号疗养楼北面是保健中心，里面有许多健身器材；二号疗养楼北侧是花园餐厅。今年开春，餐厅外还新建一座露天游泳池，它的南面是园林景观；三号疗养楼正北方向有个很大的人工湖，名字叫……"

"钟医生，王副院长在找你。"楼道里隐约传来高小藜的声音。门外的喊声，打断了钟婉贞的介绍，她伸手打开房门，想出去看个究竟，不想却与急匆匆的高小藜撞个满怀。"你把王阿姨送到楼下了？"

"是的。"由于急促的奔跑，高小藜有点上气不接下气，"王副院长正在楼下等着你呢"。她双手叉着腰，靠在房门上已是气喘吁吁的样子。

"在什么地方？"瞬间，钟婉贞脸上露出惊愕的表情。

"一号楼正门！"她右手食指，向楼下指了指。

"两位记者，我先告辞。小藜，你给客人介绍下疗养院的情况。"钟婉贞急匆匆挥手告别，一溜小跑离开房间。

高小藜手扶着门框，向外探出上半身，目光追随着她的身影喊道："你快点吧！王副院长很着急，不知道有什么事。"王俊找钟婉贞要做什么，高小藜尚不清楚，但她对副院长交代的事很上心。

唐枫看着额头渗出细密的汗珠，脸变得红扑扑的高小藜。"高护士，快坐下，擦擦汗！"她从纸盒里抽出纸巾，递到对方手里，“您能不能给我们介绍一下那对姓向的夫妇”？

高小藜看着手里的纸巾，听着体贴的话语，从心里升腾起一股暖流。她抬头仔细端详对方容貌：唐枫略带波浪卷的披肩发，染成亚麻栗色，很漂亮。一双形如弯月的眉毛，再配上两只聪慧的大眼睛，显得从容睿智。细长乍挺的鼻梁下，有两片细小如柳叶般的嘴唇。嘴角两边微微上挑，浮现出善意的微笑。这副天使般面孔，高小藜印象里好像见过。噢，对了。多年前她看过美国一部黑白电影《卡萨布兰卡》，其中女主人公英格丽·褒曼就是这个打扮。想不到现实中有与银幕中相似的人存在，她内心有点小激动。

唐枫身边的姑娘，长相真与自己有几分相似。一头乌黑亮丽的头发扎成马尾辫，显得干净利索。而由于工作的需要，高小藜上班期间，头发是挽起来的，盘在护士帽里。她下巴窄小，透着果断。可爱的鼻子，晶莹剔透，一张线条优美的妙口……“自己长得也算个美人吧！”想到这儿，高小藜羞涩地笑了。

“高护士，你在笑什么？”对方探寻的目光，引起唐枫无限遐想。

“噢……没有，唐记者。”她回过神来，慌忙摆动双手，不好意思地说道。先前高小藜拘谨、羞涩、腼腆的感觉，瞬间化为脉脉的温情。

记者不是来采访这对夫妇的吧？至少从钟主任那里，高小藜没听说还有这个环节。老向夫妇极其平凡，平淡得像一杯白开水，虽不是陈年佳酿，其中醇厚的滋味，似乎只有夫妇两人才能切身体会。眼前两位记者与常人相差无几，没有想象中那样冷艳孤傲或高高在上的感觉。相反，与她们谈话，就像与同事聊天般一样轻松惬意。可见，记者不只是关注领导，也包括像高小藜和老向夫妇在内的普通人。

记者观察事物的角度与常人不同。看似平淡无奇的一件事，她们会抽丝剥茧，引申出更深层次的社会问题，从中批判糟粕，宣扬正气，引导人们积极向上的生活态度。也许她们关注的是这对夫妇的经历。善于观察，是记者的职责所在。想到这儿，高小藜渐渐打消了思想顾虑。她开口说道："您说得那对夫妇，男的叫向峥嵘，女的叫王蓉芳。两人相濡以沫，可以说共同从'峥嵘'岁月里走过。向老参加过抗美援朝，立过战功。他们退休后，每年都要到疗养院住上一段时间……"

"那位态度和蔼的王阿姨，以前从事什么工作？"萦绕在许娴脑海里的王蓉芳，感觉很好打交道。许娴一边打开行李包，一边插话问道。对其从事过的职业，她产生了浓厚兴趣。

"退休前，王蓉芳是市一中的语文老师，而且是年级的班主任。她兢兢业业教书育人三十余载，脾气随和，从不发火，这也是她深受学生爱戴的原因。我曾经还是那个学校的学生，只是王老师没有教过我……"

听完高小藜颇有遗憾的介绍，许娴从心里佩服这对夫妇。彼此风雨相伴多年，如今还相敬如宾，真是一件很不容易的事。"哦，很光荣的一对夫妻！"许娴微微点头，自言自语说道。在她眼前拼凑出硝烟弥漫的岁月——向峥嵘历经战火与妻子相逢后的喜悦。坦诚直白的感受，充满蓬勃向上的正能量，让旁人听了为之动容。唐枫和高小藜把赞许的目光，不约而同地投向了许娴。

第三章

听着高小藜与师姐之间对话，许娴不时说上两句。她随手从行李包里拿出个人物品，开始进行整理。也许是同龄的缘故，高小藜一问一答，明显与许娴对话频次增多，她们很快成为无话不谈的朋友。

唐枫怕打扰这对小姐妹讨论的兴致，瞅准时机，悄悄抽身离开房间，开始细心观察所住的楼层。202 号房间向东是 203、

204、205；对面从左向右依次是211，212，……216号。中间则是主楼梯，与主楼梯相邻的是电梯间。带着浓厚的参观兴趣，唐枫迈着轻松的步伐，顺着主楼梯下到一层。她无意抬头看到正门前，停靠着一辆黑色奔驰旅行车，有两位正热烈交谈的男人站在车旁，引她侧目细看。其中有一位是刚认识不久的王俊副院长。

此刻，所有注意力放在交流对象身上的王俊，不知手舞足蹈在说些什么，根本没有看到记者站在离他不远处。王俊上半身前倾，歪着硕大的脑袋，摊开肥胖的双手，姿势呆板而僵硬。唐枫感觉有点诧异，他好像在向对方献殷勤。由于距离原因，她听不到他们在谈论什么。

王俊对面的男子大概五十多岁，一手拿矿泉水，一手玩着手串，他边喝水，边聊天，两不耽误，一副漫不经心的样子。他的个头与王俊相差无几。一身宽松中式白色绸缎衣服很是抢眼，但上身短袖对襟衫，衬托出他臃肿的身材。头顶几缕稀疏头发，梳理整齐有型。他红红的脸颊，突出的眼睛，浑身透着不可一世的样子。脖子上有一道深深的皱纹，皱纹中间镶嵌一条小指般粗的金项链，格外惹人注目。一个硕大的黑色旅行箱，静静躺在他脚边。从两位站姿、神态、气场上区分，似乎他是受人恭维的主角，而王俊只是个配角。

旅行车门无声滑开，从里面走出一位约三十岁的女士。她身材高挑，穿着时下流行的白纱裙套装，头戴一顶诗丹凯萨帽，手拿红色小坤包，与猩红嘴唇遥相呼应。她白皙的瓜子脸上，架着一副黑色玳瑁眼镜，以至于很难看清她真正容颜。她气定神闲地站在车门前，透过黑色玳瑁眼镜懒洋洋地打量周边情况。

有位女医生靠近王俊，“你拿挎包，我拿这个。”王俊伸手示意，对女医生说道。他把手中黑皮挎包递给女医生，从地上抄起黑色旅行箱。

女医生面目清秀，戴着一副黑色镜框眼镜。唐枫看着眼熟。

噢，原来是钟婉贞医生。难道王俊着急忙慌找她过来是为了迎接客人？还是贵客？唐枫持怀疑态度。

唐枫的视线从忙前忙后的钟婉贞身上离开，转移到王俊和正在与他交谈的男子身上。

这两个人相谈甚是投机，那男子后来情绪有些激动，不时喝上一口矿泉水，脸上开始泛起阵阵油光。由于保养得好的原因，他整个人显示出一副精力旺盛的样子。

两位男士热烈交谈，似乎冷落了那位女士。稍作停留之后，她向他们投去不屑一顾的目光，然后独自迈步奔向楼梯。见状，他们停止谈话，抬脚尾随其后。三人之后有个司机随从，他左大包、右小包，肩上还有一个背包。最后是钟婉贞医生，左手提着行李包，右肩上是王俊给她的挎包。

映入唐枫眼帘的这一幕，说不上来为什么，让她感觉心里颇为不舒畅，好似喉咙里卡了根刺儿。她使劲干咳两声，努力清了下嗓子。为避免出现碰面时难堪的场面，她转身，在人群中紧走几步靠近花坛，装作一副欣赏鲜花的模样。

“等等，徐夫人，这边走……”王俊挥舞着手臂，焦急地大声喊道。手里的拉杆箱与他的步履频率相当不一致，他加快脚步，箱子没有跟上，一着急，手上使劲，箱子又紧贴脚后跟——有几次，箱子差点把他皮鞋磕掉，场面比较滑稽。

听到背后的喊声，女士停下脚步。她手提裙摆，满脸狐疑地转过头，注视着步伐蹒跚的王俊。王俊一边喘着粗气，一边用手拭去脸上的汗滴，踉踉跄跄地赶到她身边。稍作停留之后，他挪动碎步贴了上去，俯身在她耳边，不知低声在解释什么。显然王俊的话，女士不太爱听，她脸上露出愠怒的表情。

看到此番情景，五十多岁的男子在她身后用双手扶住她双肩，歪着头，在做进一步解释。此时，他显示出足够的恭维和耐心，与之前和王俊谈话时判若两人。女士侧身厌恶地抖落男子的双手，还差点把他手里的矿泉水打落在地。她不耐烦地打着否定手势，好像根本不想听男子说的理由。

虽然听不到他们谈论的内容，但唐枫凭直觉认为王俊与男子所做的某项事，似乎并没有得到该女士的认可。

突然，女士撇下正在解释的男子，任性地掉头离去。不过，她没有踏上楼梯，而是转身走向一层的走廊。男子面露苦笑，用拿手串的手指向王俊，无奈地摇摇头。他有指责之意，只是未说出口而已。王俊领会了对方的意思，弯腰赔着笑脸，伸手做了个大大的“请”的姿势。他们一行人左拐进入疗养楼。

微风迎面扑来，嗅觉灵敏的唐枫，倏然捕捉到空气里有一种说不出的味道。这股味道如同烙印一般，深深镌刻在她大脑里。

眼前的情景，让人浮想联翩。有意思，疗养人员还分三六九等？这对陌生男女究是何方神圣，竟然让王副院长对他们毕恭毕敬？接二连三的疑问不停在眼前跳跃，让唐枫心里增添了几许未知。

细细回味刚才的一幕，唐枫默默转身上了二楼。她踱步到202房间门口，看到高小藜露出房门外的半个身子。“你有空一定来啊，我们可说好了。你要作为向导带我参观的。”房间里，传来许娴依依不舍的声音。

“没问题，我现在要去做事了，抽时间过来找你。”高小藜身体已出房门，还是一副恋恋不舍的表情，与许娴摆手再见。

“高护士，请你留步。我想借用你一点时间，打听一件事。”

“好啊，您说。”高小藜爽快地回答。

“不会耽误你工作吧？”

“没问题，不在乎这几分钟。”

唐枫把楼下所见所闻，与高小藜陈述了一遍。“嗯……您说得是陈鳌鑫、徐莉莉夫妇吧？”刚才还笑容满面的高小藜，表情马上变得很僵硬，换成一副若有所思的样子。从高小藜微蹙眉头和说话语气上判断，唐枫分析她对这对夫妇印象似乎不是“太好”。

“陈鳌鑫经营一家建筑公司，他是公司老板，生意遍布全市。我们这儿修房盖屋他也做，听别人说他挣了不少疗养院的钱。”说到这儿，她故意停顿下来，眼睛紧盯唐枫。从她眼眸深处，似乎闪现出一个更深层次的故事。接着，高小藜用看似不想背后议论人的口吻继续低声说道，“陈鳌鑫是二婚，他与原来的妻子离婚不久，就与徐莉莉闪婚了”。

“闪婚？”

“对呀！就是两人很快结婚了。”

“噢……现在他们夫妻感情应该不错吧？”

“别看陈鳌鑫是大老板，他特别听徐莉莉的话。”

“妻管严——怕老婆？”唐枫调侃似的说道。

“哈哈……有这方面的嫌疑。”

“他们夫妇经常来疗养吗？”

高小藜低声咕哝：“是啊。每年他们过来一两次，每次都要住上一段时间。”看着记者一副不解的表情，她怀疑自己是不是有地方说错了。

高小藜想不明白，眼前的记者，怎么会对看过或接触过的人，这么感兴趣呢？记者不是来采访丁院长的吗？她的眼睛还是直勾勾地盯着唐枫，想从对方表情里发现一些端倪。

“看样子，徐莉莉和陈鳌鑫年龄相差不少啊。”

“嗨，现在流行老夫少妻嘛！”

“你和他们熟悉？”

“怎么说呢，由于他们经常来，也算是熟脸了。”

“他们和王副院长是什么关系？”唐枫联想到在楼下看到的情景，想进一步打探情况。

“老熟人呗！不过……”高小藜右手食指堵在嘴上，眼睛四下张望，做了个“嘘”的动作。看样子，她不想让第三者听到。好像她还知道王俊和陈鳌鑫之间鲜为人知的秘密似的，她特意压低嗓音，“我听别人说……”

“高小藜，你赶快下来，有事要你帮忙！”楼下值班室传来钟婉贞的喊声。高小藜收回话头，无奈地对唐枫调皮地吐下舌头，面带遗憾地匆匆下楼而去。

“怎么这么巧！难道钟婉贞一直在楼梯下，偷听我们谈话?”目送高小藜消失的身影，唐枫禁不住胡思乱想。

办公楼三层。

“老郑，一个人抽烟呐！”在吸烟区独自闷头抽烟的郑宇凡，听到背后有人叫他。他轻弹烟灰，慢悠悠地转过身，看到谭敏一副笑眯眯的表情。

“谭科长，真折煞我了！你比我年龄大，我应该叫你‘老哥’才对。”

“哈哈，兄弟之间无所谓啦。”谭敏表现出非常关心的样子，伸出厚厚的手掌，轻拍对方消瘦的肩膀——郑宇凡身子真单薄，骨感十足。他收回手，摸了下光溜溜的下颚，又把手放进衣兜。谭敏招牌式微笑挂在脸上，深陷的眼窝，一双不大的眼睛充满了关怀。稀疏的头发整理得一丝不乱，刮得干净的络腮胡子，大大的带有喜庆意味的鼻子，显得态度暧昧但彬彬有礼。他五十多岁，作为很有年头的老科长，已送走好几任院长。无论从资历、阅历上来说，谭敏称得上是疗养院的“老人。”

郑宇凡正值不惑之年，也算得上是位老科长。他作为“后备”干部时间不短了，自认没有找到人生伯乐，院领导对他有点“大材小用”。如果，他职位能获得晋升，其价值会更有所体现。当然，这只是他个人的想法而已。所以，他想保持与世无争的心态，可心里总还惦念着什么。手头工作形同鸡肋，所以造成现在高不攀，低不就令人无语的境地。不想出风头，就想平平稳稳。“不求有功，但求无过。”是他的真实写照。

疗养院大环境很好，院领导想干一番事业，各项工作开展得如火如荼。滨海日报社过来采访，全院上下的氛围也不错，他不能拖团队的后腿。所以，郑宇凡对待工作的宗旨是：消极但不消沉，郁闷但不沉闷。

王俊副院长似乎太喜欢表现自己，根本不顾忌下属的感受。院长会上商榷好的事情，他却顺水推舟做了人情。明明要分到总务科的人，他却强行安排给刘副院长分管的护理部。刘爽实实在在欠王俊一个人情！郑宇凡心里有些纠结。会上，他不想与王俊为争新人撕破脸皮，那样的结果对双方都不好，更何况，以后职位晋升，还要仰仗对方的提携。话又说回来，王俊待他也不薄。无论他有何事，需要找王俊帮忙，凡在合理范围之内，对方都会痛快出手相助。所以，两人之间没有芥蒂，只是他觉得自己心情很压抑。

谭敏有洞察别人心思的能力，想安慰郑宇凡。毕竟，他们都是男科长，相互间好说话。“你在会上没有说出真心话啊?”谭敏吁了一口气，搓搓手，露出王俊试图说服手下有想法的员工时特有的表情。众人所熟识的王俊的“标致”性动作，他怎么学会了？郑宇凡很纳闷。不过，谭敏不加掩饰地指出问题症结所在，顿时让郑宇凡感到头皮有些发麻。在对方眼皮底下，他好像赤裸身体地站在那里，上下没有一丁点儿隐私。

看似风平浪静的一场会议，无论表象和更深层次的含义，都没能逃脱眼前这位“老人”的眼光。厉害！郑宇凡从心里佩服他敏锐的观断力。

现在疗养院，有些“阴盛阳衰”。上任不久的刘爽副院长，把分内工作搞得有声有色。她手下两位得力干将：护理部钟婉贞主任，在工作中有创意、有深度，能发挥所有人的主观能动性，每项工作始终走到全院最前列。另外，就是医务科科长顾颂歌，她做出“医疗、教学、科研、质量管理以及医政管理”的新模式，引起市卫生局高度重视，并在部分试点医院推广普及，也是好评如潮。

想到这里，郑宇凡心里很不舒服。不知道为什么，眼前的谭敏与他境况极其相似，都有些“怀才不遇”——这种分析再正确不过了，谭敏正是抱着这种心态才和他谈话的。难道伯乐把他们都错过了？

“说了又怎样？不说又怎样？”郑宇凡脸上开始浮现出淡淡的浅笑，他把不想触及的话题，像烫手山芋般抛给谭敏。

“说了未必有戏，但未说真没戏。”

“噢，那还是等于没说吗？”他觉得多此一举。

“此言差矣，至少在领导心目中你有坚定的立场。院长会上通过的事情，如板上钉钉，怎么能出尔反尔？这是他们工作上的失误，不能让你当这个冤大头。否则，你今后只有干活儿白受累的命。”

“老哥，你能不能说明白点？”郑宇凡抽了口烟，长长的烟灰散落在地上，好像他未注意到。“我不知道你要说什么……”他低头，轻弹跌落在衣服上的灰烬。

“王俊的提议你应该极力反对，你向丁院长说明要坚持既定的分配方案。他们商讨决定的事情，你不用难为情，要知道‘前怕虎，后怕狼’的软弱性格，终究不会成大器。你往往认为对自己有利的人，关键时刻他不一定会帮你。”

那句“前怕虎，后怕狼”深深刺激到了郑宇凡。郑宇凡初衷是好的，谁也不想得罪，最终还是没有落下好下场。不过，他能更改王俊的决定吗？即使兜个硕大的圈子，估计丁熙忠还是会同意王俊的建议。这样的结果就是他会直接得罪王俊，真有点得不偿失。

其实，郑宇凡考虑太多了，院长未必同意王俊的提议。

他自我辩解地说道：“胳膊拧不过大腿，领导们决定的事情，再说也没有实质性效果。”

“但主动权会落在你的手上，王俊和丁熙忠会欠你一个人情。等你手上有了筹码，以后办事儿就会有更大的空间。兄弟，你想是不是这个道理？”

这番话真的戳痛了郑宇凡，“嗯……”他无言以对。

谭敏的话，如敲响的一面破旧铜锣，刺耳的声音久久回响在郑宇凡脑海里。他深深吸了一口烟，慢慢吐了出来。他认为这话有些道理。

看着郑宇凡有所动摇，谭敏乘机又说道：“以后有什么事，你先打个招呼。我好歹能给你出谋划策，能想个攻守平衡的办法。不过，我认为王俊确实应该维护你的权益才对。”他话锋一转，想继续挑唆两人的矛盾。

“哎呀！无所谓，大家都是为了工作。”

“你真这么认为?”

“嗯……应该是吧。”郑宇凡回答得有些犹豫，似乎不太确定对方指向哪里，他歪着脑袋仔细思索。

谭敏暧昧的眼光，令人浮想联翩，“我的兄弟，难道你没有看出，王副院长对钟医生工作很‘关心’？你今后怎会有更大的进步空间?”

听到这番弦外之音，郑宇凡认为正在议论无中生有之事。他回头警觉地看了看四周，迅速在烟灰缸里捻灭小半截未抽完的香烟。“老哥，你这是什么意思?”

“他能为自己下属争取到的权益，而不去争取；别人想得到的东西，他自己却不想得到。”谭敏用一副异样的眼光紧盯郑宇凡，使劲向前伸着下颚，用手来回摩挲着，“难道你不感到有些奇怪”？谭敏换了另种方式，想继续扩大两人之间罅隙。

“呃……我还从来没有认真想过这件事。”

“唉！你我兄弟工作没起色，与主管领导不支持有很大关系啊。”谭敏粗率的语气中包含对王俊的漠视。

郑宇凡感觉自己头脑有点乱，不想再谈论这个话题，他不耐烦地挥挥手，“不说无聊的话题了，老哥”。他从衣兜里掏出香烟，用手轻敲，抽出一根递到谭敏眼前，“你来一根，提提神”？郑宇凡故意用挑逗的眼神看着对方，好像他要用香烟来堵住那张不靠谱的嘴。

“不……不，我早就戒烟了。”对方意外的举动，令谭敏一脸惊愕，“难道你忘了”？

也许猜到对方不会接烟，郑宇凡慢慢地把香烟衔在自己嘴里。手中打火机靠近香烟，他却没有点燃，“我觉得，虽然每位领导工作方式、方法不同，但目的都很简单明了——做好本职工作”。他说出得话有些含糊不清，香烟随着嘴唇的张合，在上下抖动。点燃第二根香烟，他深深地吸了一口，故意朝着谭敏脸上吐了出来，“只是有人个性比较鲜明罢了”。

“噗噗……”谭敏接连吹出几口气，他紧皱眉头，一只手捂住口鼻，用另一只手把讨厌的烟雾四下打散。

看你还说什么？透过散开的烟雾，郑宇凡看着对方滑稽的表情暗自好笑。

“……”

话不投机，谭敏试着改变话题，但内容还是涉及王俊。“唉……王副院长真会‘怜香惜玉’，很有女人缘嘛。”

郑宇凡向他投来不解的目光。

“刚才王副院长没叫你下楼去帮忙？”谭敏装出一副吃惊的表情，眯缝着双眼，慢条斯理地问道。

“帮谁的忙？”

“我看见陈鳌鑫夫妇又来了，他和钟医生亲自下去迎接他们。”谭敏声音很低，但说得很干脆，脸上又露出郑宇凡熟悉的微笑。

郑宇凡似有些意外，皱起眉头，盯着他，“噢……我不知道”。

“王副院长也真是。他所管的业务科室，有什么事不叫自己人，却喊其他科室的人。”

这纯属谭敏的主观臆断，郑宇凡不敢苟同。“王副院长负责全院基建工程，所有新建及修缮工作，全部由陈鳌鑫的建筑公司承包。所以，他俩接触机会多，也很正常。而且陈鳌鑫经常住在一号疗养楼，作为护理部主任的钟婉贞去迎接也不为怪。”

陈鳌鑫，郑宇凡很熟悉。此人出手大方，喜欢结交新朋友。凡是与之接触过的人，多少会被他爽朗性格所感染。由于工作原因，陈鳌鑫应酬多，爱抽烟喝酒，江湖义气重。他和王俊关系好，无非双方有共同嗜好。郑宇凡想。

“你没有觉得他们之间有问题?”慢悠悠的一句话，从谭敏嘴里蹦了出来，它就像只没头苍蝇，胡乱碰撞郑宇凡那颗脆弱的心。他感觉很恶心，却又很无奈。好像自己活得很“憋屈”，别人正在吃“肉”，而他连口“汤”都喝不上。不过，目光落到谭敏身上，对方也有类似不平衡的心理存在。想到此，他心里又平衡了。

郑宇凡优雅地转过身去，伸手向谭敏打了个招呼，“老哥，我那边还有急事，有空再聊……”

“你……”郑宇凡身影背后，只留下谭敏干瘪无力的回音。

话有些不对路，郑宇凡借故离开。他内心可没闲着，在慢慢咀嚼谭敏话的含义。谭敏的言行，有些极端。不过，似乎眼下情况表明他说得也对。王俊插手安排亲朋好友，郑宇凡有所耳闻。只是他不明白，王俊这次为什么极力把肖依娜安排到护理部。直至现在，他没有听身边朋友或长舌之人，传出王俊与肖依娜沾亲带故的事实。

不过，眼下按郑宇凡自己的推测，看出刘爽各方面呈现稳步上升势头，难道王俊是想收买人心?犹如当年丁熙忠从副院长当上院长，正是与王俊竞争胜出的结果。对王俊而言，残酷的结果是一种鞭策，也是一种警示：切不可小看身边的任何人，尤其是与自己同职级的人，日后这些人极有可能会超越自己。

那天，王俊把郑宇凡带离会场，说是到外面抽烟，其实是个借口，他心如明镜般清楚。王俊耐心地向他叙述疗养院现状，各科室人手面临短缺的困境。他理解领导以大局为重的考量，但为什么偏偏选中总务科作为突破口，他心里实在不是滋味。后来，王俊又亲口许诺：现在全力协助护理部渡过这个难关。然后，他会想办法把肖依娜重新调到总务科——郑宇凡负责的科室工作。也不知道这番话可信程度有多高。

郑宇凡还听说，谭敏对王俊随意插手财务人事安排早有看法，为此他们还爆发过激烈的言语冲突。另外，谭敏还发现部分工程账目管理混乱，想借机打击报复王俊，但寻求院长解决未果，从而更加剧了他和王俊之间的矛盾。现在，谭敏所作所为，就是想诋毁王俊的成绩，放大对方的缺点，极力消除他在疗养院的影响力。谭敏利用和郑宇凡谈话之际，借机拉拢郑宇凡，好让郑宇凡和王俊形成新的对立面。

犹豫、彷徨充斥着郑宇凡的内心，他不想加入谭敏和王俊私下斗争的漩涡。就算谭敏能耐再大，没有什么特殊的理由，他是扳不倒王俊这棵根深蒂固的大树的。以后，自己还有很多事情依靠王俊来办。

“不能中了谭敏的圈套！”郑宇凡谨慎分析，最后得出了结论。

第四章

午饭过后，唐枫给丁熙忠打电话确定采访时间。今天体检人员较多，各科室都很忙，他推说明天接受采访。听着他们的对话，有人暗自窃喜——许娴能自由支配时间了。

“唐姐，下午算是休息了吧？”她瞥了眼对方面部表情，用试探性的口气问道。

沉默。

“要不……我把采访稿再梳理一遍。”她眼睛紧盯唐枫，略显犹豫，“你……你出去散散心吧”。许娴感觉自己说出的话有些别扭，又接着补充说道。

许娴说出的话，毫无条理，与她以往的“果断”性格不符，从而印证了其矛盾的内心。虽然她坐在桌前，视线焦点始终没有离开过师姐。她想得到“放假”的消息，兑现与高小藜的约定，痛痛快快地游览疗养院。她所言，根本不是本意。但外面“花花世界”诱惑力太大，让一颗年轻的心根本无力抗拒。

沉默的唐枫，好像在思考某件事。许娴想制造点动静，打破眼下沉闷尴尬的气氛，她用力拍了拍手中稿件，发出“啪啪”的响声，“我把采访稿准备好，明天就可以找丁院长采访……”

看着她的眼睛，唐枫身体靠在椅背上，右手在玩弄一支笔，“设计的问题要能体现此次采访的目的，需要承上启下、相辅相成。已成型的观点和看法需要进一步细化。你要选择好突破口”。

“您不是看过了吗？采访主线不是很清楚么？”

“主线还不够明朗。另外，问题需要环环相扣，它们不是分散关系。它们就像一条流水线，我们需要做的是沿着这条流水线向下走。什么称为向下？就是深入挖掘事物的本质，尽力想办法让事件的参与者，告诉读者事物的本来面目，最终要收到什么样的效果……”

许娴小声嘟囔：“还要改啊？这要求也太高了吧？”

“要求不高。这对你今后工作大有益处。”

“嘿……嘿”，把稿件拿起，又赌气似的放在桌上，“那就改吧”！她撅着嘴，无奈地说道。

唐枫决定逗一下她，把手里的笔扔到桌上，从座位上起身，拿起自己手机向门外走去，“我相信你能改得更好”。走到门口，她回头莞尔一笑，还冲许娴调皮地眨眨眼睛。

“唐姐，您……”伴随着“啪”的关门声，房间里只留下许娴充满怨气的声音。

这丫头“傻”得可爱！唐枫想把自己好的作风传授给她——说话坦率直爽，做事绝不拖泥带水。

从房间出来，唐枫为自己刚才的表演感到好笑。其实，她早有自己的小算盘。钟爱健身的她，特别想去参观钟婉贞所说的保健中心，看看那儿到底是什么规模，有何种健身器材，这是她酝酿已久的计划。

合着轻快的步伐，她下到一层。瞥了眼值班室紧闭的房门，她优雅转身穿过西门，沿着向北的主干道奔向保健中心。风怡然，云灿烂，透过郁郁葱葱的枝叶，斑斑点点的阳光散在路面上，让人心情格外舒畅，她不由加快了前进的步伐。园林般的景色果然令人陶醉。

忽然，她身后传来一个声音："喂！你会不会走路？没有看见后面有车啊？"蓦然回头，唐枫发现有位男司机，从白色面包车驾驶室探出半个身子，正冲着她喊道。看样子他大概有二十多岁，是个毛头小伙子。也许太关注自己感兴趣的东西，她根本没有意识到身后会有辆车。

望着愣愣的唐枫，司机用告诫般口吻说道："女士，你要看清楚了。人行道是主路旁的红色橡胶道，中间是行车道！"

唐枫从小到大还没有受过无端的指责，她脸颊立刻变得绯红。花园式的疗养院，秀丽的景色，向世人展现出一副自然和谐之美，很容易使人遗忘城市繁忙的车流景象。许娴所说的"世外桃源"，让她暂时忘记了疗养院固有的属性——虽然表面上风光绝美，但这里并不是单纯的旅游景点。

唐枫茫然若失地闪到路旁，看着汽车从自己身边缓缓驶过，她待在原地悻悻然：陌生的环境，我是不是没有注意到标识物的存在？她轻声叹了口气，仰起头，双手抓住秀发，用沮丧的眼神四处打量。她的目光无意间捕捉到繁茂枝叶下，有块不太引人注意的标牌——红色的圆圈，限速五公里和禁止鸣笛标志，十分醒目。

她的心情变得极其灰暗，好似有种被捉弄的感觉。难道报应这么快就来了？回想起许娴哀怨的眼神，有点让人哭笑不得。不是故意做错事，却被无端非难，从心理上还是不好受吧？她美好的参观心情，已被彻底破坏："还是回去帮许娴整理采访稿吧。"唐枫五指深入头发，使劲挠了挠，自我安慰似的说道。

目送白色面包车拐弯消失在树丛后，唐枫收回凝望它的目光，慢慢转身，拖着懒散的步伐往回走。她的脚踏进西门，无意间瞥见值班室的房门是虚掩状态。刚才下楼的时候，她清楚地记得，自己从值班室门前经过时，门可是好好关着的啊？是谁进去了，还是出来后，忘记关门了？虚掩的房门，使她好奇心加重。忽然，里面隐隐约约传出有人说话的声音。

"……楼上……你……"

听声音有点耳熟，唐枫不知道为何缘由，鬼使神差地想走近听明白些。门忽地被打开了，"唐记者，您有什么事"？她被吓得猛地一激灵，抬头看到丁熙忠微笑地站在门口。

"呃……我没事。"她嘴唇微动，可能是想说"我想进去看看是什么人"，但终未说出口。

"不是约好了明天采访？丁院长您怎么在这儿？"

"噢，明天采访我会等着你们。我找钟医生有其他工作需要处理。"看着唐枫说出的话不着边际，丁熙忠立刻纠正说道。

"明天……明天什么时候过去找您合适？"虽然唐枫所说的不符合逻辑，但她随机应变的能力还很强。

"嗯，上午事儿相对较少，下午我还有个会。"

"那就明天上午过去找您。"

"麻烦两位记者了！你们有什么需要帮助，尽管说。"

"您别客气，丁院长。"

"王副院长正在体检中心忙着，我还要马上过去。"想起还有一堆事儿等着自己，丁熙忠借故要离开。

"不打扰您了。"

丁熙忠背后，有个白大褂身影在晃动，唐枫想看清楚对方。可是，由于视线的遮挡，她无法知道那人模样。不过，听院长所言，她应该是钟婉贞医生。

唐枫一双探索的目光与丁熙忠眼神相对，他瞬间读懂了对方的含义，有意向右跨出一小步，露出了钟婉贞医生的半个身子。她左手插在衣兜里，右手的食指放在鼻子下面，一副若有所思的样子。

丁熙忠转身欲走，好像想起什么，又询问唐枫："王副院长安排的房间怎么样，你们还满意吧?"

"很好，谢谢丁院长的关心。"面对院长体贴的问候，唐枫表示感谢。

钟婉贞沉默无语。

听到楼道里有说话声，唐枫身后的101房门微启，从里面伸出一个几乎谢顶的脑袋。

"丁院长"，不紧不慢说话的人是陈鳌鑫，"你和王副院长交代过没有，我的事什么时候办"？他语气很生硬，话里充满了傲慢和无礼。他臃肿的身体，慢慢从门缝里挤了出来，仰头喝光了手里的矿泉水。手里那个油光铮亮、价值不菲的手串不见了，取而代之的是不离手的矿泉水瓶，看来陈鳌鑫真有点上火。

"呃，我早与王副院长说过了。"丁熙忠一脸认真的表情，他眉头紧锁，似乎很顾忌身边的记者。随后，他紧盯陈鳌鑫，双手插进口袋，"难道，王副院长没有给你安排"？丁熙忠低声追问一句，眼睛却瞄向唐枫。他疑惑的神态，不像是故意装出来。

"如果还没有落实的话，我会直接去卫生局反映情况。"陈鳌鑫话语背后，藏着握有真凭实据独有的骄傲，"你信不信"？

这是赤裸裸的恐吓！

"放心！王副院长和钟医生会给你安排。"

"你确定?"陈鳌鑫仍是质疑的口气，脸上肌肉微微在抖动。显然，他很生气。

"我说话算话！"

"那就是说，我在电话里的提议，你也接受了?"

"没问题。"

“丁院长，希望你别再寻找其他借口，我的忍耐可是有限度的。”

“放心，我已安排好了。”

陈鳌鑫咂咂嘴，双手揉搓着空矿泉水瓶子，发出刺耳的“啪啪”的声音。“如果这件事再解决不好的话，我想传出去后，会对疗养院的名声，喏……可能会有很大影响。”他把最后“影响”两个字说得很重。似乎事态还在他掌控之中，不过到了必须要解决的时候。

站在旁边的唐枫一脸窘态。情节出现反转，有些出乎人的意料，她与丁熙忠的对话，却招来第三者向院长讨说法。霎时间，仿佛自己是位多余的角色。她的大脑快速分析眼前的情况，丁熙忠和陈鳌鑫究竟在说什么“事情”，从说话的口气和语调，陈鳌鑫好像很“占理”，他在和“理亏”的丁熙忠讨说法。仔细分析他所言，其中夹杂威胁、恐吓成分居多。究竟有什么底气做支撑，陈鳌鑫才会如此得理不饶人？唐枫不知内情。

“陈总，我待会儿带你过去。”不知道什么时候，钟婉贞与丁熙忠并肩站在一起。她嘴角露出诡异的笑容，眼睛快速眨巴两下，“你的事儿，丁院长已跟我说过了”。钟婉贞用审视暴发户的那种不屑的眼神，上下不停地扫视着陈鳌鑫。

“你知道什么？我在与你们院长讲话！”

“你不必大动肝火，这样对您身体不太好。”面对陈鳌鑫霸道的回应，钟婉贞还是一副不气不恼的神情。

“哎，哎，我的事，你能解决得了吗？”

“其实，那根本不是什么事儿。”

“哼！这儿还用不着你，你还没有资格与我说话！”陈鳌鑫露出一脸鄙夷神情，用轻蔑的口吻说道。

“你……”钟婉贞脸色绯红，想据理力争，被丁熙忠伸手制止住。她脸色发白，嘴唇紧闭，双手交抱胸前，纤细的中指向上推了下黑色镜框，用藐视的眼神看着陈鳌鑫。丁熙忠静静伫立在原地，镜片后紧盯陈鳌鑫的眼睛异常平静，脸上无任何表情。

陈鳌鑫气场越发强大，好像占据了上风，“那……”他神气活现，似乎还在寻找刁难的理由。他张开嘴，下半截话还未出口，唐枫身后有双大手，越过她，紧紧按住了陈鳌鑫的双肩，把他从值班室门口，半推半拉到西门外。

眼前匪夷所思的一幕，不由得让唐枫寒毛倒竖。“我身后还有人?”

“走，陈总，我们现在就去!”王俊回过头来，用警惕的目光扫视着唐枫。他表情慌张，好像他和陈鳌鑫之间约定了什么，要刻意隐瞒眼前的记者似的。

王俊，他何时站在我身后，唐枫根本没有意识到。现场除了丁熙忠、钟婉贞、唐枫和陈鳌鑫四人之外，根本没发现其他人。王俊是不是悄悄躲在我身后，一直在静静观察所有情况，并且，他听到现场所有人的对话？想到这儿，唐枫脊背发凉，不由得倒吸一口冷气。隔墙有耳，无形之中给她心里添了份堵。

她背对西门，根本看不到身后。王俊站在她背后，对面的丁熙忠、钟婉贞，怎没发出半点提示？还是他们太关注陈鳌鑫的言辞，没有注意到王俊的到来？不可能，这绝对不可能！他们应该早看到王俊站在我身后，只是没人说出口而已。唐枫相信自己的直觉。

王俊歪头，努力作出想解释的表情，眼睛还不时向身后睨视唐枫。而陈鳌鑫挥舞否定的手势，好像并不认同他的说法。他们搂肩搭背，一边走，一边说，奔向办公楼方向。

疑问，如天边升起的乌云，渐渐笼罩住唐枫那颗阳光下敞亮的心。

“唐记者，我回办公室了。你有什么事，尽管过来找我。”丁熙忠看着唐枫的侧脸说道。

眼角瞥见丁熙忠关注的目光，唐枫将脸转向他，“噢……明天吧，不是约好明天吗”？如此大量的信息涌入，她脑子一时还未转过弯。稍后，她默然点头，一脸认真思考的表情。她想知道究竟是怎么回事，但毋庸置疑，唐枫的思想已陷入停滞状态。“丁院长，明天上午十点，许娴会找您商量采访的事。”她说完，又瞥了一眼丁熙忠。

院长脸上依旧挂着微笑，刚才不愉快的小插曲，仿佛没有影响他的心情。“那好，我明天上午等她。”他转身，迈着轻快步伐向办公楼走去。

钟婉贞冷冷瞟了眼唐枫，一句话也未说。她用中指习惯性地推了下黑色镜框，慢慢退回值班室。在关门刹那间，不知她在和谁说：“楼上……待会儿你去吧！”随后就是“咔吧”上锁的声音。

房间里面还有人？外面这么大动静都没有把这位吸引出来，到底是何许人才有如此超凡脱俗的定力？唐枫有点震惊，真不敢相信自己眼前的所见所闻。值班室里还应该有位默默无闻的护士，她在这种场合无话语权，所以未露庐山真面目。唐枫暗自思索。

刚才是不是我做错什么事，惹钟婉贞不高兴了？看着表情冷漠的护理部主任，各种猜测快速闪现在唐枫眼前。回想发生的事情，仔细分析前因后果，她并没有发现自己有不妥之处。总之，钟婉贞医生的态度，与之前相比判若两人。

很快，她发现了问题根源所在：“我不应该在此时出现，我不应该看到眼前发生一切。”唐枫深信自己的判断。她一边走，一边想，怅然若失地顺着楼梯拾级而上。

究竟陈鳌鑫与疗养院有何瓜葛，才会说出这般刻薄无情的话？难道，他与院长之间有某种利害关系？忽然，她头脑里很乱。对疗养院美好的印象，似乎被一场不和谐的对话击得粉碎。不知是负能量的影响，还是没能留下任何思考的余地。反正，唐枫火热的心情已跌至冰点。

采访任务能顺利完成吗？她有点不确定了。

院长办公室。

丁熙忠双手背在身后，静静倚靠窗前，俯视楼下穿梭的人群。近期市属单位来体检的人较多，众多人员折射出疗养院繁忙的程度。这种快节奏的生活，对丁熙忠而言，很有成就感。

宽大的三人真皮沙发，王俊身体陷在里面，他高高翘起二郎腿，十分享受，过着烟瘾。透过袅袅上升的烟雾，他看到院长一副心事重重的样子。午后阳光穿过窗棂，把丁熙忠的身影投射到光洁的地板上。伴随层层缭绕盘旋上升的烟雾，他的影子像一棵大树的剪影。刹那间，王俊涌起莫名的心疼。作为一院之长的丁熙忠容易吗，他为疗养院的发展呕心沥血，可还是有人说三道四。上级下达的任务，他要执行；医院的全盘工作，他要掌握；医护人员有矛盾，他要解决；疗养人员有意见，他要调停……也许，只有王俊才能了解搭档孤独的内心世界。院长的位子不是谁想坐，就能坐得上——这是他得出的结论。如果，他和院长互换角色的话，哼，他屁股能否坐得稳，还真是个未知数。

“老王，陈鳌鑫的事你安排好了吧?”丁熙忠对王俊一向很尊重，除了在重要场合称“王副院长”，平时私底下他会称“老王”，让人听了很有亲切感。

“噢，你放心。我让肖依娜医生全程陪他去了。”

“肖依娜? 那个新来的医生?”

“对，就是她。”

“她去护理部报到没有?”

王俊深深吸了一口烟，张嘴吐出一连串的烟圈，“去过了。钟主任已给她安排了具体工作。”他显得很放松。

“动作真迅速啊！人员这么快到位，对护理部来说就是雪中送炭。你刚才说什么? 让肖依娜陪陈鳌鑫去做体检?”

“是的，我想让她好好锻炼一下。”

“医务科负责体检工作，她熟悉顾颂歌主任吗?”丁熙忠表示有点怀疑。

“我带她见过顾主任了。让肖依娜各个科室都走走，她会很快进入工作角色。”

“老王，你感觉这个人怎样?”

“嗯，踏实稳重，办事有条理，让人放心。”对肖依娜褒奖过后，王俊又悠闲地吐出一个漂亮的烟圈。在尼古丁的刺激下，他胖胖的脸上显得很红润。“她和钟婉贞医生很像，是个实干家。”

护理部虽不归王俊主管，但他还是打破管理界限，力捧有能力的优秀工作者。这点，丁熙忠和他认知相同。王俊灵活处置问题的手段，大家有目共睹。他能左右兼顾，让大众利益得到最大化，让反对呼声变得最小化。他有驾驭棘手问题的本事，有随机处理问题的能力，这也是丁熙忠依赖他的重要原因。

“丁院，还是你有眼光。护理部人手短缺的问题已解决，你心头的重担可以卸下了，全院工作会更上一层楼。”恰到好处的一席话，恭维成分居多，王俊熟知搭档什么时候爱听什么话。

“唉！我还是觉得亏欠了郑宇凡科长。原来说好的事没有给他兑现，在我心里永远是心病。抽机会，一定要把总务科人员补齐。老王，你要上心啊，不是说他作为你的下属就要吃亏。”

“您放心，我和郑科长交过心了。虽然他有成见，一时半会儿还转不过弯，但他最终会知道，个人必须服从组织，局部服从大局。从这样的观念入手，才能提高自己的站位。不能只看眼前的一亩三分地。”

“郑科长的姿态很高，我非常感谢他的理解和支持。”

“是啊，强将手下无弱兵。”

“老王，你领导有方。”

“呃，是院长您领导有方。”王俊立即更正说道。

“哈哈……”双方相视而笑。

“另外，你原来的提议没错，郑科长是个好苗子，他个人的事你要费点心。”

“噢，疗养院新增一名副院长编制，已申请上报市卫生局了。他就是那名拟提的副院长。”

“好。”丁熙忠稍作停顿，然后说道，“我觉得钟婉贞也不错。只是有时候，她站在自己立场上考虑问题多些。你说呢?”

“钟主任？她干工作没得说。”王俊非常爽快地回答，“经过组织培养，她应该也是一名优秀的管理者。”

“你看人的本事火眼金睛，我今后还要认真学习。”

“院长，您过奖了。”王俊抬头仰望天花板，左右晃晃脖子，松松肩膀，一副惬意的表情。“这是我们团队共同努力的结果。”他恢复原来坐姿后，谦虚地笑笑。燃烧的香烟已有长长的烟灰，他轻弹食指，全部掉到茶几上烟灰缸里。然后他后仰，又翘起二郎腿。

丁熙忠从窗前转身，向王俊竖起大拇指。“老王，还有你做的思想工作，我也非常佩服！”他笑盈盈地朝着王俊走来。

王俊翘着的二郎腿放了下来，两指间烟蒂所剩无几，几乎到过滤烟嘴位置。他贪婪地吸上一口，把纯正的“过滤嘴”在烟灰缸里捻灭。

“你呀，真是……”看到对方如此吝惜，丁熙忠嗔笑着摇头，知道王俊香烟快断顿了。他转身走到办公桌前，打开抽屉，从里面取出一个报纸包裹。伴随着王俊疑惑的目光，他来到茶几跟前，俯身轻放在桌面上。然后，他坐到王俊对面单人沙发上，脸上显露出意味深长的笑容。

面对一双不解的目光，丁熙忠没做过多解释，上半身前倾，把报纸包裹推向王俊。“给你！”

“丁院，你这是什么意思?”王俊略显犹豫，盯着桌上的东西，反复做着深呼吸。院长葫芦里卖什么药，他不知道。

“喏，你打开看看。”

王俊挪开碍事的烟灰缸，把报纸小心翼翼地打开。当看到里面的东西时，他不由得眼前一亮——两条中华香烟！“丁院，我办公室还有。”他把香烟推回院长面前。

“你还跟我客气啊？这不是我接受的礼品，来路光明正大，是我家那位买的。”

“你看，又让你破费。”

“哎，可说好了，我可没花一分钱。”

“丁院，多亏你时常想着我。”王俊感激之情油然而生，这是他的肺腑之言。

丁熙忠点头微笑，把香烟又推回他面前。

“哦，谢谢。”尽管有些不好意思，但他还是照例收下了。

关于抽烟的嗜好，可追溯到王俊来疗养院之后。当初看到别人抽烟，他只是感到新奇，可是等自己试过以后，就不能自拔。自从他当上副院长后，随着应酬变多，烟瘾也逐渐增大。短短几年的时间，抽烟成为他生活的必修课。他想戒掉这个坏习惯，但始终没有成功。每次，丁熙忠都能恰到好处地给他提供“烟草资粮”。到底院长给了多少条香烟，王俊还真没有统计过。不过，丁熙忠碍于情面，往往借用爱抽烟的郑宇凡，让他把香烟带到王俊办公室。对于郑宇凡而言，也可从中分得一杯羹，何乐而不为。不过这次丁熙忠从抽屉里拿出香烟，直接给王俊尚属首次。

香烟已提前备好，还是另有原因，王俊不得而知。能如此看透他内心世界，非丁熙忠莫属，王俊时常这么想。他非常满意眼前的搭档。以前，丁熙忠作为他手下科室的一名负责人。王俊还对其管理能力、业务技能，持有深深的怀疑态度。后来，他认为自己当初的想法太肤浅。丁熙忠是疗养院管理层的一匹黑马。他有胆识、有魄力，各项工作亲力亲为，打理得井井有条。不久，全院干部遴选中，丁熙忠与王俊并驾齐驱成为副院长。前两年，老院长退休。他和丁熙忠两人共同角逐院长位置。众人眼里，无论拼业绩、谈管理、论年龄、聚人气，王俊已无半点优势，对方没有任何悬念地当选院长。

有段时间，面对后起之秀，王俊还耿耿于怀。但他和丁熙忠没有宿怨，私底下还是知心朋友。丁熙忠非常尊重他这位老领导，每逢遇到重大事项，他往往会在第一时间找王俊商议，虚心听取他的建议。彼此之间在交流上，不存在任何感情障碍。所以，王俊心里筑起的厚实的壁垒，被对方的真诚渐渐融化。

王俊的目光从香烟上，慢慢移到丁熙忠微笑的脸庞上。“小宋近期还好吧?”院长不抽烟，所以，他想问候香烟真正的主人。

“嗯……”丁熙忠皱起眉头，表情略微有点僵硬，“还可以吧。”

从对方犹豫的表情里，王俊已明白八九分。丁熙忠和妻子宋毓秀之间的关系，好像到了水火不相容的地步。王俊眼里，丁熙忠是个典型的事业型男人，他已把疗养院当成自己的家。在他全身心投入到工作上时，妻子与他出现了感情危机。

宋毓秀是一家著名企业的负责人。她有经商头脑，公司所有业务，她都打理得井然有序。作为全市的纳税大户，每年滨海市电视台、报纸头条都能看到她的身影。妻子成功耀眼的光环，并没有阻碍丁熙忠事业前进的步伐。相反，他的工作发展得也是顺风顺水——思维缜密，独立的性格，精湛的业务能力，是奠定他成功的基石。

王俊十分清楚地记得，丁熙忠带他参加过宋毓秀公司举办的年会，那场景令他终生难忘。

那是滨海市一家知名酒店，装扮得熠熠生辉。宋毓秀如鱼得水般，游走在巨商富贾之间。演艺界著名的主持人、歌手都被请到了现场，为晚会增添了不少热闹。许多人围着宋毓秀不停问候，晚会女主角无疑就是她，端庄华贵的仪容，沉稳大气的礼服，谈吐文雅的气质，令她身边的丁熙忠黯然失色。

第六感告诉王俊，丁熙忠与身边的妻子相比，永远是配角。宋毓秀是公司领导，也是他们家的领导。与年会的热闹氛围相比，丁熙忠表情始终很冷漠，和现场觥筹交错的情景格格不入。

他并没有陪伴妻子应酬于达官显贵之间，而是偏僻一隅，和王俊静静地坐在角落里品酒。丁熙忠微蹙眉头，安静地注视着眼前灯红酒绿的场面，其中滋味大概只有他自己知道。王俊深知搭档的秉性和脾气——做人要强，有独立的精神世界。

邀请王俊参加年会时丁熙忠还是副院长，后来，他当上院长之后，再也没有向王俊提出类似的邀请。按说随着地位的提升，夫唱妇随，他会有更深厚的人脉关系。令人奇怪的是，他和王俊从不提及此事，就好像没有发生过一样。王俊在年会上细心观察过搭档，拘束的外表，表明对方也是初次参加。也许，丁熙忠认为带同事参加年会的选择不太明智，让外人看到他们夫妇不和谐的场景，会让他处在难堪境地。但丁熙忠真心想结交王俊这个朋友，似乎他有什么难言之隐。对王俊来说，参加年会是初次，也是最后一次。想必，丁熙忠亦然。

丁熙忠和宋毓秀可谓强强相遇，都有鲜明个性和不同的生活圈。“鱼与熊掌不可兼得”，恰恰验证了一个道理：家庭和事业相冲突时，双方不约而同地选择了后者。至今，两人没有生育小孩，就是一个很好的佐证。不可弥补的后果就是夫妻双方感情出现了裂痕。在外人眼里，宋毓秀作为女强人，很强势，好像受伤的是丁熙忠，他是弱者。

清官难断家务事。王俊想到这里，不好再往下追问，随口转移了话题。“陈鳌鑫反映的情况，算是摆平了吧?”

“我想应该没问题，我们又不理亏！每年这么多人参加体检，有时体检报告难免会出错。”话虽这样说，但丁熙忠好像没有太多底气。话音未了，他把征询的目光投向王俊。

“我会把后续工作处理好，请丁院放心。”瞅着对方放心不下的眼神，王俊颇为自信地点点头。

“另外，你要特意叮嘱顾主任，让她关注陈鳌鑫的体检细节，全程把好关。报告出来后你先看一看，有什么不妥之处我们再商量。”

“没问题，这些我早就和顾主任打过招呼。在事实面前，如果陈鳌鑫再无取闹的话，我们上法院起诉他。”

“老王，没有那个必要。身正不怕影子歪。”

“丁院，你说得非常对。我们不和他一般见识。”王俊言不由衷地回答，他内心则有自己真正的想法。凭借他和陈鳌鑫之间的交情，他不会把事做绝。

“老王，你少抽点烟，对自己身体也有好处。嫂子让我监督你，别让我光说假话啊……”说到这里，丁熙忠就止住了。

“哈哈……谢谢领导的关心。”王俊眯缝着眼笑了笑，十分满足地把头靠在沙发背上，开始梳理头上为数不多的头发。

片刻之后。

“唐枫记者没有反常举动吧?”

听到院长冷不丁抛来这句话，王俊有点意外。他身体陷在柔软的沙发里，大脑暂时还没转过弯。王俊舔舔嘴唇，晃动着硕大的脑袋，“丁院您的意思是……”他没明白话里的含义。

“我们与陈鳌鑫的对话，会不会引起唐枫不必要的怀疑?”丁熙忠用探寻的目光注视着王俊。

“怀疑什么？我们又没做亏心事!”

“她是记者，是不是对医患之间的谈话很敏感?”

“我想不会吧。她来主要是采访您和疗养院的工作，类似这些鸡毛蒜皮的小事，我想她不会操心。”王俊肯定地说道。

“老王，你抽空给各科室负责人交代一下，告诉所有人员，面对记者该说的要说，不该说的一定不要说。别让她们宣传疗养院负面的东西。”

“嗯，你放心。”看着丁熙忠心神不宁的样子，王俊毫不犹豫地答应下来。

他不知道院长在担心什么。不过，眼下最为关键的是他们要齐心协力，让疗养院充满积极向上的正能量。

第五章

“向峥嵘死了……” 许娴嘴里吐出这几个字时，让人恍惚之间觉得这是个愚人节玩笑。从客观上讲，唐枫希望她是道听途说，转述长舌之人的恶作剧而已。这种不负责的说法，令唐枫从感情上无法接受。对于向峥嵘夫妇而言，也实属大大的不恭敬。

唐枫仔细端详许娴的眼睛，想从那双清澈的眼眸里发现些头绪。但对方刻意回避的眼神，使她感到一份真实的存在。透过师姐犀利的目光，许娴看到映在她瞳仁里，那个瑟瑟发抖的自己。不知是紧张，还是害怕，大热天里，许娴胳膊上起了层鸡皮疙瘩。她双手放在手臂上，来回不停地摩挲着。

“你说的是真的？别人随便说的玩笑话，你不能亦步亦趋，人云亦云。” 唐枫食指放在嘴唇前，谨慎看着许娴的眼睛说道。

“绝不会搞错！” 她紧绷的神经稍微一放松，就无力瘫坐在床上，呆呆望着唐枫，“我刚听到这个消息，就赶快回来告诉您”。一双空洞茫然的眼神，暴露出许娴的惊魂未定。

“不可能！昨天我们来时，向老还主动与我们打过招呼，看起来他的身体没有任何异常。”

“是啊。他们说这事儿的时候，我还非常怀疑事情的真实性。”

“他们是谁？”

“没有谁啊。” 许娴话音方落，觉得太过于笼统，又接着说道，“您让我十点找丁院长商量采访的事，我到达办公楼三层时，发现走廊里聚集着许多人。他们围在院长办公室门前，不知互相打探着什么……” 她努力做了个吞咽的动作。

许娴的大脑还在拼凑所见所闻，“听旁人说，今天早上九点半左右，向峥嵘夫妇像往常一样在园林遛弯，向老心脏病毫无征兆地发作，王蓉芳顿时被吓得手足无措，她赶紧四下找人求助。等医护人员赶到现场，准备实施抢救时，向老已经不行了。最后，王蓉芳她自己也昏倒在地……”

“噢……”唐枫飞快地瞥了一眼腕上的手表，七月二十二日上午十时三十五分。

“向老当时就过世了？”

“呃……是的”，许娴使劲咽了口唾沫，“我听旁人是这么说的”。

“王阿姨没事吧？”

“应该没问题。医生过去后，发现已无法挽救向老的生命，他们立即对昏迷的王蓉芳进行了抢救，听说现在她好多了。”

“这到底是怎么回事？”唐枫双手叉腰，闭上眼睛，然后又拍了拍自己额头。

“我……我也不知道。”

“你见到丁院长本人没有？”

“没有，现场那么多人，我根本看不到他。”

“怎么会这样……”唐枫喃喃，紧蹙双眉，呆呆地望着桌上的采访稿。

事情发生得有点突然，残酷的事实就摆在眼前，让熟悉向峥嵘的人感到无法释怀。

“不知道丁院长和王副院长，在与警察解释什么。”许娴把额前汗水浸透，低垂几绺头发掖到耳后。“唐姐，警察来干什么？”一双惊恐的眼睛注视着唐枫。

“是不是，向老的家人认为向老的死……”唐枫疑惑的目光紧盯远处。虽然视线没看着许娴，但她脑海里在快速筛选答案。“认为向老的死比较蹊跷，直接报案了？”她接着又补充说道。作为一名职业记者，唐枫细致地分析着事件的来龙去脉。昨天，向峥嵘身体无任何异常，今天却意外死亡，其中存在很大疑问。家属向警方报案，也属于情理之中。

“不知道，反正丁院长办公室围了许多人。”许娴呆板机械地回答。

“你刚才说向老是什么病引起的死亡?”

“听说是心脏病。”

“向老以前有这种病吗?”

“唔”，许娴微微一僵的表情，并未逃过唐枫的眼睛，但那可以解释为：突然提起向峥嵘的病症而产生的迷惑。她嘴唇上下哆嗦，断断续续带着哭腔。“我……不知道，我……我是听人群里这么说……”闻听向峥嵘意外死亡，大大超出许娴那颗年轻心灵的承受能力，紧张、恐惧、慌乱的心情，逐渐蔓延到她的肢体和语言上。

“法医来了没有?”

“不知道。看到现场人很多，我就赶快回来了……”许娴双手捂着嘴巴，使劲眨巴着眼睛，努力控制即将落下的泪滴。

看着同伴魂不守舍的样子，唐枫暗自为她担心。唐枫掏出手机，迅速拨通报社主编倪云飞的电话，把情况简明扼要地做了汇报。然后，她双手抱在胸前，出神地注视着窗外。

“倪主编怎么说?”许娴稍微平息下杂乱的心情，忐忑不安地看着唐枫。“我们下一步该怎么办?”

“倪主编让我们在这里等，观察事态的发展。”

“要报道吗?”

“不。现在出了人命关天的大事，在警方没有调查清楚之前，不能报道。”

“遇到这么棘手的事儿，我们应该怎么办?”

“……”

唐枫没有回答，她出神地望着远方。或许，此时感觉最为棘手的人应该是丁熙忠。报社采访丁熙忠是对疗养院的褒扬，也是把他树立成典型的大好时机。向峥嵘意外身亡，会无形中影响人们对他的看法。如果此事调查不清楚，或处理不及时，经过深度发酵后，会给疗养院和他的前途带来不可估量的负面影响。唐枫冷静思考之后，认为采访或许真不是时候。现在只有借助警方调查，澄清事实真相，分清主体责任，疗养院才能摆脱不利的境地。

刚才许娴说出的话，没有得到唐枫的回音，反而增加了她不安的情绪，“唐姐，发生这样闹心的事，我们是不是不用采访了”？她准备打退堂鼓。

“暂时不用。不过，我俩谁也走不了，警察很快就会询问我们。”

许娴蓦地睁大眼睛，一副手足无措的表情。“为什么?”

“因为我们与两位老人见过面。”

许娴不由得提高了声调，“那只是双方礼貌性地打了个招呼而已”。似乎与警察打交道，她心存畏惧。那只是一次普通的谈话，应该与向峥嵘死亡无关。所以，她表现出一副据理力争的样子。

“警察要调查走访”，唐枫用右手食指了下许娴，又指了下自己心口，“包括所有与当事人接触过的人”。

好像许娴没有听懂这番话，有点摸不着头脑，用求助般的眼神看向唐枫：“报社让别人来不行吗？我们的采访任务已经结束了。”

唐枫做了个深呼吸，以宣告重大事件般的心情开口道：“没有你想象得那么简单，也许采访工作才刚刚开始……”她一字一句说得非常清楚。

看着那双迷离的带着泪水的眼睛，唐枫不由得轻轻地叹了口气。依靠在窗框上，眺望不远处的大海，她陷入了沉思……按道理说，这次采访工作，如山涧溪水顺势而下，如水到渠成般顺畅。可现在水流偏偏遇上山体滑坡，逐步形成一个堰塞湖。于是这件事开始慢慢蓄积，并且有向四周漫溢的趋势。如果处置不当，堰塞湖一旦决口，就会引发一系列灾难性后果。希望不是这种结果，唐枫暗自祈祷。

202 房间铃声响起。

“来了！”唐枫大声地应答着，窥视了一下神情慌乱的许娴。

唐枫朝门口走去，猜测着是什么人来了。她的心“怦怦”直跳。昨天毫不连贯的事情的片断，在她脑海里不停地涌现。唐枫诚惶诚恐地打开挂着门链的房门。门外站着一位身穿警服的男子。“请问您是谁？”

“我是滨海市公安局刑警支队的梁涛。”男子从内口袋里取出黑色警官证说道。

“刑警？”

“是的。”

唐枫虽然心里有准备，但预感要发生的事马上就变成了现实，还是让她十分惊诧。

“您是滨海日报社的唐枫记者吧？”

“是的。”唐枫此时冷静注视着身穿警服的梁涛。唐枫用手做了个“请进”的手势，梁涛闪身进了房间。

“这位是……”蓦地，房间里多了位陌生人，梁涛面露警惕，扭头询问唐枫。

“她叫许娴，我们是一块儿来的。”唐枫回答。

他脸上戒备的神情稍有松懈。“你们以前认识向峥嵘夫妇？”

“不，我们昨天刚认识。”

“噢”，听到这个回答，梁涛似乎有点意外，“你们和向峥嵘夫妇交流过吗”？

“昨天上午我们碰过面，互相只是打过招呼而已。没有想到，今天向老就……”许娴插嘴说道。但她马上觉得自己有点多舌，妨碍了师姐和警察的交谈。她捂住嘴，用充满歉意的眼神盯着两人。

“你们昨天看见向峥嵘夫妇的时候是几点钟？他们有没有反

常的举动?”

“应该是上午九点半左右，当时他们正要出去遛弯，两人状态都很好。”唐枫凝视半空，牙齿轻咬嘴唇回答。

“时间掌握得这么准，您当时看手表了吧?”梁涛下意识地瞥了眼对方的手腕，可他什么也没有看到。

“对。这是职业习惯，我出门前都要戴手表。”

“你确定?”

“我确定。”她收回目光，肯定地点了点头。

怎么现在这位女记者没有戴手表? 梁涛感觉有些纳闷，“当时周围还有什么人”?

“陪同我们的还有钟婉贞医生、高小藜护士。”

“哦，她们与向峥嵘夫妇说过什么没有?”

瞅了一眼唐枫，许娴接过话说道：“应该和我们差不多，也是一些问候之类的话。”她鼓起腮帮子，仔细端详警察的面部表情。许娴想尽快撇清与本案的关系，不过好像事情并不如她想象得那么简单。

须臾，她好像想起什么，“对了，高小藜护士帮助王蓉芳夫妇推轮椅下楼”。说完，她用目光死死盯着梁涛。这是不是一条有价值的线索，许娴不知道。

“没有其他情况了?”梁涛侧首，用空洞的眼神盯着她。

“嗯。”她提供的情况，没有得到警察积极的回应，“应该没有了……”许娴垂下眼睑，有点小小的沮丧。

梁涛继续说道：“那好，不打扰你们了。不过，在事情调查清楚之前，还要麻烦您二位多待几天。”他说完后，紧闭双唇，还是用一副怀疑的眼神，左右交替望着两位记者。

“我能提个问题吗，梁警官?”低头沉思的唐枫，忽然抬起头来询问。

“可以，什么事?”

“是不是因为向老有心脏病，才会引起他意外死亡?”她想探询向峥嵘的死因。

问题十分尖锐，涉及案情的源由。梁涛的回答需要仔细斟酌，把握好分寸。

许娴对搭档的风格很熟悉。每次外出采访，唐枫用语不多，往往会直奔主题。对待问题，她有自己独特的见解，与常人眼光迥异。看似非常普通的事，她常常能追根溯源，深度挖掘出实质性内涵。她的确是一名经验老到的记者。

梁涛用警惕的眼神，左右不停地打量眼前两位记者，"怎么说呢……"措辞要得当，言语要谨慎——这是上级领导早已给他交代过的事宜。他下意识地向门口看看，看到紧闭的房门，好像才放下心来。对此，似乎他有很深的顾虑。

"唐记者，我知道你是滨海日报资深的记者。在真相没有调查清楚之前，谁也不能对外公布，这是纪律。"他把声音压得很低，而且是很小心地说道。

"明白。我只想多了解些情况。"以前，因工作关系接触过警察，唐枫知道部分工作内容。

"嗯……好吧。"这是不太肯定的回答，对待如此敏感的问题，梁涛还是有些担心。"昨天，属地派出所接到出警电话，立即赶到现场。现场民警了解情况后，向指挥中心做了汇报。市局相关部门不久也来到疗养院，征得向老家属的同意，法医还做了尸检……"他长长地出了一口气，说到实质性的地方，他好像故意要制造悬念似的停顿下来。这引起两位记者的好奇，她们不约而同相互对视，然后又把目光投向梁涛。

面对两双探究的眼睛，梁涛做了吞咽动作，又开口说道，"解剖报告显示，向老是服用某种药物过量，致使心脏衰竭而死"。经过激烈的思想斗争，他把警方目前掌握的情况，做了简单的通报。

在说出向峥嵘死亡原因之前，梁涛仔细琢磨过。即使现在不说明死亡原因，记者也会从侧面或别的渠道打探到相关的消息。

对于案件更深层次的问题，到底是一起医疗事故，还是一桩谋杀案，要等到案情真相大白后，才能公之于世。“好事不出门，坏事传千里。”他深知其中的内涵。

“某种药物过量?”唐枫倏地瞪大眼睛，大大的黑眼珠游移不定。发生如此严重的医疗事故，从理论上让人觉得有些不可思议。“梁警官，那是什么药物?”她紧接着又问道。

唐枫压迫式的询问，是警察审问疑犯惯用手段。现在反过来，让对方这么问，梁涛不太适应，鬓角渐渐渗出微小的汗滴。他摘下头顶的大檐帽，从裤兜里掏出手帕擦拭帽沿边的汗水，来掩饰自己的窘态。他故意干咳了两声，仿佛要给自己多留点思考时间。在对方恳求的目光注视下，梁涛把帽子戴好，略显犹豫地说：“听说向老患有慢性肺源性心脏病。尸检报告上面说他服用‘强心苷类药物’过量，才是导致他死亡的主要原因。”

“是医护人员给他服用这类药物?”

“嗯，现在还不太清楚。”

“强心苷类药物，是向老自己带来的?”

“哎……我们还在调查。”梁涛脸上写满了茫然，出神的眼睛紧盯窗外，望着摇曳的树叶发呆。此刻，他不知道女记者心里在想些什么，但与对方寥寥几句的对话，就可以看到她身上与众不同的东西——细腻而执着，这正是一名优秀警察所具备的良好品质。

每年向老夫妇都过来疗养，从未发生过任何问题，现在怎么会有这种情况?向峥嵘死得很蹊跷，梁涛也是疑问满腹。他从恍惚中回过神来，把自己的手机递到唐枫面前，“好吧！我们就谈到这里。这是我的手机号，你们二位想起什么或有新的线索，记着给我打电话。”还有许多工作等着梁涛去做。唐枫掏出手机，低头把电话号码记了下来。

梁涛把手机揣回兜里，“谢谢你们，再见！”他挥手与两位记者告别。

“再见。”心不在焉的唐枫，从嘴里轻轻地吐出两个字。

梁涛那躲躲闪闪，半是怜悯半是猜测的目光，令唐枫印象深刻。那目光犹如夏日挂在枝丫末梢的一缕蛛丝，不小心缠在身上后，倒无大碍，但粘连在她心里的感觉却不甚清爽。

第六章

唐枫和许娴所住房间的隔壁 203 室，住着一对疗养的老夫妇。他们正在小声谈论向峥嵘的意外死亡，“老乔，你说到底是怎么一回事”？姓秦的老太太，小心地询问坐在桌前看书的老伴乔振昌。

“唉！我也不知道。昨天我们在花园遛弯时，不是看到他俩还好好的吗?”乔振昌心烦地合上书，摘下老花镜，出神地望着窗外。

其实，书上的每一个字，都像一块沉重的石碑挡在他的眼前，他看懂了每块碑文，却没有看清向峥嵘的坟茔。乔振昌的目光在碑文之间惶乱寻找他故友的坟茔。看书，只不过是表面上所做的掩饰，掩饰他内心极度的悲戚。此刻，他的悲伤无法表述。到目前为止，他不相信向峥嵘是真的死了。

乔振昌和向峥嵘是脾气相投的老伙计，他们私底下的交情很好。这种关系是建立在双方互相信任、互相帮助的基础之上的。只要和向峥嵘待在一起，他就有说不完的话。

疗养院搭建的交流平台，促使他们双方相识、相知，直至成为挚友。无情岁月的流逝，在他们沧桑的脸上和年迈的身体上，刻下沉重年轮的痕迹。时光的酝酿，却把两位性格迥异、不同阅历的老人，从陌生渐渐演变成知己。故事本身就是一个奇迹。即使，他们各自从疗养院回家，也会抽出时间到对方家里走动。不为别的，只为老哥俩之间的友谊。可以说，他们虽姓氏不同，关系却胜似亲兄弟。

向峥嵘的经历，仿佛是一条不起眼的小船，他的履历如大海狂风巨浪般的跌宕起伏，但他是一位训练有素的水手。他驾驭的小船，抵挡住了一生一世的狂风巨浪，却抵挡不住狂风巨浪之后温柔的旋涡。旋涡，是有人故意制造出来的。乔振昌坚信不疑。

乔振昌相信向峥嵘搏击过大风大浪的身手，绝对不会搁浅在一个风平浪静的港湾。挚友意外的离世，对他的打击实在很大。当噩耗传到他耳朵时，他愣愣地站在原地，久久没有说出一句话来。不知是痛苦还是失落，彷徨还是无奈。向峥嵘意外的逝去，让他感叹人生无常，命运叵测，余生会留下难以言说的遗憾。

“虽然向峥嵘的腿在战争中受过伤，落下了残疾，可是他身体还结实硬朗，这和他以前当过兵有很大的关系。”乔振昌自言自语地说道。

“我也纳闷，人怎么说没就没了？”姓秦的老太太对向峥嵘的死因，同样抱有很大的疑问。

“我可告诉你，秦鸿燕，你当着外人可别乱说。”

“我给谁说了？现在就你和我在讨论这个问题。你真是的……”她白了一眼老伴。

“警察没有调查清楚之前，我们还要耐心地等等。”没有理会老伴不满的眼神，乔振昌瞪着红红的眼睛望着远方。

他之所以严肃地告诫老伴，是因为此案系“人命关天”的大事，私底下他们不能随意发表言论。更何况，向峥嵘又是他的挚友。无论从主观意识上还是客观事实上，他不想有任何负面消息，玷污老友戎马一生良好的声誉。

“我知道”，秦鸿燕瞥了一眼情绪有些反常的老伴，还有点不死心，“你不觉得这里面有文章”？她想拐弯抹角地把真相弄明白。

“有什么文章？”

“向峥嵘的死有点不明不白。我与王蓉芳交谈时，曾经听她说‘向峥嵘心脏病有好转的趋势，’这样的话他怎么会心脏病突然发作而死？所以，我感觉这件事有些不可思议。”

“你什么时候听王蓉芳说过此事？”

“你忘了？前几天我们不是到他们那儿串门，王蓉芳主动提起来的。当时她还是一副很高兴的样子。”

听到秦鸿燕这么说，乔振昌起身，走到她跟前，俯视老伴说：“具体是哪一天，你能记得起来吗？”

“唉，也就是前几天的事儿。具体时间我还真想不起来了，难道你忘了？你和向峥嵘待在一块儿，还对他说：‘你腿部穴位坚持用针灸和按摩治疗，才能促进局部血液循环，这样对你身体健康有利。’”

“噢……想起来了。那应该是十八日上午还是下午？”

“我想应该是上午吧。”她随声附和。

“才三四天工夫儿，向峥嵘这么会出现这种意外情况？”

“谁知道？”秦鸿燕咂咂嘴。

“目睹向峥嵘发病的王蓉芳，她当场昏倒了？”

“听医生说，王蓉芳现场受到强烈惊吓，加上她年岁已大，出现突发性昏厥。现在经过调理，她身体好多了。”

“我们抽空买些东西去看看她。现在就她一个人了，怪可怜的。”他说出这番话时，秦鸿燕开始伸手抹眼泪。

“我早去看过王蓉芳了，她儿女都在身边照顾她。”

“你怎么没有跟我说过？”

秦鸿燕嗫嗫嚅嚅地说道：“我看你这几天沉默寡言……向峥嵘的死，让你心里不好受。所以，我自己就去了……”

“唉，真是想不到啊。”

乔振昌红红的眼睛有点可怕。秦鸿燕从未见过老伴有如此凄凉绝望的眼神。

“也许警察不久就会找到你我，详细询问有关向老的事情。”乔振昌下巴使劲向前伸了下，又缩回来，仿佛在指秦鸿燕和他自己。

“你怎么知道?”她露出不安的表情。

乔振昌默默地背过脸凝视着窗外，用手指揉了揉两个眼角，尽量装出一副自然的神态，但其内心却抑制不住失去老友那种剜心的痛楚。“很明显，王蓉芳子女们报案了。他们认为向峥嵘的突然死亡有些不合常理。”乔振昌回过头，看着老伴迷茫散乱的眼神里，有一只毫无目的正在奔跑的“兔子”。此时，“兔子”正气喘吁吁地四下张望，害怕猎人的下一个目标就是自己。显然，向峥嵘意外死亡，不仅给予他熟识的人带来很大的“意外”，同时，也给上岁数的疗养人群蒙上了一层心理阴影。

凡是过来疗养的人员，都本着修身养性，向利于健康的方面调节身体的意愿。凭空出现这么一档子事，可以说是老年人最不愿意看到的。每个人心里，都为自己的健康和人身安全，升起一丝担忧。

“你是说，向峥嵘的意外死亡疗养院要负责?”

“不好说，要看警察最后的调查结果。”

秦鸿燕望向远方，稍后将视线转到老伴身上，“你不是经常看些侦破类型的书籍吗，不能从中得到点什么启发”?她联想到乔振昌的爱好，老伴喜欢读些推理和悬疑类小说。

乔振昌撇了撇嘴，用无奈的眼神瞅了下想要打破砂锅问到底的秦鸿燕，“书本上的故事情节，和现实根本是两码事。不过……”

“不过什么?”

“前天我和向峥嵘谈话，好像发现有可疑之处……”乔振昌眼里闪现出一丝光亮，好像是寻宝人员即将找到宝藏，瞳孔里才会出现的一种特有的欣然。

“噢，你发现什么问题?”

“你急什么?”乔振昌不满地翻了下白眼，他不喜欢自己在说话的时候被别人打断。“你可知道言多必失?”乔振昌反问秦鸿燕，对方眨巴着眼睛，有点摸不着头脑。

她有插嘴的毛病，每逢乔振昌说话，往往会中途打断他的思路。这么多年，他已习惯了。

乔振昌摇摇头，“向峥嵘说他们马上要从 201 室搬到楼下 101 室去住”。他说出了自己心中的疑点。

秦鸿燕觉得老头子有点神经过敏，她如释重负地松了一口气，说：“这有什么大惊小怪的？向峥嵘腿有毛病，疗养院领导为了方便他们出行，从楼上搬到楼下，是很正常不过的一件事。”

“我感觉不太正常。”

“为什么？你是从书本上得出的推理？”

乔振昌仿佛没有听到老伴的话，他踌躇地从座位上站起身来，拿水杯到饮水机前接水。“为什么向峥嵘换房前，什么事都没有发生，说到要换房的时候却出了命案？是不是有人在暗中盯着他？”

听到老伴的这番话，秦鸿燕感觉浑身起了层鸡皮疙瘩。花园式的疗养院，许多人与他们都熟识，他们享受着宾至如归的感觉。发生这样的事情，让人难以想象。如果说向峥嵘沉疴难起，还说得过去。但他没有出现明显的症状而猝死，这结果足以令人怀疑。她很纳闷，乔振昌的分析也不无道理。

“看警察最后的调查结果吧……”乔振昌呆呆地望着窗外说道。他手中杯子已倾斜，水从里面断断续续洒落在地，打湿了脚上的鞋子，可他却浑然不觉。

突发意外，让唐枫有点措手不及，好像事情正朝着不可逆的方向发展。她们的采访工作暂停，她心里很乱，理不出任何头绪……

恍若隔世，如梦幻般的两天，存在太多未知因素，也给唐枫留下深深的疑问。在记者的生涯里，还从未遇到过类似的情况。她想探究向峥嵘死亡背后的真相，不为别的，只为给短暂相识的向峥嵘夫妇一个合理说辞。

王蓉芳和蔼可亲的面孔，向峥嵘炯炯有神的眼睛，一一浮现在唐枫眼前。交错放映的画面，就如昔日电影般一格格镌刻在她脑海里。向峥嵘是在唐枫眼皮底下逝去的，犹如他是她身边暂住的一位邻居，只要是认识了邻居，是看不出今天邻居与昨天邻居不同之处的。等到唐枫发现邻居突然消失的时候，事情已到无法挽回的余地。她很怀念这位邻居。彼此只见过一面，向峥嵘就不在人世了，怎能不让人感叹生命的脆弱和命运的无常！

听说向峥嵘的儿女在当天报过案后就把王蓉芳接回了市区，让她离开了这个伤心欲绝之地。唐枫最后没见到王蓉芳，也没能说几句安慰话。又是一桩遗憾摆在唐枫的面前，她感觉有点后悔。

“一定要抽出时间，去看望她老人家。”瞅见隔壁 201 室人逝房空，她心情无比沉重。

院长办公室，唐枫见到了丁熙忠。从那一双疲惫的眼睛里，看得出他内心所受的煎熬。

“唐记者，疗养院发生意外，我有直接责任。耽误了你们的采访工作，我也有责任。真是对不起！”说完，丁熙忠从座位上站起身来，弯下腰，深深地向她鞠了一躬。

一个大领导负着内疚的心情，还如此客气地道歉，让唐枫感觉很过意不去。她后悔自己不应该来，尤其不应该在这个敏感的时候过来打扰院长。她慌忙摆动双手，说：“丁院长您别自责，也许事情只是个巧合，等警方调查清楚，真相大白就好了。”

“巧合？”一双迷惑的眼睛看着唐枫。

“丁院长，我相信警察有澄清事实的能力。我想问得是：向老服用‘强心苷类药物’过量一事，您是怎么看的？是不是医护人员工作上出现了意外，还是监管不力，从而导致病人吃了不该吃的药？”她想找出向峥嵘吃错药的根源。

“啊……按您的说法，造成向峥嵘意外死亡的，不论是医护人员失职，还是他个人行为，疗养院都负有不可推卸的责任?”

“怎么说呢? 实际情况应该如此。”唐枫实话实说。疗养人员在疗养期间意外死亡，疗养院无法与之撇清关系，这一点丁熙忠应该明白。

“您认为是医护人员出现了问题?”常人尚能作出如此判断，那么警方自然会考虑到这一点。难道记者发现了新情况? 丁熙忠暗自思索过后反问唐枫。

“以上仅是推测，我现在手头没有线索。丁院长，我想听听您的看法。”

“警察不是正在调查吗? 我也不知道究竟是哪方面出了问题。”丁熙忠的回答很委婉、很谨慎，他不敢贸然下结论。他摘下眼镜放在桌上，双肘撑在桌面上，用手紧紧捂着脸颊，上下使劲揉搓着，“真希望警察能给个合理的说法……”他对警方寄予厚望。

院长沮丧无奈的表情，深深触动了唐枫。看来他也在焦急地等待结果。为了不打扰神情恍惚的丁熙忠，她悄然无息地离开办公室，随手把门轻轻带上。踱步到走廊，唐枫的大脑却一刻也没闲着。支离破碎的片段正在慢慢拼接，她在寻找相互关联的桥段。她脚下的皮鞋与地板接触，发出“咔咔”单调乏味的声音。忽然，她视线被吸烟区一个熟悉背影所吸引。唐枫驻足低头，稍作思考，疾步来到那个背影身后。

“王副院长，打扰您了，我想咨询点事。”

“哎……”身后传来说话声，惊扰到正在出神的王俊，他忙转过身，定睛细看，“你好啊，唐记者”! 目睹记者微蹙眉头，手指放在鼻孔下的表情，他下意识地把还未抽完的香烟掐灭。“唐记者，是不是关于采访一事?”小半截尚抽完的香烟，被王俊握在手心里——他很有眼力劲儿。

“不是采访的事情，我想找您了解些其他情况。”她说道，“对于向峥嵘这样的疗养人员，疗养院是如何管理的? 他们所服用的药品是自己携带，还是疗养院按病情发放的?”一连串尖锐的提问，催生出对方一脸难堪的表情。

“嗯……”王俊习惯性扶扶眼镜，好像在认真考虑该如何回答。镜片后，他眼睛里闪过一道不经意的亮光，唐枫看得很清楚。

记者究竟抱着何种目的？对于向峥嵘的死亡，想捕捉什么独家新闻？如果经媒体报道后，会不会给疗养院带来不可逆的负面影响？王俊在左右权衡利害关系。不过，唐枫所问问题不是什么秘密，医院有自己的一套管理模式，即便说出来也无妨。想到这儿，王俊开口说道："凡是过来疗养的人员，入住前经过专家会诊，相应的体检也做过……”他喉结上下蠕动，努力吞咽下口水。“护理部也有‘家庭病床’，这儿硬件配套设施也很完善……”从他稀疏的头顶，渐渐渗出亮晶晶的汗珠。

这种按专题片脚本式的回答，唐枫不想听。“每天疗养人员所服用的药品，是不是疗养院负责发放的?”

还没从常用的回答格式中回过味来，更加犀利的问题接踵而至。王俊感到了莫大的压力。“这记者的提问太过刁钻!”他暗自思忖。

“……”

这番话好像击中了对方要害，让王俊半晌没有说话。唐枫透过镜片，看到的是经过激烈思想斗争，遗留下的扑朔迷离的眼神——王俊似乎变得让人更加难以琢磨。

“嗯……疗养人员服用的药品，护士会按时发放。”他仿佛是下了很大决心，才勉强说出口。唐枫又不是警察，问这些问题干什么？这可是个烂泥潭，想澄清的人大有人在，难道她还想身陷其中？哼，真是自讨苦吃！王俊张嘴真想抢白她："你是不是管得有点太宽，超出你的职责权限了?”但他擦了下嘴角，忍住没说，渴望地看了一眼与他擦肩而过打招呼的医护人员。

“能把工作流程介绍一下吗?”

“哎呀……相关细节你还是找丁院长了解，我怕有些东西解释不到位，有纰漏……”他眼里闪过一丝狼狈。王俊扶了下眼镜，目光警惕地扫视下四周，“我有些紧要的事需马上处理，先走一步。失陪”！他很聪明地借故离开了。

望着渐渐消失在走廊尽头的王俊的背影，唐枫好像若有所思。为了验证与王俊的谈话内容，她想再次单独找丁熙忠，了解一下详情。双方电话约好，晚上在院长办公室见面。

晚上八点钟，唐枫准时来到办公楼。

不知是向峥嵘的意外死亡，还是警方过来询问案由的原因，昔日热闹的疗养院变得十分冷清、凄凉。接受过警察询问的疗养人员，有许多已离开此地。疗养院笼罩着一片孤独和伤感的气氛，唐枫觉得自己的呼吸都颇为不顺畅。

全自动门无声滑开，她站在宽敞的接待大厅里，四周空空荡荡的。此刻心情是如此压抑，让人有一种失魂落魄的感觉。身后的自动门无声息地关闭。从室外潮湿闷热的空气里来到凉爽的大厅，在冷热空气交替瞬间，唐枫隐约嗅出既熟悉又陌生的那股味道……侧首，她努力回忆，却全然无功。她顺着楼梯，默默来到三层。空旷洁白的走廊，在日光灯照射下，显得格外静谧、悠长。

她脚下的皮鞋，与地板有节奏地撞击，形成由近及远“咔咔”的回声。从潜意识里，唐枫认为身后有人在偷偷跟踪自己。好几次，她不得不回头仔细凝视身后的走廊——除了她自己之外，空空如也。不是心里害怕什么，她不相信世上鬼神的传说。但疗养院散发着诡谲的气息，让她觉得更加神秘莫测。女人的直觉一向很准确。

丁熙忠的办公室就在眼前，唐枫止住脚步。倏然，那种味道又悄悄袭上她敏感的嗅觉。她紧蹙双眉，大脑极力搜索味道来源，几天累积下来的纷杂的思绪，严重干扰了她正常的思维。唐枫苦恼地摇摇头。

她伸手敲敲门，里面没有反应，用手拉了下门把手，门竟然锁着。奇怪！不是之前约好了吗？为什么丁熙忠没在办公室？她掏出手机拨打对方电话，语音提示已关机，又再次拨打过去，提示音还是如此……唐枫呆呆地看着手机上的日历：七月二十四日。估计，丁熙忠为向峥嵘的意外死亡而大伤脑筋，忘记接待我这位不速之客了吧？为对方失约，唐枫努力寻找一个安慰自己的理由。她无奈地呼出一口气，失望转身，顺着原路返回。

一扇隐蔽的窗户里，一双干枯的眼睛，紧盯唐枫离去的背影，从眼底散发出的晦暗，充满了极度的怨恨……

第七章

会议室里，全院骨干正在召开向峥嵘死亡分析会。相比上次讨论报社采访时的情景，气氛显得凝重肃穆。参会者各怀心事，正襟危坐。

环视了一下会场，丁熙忠率先打破了僵局，说：“关于向峥嵘死亡一事，大家都说说吧。”他声音凄凉哽咽，情绪十分低落。

王俊坐在原来的座位上，满脸愁容。他左手梳理头顶稀疏的头发，右手食指和中指弯曲，轻敲座椅扶手，仿佛在思考什么。

刘爽颇有些紧张，拿笔的手在微微地抖动。她左侧是面无表情的钟婉贞，右边是神色不安的肖依娜。护理部发生了意外，两位医生也过来参加会议。她游离的目光碰上对面的谭敏：他胳膊交错放在胸前，眼睛正毫不客气地紧盯着自己，仿佛想仔细倾听她要作何解释一般。

郑宇凡则是一脸茫然，眼睛毫无目的地散视。他把被烟熏黄的食指和中指，放在鼻子下面嗅着。

顾颂歌还是老样子，面孔不带任何感情色彩，灰白头发整理得一丝不乱，留给人的还是老成持重的印象。只是她微蹙眉，彰显出事态的严峻性。她和谭敏的年龄相差无几，但双方的性格截然不同。她的人生经历很多，对待工作细致严谨，是履历中的最大亮点。除本职工作之外，凡是涉及他人事务的，她一般不会轻易发表个人见解。她坚持中庸之道，无论对待上下级，还是同级之间，从不会出现关系过近或过远的情况。

在座没人接丁熙忠的话茬，场面一度有点难堪。逐个审视众人面部表情之后，他把焦点对准刘爽，“刘副院长，你说一下到底是怎么回事。”

该来的终究会来！

今天的主角无疑是刘爽，抑制了一下不安的心情，她舔了下因紧张略微发干的嘴唇。“好吧，我就说说向峥嵘出事那天，护理部所有人员的工作情况。”她伸手，拢了下额头几缕散乱的头发。“二十一号全天，我参加市卫生局培训会。二十二号早上，我过来上班。”瞅着谭敏用审视的眼光紧盯自己，刘爽心里有点反感。不能埋怨别人揣猜，护理部发生了如此的重大事件，如果刘爽不能当众解释清楚，就是跳进黄河也洗不清。她想澄清事实，但苦于手头拿不出确凿证据。

“二十二号上午九点四十五分左右，肖依娜给我打了个电话，告诉我向老意外去世的消息。”刘爽为了把事情的来龙去脉阐述清楚，略微停顿了一会儿。她长长地出了一口气，又接着说道，“当天的值班医生是肖依娜，护士是高小藜。工作记录上显示，她们检查过要分发的药品，并在记录本上签字……”

听到刘副院长提及自己的名字，肖依娜脸上闪现出一副慌张的神情，露出欲言又止的样子。她始终认为自己是无辜的。

“除了两位值班人员，还有没有其他人进入过值班室？”王俊插话问道。

“有。根据当天监控录像显示，二十二日早上进入过值班室的还有邱凤蔚、许嫒嫒两位护士以及钟婉贞医生……”刘爽又提到其他人员。

肖依娜扭头，挺直身体，视线越过刘爽头顶，紧盯钟婉贞的侧脸。她没想到的是，钟婉贞连眼皮都没有眨一下，直勾勾的眼神仰视虚空。她在想什么？对呀，没做亏心事，不怕鬼敲门！我和钟婉贞没做任何坏事，害怕什么？想到这儿，肖依娜一扫如履薄冰、战战兢兢的心情，努力扮作静若止水的样子。

“你等等。”丁熙忠拦住刘爽的话头，说，“邱凤蔚和许媛媛分别负责二、三号疗养楼。她们上班期间，到一号楼去干什么”？他一脸愕然。原来他要求护士工作期间，不能擅自离开工作岗位。显然，邱凤蔚、许媛媛两位护士没有很好地执行该规定，这让他很恼火。

闻听丁熙忠发出质疑，刘爽怔怔地看着他。“关于疗养楼护士的值班情况，以前召开过院长办公会。我在会上强调过护理工作的特殊性。护士三班倒，在值班期间，她们想尽快完成本职工作。所以，互相搭把手的情况也很正常。”

也许棘手事太多，扰乱了丁熙忠的正常思维，当初院长们开会决定过的事，他却忘记了。场面有些发窘，他的眼睛极力避开刘爽直视的目光，死死盯在地板上。

丁熙忠没有再说话。刘爽目光扫过他之后，继续说：“两位护士帮高小藜分发药品，主要是因为八点钟疗养人员要吃饭。部分吃饭较快的人员，八点一刻左右就回到自己房间……”

王俊欲言又止，刘爽的注意力转向了他。好像觉得此刻插话不合时宜，他身体后倾，用手抚摸下颚，靠在椅背上又陷入沉默。

刘爽左右环顾没人发言，又说道：“疗养人员饭后回到房间，待上十几分钟后，就有人开始服药。三个疗养楼的值班护士，都是在早餐开始后，相互帮助分发药品。她们想趁吃饭的空当儿，把此项工作尽快完成。”

“护士互相帮助一事，以前开会讨论过。”王俊干咳一声，终于接过刘爽的话茬说道。斟酌再三，院长办公会上讨论的结果，他认为还是说清楚比较合适，这样可以打消其他人对刘爽的质疑。

"现在，疗养院医生和护士缺编严重，长此以往，必然会造成服务不到位，客人投诉多的情况。人员短缺问题要作为十分重要的'议题'开会加以讨论。"王俊吁出一口气，双手摊开，做了个无可奈何的姿势。

听了他的话，众人开始掂量自己的工作。人员捉襟见肘的状况很突出，王俊所言极是。日益扩大的疗养人群旺盛的需求，医护人员编制短缺带来的弊病，已形成尖锐的矛盾，这会形成新一轮医疗改革浪潮。解决人员编制问题，还要靠上级部门参与协调，丁熙忠是心有余而力不足。

沉默。

一通感慨之后，王俊挑明了疗养院的沉疴痼疾，似是而非地转移了讨论的主题，暂时缓解了会场紧张的氛围。

最后还要回到问题上来，丁熙忠略微思考一下，扭头问刘爽："向峥嵘吃错药，查出根源没有？"

"从目前掌握的情况来看，药房配药应该没有错。值班人员复查过程中是否发现问题，还是药品在发放过程中出现错误……"她伤感地降低了说话的分贝，"现在还不知道……"

"有没有这种可能，向峥嵘是服用自己所带的药品，出现了不良反应而导致死亡？"王俊小心翼翼地说出了自己的判断。

闻听王俊所言，肖依娜想补充点什么，她上半身微微前倾，想离开座位。说话之前，她小心地瞥了一眼钟婉贞，钟婉贞一言未发，还是沉默如金。"作为护理主任什么也不说，我添什么乱？在这种场合如果解释不到位，就会成为众矢之的。我还是好自为之吧！"她恢复了原来的坐姿。

"不可能！每年向峥嵘到疗养院所服用的药品，全部是药房调剂好的。"刘爽否定了他的说法。

沉默。

“如此说来，那个‘凶手’就在护理部?”寂静的会场上响起谭敏尖锐刺耳的声音。闻听之后，丁熙忠不由得紧皱眉头。刘爽、钟婉贞和肖依娜，把迷惑而复杂的目光全部投向了谭敏。难道他握有真凭实据？护理部在座的三个人，心照不宣地想到。

谭敏张扬的个性和一针见血的话语，经常会引来众人诧异的目光。有些别人不愿意说，或者不方便说出的话，他会不分场合，不分对方职位高低，毫不忌讳地讲出来。也许这是他自持年岁大，资历老。

谭敏侧身，向前移动了一下身体，下意识地避开刘爽她们不解的目光，对着丁熙忠说：“丁院，现在事情很棘手。如果这是一起医疗事故，疗养院要负责赔偿。”

这很像是在为领导出谋划策，谭敏眼睛始终没有正面瞧王俊。他认为疗养院的主心骨应该是丁熙忠。

他双手抱在胸前，视线死死地盯着地面，“假如这是一桩蓄意谋杀案，可能会对疗养院良好的声誉，造成不可弥补的损失……”虽然谭敏刻意压低了嗓音，但在座的人都听得很清楚。

仿佛小池塘边，有不明真相的群众围观，谭敏故意向水中丢了一块石头。它入水的一刹那，尽管所有人都在刻意躲避，但激起的水花，还是把大家衣服溅湿。水中慢慢扩散的波纹，冲击着所有人不平静的内心。尽管每个人梳理自己与本案的关系，想彻底剥离干净，尚有些不太可能。

或许，谭敏说话有些偏激。但事实上，却让人不由得仔细掂量其中的含义。疗养院不疾不徐的步伐已被打乱，没有人知道下一步会是什么结果。按照他的推论，两种不好的结果都会给疗养院带来不可逆转的负面影响。大家为之共同努力奋斗，建立宏伟的金字塔即将面临崩塌的危险。但大主意还需要丁熙忠来定，众人目光不约而同转向了他。

沉默。

今天墙上时钟的嘀嗒声，竟然变得如此响，每一秒钟显得格外的漫长而又残酷，它在等待一项重大的决定。眼下丁熙忠是唯一能力挽狂澜的人。仿佛只有他，才能把疗养院从死亡陷阱里拯救出来。此刻，经受煎熬的不单只丁熙忠一个人，刘爽和王俊作为副院长，也承受着相当大的精神压力，护理部的钟婉贞和肖依娜也是如此。

室内空气变得无比压抑，有种要窒息的感觉，不良情绪逐步蔓延到在座的各位。从事态的走势看，其实已对疗养院造成不可扭转的负面影响。

还是沉默。

丁熙忠脸色变得十分难看，综合所有情况，警方还没给出最后的结果，谁也不敢妄下定论，关键是“尺度”无法拿捏。假如能澄清事实，即可安抚众人的消极情绪，否则，就会出现人人自危，互相猜疑的局面。到了那时，人心会变成一盘散沙，纵使他有三头六臂，也无回天之力。慎重，一定要慎重！这个头不好开啊！他把求助的目光转向了王俊。

王俊视线和丁熙忠相接的一刹那，瞬间读懂了其中的含义。他立刻清下嗓子，说：“关于向峥嵘死亡的定性问题，我们暂时不要讨论。”他露齿说话时，几颗有烟渍的牙齿格外醒目。“既然向峥嵘家属已报警，警察已立案进行调查，相信警方会给出合理的说法。”

“又是王俊发言！”谭敏向上翻了下白眼。哪儿都少不了这个丧门星！他索性闭目养神，双手十指交叉，放在小腹部位，两个大拇指来回环绕转动，装作一副冥思苦想的样子。

王俊环视在座人员，使劲清了清嗓子。“全院要从此事上举一反三，查找出管理上的漏洞，并制定出相应的补救措施。科室负责人不但对本职工作要高度负责，还要从思想上把安全这根弦绷紧……”说到这里，他故意停顿下来，把目光转向刘爽。

刘爽明白王俊的意思，护理部出了问题，最终还需她表态。

“我们回去后，护理部马上召开会议，所有人要对此事进行深刻反思。一方面，从值班人员自身上查找问题的根源；另一方面，从药品检查和发放环节再次进行复查，争取早日查清事实真相。”其实，对澄清事实，她几乎不抱任何幻想。警方还没有给出明确答案，仅凭她一己之力，能查得清楚吗？但相关工作，她必须按程序执行。

随后，刘爽、王俊把目光转向丁熙忠。

不知两位副院长发言，触动了丁熙忠内心更深的忧虑，还是他在苦苦思索解决眼前的困境的方法，他脸色凝重呆滞，一改往日说话爽快利落的样子。“各位……向峥嵘意外死亡，会对全院产生深远的影响，我希望每个人都能吸取经验教训，找出工作上的疏忽和漏洞。各部门负责人，一定要加强工作责任心，抓好各项基础工作，增强服务意识，提高整体服务能力。今天就到这儿吧，散会。”

院长精神不佳的样子映在王俊眼里，难道丁熙忠对疗养院的未来和自己的声誉产生了担忧？还是此事打击了他工作积极性？王俊不得而知……

七月，滨海市进入雨季，天气说变就变。傍晚，室外风雨交加，伴随着阵阵滚雷响彻天际。

202 房间，唐枫一个人背靠床头，仰望头顶天花板陷入沉思。墙上的电子时钟映入她的眼角，七月二十五日晚上二十点十分。算起来许娴已回报社两天了。唐枫之所以执意要留下来，就是想弄清楚疗养院所发生的情况，这种执着精神大概是天性使然——她要揭开迷雾般的面纱，显露出向峥嵘死亡的真相。猛然，她想起什么，从书桌上拿起手机，打开了闪烁提示的短信。她刚才忙着赶稿件，听到提示音，不经意之间，差点忽略了这条信息。

手机屏幕上显示：“高小藜有问题！”接收时间是晚上十九点

二十分。唐枫侧首略微沉思，眼前浮现出那双明亮的眼眸和干净清爽的面庞。透过忧郁的眼神，唐枫看到的是痛苦和哀伤，与高小藜平时喜悦快乐的表情，极为不般配。

难道她清楚向峥嵘死亡的真相？这个念头如窗外一道明亮的闪电，划破了漆黑无边的夜空，照亮了唐枫脑海里阴暗的角落。好像又不太可能。通过手头掌握的信息，医院和警方与其谈过话，唐枫也了解一些谈话内容，高小藜并没有出现反常现象。

近两天，高小藜一直在楼下值班室紧张工作。偶尔与她碰面，唐枫想上前搭腔，看到被口罩遮住大半个脸，只露出眼睛的高小藜时，却又不知道从何说起。双方擦肩而过的瞬间，她窥探到高小藜匆匆步伐之下，是掩盖不住的失落和彷徨。从其哀伤迷惑的双眼里，唐枫读到的是无奈和痛苦……特殊时期，她不忍心打扰对方。

如果高小藜知道内情，依她的脾气秉性，会及时向警方和医院报告情况。是不是那位旁观者，十分清楚案件的来龙去脉，而且知道高小藜的所作所为，才会用短信的形式提示我？唐枫暗自分析。旁观者为何不当面诉说？有何隐情？

纷乱的思绪，如蒙蒙雨雾中溢满的河水，表面上此时的河水与彼时的河水并没有什么不同，但雨水的注入，就如一副良好的催化剂，它会促使农作物快速成长。肆意流淌的河水，留下错综复杂的痕迹。唐枫超负荷运转的大脑，正在衍生出许多细枝末节。

她略微思考了一下，随即给发短信的号码拨了过去，语音提示对方已关机。唐枫又试着拨打了几次，听到的还是关机提示音。这令人百思不得其解，谁这么晚了会发来信息？又想说明什么问题？难道高小藜与向峥嵘的死亡有直接关系？她否定地摇摇头。

近期疗养院所发生的事，无论从精神上，还是肉体上，都让唐枫有种精疲力竭的感觉。头无力地斜靠在睡枕上，她打算明天去找梁涛，把短信内容向警方做下汇报。

真相仿佛就在面前，那位旁观者，如氤氲清晨逆光的一道背影。像芸芸众生一样，旁观者有健全的大脑，一双手臂，两条腿，也过着与常人朝九晚五的生活。大概旁观者还有温馨的家庭，还有可爱听话的孩子……

唐枫想伸手触摸这一切，却遥遥不可及。她凝气屏息，想要看清楚时，眼前幻象瞬间消散，焦灼无助的心情已到极限。长时间的思考，让她开始间歇性头疼。

窗外的雨，随风忽急又忽慢，如起伏的波浪，有节奏地敲打着窗棂。雷声、雨声、风声与电视机屏幕跳动的画面，好像构成深度的催眠曲。唐枫的眼皮逐渐黏耷起来，多日失去的睡意，在这个夜晚如疾风骤雨般回归。也许现在是休息身心的最好时刻……

“大门外有人出车祸了！”楼下有人发出急促的叫喊声。在风雨交加夜晚，绝不亚于一声惊雷，猛然炸响在众人头顶。

“什么？”浅睡中的唐枫一骨碌从床上爬了起来。她快速穿好外套，抄起雨伞，转身跑到楼下。

“怎么回事？谁出车祸了，是疗养院的人吗？”值班室门前已汇集了一小群人，正在七嘴八舌地相互打探情况。

“开车经过大门口，我看到有人躺在马路中央。现场有警察和医护人员。”一位穿花格衬衣的男子，右胳膊夹着手包，正在和旁人诉说，看样子他刚从外面回来。

“被撞的人是谁？”一位中年发福的女士，抓住旁人手臂，神色慌张地问道。

瘦高个男人，看看被攥紧的胳膊，不悦地皱着眉头，“我不知道，他说他看见了。”他伸手指向正在说话的花格衬衣男子。

“被撞的是男人还是女人？”女士放开瘦高个男人，又伸手抓住花格衬衣男子的手臂。

“我没看清楚。警察在维持交通秩序，医护人员正在抢救伤员……”由于距离原因，他并不知详情。

“你刚才不是从那儿经过吗?”

“我从那儿经过不错，没有看到具体情况。旁边有警察，根本不允许靠近。”男子后背衣衫紧贴肌肤，想必已被雨水淋湿。显然停好车后，他没有撑雨伞，是直接跑进疗养楼的。

唐枫用谨慎的目光，逐个扫视众人猜疑的面孔。忽然有个虚无缥缈的声音传入她耳朵，“听说是高小藜护士被车撞了”！声音有点耳熟，刹那间她却想不起来是谁。

“噢，高护士？那就不是我们家老陈了。”中年女士摩挲着自己胸口，长长地出了一口气。她双手合掌，向刚才冒昧打扰的两位男士，一一低头致歉。她担心出意外的是外出的亲人。稍后，她脸上又出现另一种担忧，开始关注遭遇车祸的高小藜护士。

突然“嗡”的一声，唐枫双耳什么都听不到了……眼前来回晃动的身影，几张对着她大声说话的嘴巴，她已全然不知。后悔，她真的后悔。那条看似恶作剧的短信，竟没有引起她足够的重视。如果她马上去找高小藜核实真相，就不会出现眼前肝肠寸断的一幕。她为之深深的后悔，不能原谅自己的过失。

唐枫抛开雨伞，跌跌撞撞地冲向室外寒冷的雨雾。她拖着踉跄的步伐，深一脚，浅一脚，奔向疗养院大门。不知是天上的雨水，还是自己脸上的泪水，逐渐模糊了她的双眼。痛苦、彷徨、无奈充斥着她那颗脆弱的心灵，整个人变得机械、呆板。她艰难地到达紧闭的大门，一侧的人行小门处于敞开状态。唐枫视线透过大门铁栅栏，看到马路对面站立几名警察和保安。

救护车顶蓝色灯光与警车的红蓝灯光交相辉映，仿佛时刻告诫过往车辆和行人，此处发生了重大交通事故。凄凉的雨夜里，闪烁的灯光显得更加冷酷无情。距离救护车不远处，地上有块用白布覆盖的人。看到眼前的一幕，唐枫双手抓紧栏杆，无力地倚靠在上面。此刻她双脚就像踩在松软的棉花堆上，身体悄无声息地滑落在地。过了好半天，她才扶着栏杆，挣扎着站起身来。唐枫的头发被雨水淋透，她拂开遮挡视线、紧贴脸颊的几缕散发，迈着坚毅的步伐，穿过人行小门，走向出事地点。

“你是什么人?”警戒线外，交警拦住失魂落魄的她。

地上的白布已被雨水淋透，凸现出一个人的轮廓，好像睡熟婴儿一般安详、宁静。她抑制住怦怦的心跳，心里还有一线希望尚存——地上躺着的人不是高小藜！这个信念像一根救命稻草，支撑着精神即将崩溃的唐枫。不知她是一厢情愿，还是不愿正视残酷的现实。

寒冷的雨夜，她被雨水淋透全身，体表和内心感到彻骨的寒冷，已无法控制自己的真实情感，“请问……被撞的人是……是高小藜吗”？此时她颤抖的嘴唇，说不出一句完整的话。

得到交警冰冷的肯定回答之后，她感到一阵阵眩晕，勉强站稳脚步。冰凉的雨丝如把把利刃，刀刀划破裸露的肌肤。这种切肤之痛，只有唐枫自己才有体会。“请让我，再看她最后一眼……”

“对不起，还是别看了。医生确认她已死亡。”交警和保安扶住即将瘫倒的唐枫。

雨还是无情地下着，周遭已变得毫无声息。她茫然无助的目光，环视无声的雨夜，有位雨中独自伫立的身影映入她的眼帘。他没有撑雨伞，如稻草人一样孤立在那里。医护人员在救护车前后忙碌，显然他不是抢救人员。唐枫努力睁开眼帘，看清楚了眼前站立的人——丁熙忠。他身穿白大褂，仰头失神注视着大雨如注的夜空，好像冰凉的雨水可以浇醒麻木的神经。一头浓密的黑发，已被雨水冲刷得凌乱不堪，健硕的身躯在微微颤抖。雨水顺着胳膊在不停流淌，最后全部汇集到他拿眼镜的手上，形成几股涓涓细流滑落在地。

高小藜遗体旁院长黯然神伤的场景深深刺痛了唐枫。所谓“祸不单行，福无双至”。向峥嵘服错药死亡，警方还没有给出确切结论，现在高小藜又遭遇车祸身亡。丁熙忠身心所承受的双重打击，让旁人根本无法感受。电闪雷鸣的雨夜，好像在为两位死者鸣不平。

“唐记者……”听到背后有人喊自己，唐枫挣扎着站起身，慢慢扭过头。她看到既没撑雨伞，也没穿雨衣，浑身湿透的梁涛站在自己面前。“接到交警队电话，说疗养院有人出车祸了，我就赶来了……”梁涛一副木然的表情，伸手摸了把满是雨水的脸颊。

在路灯惨白灯光的照射下，雨雾形成一堵缥缈的幕墙，由远及近，如波浪般不停涌动。

梁涛被雨水冲刷过的面孔略显苍白，他怀着沉痛的心情说道：“我刚才查看了，被撞的人确是高小藜护士。医生已检查完毕，确认她已死亡……”他脸部肌肉，在微微地颤动。

唐枫眼角滑落两行滚烫的热泪，痛苦地闭上双眼，用颤抖的声音问道：“肇事的车辆在哪儿?”

“现场没有发现肇事车辆，高小藜是被一辆快速行驶的白色面包车撞倒的。”梁涛垂下头，黑暗掩盖住了单调无奈的声音。能想象出，他说这番话时怅然若失的表情。不知是泪水，还是雨水遮挡了视线，唐枫看不清梁涛说话时的面部表情。

“白色面包车?”一道闪电照亮夜空，她十分意外地睁开了眼睛。稍纵即逝的刹那间，有个熟悉的场景从她眼前一闪而过。随即，又陷入了无边的黑暗。

“是的。保安看到高小藜撑着雨伞，从值班室窗前经过，她还特意向认识的保安伸手打招呼，似乎她要到马路对面去。”记者空洞的眼神，给梁涛留下难以磨灭的印象。在记忆里，那个才思敏捷，言语灵活多变，沉稳聪慧的唐枫不见了，他为之感到深深地叹息。

“当高小藜快要走到马路中央时，被一辆自西向东疾驰的白色面包车撞倒……”梁涛挠挠湿漉漉的头发，用低沉的声音说道。为了避免刺激到唐枫，他刻意放缓了说话的速度，用遗憾的口气说道，“白色面包车撞倒人后，并没有停下，而是加速逃离了现场……”

“没有查到车牌号?”唐枫声音嘶哑。

“已协调市交警大队，正在帮助查找。我马上调取大门口监控视频。唐记者，你衣服湿透了，我送你回去吧……”

“就你知道这件事?”

“不是。安鹏队长接到交警大队电话，把这个情况立即转告给我。安队长您还不认识，以后我会介绍给您。他在第一时间让我赶快到现场，他自己去交警大队核实相关情况……”

哗哗的雨声掩盖了悲恸。“我想……我想过去和他说几句话。”唐枫伸手指了下不远处的丁熙忠。

梁涛扭头瞥见风雨中的丁熙忠，他皱皱鼻子，眉头紧蹙，“唐记者，院长现在心里也不好受，我建议还是不要去打扰他。你先回去休息，赶快把湿衣服换下，抽时间再和他说这件事”。

“嗯……好吧。”唐枫哽咽地说不出话来。

梁涛搀扶着唐枫，慢慢向大门走去。仿佛一生最深、最舍不得的牵挂，留在她身后。与其说于心不忍，还不如说留下终生的遗憾。她停下脚步，缓缓转过身，泪眼婆娑地注视着白布覆盖的遗体。她再也抑制不住内的心痛苦和绝望，她的心，已被这个大雨如注的夜晚掏空。

与其说这是一场生死离别，不如说其中蕴含着唐枫深深的自责和悔恨……“上穷碧落下黄泉，两处茫茫皆不见。”今生再也无法见到高小藜了，想到这儿，唐枫禁不住失声痛哭。

虚无缥缈的雨雾里，有一双阴险狡诈的眼睛紧盯着她，从眼眸深处升起嘲讽式的微笑，逐渐演变成一种变态的兴奋和满足……

第八章

昨晚车祸现场勘察完毕。唐枫获悉，市交警队已向全市悬赏，寻找交通肇事逃逸者。滨海日报头版，刊登了唐枫亲自撰写的寻找肇事车辆的消息。她的心还在隐隐作痛。如果说向峥嵘的意外逝去留有遗憾的话，而高小藜遭遇车祸身亡，就是刻骨铭心的痛。逝者的音容笑貌，如烙印般镌刻在唐枫脑海里，成为永远挥之不去的追忆。

七月二十一日那天，高小藜就如一株盛开的百合花，而唐枫也见证了百合花的生命历程——从盛开到凋零，转瞬而逝。她出生在南方，温暖怡人的环境容易使人遗忘冬天的存在，殊不知一股无法抵御的寒流不期而至，鲜艳的百合花就此香消玉殒。突然之间，唐枫感觉到了严酷冬天的存在。

为向峥嵘逝去的生命而惋惜，更为高小藜在花样年华夭折而心疼。按照正常生活轨迹，他们应该像普通人那样，沐浴阳光雨露，享受亲情和爱情。现实却残酷无比，两条鲜活的生命戛然而止。这不能不让人感慨生命的无常。

“我必须查个水落石出！”唐枫暗暗下了决心。不为别的，只为澄清迷雾背后的真相，来告慰逝者在天之灵。想到这儿，她深深吸了一口气，用颤巍巍的手，拨通了警察的电话。

“啊”，电话那端传来梁涛吃惊的声音，“唐记者，为什么昨晚上您没提这件事”？显然，这是一副质问的口气。很快，好像他觉得自己语气有点生硬，“您接到短信是什么时间”？他亲眼见到唐枫的痛苦，那是无法用言语表述的。在特殊时候，千万要沉稳冷静，不能再给她伤口上撒盐。梁涛反复叮嘱自己。

听完唐枫的陈述，确定了事情的来龙去脉之后，梁涛好像发现了重要线索，立刻说道：“好，请您稍等一会儿，我们现在就过去!”

梁涛和谁一块儿来？是他同事还是另有其人？唐枫放下电话，从记忆里，开始搜索所见所闻。疗养院接连两起非正常死亡事件，她认为十分可疑，想尽自己的一份绵薄之力，却爱莫能助。这次极不寻常的经历，会给她的生命旅程带来不可磨灭的印象，她希望自己被逼到绝境后能置之死地而后生。

“你好！唐记者，这是我们刑警队的安鹏队长。”随着打开的房门，梁涛指着身旁一位年龄有四十多岁，中等身材，面孔黝黑，目光犀利，留着板寸头的人向唐枫介绍道。

“您好！”唐枫很有礼貌地打招呼。

安鹏倒没有那么客气，而是开门见山地提出问题，“唐记者，您是什么时候接到的短信？请让我看下内容”。他一边说话，一边把手伸到唐枫面前。

安鹏接过手机翻阅短信，不时抬头上下打量唐枫。梁涛移步上前，歪头凑近查看。

看着对方猜疑的眼神，唐枫有点惴惴不安。警察对手机上的短信产生了怀疑——他在想，为什么没有发给医院领导或警方，而是单单发给了我？——她细细分析警察眼神背后的含义。

“您拨打过这个电话号码？有没有人接听？”安鹏语调里充满焦虑，径直说道。似乎手机上的短信，就是车祸的关键线索。

“昨天晚上就打过，但语音提示对方已关机。”

“噢。”听到回答，结果有些出乎安鹏意料。霎时，他的失望之情溢于言表。安鹏把手机递给梁涛，“你把这个号码记下来”。随即他从衣兜里掏出自己的手机，边向门外走去，边扭头对唐枫说：“唐记者，我出去打个电话。”一系列快节奏的活动，彰显出他风风火火的办事方式。安鹏走到门前，驻足转身，回头又叮嘱自己的搭档，“梁涛，你把昨天的情况也给唐记者说一下”。

不知队长葫芦里卖什么药，梁涛用迷惑的眼光注视着安鹏，低头赶快记下号码。稍后，他把唐枫手机递还给她，“唐记者，昨晚事故的肇事车辆经目击证人描述，是一辆‘无牌照’的白色面包车”。

“目击证人除了门口值班保安之外，没有其他人员?”

“没有其他目击者。”记者的反问，让梁涛感到很奇怪。他清楚地记得自己说过唯一的见证人就是保安，并没有提及其他人，不知道唐枫是何用意。

唐枫用猜测般的口吻说道：“那就是说，保安只看见白色面包车消失的背影?”

“应该是这么回事儿。他们在值班室听到撞击声，跑出来才发现了肇事的车辆。”

“那个时间段，没有其他人和车辆经过?”

“据交警调查，昨晚天气恶劣，过往车辆几乎没有，行人就更谈不上了。截至目前，尚未发现有其他目击者。”梁涛颇有遗憾地说道。昨晚，梁涛询问过保安，他们中有人看到高小藜经过值班室。片刻之后，就是看到肇事车辆逃逸的一幕。

“你不是查看过大门口的视频监控吗，难道什么也没有发现?”

“是的。我和刑侦人员反复查看了监控录像，非常遗憾，没有发现有价值的线索。”

“为什么? 难道疗养院大门的监控坏了?”唐枫睁大一双怀疑的眼睛，十分诧异地问道。

“坏是没坏，应该是摄像头角度的问题。它正好对着大门的出入口，主要拍摄进出大门的车辆。所以，并没有拍到马路对面发生的车祸。”梁涛伸出双手，比画着监控拍摄的位置和车辆对应的关系。

偌大一个疗养院，硬件设施很完善，怎么就没发现肇事车辆的踪迹呢? 唐枫感到非常迷惑。“大门监控出现死角，那么其他探头应该能拍到车祸现场吧?”

“我到市交警队了解过相关情况。近几年，随着疗养人员的增多，疗养院门口车辆出现了拥堵现象。市交警大队经过论证，已设计好交通指示灯和违章监控摄像头的安装位置。在门口你可以看到，灯杆全部安装完毕，交通指示灯还未安装到位，那摄像头就更没有了。”安鹏把疗养院周边，及自己走访的情况讲述了一遍。

“按你的说法，是不是可以作如下推测：肇事的白色面包车司机，知道自己开车撞人处在监控死角。而且，他也知道附近没有其他监控，可以拍到他的犯罪经过?”

记者如此直言不讳，梁涛无奈地挠挠头。没有经过警方调查，任何人都不能妄自下结论。从唐枫渴望的眼神里，梁涛看到她想得到肯定的回答。“怎么说呢，这起车祸还在调查。安鹏队长与交通队接触的时间比较多，对肇事逃逸很有经验，这方面你可以咨询他。”

“哦……”结果有些令人失望，唐枫微蹙眉头，紧盯半空中的某个点，陷入了深思。

沉默。

安鹏打完电话回到房间，对唐枫说道：“唐记者，昨晚的情况梁涛给你说了吧，市交警队已对肇事司机发出悬赏通告。”

“安队长，谢谢您，基本情况我已了解。市交警队定性面包车司机是‘肇事逃逸’，你怎么看待这个问题?”

“喔……现在还不好讲，具体情况还在调查。”

“你能否告诉我调查的细节?”

稍有停顿，安鹏开口说：“要等到事实清楚之后才能下定论。”

看来他不想做过多解释。警察刻意回避敏感问题，唐枫干脆挑明安鹏不愿意提及的话题，“那就是说，您对交警队定性的‘肇事逃逸’这个结论不太认同”？她想窥探警察的反应。

眼前的记者的确很厉害，直指问题要害。事故在未调查清楚以前，不能妄加评论。安鹏熟知办案程序。“我们正在摸排与高小藜接触过的人员。”他机警地转移了话题。

“有线索吗？”既然安鹏不愿意说，唐枫随口搭音地问道。

“有些情况。我们审查疗养院工作人员时，发现前几天有人辞职。”

“他是谁？”唐枫不由提高了声调，很想知道那是什么人。

“我们正在积极调查……”安鹏来回踱步，走到窗前，停了下来。“唐记者，我知道您有采访任务。警方已对向峥嵘和高小藜的意外死亡事件展开调查，这个时候不能对外泄露只字片语。”稍后，他转身走到唐枫面前，脸上是一副忧心忡忡的表情，“如果走漏风声的话，会对以后的调查造成不利……”注视着面带悲戚的唐枫，他把话说得很轻，而且十分小心翼翼，害怕再次撕裂她记忆的伤疤。“希望您能把了解的情况如实告诉我们。通过信息互补，这样才能早日破案。”

“安队长，请您放心，我会把自己知道的线索及时汇报给警方。”唐枫没有丝毫犹豫，利落地回答。警察并没有把她排斥在外，而是集思广益加快侦破速度，唐枫感到欣慰。

“好。”安鹏说道，“请时刻关注给您发短信的这个电话号码”。看唐枫从痛苦泥潭里逐渐走出，他如释重负地松了口气。

独自低头沉思了一会儿，安鹏又抬起头，“我刚才给市局打过电话，核查发短信的手机，它现在处于关机状态”。他轻声地叹了口气，用略带遗憾口吻继续说道，“由于购买电话卡时，机主没有实名制，现在查不到真正的使用者”。

梁涛明白了队长刚才出门打电话的原因。

面对如此结果，唐枫感到惋惜。而安鹏后面要说的话，却让她大吃一惊，“‘机主’大概会再次给您发短信，请您务必关注”！

警察这种有预见性的说法，让唐枫感到很惊讶，“……会吗”？她用诧异的眼光注视着警察，难道自己会再次接到短信？她表示怀疑。

避开对方不解的目光，安鹏掏出随身携带的笔记本，适时转移了话题。“唐记者，听说你接触过向峥嵘和高小藜。除了他俩之外，你还知道关于疗养院的哪些情况？”

疗养院连续发生两起命案，滨海市公安局专门成立“7·25专案组”。组长由龚戍诚副局长担任，副组长由刑警支队安鹏队长和另外一名副队长担任，组员由梁涛等几位刑警组成。

首先，专案组来找院长了解情况。

“哎呀，真是一言难尽……”丁熙忠仰头靠在椅背上，双眼无神地望着头顶的天花板，仿佛几天之间，他眼角增加了几道深深的皱纹。

龚戍诚与丁熙忠面对面坐着，他身边坐着安鹏，梁涛则在桌子边上做好询问记录。

“高小藜工作勤勤恳恳，是一位难得的好姑娘。她任劳任怨，各项工作都很出色，她为什么这么不小心？

“丁院长，您是什么意思？”听到这番话，安鹏不太明白。安鹏疑惑的目光与龚戍诚视线相对的那一刻，对面的丁熙忠微微觉察到什么——他结论下得有点武断，这样对死者不太恭敬。“哦……我是说高小藜出事的那天晚上，她过马路为什么不小心。”他又忙不迭地更正。

“你认为，高小藜是因自己不小心才造成的车祸？”安鹏马上反问，对此他持有怀疑态度。霎时，隐藏在安鹏脑海深处的车祸疑点：意外车祸、肇事逃逸，它们连接之间的那根细线，如蛛丝般轻飘，若有若无。想伸手抓住它，可是却空无一物，他苦恼地摇了摇头。

“我是说天很晚了，外面又下着大雨，高小藜出去干什么……”丁熙忠又接着补充道。

“二十五号晚上，高小藜护士是在值班吗？”

“那天晚上不是她的班。”丁熙忠略微沉思一下，十分肯定地说道。

“二十五日白天，您见过高小藜护士没有？或者有没有听到别人议论过她？”

“我没见过她本人，也没有听旁人提起过她。我感觉那天一切都很正常。每名医务工作者都忙着各自的事，我没有过多关注她具体在做什么。”

“近期，高小藜有没有反常举动？”龚戍诚插话问道。

“嗯……应该没有吧。”丁熙忠歪头面向龚组长，一副努力回忆的样子，“总之，高小藜与其他人员别无二致，这段时间并没有给我有异样的感觉”。

专案组两位组长相视无语。

“丁院长，七月二十五日那天晚上，您又在干什么？”龚戍诚把问题引向丁熙忠。

“当天晚上我在值班，我一直待在自己的办公室里。”

“你是什么时候接到高小藜出事的消息？又是什么时候到达的车祸现场？”

“十九点四十五分，我接到大门值班室保安的电话，他们告诉我高小藜出车祸了，并说已报警。然后我马上通知院内急救车，到达现场应该是二十点左右。”丁熙忠侧首望了下墙上的时钟，陈述当晚事发情况。

“你在现场发现了什么？”丝毫没有喘息时间，龚戍诚继续发问。

“呃……到达现场后，我看到高小藜躺在马路正中央位置。路边有市 120 急救站的救护车，有交警在勘查现场，还有协警负责指挥来往车辆。”

“警察在询问目击者吗？”

“目击者？”院长脸上闪过一丝疑虑，“龚组长，您的意思是……”

“噢，就是目睹整个车祸现场的人员。”龚戍诚赶快补充道。

“没有啊，现场除了抢救的医护人员，就是交警维持现场秩序，我没有发现警察询问过什么人。”丁熙忠若有所思，慢慢低下头，“警察问过我，我说被撞的人是疗养院的高小藜……”他停顿住，不再往下说了。

“疗养院急救车参加抢救了吗?”安鹏接过龚组长的话茬继续追问。

“参加了，但为时已晚……”突然，丁熙忠声音变得有些哽咽，他轻轻抽动鼻翼，把头使劲向上扬，不让别人看到他微微泛红的眼睛。

沉默。

气氛变得无比沉闷。作为一个活泼可爱的姑娘，高小藜很有人缘。只要她出现在什么地方，什么地方就有欢乐存在，这缘于她开朗外向的性格。对于她意外身亡，人们深深为之惋惜的同时，无形触动了人们心底最柔软的部分——怀念逝者。

沉重的话题，使人变得压抑、踌躇、彷徨。

听完他们之间的对话，低头记录的梁涛抬起头，出神地望着墙上时钟发呆。疗养院究竟发生了什么事?为什么会有接二连三不正常死亡现象?他实在想不明白。

“高小藜与周围的人相处还算融洽吧?”龚成诚又开口说话。组长开始排查高小藜社会关系。闻他言，梁涛赶忙低下头，开始伏案疾书。

“嗯，怎么说呢?高小藜非常阳光，干什么事手脚利落，而且业务水平相当好。但从她接触的人来说……”丁熙忠脸色略微泛白，眼睛闪过一丝不安。

从丁熙忠犹豫的表情中，安鹏发现好像有什么“事情”促使他要向警方说出事实真相，但又有什么“事情”迫使他要继续保持缄默。

最后，他慢慢开口说道：“我感觉高小藜所接触的人员成分比较复杂，其中有个别人居心叵测……”

“噢，还有这等事?”两位组长互相交换下眼色，非常期待院长即将说出的话，希望案情出现转机。

丁熙忠干咳一声，好像要把思路理梳理得非常清楚。“她和陈鳌鑫关系很密切。”他神情变得十分忧郁，露出一副沉思的表情。这是一个不能忽视的变化。

“高小藜和陈鳌鑫之间究竟有什么事?”安鹏顿起疑窦，催促着对方讲下去。丁熙忠沉默不语，安鹏紧张看着他的脸。

“其实，我早就听说有这件事，正在犹豫，是不是要告诉你们。”

“我希望你能如实告诉我们。”龚戍诚坦诚地说道。

“那就……”丁熙忠颇显踌躇，不久之后便点点头，似乎下定决心似的。“我想”，他停顿了一下，“还是把掌握的情况向各位领导做下汇报，希望能对破案有所帮助”。说完后，丁熙忠向桌子前挪动下身体，“高小藜和陈鳌鑫两人关系非同寻常。王副院长曾给我说过，有好几次，他看见他们俩单独出去吃饭……”

“他们两人出去吃饭?”安鹏脸上露出一副似信非信的表情，“这是什么时候的事”? 他马上追问道。

“陈鳌鑫是疗养院的老主顾。”丁熙忠清楚地说道，还是那副不紧不慢，深思过后的表情，“每年他们夫妇都会到这儿住上一段时间。反正只要他一到疗养院，就会单独约高小藜出去。至于他离开疗养院之后，约不约高小藜我就不知道了”。

对于院长所说的关键人物，安鹏很想知道详情，“王院长，促使您怀疑陈鳌鑫的理由是什么?”

“对于一个长年混迹于社会的成功商人，与信息相对闭塞、比较单纯的护士交往过密……显然高小藜还很年轻，而且她涉世未深。”

从常理上推断，丁熙忠的缘由非常简单、直观，似乎担心有丰富社会经验的陈鳌鑫，在与高小藜的交往过程图谋不轨，最终导致高小藜的被害。但在安鹏思想深处，陈鳌鑫和高小藜，就是两条平行的直线，警方直到现在都没有查到二者有关联的证据。

丁熙忠说出他俩经常出去吃饭的情况，着实让安鹏心里吃了一惊。既然，两个异性朋友能单独在一起吃饭，说明他们之间应该很熟识。或者换个说法，他们的关系要比普通朋友更深一些。

现在，他不明白这两个人到底是何种关系，高小藜车祸死亡与陈鳌鑫有无直接关系。如果按照丁熙忠的说法，是不是可以作出这样推测：陈鳌鑫与高小藜有暧昧关系，由于陈鳌鑫害怕事情暴露，或者高小藜额外提出条件，对方无法满足，从而导致陈鳌鑫痛下杀手，人为制造了这场车祸。这只是个初步的假设，安鹏思忖良久。

院长所提供的情况很有价值，警方顺藤摸瓜也许会发现更重要的线索。但这些都要经过缜密调查之后，才能最后做出结论。

片刻沉默之后。“丁院长，我能问你一个问题吗？”听到安鹏提问，丁熙忠从沉思中回过神来。“七月二十一日下午在一号疗养楼，你与陈鳌鑫在争执什么？”

“争执？什么争执……”丁熙忠自言自语说道，好像对这个问题没有反应过来，他仍是满脸疑惑的表情。

丁熙忠快速回忆，那天双方的对话历历在目。当时现场并没有安鹏，警察怎么会知道这件事？难道是陈鳌鑫向警察汇报过？他所说的事情已解决，不可能旧事重提，丁熙忠知道这个商人很守信。难道是钟婉贞医生向警方提供了消息？作为刘爽下属的一名科室负责人，发生什么事，她率先会向刘副院长打招呼。依据钟婉贞左右逢源办事能力，不可能有如此低级的举动。

丁熙忠盯着安鹏那双敏锐的眼睛，片刻，他明白了所有。最有可能把此事告诉警察的人是记者唐枫。她应该把那天所发生的事情，原原本本向警方做了汇报。警察现在在向他核实当天具体的情况。真是的，怎么事先她不和我打声招呼？不过，如果唐枫想要与警方汇报，根本没有必要通过我。想到这儿，丁熙忠很快恢复常态。

“我想起来了。”丁熙忠认真地说道，“陈鏊鑫是疗养院的常客，他对自己上次的体检报告有不满意的地方。他觉得有些指标与在别的医院的体检数据有出入，所以希望我能给个说法”。丁熙忠回答完后，一一扫视每位警察的面部表情，看着警察们认真聆听的样子，他继续说道，“听到陈鏊鑫的诉求，我安排了王俊副院长处理，又吩咐医务科负责人另行安排时间，为他重新免费做了一遍体检”。

安鹏开腔说道：“陈鏊鑫找你，只是询问他自己体检的问题，他没有说别的事情?”

“他只是反映体检问题，没有说其他的事。”丁熙忠如实作答。

唐枫向警方提供的信息，在这里得到了证实。陈鏊鑫找院长只是单纯诉求自己的事，并没有牵涉到高小藜。安鹏对龚组长耸耸肩，无奈地长长呼出一口气。丁熙忠听声音猜测，警方觉得事情有些棘手。

“丁院长，你再好好地回忆一下，看看还有没有其他的线索，能协助我们尽快破案。”龚戍诚开口说道。他观察丁熙忠说话很长时间，没有收获有价值的线索，很是失望。

“请各位领导放心，有线索我会及时向你们汇报。”丁熙忠掷地有声地说道。

根据院长提供的线索，安鹏和梁涛很快找到王俊了解详情。

“我七月二十五日休息，全天待在市里自己的家中，爱人和孩子可以为我作证。”王俊两只手放在桌上，十指分开，反复交叉握紧，面部表情不太自然。安鹏从侧面窥视，王俊坐姿呆板僵硬，无法掩饰他内心的不安。

王俊镜片后忐忑的目光正在四下张望，显然他对眼前的气氛有些不适应。“当天晚上八点半左右，我接到丁院长的电话，说是高小藜出车祸了。”他喉结上下蠕动，做了个吞咽唾沫的动作。“由于那天晚上下着大雨，丁院长没让我回疗养院。”

“高小藜和陈鳌鑫之间相互熟悉吗？他俩是否经常一起出去吃饭？”安鹏想把从院长那儿听到的消息，在王俊这里得到证实。

“怎么说呢？陈鳌鑫和疗养院医护人员都很熟悉。他从事建筑行业已有多年，社会交际面很广，认识的人也较多。加上他性格豪爽，喜欢结交朋友。所以，只要他一到疗养院，就会邀请关系不错的人出去吃饭！”王俊回答得十分干脆，丝毫不拖泥带水。

怕这样解释，警察不满意，王俊又额外说出其他相关信息，“陈鳌鑫约高小藜出去吃饭有缘由，因为他常住一号疗养楼，不过他嘴比较刁，吃惯了山珍海味，不习惯疗养院清淡的饭菜。大概承蒙医护人员的关照，他想略表心意，有时候趁医护人员下班之际，顺路邀请她们出去吃个便饭”！王俊一席话，让人觉得这件事自然而又平常。

“那就是说，陈鳌鑫不仅仅约高小藜一个人？”

“对，他也约过其他医护人员。”

“你确定？”

“哎……我确定。”

安鹏沉默不语。

“您……您觉得他们之间有没有特别的交往？”梁涛插话说道。

“你说陈鳌鑫和高小藜？”王俊伸长脖子反问梁涛，他两个食指尖碰到一起，然后把头摇得像拨浪鼓一样，“根本不会！陈鳌鑫的夫人年轻又厉害——他惧内”。

“噢……”梁涛颇感意外。

显然，按王俊所说，陈鳌鑫与高小藜只是普通朋友关系，他们之交淡如水，并不是丁熙忠所想象的那样。双方虽为异性，但不存在更深的故事。

看着手头即将断掉的线索，安鹏很惋惜。建筑老板作为嫌疑人似乎不成立，安鹏放弃了。但对陈鳌鑫所接触的人员，他还是加大了排查力度。“七月二十一日下午，丁院长与陈鳌鑫在争执什么，你又与陈鳌鑫说了些什么?”

王俊头顶上渗出细密的汗滴，他左手拿着眼镜，右手用手绢擦拭着镜片。他双眼昏花地瞅着眼前的两位警察——绝对是唐枫把这个消息告诉他们的！警察话音未落，他立即作出准确的判断。王俊用警惕的目光扫视下左右，舔了下干裂的嘴唇，“据陈鳌鑫本人说，他有些体检指标与他在别的医院检查的有出入，想找个说法。所以，丁院长安排我协调医务科，又重新为他免费做了一遍体检”！说完后，他咂了咂嘴，眼光交替盯着两位警察，不知道这个结果能否让他们满意。不过，他对自己的回答相当满意。

“你认为高小藜和向峥嵘的死亡有关系吗?”梁涛开腔问道。这种一针见血的说法，让王俊感觉有些不知所措。

对于王俊而言，这种话题责任重大。警方正在调查疗养院的两起非正常死亡案件，他从精神上感到前所未有的压力。几十年顺风顺水的工作履历，现在反而有一种不好的预感在王俊心间酝酿。他还没有来得及和院长沟通，那就是拔出萝卜带出泥，此案件有可能会牵涉很多人，甚至是作为旁观者的他。“我不清楚的事情绝对不能说。”他时刻提醒自己。

“这个……这个，不好说。”王俊略微迟疑地回答，“你们警方不是正在查找相关线索吗”？接着，他又狡黠地反问。

案情又陷入了盲区。

第九章

七月二十八日，唐枫来到“7·25 专案组”，询问案情进展。

案发之前，她以记者身份来到疗养院进行采访，但人算不如天算，连续出现的两起命案，迫使她们采访夭折。但天性使然，肩负的责任与使命，让唐枫从心底燃起探索的欲望——要让真相公之于世，这是她由衷的想法。

组长龚戍诚热情接待了记者，仔细向她讲述了警方与两位院长的谈话细节。他听取了唐枫对案件的看法，并鼓励她要充分利用好自己身份，注意社会舆论导向，并提出一些指导性意见。

当唐枫提议要与警方共同了解案情进展时，龚戍诚点头默许。好像这件事他之前做过充分考虑，因为记者身份特殊，接触面广，获取信息渠道多，另外，唐枫与两位死者有过实质性接触，甚至掌握了一些警方不太了解的细节。对龚戍诚本人而言，他希望记者是钉在疗养院的一个楔子，牵一发而动全身，把看似波澜不惊的表象剔除，挖掘出隐藏深处的事实真相。

双方一拍即合，唐枫也正有此想法，谈话在友好气氛中进行。对下一步工作安排，他们进行了积极有效的磋商。龚戍诚再次强调：唐枫要充分利用其特殊身份，秘密调查收集与案情相关的线索，为早日破案提供强有力的证据。

接受了一项新使命，唐枫倍感欣慰，不是为了猎奇，也不是为在报刊获取新闻头条。她想借助警方力量和自己的努力，把真相大白于天下。

随后，专案组按照原来的计划，安鹏和梁涛去院办寻找丁熙忠，请他协助查找案情相关资料。唐枫也随着他们一同前往。

“呃，你知道吗？这样做不符合操作规范，容易发生问题……”他们刚走到院长办公室门口，就听到屋里丁熙忠用很严厉的口吻，在和某位被他指责的人说话。

“我和她们早就说过了，每次都要进行复查……”房间里传出一个女人辩解的声音。

“我希望这是第一次，也是最后一次。你要负责把你科室的人员管理好，以后绝对不能再出现类似事情。”

“知道了，我会告诉她们怎么做。”

“如果她们做不好，你不用跟我报告，可直接换人。而且，你要亲自复核她们的工作。”这是不容分说的口气，丁熙忠表现出一副高高在上的姿态。

后面说的话声音逐渐降低，门外的人听不清了。

唐枫与安鹏四目相对，站在门口思索良久，犹豫进还是不进的时候，房门忽然“嗵”的开了，从里面急促走出的钟婉贞，与他们几乎撞了个满怀！

“哦，安警官你们好！”钟婉贞低着头，匆忙与之打招呼，面部表情极不自然。她脸颊绯红，眼睑下垂，精神恍惚地站在门边。此刻，她好像注意到警察身后的唐枫，忙又说道，“唐记者您好”！

“您……好！”面对一副如此善变的脸庞，唐枫也不知道怎么措辞了。

听到门口有人说话，丁熙忠微笑着从房间里走出来，“安警官，你们不是来查各科室资料的吗？我已安排好刘副院长帮助你们”。他用平和的眼光，看着眼前的访客。忽然，丁熙忠的目光落到门旁的钟婉贞身上，“钟医生，你把安警官他们带到刘副院长办公室去吧”。

院长替钟婉贞解了围。钟婉贞面无表情地侧过身体，向前伸出右手，“各位，请随我来”。她在三人前面引路。这时，走廊对面过来一位女医生，圆圆的脸庞，从年龄上看有四十岁左右，一头齐耳短发，给人以精明干练的模样。她用一双困惑的眼睛打量着陌生人。

钟婉贞快步上前，对安鹏他们介绍道：“这是我们刘爽副院长。”然后，她又向刘爽逐个介绍客人，“这位是滨海日报记者唐枫，这两位分别是专案组安鹏和梁涛警官”。

“您好！”随着唐枫和刘爽的手握到一起，透过对方那双明亮清澈的眼眸，看到自己多天忙碌，而逐渐消瘦的面庞——一副心力交瘁的模样。她后悔自己没能打扮一下，尤其在女副院长面前，唐枫应该注意自己仪容。不是要互相攀比靓丽的容颜，而是出于对对方的尊重。

“各位好！丁院长已和我交代过，你们需要什么资料尽管说。”刘爽说话干脆利索，毫不遮掩。唐枫喜欢刘爽这种爽利的性格。

“刘副院长你来得正好，你带安鹏警官他们去吧。”丁熙忠微笑着，伸手向各位客人打了个招呼，“失陪”！他退回房间，关门瞬间，唐枫隐隐约约听到丁熙忠说话的声音，“您快请坐，我给您倒杯水……”

房间里还有其他客人？唐枫低头沉思。看着身边匆匆告辞的钟婉贞，她脸色苍白，情绪不佳的形象映入唐枫眼帘。院长刚才训斥的人是不是钟婉贞？房间里与丁熙忠说话的人会是谁呢？一连串疑问让她觉得毫无头绪。

唐枫脑海里有一条无形的细线，时刻牵引她敏感而又脆弱的神经。它好像是连接向峥嵘和高小藜之间的纽带，想看清楚时，它变得十分模糊；不想看清楚时，它又变得很清晰。她有些茫然无助。她沮丧的目光与刘爽视线相对，看到对方眼里的猜疑，唐枫随即恢复常态。

“刘副院长，咱们边走边谈吧。”

“好的。”刘爽伸手做了个“请”的手势，走在前面带路。

“我们先去护理部，然后是医务科和总务科。财务科不用去了吧？”刘爽原地驻足，转过身来，仔细打量着眼前的三位陌生人，仿佛在努力揣摩他们的心思。

从刘爽干净的眼神里，唐枫没发现值得怀疑的东西。恍惚之间，这种熟悉的目光，似乎在哪里见过一样，只是现在想不起来了。

唐枫非常肯定地说道：“我们先去护理部药房看一看。”然后小心窥探刘爽的反应。“是不是药房为所有服药人员配药？”向峥嵘服错药的根源也许在药房。唐枫分析。

“药房？”刘爽陡然变了声调。眼下药房名字比较“敏感”，已成为专案组、疗养院关注的焦点，只是她没有想到记者也会如此关心。王俊副院长组织护理部和药剂师进行了多次复查，截至目前，并没有发现有分发药品的错误。想到这里，刘爽克服了自己慌乱的情绪，故作轻松说，“可以，只要你们愿意去……”

“唐记者，我看药房就不用去了。警方已经检查过，没发现药品存在质量问题和错发药品的情况。”走在最后的梁涛开口解释原因。

“警察检查过了？”对于这个结果，刘爽颇感意外。或许向峥嵘出事当天，警方就对药房进行了全面检查。

从意识深处，刘爽认为这是记者设下的圈套。她用复杂含蓄的目光注视着唐枫，其中审视和猜测成分居多。她想知道对方听到这个消息后的反应，但唐枫显得异常平静。

难道她在用“药房”诱导我？倏地，这个念头占据了刘爽整个大脑。护理部药房归我管，高小藜是当日值班护士，向峥嵘吃错了药，所以记者想试探我的反应？我刚才的举动是不是有点失态，会不会招致他们对我的怀疑？不过，上述想法属于空穴来风，也许唐枫的真实目的是找出向峥嵘服错药的根源。刘爽不动声色地考虑。其实，刘爽背负的心理压力要比其他人大得多，至少，向峥嵘和高小藜先后在护理部丧命，她似乎负有不可推卸的责任。想到这儿，刘爽黯然神伤。

她待情绪稍微稳定之后，把视线移到两位警官身上。“护理部是归我负责的，向峥嵘出事当天，我在市里开会。关于他服用‘强心苷类药物’过量，你们警方也调查过药房，不是没发现问题吗？那请问两位警官，究竟是在什么地方出现纰漏，才会导致向老服错药？”

“呃”，梁涛抿嘴，目光转向安鹏，“我们正在调查，现在还不好说”。他学会了副组长惯用的回答方式。

“如果药房配药没有错的话，事情是不是可以这么理解：值班护士在发完向老服用的药品之后，有人在向峥嵘房间里，故意调换了他所服用的药品？”刘爽微蹙眉头，说出了自己的疑虑。

“你说‘有人’在向峥嵘房间调换药品?”

“对，这只是我个人片面的猜测。”

“……不可能吧!”梁涛踌躇地说道。

安鹏接过话茬，“刘副院长，您所说的情况并不存在。我查过二十二日疗养楼的视频监控，并没有发现有陌生人出入向老的房间”。

“……是这样啊。”刘爽低下头，那双富有光泽的眼睛逐渐暗淡下来。随后，她抬起头，“请问两位警官，你们还是怀疑问题出在值班室”?

安鹏思考的眼神盯在远处没有作声，梁涛尴尬地挠挠头，沉默不语。看样子，目前值班室想彻底摆脱警方的怀疑，似乎还有点不太可能。

听着刘爽与警察之间的对话，有个念头萦绕在唐枫脑海里久久挥之不去，“刘爽是不是在刻意隐瞒什么”?恍惚之间，唐枫脑海浮现出一个场景——刘爽借外出开会之际，秘密授意，高小藜把向峥嵘服用的药品进行了调换。向峥嵘死亡之后，为消除对己不利因素，转移警方视线，刘爽又借用雨夜的掩护，利用白色面包车制造出一场车祸，把高小藜无情地杀害。这一幕不时在唐枫眼前晃动，刘爽为什么这么做?她作案动机又是什么?这种推测主观臆断成分居多，让唐枫很伤脑筋。

沉默。

“刘副院长，患者服药是怎样的流程?”为了打破眼前难堪的局面，梁涛开口说道。同时，他瞅了眼低头沉思的安鹏。他熟知搭档秉性脾气，没有找准案由切入点，安鹏不会多说话。

“……”

刘爽低头沉默。须臾，她抬起头，眼睛紧盯梁涛，好像要把思路梳理得特别清晰一样。“医生出具药方后，有药剂师配药，然后再由疗养楼的值班室护士，把药品分发到每个患者的房间。”

“整个过程有人检查吗?”

“有。”刘爽回答得很干脆，“每天护理部都要例行检查。药品在送到疗养人员手中之前，值班室医生和护士会分别进行检查”。

此时，安鹏的大脑一刻也没有闲着。综合上述情况，目前专案组内部对药品出错有两种解释：一种是有神秘的嫌疑人存在。向峥嵘服错药，排除值班室人员作案和他本人的缘由之外，嫌疑人背地里精心实施了犯罪；第二种比较直观，就是值班室本身存在重大嫌疑，其中有人故意调换了向峥嵘服用的药品。两种推测，安鹏个人更倾向于第二种，但是眼下没有真凭实据，无法给出结论。从刘爽平稳的叙述里，好像值班室根本不值得怀疑，也不存在有作案动机的人员。为此，他很苦恼。

静静观察刘爽的言行，唐枫看到的是一个真诚而细致的人。刘爽也在努力寻找与之相关证据，并没有刻意为自己开脱什么。而且，刘爽所说日常工作，医护人员严格遵循了药品管理规章制度。如果，以把向老服错药导致死亡，强行给她扣上嫌疑人帽子，未免有些过于牵强。关键是要从看似平静的表象下面，挖掘出事实真相。或许，护理部两起可疑的非正常死亡，是有人故意把刘爽当作挡箭牌。想到这儿，唐枫禁不住打了个冷战。

“噢，刘副院长，我能问你一个专业问题吗？”安鹏抬起头，眼睛紧盯对方，“向峥嵘患慢性肺源性心脏病，他服用哪类药物更容易造成生命危险”？闻他言，梁涛掏出随身携带的记事本，做好了记录准备。

“慢性肺源性心脏病患者，服用过量治疗心脏病药物也会致命。”按照医疗常识，刘爽简明扼要地作了回答。

“你所说的‘致命’药物，是不是包含强心苷类药物？向峥嵘服药后，身体是否立即会出现不适症状？”

“嗯，具体情况只有通过专科医生，视患者病情和所服用的药物，才能给出准确答案。”不是借口推辞，在目前严峻的形势下，没能通过医生的联合会商，任何人都不敢妄自给出结论。更何况，刘爽也不是这方面的专家，所以言行须小心谨慎。

众人陷入了沉默。稍后，刘爽用平静的目光交替看着两位警察，“你们警方怀疑是谁把药品调换的呢”？

安鹏和梁涛互相看了一眼。梁涛把笔放在嘴唇上，歪着头，眉头紧锁，“嗯，这个……还不知道到底哪个环节出了问题，我们正在调查”。看来，警察从刘爽这里得不到有价值的线索。

言归正传，安鹏向刘爽说起此行的目的，“刘副院长，我想查看近期所有入住人员名单，重点是一号疗养楼全部医护人员和疗养人员信息。另外，还要排查与向峥嵘和高小藜接触过的人员”。

“没问题，我带你们去护理部核实。”

“护理部是钟婉贞主任负责吧？”唐枫插话说道。

“没错，是她负责。”记者的话，让刘爽有些纳闷。她不知道唐枫与钟婉贞是如何认识的。

“钟主任在什么地方？”

“她应该回自己办公室了。”望着钟婉贞刚才消失的方向，刘爽猜测地说道。

忽然，一道阴影掠过唐枫心头，她微蹙眉头，丁熙忠为什么斥责钟婉贞？他办公室里的那个人到底是谁？他们在讨论什么？案情隐隐约约存在许多变数，随着时间的推移，仿佛变得更加扑朔迷离。看着刘爽转身的一刹那，唐枫猛然想起那“一泓清水”似的目光正是不久前她所认识的一个人所有——让人无法忘却的高小藜护士。

两起非正常死亡案件，对疗养院负面影响很大。这几天丁熙忠如坐针毡，他在被警方问话的同时，还分别打听两位副院长接受警察询问之后的情况。随着时间的推移，他内心的焦灼不安越发强烈，以至于寝食难安。他很想知道警方的调查进度和锁定的嫌疑人。

疗养院历尽辛苦建立起良好的声誉，其中包含丁熙忠呕心沥血的付出，却似乎要毁于一旦。想到此，真让他不寒而栗。耗费多年心血，标杆性的单位难道要就此毁掉？他无法说服自己的内心。一定要把不利局面扭转过来，他反复告诫自己。

三位院长聚集在办公室，正在商讨让疗养院走出目前困境的方法。

首先发言的是王俊，他胖胖的脸上堆满了忧郁，与平日乐呵呵的模样相比，凝重无奈的表情十分突出。“从目前收集的资料来看，疗养院的负面消息扩散得很快。一方面是疗养人员日益在减少，另一方面是部分医护人员出现了请假、旷工和申请调离原工作岗位的情况，这是不好的兆头啊……”他头顶上为数不多的头发，显得非常凌乱。说完，他两只眼睛呆呆望着丁熙忠。丁熙忠这才注意到王俊的两只眼睛似乎有点斜视，以前怎么没有发觉他有这种生理缺陷？特殊时期，人的本来面目就会暴露无遗。他心里暗想。

沉默。

王俊胳膊交叉放在桌上，空洞的眼神注视窗外，“我不知道怎么才能打破当前不利的局面。如果能抓到杀害向峥嵘和高小藜的凶手，给医护人员和罹难者家属一个交待的话，也许就能扭转疗养院当下被动的局面”。

“王副院长，你是不是从警察那里听说向峥嵘和高小藜是被人谋害的？”丁熙忠声音发涩，凝眉注视着王俊。

王俊干咳一声，摘下眼镜，紧闭双目，左手食指和拇指紧捏鼻根部位，“听警察分析是这样的”。

“那……警方确定出嫌疑人没有？”

“具体细节他们没透露，据我估计，他们正在努力寻找相关证据。”

“那就是说，目前警方还没有确定谁是嫌疑人？”

“应该是吧！”王俊戴好眼镜，用不太肯定的语气回答。

“那你认为嫌疑人会是谁呢？”盯着眉头紧锁的王副院长，丁熙忠从意识深处慢慢迸发出一个“念头”。平时这个“念头”会像一阵过路的雷雨，从他们身边轰隆隆疾驰而过，大家只是嘴上说说而已。但每逢遇到重大问题的时候，这个“念头”就如一道猝不及防的闪电，瞬间可以击倒在座的每个人。这可是涉及疗养院整个领导层啊！对于三位院长来说，这就是致命而且影响力极大的——“问责”。丁熙忠担心疗养院的领导班子。

“我也没理出头绪。不过，我怀疑嫌疑人就隐藏在疗养院里。”平时快人快语的王俊，此时显得吞吞吐吐。

这番话，好像漂浮在水面浅浅的浮萍，随着微风来回摇摆。不用王俊赘述，嫌疑人不会是从千里之外来的陌生人，无缘无故杀害向峥嵘和高小藜后又凭空消失。

“哦……”丁熙忠的表情瞬间变得凝重而深沉。王俊所指的嫌疑人究竟露出了什么马脚，让他竟有如此判断。

丁熙忠很想知道接下来的情况，“老王，那你说嫌疑人会是‘谁’呢”？

“不知道。”王俊的回答倒很干脆。

院长的问法令王俊很是意外。目前警察的调查还没有取得实质性进展，我怎么能知道谁是嫌疑人？恐怕院长是太想知道结果了吧？他咂了咂嘴，“丁院，难道您还没看出来专案组这阵势？这几天警察询问您、我，还有刘副院长的次数难道还不够多”？王俊口气里明显有赌气成分，用手分别指了指丁熙忠和自己，还有旁边一直未开口的刘爽。

“从以上判断，您认为嫌疑人在我们身边?”

王俊用手习惯性地扶了下镜框，眼里闪过一丝圆滑，“我的第六感是这样的，但不知道是否准确”。

这种模棱两可的回答，让人无法判断真伪。说完后，王俊右手习惯性地伸进衣兜摸出香烟。看到旁边刘爽紧蹙眉头的样子，他脸上应付式地挤出一个微笑，从座位上站直了身子，“你们先慢慢说着，我出去抽根烟”。他一边从烟盒里掏出香烟，一边头也不回地向门外走去。

关键时刻，王俊真会躲。目送王俊离去的背影，丁熙忠把头转向刘爽，“刘副院长，您说应该怎么扭转现在不利的局面”？

刘爽一双乌黑的大眼睛盯着丁熙忠，仿佛要读懂他内心的想法。“王副院长所说有道理，种种迹象表明，诸多不利因素全部对准了我们，局面的确很被动。”

“哦。”在两人的对视中，刘爽怀疑、迷茫、踌躇的眼神给丁熙忠留下很深的印象，似乎还有一些看不透的东西存在。丁熙忠把视线从对方身上慢慢移到别处，一边用手揉搓着额头，一边自言自语地说，“嫌疑人会是‘谁’呢”？仿佛他的话，想要引起刘爽的回应。

既然开诚布公地讨论这个问题，刘爽就把自己的疑点，毫不保留地说了出来：“向峥嵘意外死亡，从警方检查药房和对我的谈话内容分析，我认为应该是护理部出了问题。”

“什么？”丁熙忠不由得提高了声调，坐直了身子，“刘副院长，请说出您的理由”。他眼里闪过一丝希望的光亮。刘爽能做出这样判断，丁熙忠很是吃惊。不过，他相信女人的直觉，很想听到一个合理的解释。

“关于向峥嵘吃错药，我大致分析有以下两个原因：第一，如果药房配药没有错，那就是值班室发药的时候出了错；第二，我猜测是第三者实施了犯罪，可是警方告诉我这个推测不成立。所以，除去第二种情况，很明显是值班室有人‘故意’为之。”

“当天是高小藜护士值班，你认为是她所为？”

刘爽立即做出否定：“不，我认为她不是嫌疑人！”她脸上露出坚毅的表情，丝毫不容人怀疑。

“帮助高小藜分发药品的两位护士有没有嫌疑？”

“邱凤蔚和许嫒嫒负责一层房间的发放工作，她们应该没有接触药盒里的药品。”

“那……你怀疑值班医生，肖依娜？”丁熙忠又试探着问道。

“肖依娜和钟婉贞两个人都值得怀疑。”刘爽冷静地把自己的观点说了出来。

“你怎么还扯到了钟婉贞主任?”

“在那个时间段，钟婉贞进入过值班室。”

闻听刘爽所言，丁熙忠嚯地从座位上站起身来，倒背双手烦躁地在房间里来回踱步。他眼角扫到虚掩的房门，快步走到跟前，随手轻轻把房门带牢。“刘副院长，你没有向别人说出你的怀疑对象吧?”

“没有，我只是个人认为她俩存在嫌疑。”

“请你说出理由?”

“哦”，刘爽侧首，出神地盯在半空某个点上。“当天值班医生是肖依娜和护士高小藜，她们分别检查过所有人要服用的药品。而后来的钟婉贞，也有可能接触过向老的药品。”她把视线聚到丁熙忠脸上，“从这点可以作出初步判断，钟婉贞存在嫌疑”。

听了刘爽的分析，丁熙忠略微迟疑了下，“那按你的分析，假如肖依娜和钟婉贞两人都值得怀疑，你为什么单单把高护士排除在外呢?是不是因为她遭遇车祸身亡，你同情她”?不用说，刘爽所反馈的信息，从主观上存在为高小藜开脱的嫌疑。作为一位倾听者，丁熙忠听出她所言有失偏颇。所以，这样的判断存在严重的片面性。

顿时，刘爽变得哑口无言，她舔了下干裂的嘴唇，“嗯……从后来肖依娜给我提供的消息来看，钟婉贞与她在值班室聊了很长时间”。她想进一步说明细节。

“她们聊了些什么内容?”

“关于近期举办护理培训班方面的事。”

钟婉贞和肖依娜都是护理部的中坚力量，尤其是作为主任的钟婉贞，在丁熙忠眼里没有任何瑕疵。各项工作从部署到完成，每次她都能上交一份合格的答卷。

他接下来所说的话，明显带出对刘爽所言有强烈的抵触情绪。“这是正常业务范围之内的事，你不能毫无根据地怀疑她们谈话内容。”显然，刘爽的说法遭到了丁熙忠强烈质疑。

刘爽立即做了进一步的解释：“问题是肖依娜说她中途接了个电话，离开值班室有十几分钟。在这个时间段，值班室就只剩下钟婉贞一个人……”

丁熙忠紧皱双眉，用十分吃惊的口气说道：“这是肖依娜告诉你的？”

“对。”

“那当天值班的高小藜护士又到哪儿去了？”

“她核实完药品，应该独自去查房了。”

丁熙忠伫立在原地，用手拍拍额头，觉得事情很伤脑筋，“向峥嵘的事情发生之后，你是否找过钟婉贞，询问她当天到值班室去干什么了”？

“问过。她和肖依娜的说法大同小异。等肖依娜再次回到值班室，钟婉贞把培训方面的事情交代完后，她们就一起离开了。”

“原来是这样！”稍后，丁熙忠沉思了一会儿，“刘副院长，你反映情况很及时，私底下抽出些时间，你要多关注肖依娜和钟婉贞的活动，她们有什么反常情况及时告诉我”。他踱步到刘爽身边，俯下身子，特意小声嘱咐。然后他直起身来，扭头看了一下紧闭的房门。王俊抽烟时间真不短，怎么还不回来？难道他以抽烟为借口，办自己的私事去了？

刘爽没有搭话，满屋的沉默凝结成一张黑稠的浓雾，犹如一座无形的大山，渐渐压得她双肩生疼，她的身子便慢慢矮下去半截。半晌，沉思的她才含糊不清地吐出了一句“知道了”，这才将那黑稠浓雾劈开一条缝隙，屋内空气流通起来。护理部的优秀医护人员竟然成了嫌疑人！刘爽不得不面对如此难堪的局面。

丁熙忠重重叹息了一声，“刘副院长，在警方调查清楚事实之前，所有进入过值班室的人员都值得怀疑。我们要向警方如实汇报，而且不能放过任何可疑之人”。

刘爽肯定得点了点头，“丁院长，我觉得向峥嵘与高小藜的死亡存在某种关联”。她想把自己的判断与院长沟通一下。

“噢，有什么关联?”丁熙忠吃惊地皱起眉头，对方的话牵动了他敏感的神经。

“如果说，向峥嵘的死亡是一起事故，在事实未查明之前，高小藜却遭遇车祸身亡，是不是两者之间存在必然的联系?”刘爽认为向峥嵘服错药导致死亡，不能单纯以一起医疗事故来定性。而且，他的死与高小藜的车祸之间似乎有某种内在的牵连，只是她还不明白其中的秘密。她想窥一角，而知整个冰山。

“嗯……你说得有道理，我的确感觉这里面有问题。”丁熙忠的脸开始轻微地抽搐，露出一副痛心疾首的样子。“可以这么说，向峥嵘意外死亡，我已愧对他家人。高小藜遭遇车祸身亡，我犹如跌进万丈深渊。她还那么年轻，我无法向她的父母交代啊！直到现在，警方还没有抓住凶手，我拿什么还他们女儿？那天，我……”丁熙忠哽咽，强忍住眼眶里打转的泪水。那天，即高小藜遭遇车祸死亡后的第二天，在丁熙忠的办公室里，他面对高小藜双亲，竟然无言以对，他用了种极端方式——下跪请求得以原谅！目睹到这一幕，刘爽心灵受到了极大的震撼！

纵有千言万语，丁熙忠也不能抚平高小藜双亲痛失爱女的悲戚。男儿膝下有黄金，唯有眼下的一跪，才能打破彼此之间冰冻的壁垒。此刻，他们脉脉相通——生者对死者的眷恋。

他内心说不出的苦，大概无人知晓，反正只有他一人默默承受。虽然刘爽与院长共事时间不长，现在精神恍惚的丁熙忠与原来那位思维敏捷、睿智风趣的丁熙忠简直判若两人。真难为他了！近期，全院整体呈现良好的上升势头，却被两起意外死亡事件乱了方寸，所有工作停止不前，这无形会给院长的仕途带来不可逾越的鸿沟。

这时，王俊抽完烟回到房间里。“你们商讨有结果了?”

“没有。”丁熙忠摘下眼镜，手指轻揉两个内眼角，低头背过身去，“今天就到此为止吧。有什么情况，我们再碰头商议。辛苦二位了”！

聪明的王俊，明显嗅出室内气氛与原来不一样。院长失魂落魄的样子，让他很想知道详情。当他把探寻的目光转向刘爽时，对方佯装没有看到他，只是默默注视丁熙忠冷清的背影。院长会商讨得罪人的事，王俊从不会发表个人见解。因此，与他交流没有任何结果，刘爽深有体会。王俊无奈地跟随刘爽向丁熙忠告辞，他们一前一后走出院长办公室。

丁熙忠呆呆伫立门前，久久凝望他们离去的背影。

第十章

“您嘱咐我买的东西全部备好了。嗯……她家应该有燃香吧?”电话那头传来许娴温柔体贴的声音，仿佛让唐枫多日的疲惫一扫而光。她们准备去看望向峥嵘的遗孀——王蓉芳老人。

经过几天的沉淀，唐枫的心态先后经历了迷茫、痛苦、平和。目睹生死离别，情感上也遭遇了大起大落，毫无疑问，这种悲怆会影响她一生。二十二日出事当天，唐枫就未见过王蓉芳，心里留有不小的遗憾。从那时起，她就下定决心要去探望王蓉芳，不为别的，只为那难以忘怀的一面之交。

唐枫急匆匆赶到碰头地点，许娴已在王蓉芳家楼下等候多时。她身边放着两个超市大袋子，那是准备好的慰问品。

“你打过电话了吗?”唐枫指的是与王蓉芳事先取得联系。

“与您通完电话，我就给王阿姨打过电话了。她在家。”还是一脸认真的表情，许娴平淡语调的背后，是无法言说的悲伤。尤其在电话另一端，当她听唐枫说高小藜遭遇车祸身亡的消息，立刻变得沉默寡言。为此，她还特意向报社请了假，独自待在房间里，以泪洗面，不吃不喝一整天。在接下来的工作中，她还是一副魂不守舍的样子，主编倪云飞颇为她担心。

许娴的颓废状态，唐枫听入耳，内心变得焦灼。在电话里她们约定，待案情调查清楚之时，她们结伴去高小藜的老家——距离市区很远的一个小县城，去看望高小藜年迈的双亲。这是她们私下的约定。

眼下，警方还没有给出确切说法，无法向高小藜双亲交代。所以，高小藜的死，一定要彻查清楚。这成为唐枫矢志不移追查下去的动力。

面对生死无常，或许对许娴也是好事，能磨炼她。

“唐姐，高小藜她……”见到师姐，旧事重提，作为刚认识的好姐妹，竟然在花季就香消玉殒，让许娴怎么接受。电话里诉说，不如见面后真情实感的流露。许娴眼泪汹涌地流了下来，是委屈，是伤感，也是无奈。为自己，为向峥嵘，为高小藜。那曾经美好的一瞬，如逝去的昨日，竟然变成一条无法逾越的鸿沟，沟这边和沟那边，遥遥相望，已是阴阳两隔。高小藜的双亲，白发人送黑发人，到底是怎样的心情?

“许娴，你不要难过……”唐枫嘴上虽然这么说，可眼泪还是不争气地流了出来。她想要在许娴面前表现出勇敢、坚毅的样子，最后还是失败了。此刻，她无法抑制自己的真实情感。唐枫递给许娴纸巾，把头背了过去，长长舒了一口气，“擦干眼泪，不要让王阿姨看到你这副模样。你哭的话，只会让她老人家徒增伤悲”。

“我知道……”许娴抽泣着回答。她走近唐枫，紧紧抱住对方，把头依靠在唐枫肩上，“我原来想好，当您的面不能哭，嗯……可我还是没能忍住”。她还在嘤嘤地哭。

唐枫侧过头，轻轻擦去她脸颊上的泪痕，然后把自己的脑门紧紧贴在许娴额头上，用手搂住对方的脖子，“你要记住我给你所说的话，千万不能荒废主业，工作要勤勤恳恳。等我查清疗养院的事情就回来”。

“嗯。”许娴哽咽着使劲点头。

唐枫深吸一口气，故作轻松地说：“坚强些，我们上去见她老人家吧！”她们俯身提上袋子，踏入单元门楼。

“来啦！”听到门铃响，屋里传来略微低沉的男人的声音。随着打开的房门，许娴轻声“哦”了一声。看到面前的男子，唐枫不由得一愣：他的模样与向峥嵘相似度达百分之六十以上，大大的国字脸，浓浓的两道剑眉，一双炯炯有神的眼睛。从鼻子以上瞧，可以看出向峥嵘年轻时的帅气英俊。他应该是向峥嵘的儿子，唐枫想。

“你们好！是唐记者和许记者吧？”该男子分辨不出眼前到底是谁，用猜测的目光左右交替看着唐枫和许娴。

“我是唐枫，她是许娴。”唐枫分别介绍道。

“噢，快请进。我妈早就等着你们了。”男子侧身让她们先进屋。

他的确是向峥嵘的儿子。

“两位记者这么忙，能抽出时间来看我妈，我已非常感激，还让你们破费……”看到她们手中的袋子，男子说到半截止住了。他还很本分。

“没有别的意思，我们想看下王阿姨。”唐枫伸出食指，放在唇边，做了个小声说话的姿势。她不想因这件小事，影响到王蓉芳不稳定的情绪。随后，她们把物品放在门边。

男子低头不再作声。

踏进客厅，映入唐枫眼帘的是王蓉芳独自静坐在沙发上的样子。向前紧走几步，“王阿姨，您好……”她哽咽，说不下去了。几日不见，王蓉芳失神的双眼和枯瘦的面容，给唐枫感官上带来强烈的刺激。

王蓉芳勉强站起身来，嘴唇哆嗦着，颤抖地伸出双手，“两位姑娘，你们来啦。谢谢你们……”她的嘴巴吃力地嗫嚅着，胸部一起一伏。

“您快坐下。”唐枫双手扶住王蓉芳的胳膊，“请您节哀顺变”！唐枫眼圈开始发红。她扭头瞥见许娴，掏出纸巾正在独自抹眼泪。唉，我们眼窝真浅呀！

“好，好。”王蓉芳抽抽噎噎地说道，“老向的事我也没有想到，高小藜护士的事我更没有想到啊……”她双手拍着大腿，摇着头，说不下去了。

高小藜遭遇车祸死亡，是谁告诉王蓉芳老人的？毋庸置疑，应该是医护人员，或是疗养人员相互转告的结果。两位逝者，一位是相知相伴的爱人，一位是结下深厚友谊的忘年交。向峥嵘服药死因不明，已让王蓉芳悲恸不已；高小藜车祸丧生，白发人送黑发人，不是亲人胜似亲人的亲情……个中的甘苦，只有王蓉芳心里最明了。

高小藜的名字，似乎引起许娴痛苦的回忆，她哭泣的声音明显变大。唐枫强忍眼眶里打转的泪水，仰起头，不由得发出长长的叹息。王蓉芳的儿子用手揉着眼角，想必他也听说过高小藜护士的事。

唐枫的两只手分别攥紧王蓉芳的左右手，“您一定要保重自己的身体”。她努力抑制住自己想哭泣的冲动。

王蓉芳年高德劭，想不到竟遭此不幸，让唐枫欷歔不已。她握住王蓉芳干枯的双手，放到自己胸前，对方那双伤心欲绝的眼神，令人无法直视。“如果向老和高小藜九泉之下有知，他们也不想您把身体拖垮了。”唐枫努力控制住自己的感情。

“我知道。”王蓉芳昏花的眼睛，从唐枫身上慢慢移到沙发对面的桌子上，那里供奉着向峥嵘的黑白遗像。“你们放心吧，我没事的。”她向身边站立的男子看了一眼，“女儿工作忙，我让她上班去了。有儿子照顾我，你们就放心吧”。

“我们给向老上炷香。”说着，唐枫从座位上起身，许娴闻听，赶紧把擦拭过眼泪的纸巾塞进衣兜。那双红肿的眼睛，让唐枫心生爱怜。

王蓉芳的儿子走到遗像前，从供桌上取出燃香，分别递给了唐枫和许娴。点燃后，她们对着向峥嵘的遗像拜了三拜，把香插到香炉里。黑白照片上，向峥嵘和蔼地看着她们，那双炯炯有神的眼睛令人难忘，肃穆悲伤的气氛弥漫在房间里。按原设想，唐枫想让王蓉芳回忆向老发病的情景，寻找一些破案线索，但现在来看，这样只会给对方带来更多的痛苦。所以，她打消了这个念头。此刻，还是什么都不说为好。

为了还原向峥嵘发病的过程，唐枫还特意找到刘爽了解详情，她所言应客观真实。刘爽十分清楚地回忆说道："二十二日，向峥嵘服完药后，按照以往惯例，他坐着轮椅随老伴去园林散步。途中，向峥嵘对王蓉芳诉说自己胸闷，而且还伴随阵阵胸痛。紧接着，他面露痛苦神色，断断续续地说自己感觉呼吸憋气、难受。"以前，向峥嵘按时服药，病情一直很稳定，没有出现过如此厉害的反应。面对突发状况，王蓉芳有点手忙脚乱，由于没有带手机，她就大声呼唤旁边的人过来帮忙。"

"当时……听到王蓉芳的求助，有谁过去了？"唐枫侧首，紧盯刘爽的眼睛。

刘爽仔细思索之后，说："两个散步的人听到呼救声，马上跑过去了，但他们不是医护人员。那种情景，他们也束手无策。"她又接着说道，"不过，其中一人立即拨打了医院的电话，另一位热心人跑到疗养楼寻找医护人员"。

"钟婉贞、肖依娜和高小藜先后赶到了现场？"

听记者说出这番话时，刘爽霎时瞪大眼睛，略带迟疑地点点头。不知道这是出于个人推断，还是有人告诉过唐枫，这三名医护人员参加了抢救。不过，向峥嵘是一号疗养楼的疗养人员，钟婉贞作为护理部主任，肖依娜和高小藜作为当天的值班人员，她们先后到达现场，按常理推断也符合逻辑。

“最后的结果……”唐枫说到这儿止住了，刘爽明白她未说出口的内容。结果很显然，一切为时晚矣。稍有停顿，唐枫继续说道，“听说你们护理部还专门为此开了一个会?”

“对。”刘爽回答，“全院在丁院长主持下开了个向峥嵘死亡原因分析会。那个会散后，我们护理部马上又开了个会”。

“会上主要内容能告诉我吗?”唐枫用征询的口气问道。

“唉!”刘爽无奈地叹了口气，“每个人都在忙自己的工作，根本没有谁注意到向峥嵘服用的药品，到底有什么特别之处”。

“高小藜护士没有发言吗?”她是唐枫非常关注的对象。

“嗯……没有。”略微沉思一会儿，刘爽从记忆里搜寻出当天的情景，“只是她脸色很不好看，好像有什么重大心事似的”。

“高小藜是不是知道什么事，才会促使她沉默不语?”还是不甘心，唐枫想找出她最后参会出现异常的原因。

刘爽颇有点为难，“……怎么说呢?”

向峥嵘服错药品导致死亡，护理部所呈现出的是难以言说的困惑和悲伤。两位帮助分发药品的同事邱凤蔚和许媛媛，怀着自责心理，有点不知所措。当时刘爽心烦意乱，没有认真观察过众人表现，其中也包括高小藜的言行举止。事后从高小藜的面部表情上分析，应该是她出于对向峥嵘意外死亡的惋惜。刘爽知道她和向峥嵘夫妇的感情，也知道护理部所有人普遍产生了焦虑无助的心态。

高小藜有无反常举措，刘爽说不出个所以然。唐枫借机转移了话题：“有没有这种可能，因为向峥嵘爱人的疏忽，给他多服用了治疗心脏病类的药物?”

“这个可能性不大。”唐枫话音刚落，刘爽立即否定了这个猜测。“王阿姨当过老师，做事一向很细心，她一般不会给向峥嵘吃医嘱之外的药品。更何况药房配好的药是现成的，免去她拿起药瓶，一边看服用量，一边取药等环节。而且，她眼有点花，没有戴老花镜的情况下，她是无法看清药品标识的。”

“哦……” 唐枫不住点头，认可了这个说法。

“当天钟婉贞、肖依娜和高小藜作为见证人，她们有无特别的表现?”

“您是指哪方面?” 刘爽挺直了脊背，用手指了下唐枫，“她们各自所说的话? 还是有人存在可疑的地方”? 她硕大的眼瞳马上变得湿润，语调里还包含微微的颤音。“首先要排除高小藜护士，她不能作为嫌疑人。我认为她也是受害者。”

对于高小藜护士，唐枫和刘爽的看法不约而同：她不是调换向峥嵘药品的人，她也不是嫌疑人。

“除了高小藜护士，您还怀疑谁?”

“这个……” 刘爽欲言又止，明显存在思想包袱。护理部发生的两起案件，毫无疑问对她是个重大打击。唐枫仔细端详对方，刘爽面色苍白无力，目光散乱，昔日精明干练的那个副院长似乎不见了。遭遇世事突变，的确会改变一个人的精神状态。

“我向丁院长反映过，可以排除两位帮她分发药品的护士。另外，肖依娜和钟婉贞在值班室待过，都值得怀疑。只是现在找不到相关证据……” 刘爽伤感地叹了口气，“我宁愿相信此事与她们没有丝毫关联，嫌疑人另有其人”。

说这番话时，刘爽不由自主地提高了声调，她始终坚信有个隐形的幕后推手。说完，她慢慢垂下头。不是刻意回避有关护理部的话题，刘爽配合记者的提问，只想多一个侦破渠道，或许不久就会抓住狡猾的凶手，届时，也能洗脱自己背负的黑锅。连续发生命案，警方和院领导传递的层层压力，已让刘爽如芒在背，疲惫不堪。

刘爽一副痛苦自责的面孔，唐枫看在眼里，疼在心里。她很同情对方的处境。看来，以前对刘爽的怀疑是错误的。“我一定要查出真相！还死去的向峥嵘和高小藜一个说法。” 唐枫暗暗下定了决心。

“唐姐，我们走吧，让王阿姨好好休息一下。”许娴的说话声，打断了沉思中的唐枫。

“好的。”唐枫回过神来，“王阿姨您好好休息。有什么事需要帮忙，您尽管说。或者让您儿子给我们打电话也行。”

“你们放心吧，我会挺过去的。”坚强的王蓉芳脸上露出一丝笑容。她会心的微笑，给了唐枫很大的勇气。

“前几天的辞职人员，我们调查清楚了！”安鹏手握一沓资料，在唐枫面前左右晃动。看着对方那双渴望的目光，他把资料递到唐枫手里，“这是辞职人员的相关信息。”

唐枫掩饰不住内心的喜悦，接过后开始细心查看。“怎么会是他！”翻到照片一栏，唐枫抬起头，十分意外地对着安鹏说道。

“你认识这个人？”唐枫不经意的发现，让坐在旁边的梁涛似乎看到了希望，赶忙凑了过来。

“不认识。”她放下资料，目光与梁涛视线对接。刹那间，梁涛仿佛被迎头浇了一盆冷水，眼里的希望之火，瞬间消失殆尽。“但我与他见过面……”唐枫手指着照片，抬头注视着两位警察，脑海里还原了那天偶遇的情景。“那是我到疗养院的第一天下午，在去保健中心的路上碰见过他！”看着她蹙眉深思的样子，梁涛认为她不是在开玩笑，或许唐枫确实见过这个人。

“你为什么对他有如此深的印象？”安鹏侧首，双手交抱胸前，好像对唐枫所说很感兴趣。

“我走在路中央，根本没有注意到自己身后。他开着一辆车，对我说：‘喂！你会不会走路？没有看见后面有车啊？’”倏然，唐枫思维深处发觉到什么。渐渐浮出水面的真相若隐若现，好像是阳光下一个美丽的七彩泡沫，随风在轻轻左右晃动。耀眼光线照在上面，映射出五彩斑斓的色彩，致使她无法看清内部真相。

高小藜遭遇车祸的场景，长久萦绕在唐枫脑海里挥之不去，她似乎看到了真正的凶手。“这个人是谁？他为什么要提出辞职?"

安鹏双手抱在胸前，右手抚摸着下巴，“据调查，辞职的人叫任仲斌，原来负责餐厅的采购工作”。他脸上渐渐显露出失望表情，从座位上站起身来，走到窗边，“七月二十四日，据餐厅负责人说，任仲斌要去泰国从事一宗大生意，现在他父母也无法与他取得联系”。安鹏双手扶在窗台上，身体向前探出窗外，说话声音不是很清晰。

“泰国有任仲斌的亲戚?”唐枫提高声调问道。

“不太清楚。”

“餐厅采购，应该是一项不错的工作，他怎么说辞就辞了呢?”

“这也是我们想知道的。”

“难道他在工作中存在短处，让别人握住了把柄。或者发生了不利于他的事情，才迫使他辞去工作?”

“很可惜。我们排查了任仲斌的社会关系，他工作兢兢业业很到位，几乎没有任何毛病。”安鹏颇为遗憾地回答。

“这足以证明，泰国方面确有一宗大买卖，否则他不会舍近求远，放弃家门口一份舒适的工作。”

“嗯，应该是这么回事。”记者说得很中肯，安鹏点头赞同。

“任仲斌结婚没有? 他家庭条件如何?”

“据手头掌握的资料，他目前还是单身状态。他和父母在一起居住，家里条件一般。”

唐枫感到很诧异，“真奇怪! 一来他在泰国没有什么亲戚，二来任仲斌没有雄厚的启动资金，跑到异国他乡做什么生意”?

“这正是我们感到可疑的地方。”安鹏怔怔地注视着远方，头也不回地说道。

“他开着一辆白色面包车!”雨夜的场景又在唐枫脑海里复苏，那个电闪雷鸣的夜晚，似乎眼下有两件事情可以联系起来:“辞职”——“车祸”。

听到“白色面包车”时，安鹏警觉地回过头来，“对呀！你见过那辆车”？他用专注的眼神紧盯着记者。

“二十四日任仲斌离职，那么二十五日晚上高小藜发生的车祸，与他有无直接关系？”

两者之间，好像可以这样串联起来。两位警察颇感意外，面面相觑。

“你认为有必然联系？”安鹏紧蹙眉头，踱步到唐枫身边。

“难道你们不觉得里面有文章？”她右手反复摩挲着额头，紧闭双眼说道。

投砾引珠。把两起令人生疑的事件堆砌起来，显示不出任仲斌有何作案动机。唐枫开始忍受间歇性头疼。

“……难道，任仲斌有作案嫌疑？”梁涛满腹狐疑地盯着安鹏，用不太肯定的语气问道。

安鹏反诘道：“唐记者，如果两者有联系的话，你是怎么想的？”

警察的话有点出乎唐枫意料，她思想上毫无准备，“我只是做一个假设：向峥嵘的死与高小藜有关系，高小藜的车祸又与任仲斌有联系……”

安鹏轻轻地笑了。沉默了很长一段时间，他似乎在思考接下来的话是讲，还是不讲。“不过……有个问题我必须加以说明。”安鹏终于开口说话，“在高小藜车祸现场，我与市交警大队仔细勘查过，她的死是‘有人’故意安排好的，也就是说有人要‘蓄意谋杀’她”。

警察的话很有震撼力，唐枫瞪大一双惊恐的眼睛，内心多天积攒的矛盾和疑问，似乎要从安鹏这里得到证实。

安鹏一双锐利的眼睛交替扫视唐枫和梁涛，说：“在肇事车祸现场，白色面包车没有留下任何可以追踪的痕迹。甚至我们熟悉的易碎物品，如前保险杠、车灯、前挡风玻璃等都没找到。所以……”他欲说还休的语调，颇有点耐人寻味。

“那辆白色面包车经过特殊改装?”唐枫把对方未说完的话，补充完整。

安鹏惊奇地打量着唐枫。作为一名记者，她洞察人心的本事不容小觑。警方手头掌握的资料，好像唐枫完全了解。甚至，在有些问题的分析研判上，她比警方还要细致准确。

“对。那辆车至少是在前保险杠、挡风玻璃和汽车大灯部位做过特殊的改动。”安鹏附和道。

他双手习惯性地抱在胸前，眼睛出神地注视着远方。“凶手狡诈凶残，事先勘察过车辆行驶路线。凶手之所以选择在黑暗雨夜行凶，是为了消灭罪证。另外，车祸发生的地点，凶手煞费心机地选在拐弯的下坡路段，制造出雨天车辆失速而造成的车祸……”

“究竟是什么人对周边环境和道路如此了解，是熟人作案吗?”反问的同时，安鹏又好像在征询另外两人。

唐枫表情严肃，沉默不语，可大脑一刻也没有闲着。警察所说的话，如黑暗中的一盏明灯，照亮她思想深处最黑暗的角落。任仲斌、白色面包车、辞职报告等字眼交替在她眼前晃动。

任仲斌的作案动机是什么?食堂采购，护士的工作相对固定且单一，双方应该没有多大交集，可以推断任仲斌和高小藜应该没有个人恩怨。警察已查证，任仲斌所驾驶的车辆是食堂专用采购车，并不是那辆肇事的白色面包车。是否存在情仇?按情杀的线索分析，似乎有点可能。但是，据刘爽私下与唐枫交流，高小藜已有男朋友，而且，两人已到谈婚论嫁的地步，这个推论不成立。难道高小藜脚踩两只船，最后连个人性命都搭上?高小藜秉性忠厚，为人善良，她不会做出伤害任何人的事。

把任仲斌的离职与高小藜的车祸联系起来，似乎有点勉强。换句话说，这是有人做下的局，其目的就是扰乱警方的视线，把嫌疑人目标引向——任仲斌。想到这儿，唐枫暗暗吃了一惊。隐藏在任仲斌身后的凶手，的确是个高智商的罪犯。常人不会想到，看似平常的一起车祸只是表面现象，下面隐藏着一桩秘密杀人案件。

随着案情剥丝抽茧，唐枫脑海里交替出现漆黑雨夜的车祸场景：恶劣的天气，为什么高小藜执意要到马路对面去？按常理推断，她站在疗养院大门口等人，一能避雨，二来安全，两全齐美的做法岂不是更好？促成高小藜怪异行为的，似乎必须是个苛刻条件——除非有重要事由，或者有重要人物，指使高小藜必须到达指定地点。这个判断是否准确？唐枫不知道。

唐枫脑海里渐渐浮现出案件过程，隐隐可见事件的大致轮廓：向峥嵘服错药意外死亡→高小藜成为嫌疑人→白色面包车肇事→高小藜的意外车祸或本人畏罪自杀。有人在使用障眼法，想欲盖弥彰。一定要把他找出来！唐枫发誓。

唐枫略有所思地抬起头，用探求的眼睛交替看着两位警察，"是不是有人故意这么安排的"？

"应该是。"安鹏肯定地回答，"我在高小藜手机上，发现了一个固定的电话号码。这个号码在七月二十五日晚上十九点十五分、十九点三十五分与她通过两次话，而且通话时间都不长"。安鹏又开始来回踱步，黝黑的脸膛露出伤感和无奈。"经警方查证，电话是从市里某个公用电话亭打给高小藜的。接完第二个电话，她就急匆匆地赶到疗养院大门口。"

"如此说来，给高小藜打电话的人十分了解她？"

"应该是她熟识的人。否则，作为一个女孩子，她绝不会在风雨的夜晚独自一个人出门。"

听到警察的分析，唐枫还是有些迷惑不解，"难道高小藜出去时，没有人看到过她的行踪"？

"没有。"安鹏长长地出了一口气，面露遗憾，"截至目前，没有人反映在当晚接触过她"。最后一丝光亮，在安鹏眼里湮灭，他稍微停顿，"门口视频监控拍摄到高小藜的身影。十九点四十一分，她撑雨伞走出大门旁的人行小门，然后……"他无奈地摇摇头，“对面情况就不得而知了……”

“值班室保安是怎么说的?”

“当晚下着大雨，保安全部待在屋子里。他们隔着玻璃窗，模糊看到有人撑着雨伞经过，后来有人确认是高小藜护士。不久，他们听到外面发出巨大的撞击声。他们从值班室跑出来一探究竟，发现有一辆白色面包车消失在雨雾里。而路中央有人躺在地上，雨伞支离破碎，散落一地……”安鹏低声诉说完毕，右手拇指和中指轻揉太阳穴，紧闭眼睛不再说话。

“高小藜究竟得罪了什么人，以至于非要对她下毒手……”唐枫陷入苦苦思索。

第十一章

高小藜身亡，觉得最不可思议的人就是刘爽。似乎高小藜与什么事有牵连，但又找不出合适的解释理由。为此，她很苦恼。回想与警方和记者的谈话，刘爽分明感觉自己被当成了怀疑对象。换位思考，站在对方角度看待这起案件，怀疑她似乎也在情理之中。原因有以下三点：首先，向峥嵘服药猝死，是护理部值班室分发药品导致的结果，警方自然会怀疑值班室所有的医护人员。作为分管领导刘爽，自然脱不了干系；其次，二十二日作为值班护士，高小藜和她的两位帮手分发了一号疗养楼所有的药品，其中包括向峥嵘所吃的药，她却在二十五日遭遇车祸身亡，其结果足以让人怀疑她有畏罪自杀的嫌疑；最后，向峥嵘的死因本来就令人生疑，问题根源还未找到，关键时刻高小藜又遭遇车祸身亡。两起非正常死亡案件相互叠加，作为一名普通旁观者，也会升起无限遐想。

所有矛头对准她，不为过。抽空坐下来，刘爽开始仔细回忆，发现有“巧合”和“未知”两种因素存在。巧合：两桩命案全部出现在护理部，不论直接或间接，都与刘爽有关系；未知：向峥嵘和高小藜的身亡都是“未知”谜案。刘爽从意识深处认为高小藜的死，是一桩杀人灭口案。到底牵涉何种交易，从而导致她命丧车祸，刘爽不知。

高小藜为人善良耿直，极富有爱心，不会伤害任何无辜的生命。她曾私下悉心照顾过院内许多流浪的小动物。刘爽至今还记得，她隐藏的小秘密被人发现后，那副急于辩解的模样。高小藜一边语无伦次作出解释，一边信誓旦旦保证今后不再养小动物。她还向刘爽副院长作出保证，等小动物们调养好身体后，就把它们送给爱心人士抚养，绝不会因它们而被疗养人员投诉。

一个懂得尊重生命的人，怎么会是杀害向峥嵘的嫌疑人？可疑车祸背后，是有人想栽赃陷害高小藜。她知道幕后真相，凶手的目的就是杀人灭口。刘爽始终这么想。

既然，所有不利证据全部指向了自己，刘爽的思考逐步回归理性。不是为了澄清自己，也不是为了明哲保身，而是为了众人惋惜的高小藜护士。一个年轻生命的陨落，给刘爽带来了心灵上的桎梏。现在唯一能打破内心愧疚的枷锁的方法，就是让那个幕后凶手伏法。

刘爽想找两位院长说出自己的想法，但眼下却不合时宜。两位领导为此事忙得焦头烂额，如果自己的尺度拿捏不好，或者分寸掌握不到位，会引起一些不必要的误会。换个说法，从她内心而言，主要怕自己言语不当，而得罪某些人。大家都在一个工作单位，假如是子虚乌有的事情传出去，今后低头不见抬头见，会让她陷入尴尬境地。所以，还是找警察把情况说清楚为好。想到这儿，她拨通了专案组的电话。

当安鹏和梁涛坐到刘爽对面时，在两位警察敏锐目光的注视下，她忘记自己想要反映什么问题了。

“刘副院长，你找我们要说什么事？”安鹏直言不讳地问道。

“我是想……说一下我对这两起案件的看法。”刘爽吞吞吐吐，一副犹犹豫豫的表情。

“你别着急，放松点。”安鹏安慰她，“我知道你精神上有很大压力，案情在调查清楚之前，往往会有若干个怀疑对象。我们会去伪存真，揪出真正的凶手。这是一个循序渐进的过程……”

刘爽游离的眼神里隐藏着自责和悔恨。安鹏鼓励道：“既然护理部出了事情，你就不要再有任何思想包袱，把自己的真实想法跟我们说一说，兴许对破案能起到关键作用。”

警察说得很到位，从心里让刘爽打消了许多顾虑。她就把院长会期间，如何讨论向峥嵘和高小藜的死亡情况，以及二十二日事发当天，护理部值班人员的工作情况说了一遍。

根据她提供的信息，安鹏提出质疑，“按你的说法，邱凤蔚和许媛媛帮助分发药品可以排除嫌疑，但你怀疑肖依娜的依据是什么”？

“这只是我一个简单的推论。因为，药房把药送到值班室后，值班护士先对照单子检查，然后值班医生再做最后检查。”

难道医护人员搞错药品？安鹏很想知道。“当天值班医生是肖依娜，听说她是新来的医生，她对整个流程熟悉吗？”

“熟悉，医生和护士都经过严格专业的培训，她们精通本职工作。”刘爽肯定地回答。

警方把肖依娜列为嫌疑人，理由似乎比较勉强。唐枫曾经向安鹏提及肖依娜。向峥嵘出事之前，她从别的部门调到护理部。她之所能在护理部工作，传闻是王俊幕后力挺的结果。只是她到护理部时间比较敏感——向峥嵘服错药，高小藜遭遇车祸。两起案件与她是否存在联系，安鹏找不出相关证据，无法作出准确判断。

“那就是说，向峥嵘服用的药品，最后的经手人是肖依娜？”旁边记录的梁涛，插话问道。

“……大概是她吧。”刘爽说话底气明显不足，“我想她应该有机会……”她嗫着嘴，有些犹豫。

接下来，警察听到的话，有了峰回路转的迹象。

“另外，还有一个人值得怀疑。”刘爽略微停顿，沉思了一会儿后说道，“那就是钟婉贞主任，监控显示她也进入过值班室”。

“她和肖依娜一直待在值班室？”对方话音未落，安鹏旋即反问道。

“嗯，肖依娜中途出去过一会儿。当时值班室只剩下钟婉贞一个人。”

安鹏歪头注视墙上时钟。“他在考虑嫌疑人的作案时间？”刘爽暗自思忖。

“钟婉贞单独在值班室待了多长时间？”

“应该有十几分钟吧，这是事后肖依娜告诉我的。”刘爽抿着嘴，轻声说道。

梁涛似乎很惊讶。刘副院长提供的线索很有价值，钟婉贞是嫌疑人？

“按你的说法，她也有接触药品的可能？”安鹏笼统地做出分析。

“理论上应该是这样。”

“噢……”安鹏蹙眉，表情变得凝重。

根据刘爽提供的线索，专案组判断，钟婉贞和肖依娜两人存在重大嫌疑。

“刘副院长，你还有什么要说的？”

“没有了……”刘爽低声呢喃，“如果我想起什么来，再来向你们汇报”。

刘爽怀着沉重的心情走出房门。她数次回首凝望的眼神，让安鹏颇为不安。从她眼眸深处，他看到的是一份忧伤和期盼。

安鹏内心涌动的酸楚和无奈，只有他自己明了。难道警方遗漏了一条重要线索？他无奈地叹了口气，目送刘爽的背影消失在走廊尽头。他转身回到办公室，抓起桌上电话，马上联系到肖依娜和钟婉贞两位医生。安鹏在电话里明确说，专案组需要她们协助查证一些情况。

“二十二日早上，所有药品我全部核对过，与药房配药单完全吻合。”由于紧张，肖依娜薄薄的嘴唇在微微颤抖，胖乎乎的脸上，长有几个小雀斑，她手握衣摆下角反复揉搓，显露出惊恐不安的表情。她一双不大的眼睛，好像受惊的小鹿，不停打量在座所有人。“我对照抓药底单，和高小藜核对完所有人要服用的药品之后，就跟钟医生一起回到她办公室，开始为疗养人员建立档案。”

“以后呢?”安鹏催促道。

“嗯……应该是上午九点四十分左右，我接到高小藜打来的电话，她说向峥嵘心脏病犯了，需要马上抢救。钟主任随即联系了急救人员，我们在赶往园林同时，我打电话联系了刘爽副院长，向她汇报了此事。”说完，肖依娜用小心翼翼的眼光，交替看着两位警察。

安鹏和梁涛默默盯着她，好像要等她把话说完似的。

肖依娜使劲干咳一声，稳定了一下情绪，瞥了一眼身边的钟婉贞，又继续开口说道：“我和钟主任赶到向峥嵘发病现场时，救护人员和高小藜都在抢救他。可是，可是向峥嵘已经不行了……”她使劲眨巴着眼睛，低沉的呜咽声，逐渐掩盖了说话内容。

听完肖依娜的言辞，两位警察目光转向了钟婉贞。

钟婉贞瞟了眼肖依娜，用十分镇定的语气说道：“二十二日早上，我的确去过值班室，只是例行检查工作，顺便给值班护士送份关于护理方面的材料。然后，我和肖依娜一起回到我办公室，分类整理疗养人员档案。”

安鹏的目光死死盯着钟婉贞，“肖依娜医生离开值班室的时候，高小藜护士也没在场。当时就你独自一人在值班室”？他抛开无关枝节，直奔重点。

钟婉贞脸上没有任何变化。“不错，肖依娜接到一个电话，她告诉我要去办公楼。高小藜下去查房了，就我一个人待在值班室。”对此事，钟婉贞并没有否认。她侧首沉思，接着又说道，“大概过了有十几分钟吧，肖依娜就回来了。”仿佛在安静地陈述某一件事，她面部没有任何表情。说完后，她把脸转向肖依娜。自然，作为证明人的肖依娜，要做解释了。

“对。”肖依娜赶紧附和说道，“我接到王副院长电话，关于我人事方面的事，需要我签字确认。签完字后，我就回到值班室了”。说完，她眼睛紧盯钟婉贞，好像征询对方自己说得是否正确。紧接着，肖依娜左右端详眼前两位警察，钟婉贞似乎对心存顾虑的她并不在意。

“你和肖依娜核对过所有药品?”安鹏分别指了下两位医生，但眼睛始终盯着钟婉贞。到底是谁最后接触过向峥嵘服用的药品，他很想知道。

“嗯，整个核对过程，我根本没插过手。”钟婉贞低头蹙眉，“肖医生从办公楼回来后，我站在一旁看她继续完成后续工作”。她歪头，目光转向肖依娜，但脸颊有些生硬。“肖医生可以回答你们。”

看着警察投来询问的目光，肖依娜忙不迭地点头，连说两遍“是的”。她完全赞同钟婉贞的说法。

“你们在同一时间离开了值班室?”梁涛帮腔问道。如果她们之间有时间差，留在最后的一位应该有作案嫌疑。

“是的。我们是前后脚离开的。我最后锁的门。”肖依娜毫不犹豫地回答。

案情又进入了死胡同，两位警察感到有些失望。按照钟婉贞和肖依娜的解释，当天她们从事例行工作，没人在向峥嵘的药品上做文章。但是，向峥嵘所服用药品，的确有人做过手脚，那个人究竟会是谁呢?

看着眼前两位医生，安鹏原来在脑海里辛辛苦苦堆积起的理论的沙雕，在海浪侵蚀下，正慢慢坍塌消亡。没有强大的证据作为基础，他所有的推断都站不住脚。

嫌疑人，不得不排除肖依娜和钟婉贞。除此之外，当天值班的高小藜护士，应该知道或者看到些什么，可是她已死。即使她没死，她能说清楚真相吗？现在，真是死无对证。冥冥之中，安鹏感觉高小藜就是替罪羊……

案情到了“山重水复疑无路”的阶段。对与向峥嵘、高小藜接触过的所有人员，专案组再次进行梳理推敲。

唐枫独自待在监控室，花费了大量时间，仔细查看近期的监控录像，希望能发现蛛丝马迹。让人颇感意外的是，除疗养院大门和三幢疗养楼的内部视频可以调取之外，七月二十日后，其余地方的监控资料无法查到。此事她咨询过安鹏，安鹏告诉她，王俊副院长曾向专案组提到过这个问题，七月全院硬件设施升级改造，将陆续更换高清摄像头。此项工作七月中旬已全部展开，预计八月初完工。唐枫认为，这次施工对于专案组而言，也许真的不是时候。

根据视频监控所提取的信息，唐枫向她熟悉的两位警察进行了汇报。安鹏和梁涛肃然危坐，她低头看着笔记本，“三幢疗养楼监控录像显示：每天值班室护士送药的时间是早上八点十分，就是所有疗养人员离开房间去餐厅吃早餐的时候。”

“早餐什么时候开始？向峥嵘夫妇去餐厅吃，还是有人把早餐送到他们房间？”问完话之后，安鹏低头在本子上写着什么，而本子以他的大腿为支撑。

难道安鹏发现了疑点？梁涛满脸疑惑。

“早餐时间是八点整，由于向老腿脚不方便，有餐厅工作人员把早餐送到他房间……”唐枫看了看笔记本，抬起头来，若有所思地说道，“按常规，向老吃完饭后，略微休息一会儿，就会服用药品。然后，他们夫妇外出散步。十点整，客房保洁员开始清理房间。这个时间段内，如没有特别情况，疗养人员应该都在户外散步、体检、健身或者……”突然，好像发现了什么线索，她呆若木鸡地站在原地。她意识深处，闪现出一帧从未注意过的画面，“是不是客房服务员有问题”？唐枫把目光转向了两位警察。

“不太可能吧！二十二日清晨，向老服完药之后，九点半左右他心脏病发作。而客服是十点开始工作，所以应该排除服务员作案的嫌疑……”面对记者提问，梁涛侧着脑袋，仔细思索当天情景。

“那就是说，邱凤蔚和许媛媛分发一层药品，而高小藜负责发放二层药品。向老一直留在自己房间，他见过分发药品的高小藜护士，甚至他们还热情打过招呼。向老服用药物后和王蓉芳外出散步期间，他身体才出现不良反应？”

“……嗯，应该是这样的过程。”不知唐枫这么说目的是什么，梁涛难以掂量她话语的分量。

“按照警方说法，高小藜护士就是最终的嫌疑人？”

“目前不好判断，何况向老和高护士都不在人世了。恐怕真相无人能说得清楚。”梁涛说。

唐枫低头沉思，闭口不言。唐枫和梁涛之间的对话，丝毫没有影响正在低头忙碌的安鹏。

安鹏抬起头，看他们不再说话，他如释重负地吐出一口气，开始叙述本子上内容，“警方询问过三幢疗养楼六个保洁员、十二个客房服务员。他们全部做过笔录，而且本人已签字……”他左手挠着头，右手握笔，敲打本子说道。

稍后，他一只手拿起本子，另一只手用笔在上面比画着，逐字逐句念道：“从目前警方收集到的信息和唐记者提供的情况综合来看，疗养人员服药有以下四个环节：一是药房根据医生处方负责配药，而且是提前一天，把每人要吃的药准备好。患者所服药品，放在圆形塑料盒内，盒上贴有房间号、药品名称、服用量和服药时间。盒底下标有患者本人姓名。二十二日清晨，向峥嵘服用 201 药盒里的药品后，身体出现不良反应；二是从药房调查抽样分析，没有发现有抓错药或药品计量上的错误。也就是说，我们排除了原来把药房作为案发地的推测；三是值班护士分发药品过程。向峥嵘出事那天，恰巧是高小藜负责此项工作，还有两位帮助她的护士。究竟药品是在值班室被人调换，还是高护士和另外两位护士在发放向峥嵘药品的过程中做了手脚，现在还不好判断。不过，这个环节存在的疑点最多；四是每天上午十点钟，客房服务员开始清理客房，服务员用时较长，打扫每个房间平均要花费十多分钟……"

听完安鹏分析，梁涛摇摇头，像是在否定什么。然后，他脸上又露出迷茫神情，"安队，按你的分析是不是可以作出如下推测：七月二十二日早晨，向老服用了 201 号药盒里的药，才导致其死亡"？

安鹏点点头，他眼睛还盯着手中本子，并没有说话。他内心在想什么，旁人无法猜测。

看着副组长无应答，梁涛又兀自判断说："从时间上推断，高小藜护士嫌疑最大。她负责发放二层房间药品，用时较长，作案时间最为充足。虽然她和肖依娜在值班室，两人共同检查完所有药品，但她在送药途中瞅准时机，或者在向峥嵘房间对 201 号药品做手脚，这个过程无人知晓。如此说来，到底是在什么目的和利益驱使下，她才铤而走险？事情败露之后，她又畏罪自杀？"

听完梁涛分析，唐枫抬起头，微微蹙起眉头，"根本没有什么目的和利益驱使！这是有人故意转移警方视线，嫁祸于高小藜护士"！她用非常肯定的语气，陈述了自己观点，"我认为高小藜和向老夫妇感情很深，她不会做出如此伤天害理的事"。

高小藜与向峥嵘夫妇谈话的情景，又浮现在唐枫眼前，那是她到疗养院的第一天。无论从高护士的言语，还是肢体动作上，都完全没有扭捏造作的样子，那是发自内心的真挚情感的流露，高小藜并没有把向峥嵘夫妇当作外人。反过来，王蓉芳也没有把她看成是单纯的医护人员。可以这么说，把高小藜比作是王蓉芳自己儿女也不过。她们之间的关系是建立在多年感情基础上的，这一点，唐枫丝毫不怀疑。

“高小藜和向峥嵘夫妇一来没有结过仇，二来双方没有金钱利益关系，她不存在作案动机。”安鹏排除了高小藜作案的嫌疑，他用沉痛语气说道，“而且，从目前所掌握的情况分析，高小藜也是个受害者……”

根据警察对案情的推断，唐枫大脑里闪现出高小藜所说的话：“陈鳌鑫属于二婚，他与原来的妻子离婚不久，就与徐莉莉闪婚了。”作为疗养院出了名的热心肠，高小藜乐于助人的品格众人皆知。最终导致她丧命的原因，是不是在接触的人员当中，她知道一些鲜为人知的隐私和秘密？这样推理有点过于勉强。唐枫持否定态度。杀害高小藜的凶手，到底会是谁呢？

“我认为，凶手除掉高小藜的目的很明确。向峥嵘吃了过量的‘强心苷类药物’导致死亡，表面是高小藜在发放药品时，她的‘故意’和‘失误’造成的。然后，凶手又处心积虑制造出高小藜‘畏罪自杀’的场面，人为制造出‘偶然’的车祸，夺去一条花样的生命……”

安鹏对案情入木三分的判断，得到了在座的唐枫和梁涛的默认。

接着，他按自己的分析，继续解说案情，“其实，凶手的动机非常直白——嫁祸于高小藜。在值班室，凶手调换掉向老服用的药品，就是想要栽赃陷害她。向峥嵘出事后，凶手马上转移警方视线，人为制造出车祸杀害高小藜，其真正目的就是要把自己隐藏起来……”

“那么，到底是谁调换了向老服用的药品？又是谁幕后导演了这场车祸？这样做的目的又是什么？”唐枫觉得头脑深处有微微牵动着她思绪的念头，她屏住气息想看清楚，但念想转瞬即逝，最后她还是没能回答上来。

“现在真是毫无头绪。刘爽副院长提出的怀疑对象，我和安队长也仔细甄别过，肖依娜和钟婉贞好像根本没有作案动机。但问题是向老服用的药品，的确有人调换过。难道，高小藜还存在不为我们所知的另一面？”

梁涛迷茫的一段话，让唐枫感到很是吃惊，她认为眼前的线索误导了警方侦破的方向，“两位警官，再狡猾的狐狸，终会遇上好猎手。我们必须排除眼前的假象，去伪存真，才会发现真正的幕后黑手”。

安鹏沉默不语。

“……我想，有无这种可能。”梁涛思忖再三，左右打量两个人之后，再次犹豫说道，“向峥嵘与疗养院之外的人存有过节，有人预谋要杀害他。而高小藜护士，她只不过是偶尔发现了这个秘密，意外遭到灭口……”

“关键问题是二十二日前后，监控视频没有发现有陌生人出入过向老的房间。”唐枫一席话，彻底否定了梁涛的推测。看来，向峥嵘和高小藜的死亡线索，还要从查找内因和外因入手。三人陷入沉思。

唐枫手机短信提示音响了，她拿出自己的手机，眉头紧锁，表情变得格外凝重。这条信息仿佛把她的意念全部攫取了。唐枫久久站在那里，一言不发。她机械地拨打电话，把手机放到耳边，紧绷嘴唇，仔细倾听。不一会儿，她又失望地放下手机。她满脸忧郁地望着两位警察，轻轻摇头，说：“陈鏊鑫是杀人凶手！”

“什么？”安鹏和梁涛面面相觑。

“是原来那个号码发来的信息？”安鹏问道。

“嗯。”

“你回电话了？”如果此刻与对方接通电话，安鹏认为所有真相都会显露无遗。

“是的。”她略有遗憾地回答，“但是没用，对方发完短信后，马上就关机了”。

安鹏皱眉，双臂交抱胸前，“噢，这很有意思”。他双手轻轻拍打着胳膊。

“你说什么？安队长?”梁涛一副不解的表情。

“我说事情变得越来越有意思了。”

“什么?”他还是满腹的疑惑，交替看着唐枫和安鹏。

真是无巧不成书！人有时候真经不起念叨，唐枫想到高小藜曾经提起过陈鳌鑫，现在他竟然是杀害高小藜的凶手，真是别有一番讽刺意味。她开始怀疑，怀疑自己的认知能力。眼前所有的线索，开始盘根交错，不停变幻涌动，是真还是假，唐枫不知道。

第十二章

唐枫手机上的短信，犹如一颗重磅炸弹，迅速在专案组掀起一股不小的波澜。

“那个机主想说明什么?”安鹏原来的判断得到了验证，他很想知道发短信者的真实意图。

“是啊，手机的主人是想告诉我真相，还是想借我之口传递给警方一个新的线索……”此时，唐枫感觉自己身后有双诡异的眼睛，时刻都在紧盯着她。她任何微小的举动，全被纳入身后这双眼睛的监视范围。她内心深处感到不寒而栗。

“陈鳌鑫怎么会是杀人凶手?”梁涛露出惊异的表情。按警方的分析，眼下所有的线索，都与此人没有任何关系。

唐枫联想到丁熙忠、陈鳌鑫与王俊三人“隐晦难懂”的对话。尤其是钟婉贞主任关门时，不知在和谁说“楼上……待会儿你去吧”，她内心也是疑虑丛生。

“难道警方没有安排专人盯防他?”

“为什么要盯防陈鳌鑫?”好像梁涛没有理解记者话中的含义。从主观上，他认为陈鳌鑫与两宗死亡案件，丝毫没有牵连。

“你们告诉过我，警方与丁院长的谈话内容，他不是反映陈鳌鑫与高小藜曾经在一起吃过饭?而且高小藜遭遇车祸死亡之后，丁熙忠对陈鳌鑫还持有怀疑态度?”

“这……只是院长提供的线索，口头上说说而已。关键是要找到相关证据，才能最终确定谁是嫌疑人……”纷乱的案情，让梁涛感到很茫然。

“唉!也许陈鳌鑫才是‘主角’!凶手是奔着他而来的……”如电光火石般灵光乍现，安鹏拍着自己大腿，好像突然明白了什么。综合一系列线索，案情出现了一丝曙光。之前所发生的两起命案，只不过是为主角作铺垫，而陈鳌鑫就如那层没有捅破的窗户纸。短信提示他是凶手，意味着揭露真相的时候到了。

“啊……按照你的分析，现在陈鳌鑫凶多吉少?”唐枫发出惊呼。事实如安鹏所料，结果自然不言而喻。

唐枫真是冰雪聪明!对事态发展有充分预见性，她的判断与警察不谋而合。

如拂掉笼罩在内心的一层薄纱，唐枫脑海里沉浮的场景逐渐复苏:向峥嵘服药意外死亡→短信提示→发生高小藜车祸→再次短信提示→陈鳌鑫是凶手。毫无关联的证据逐渐变得清晰、明朗。根据发短信者所提供的线索，按图索骥，案情似乎可以用这种方式连接。

世间还存在这样的推理高人，让人有些匪夷所思!发短信者是局外人，还是知晓内幕的人?他怎么能如此准确地预判案情发展脉络?眼前虚无缥缈的迷雾，犹如结成一张厚实不透明的蜘蛛网，让唐枫看不清幕后推手的真实面目。

不过，据发短信者所传递的信息，会预示着不好的兆头，她的心立刻悬了起来。

“梁涛，赶快去找龚组长!你要亲自和他说这件事，我和唐记者现在去找陈鳌鑫！”陈鳌鑫是眼下唯一能解开谜团的关键人物，也是整个案件的突破口。找到他，自然会揭露事情真相。安鹏不想失去这个稍纵即逝的机会。

唐枫也觉得非常纳闷，近几天，无论警方还是她自己的确把陈鳌鑫疏忽了。七月二十一日，她看见过对方两次。第一次是王俊在一号疗养楼下迎接陈鳌鑫夫妇；第二次在值班室门口，她与丁熙忠和钟婉贞闲聊，陈鳌鑫从房间出来向院长讨说法。在同一天里，唐枫两次与陌生的陈鳌鑫相遇，她也觉得巧合太多了。向峥嵘和高小藜接连非正常死亡，牵涉了她全部的精力，从而无暇顾及陈鳌鑫。所以，当前最要紧的是找到陈鳌鑫，才能澄清眼前迷雾般的案情。他们急匆匆地奔向陈鳌鑫的住处。

“今天早上就没有找到陈鳌鑫，给他打电话，显示是关机状态，但他个人物品还在房间。”看着记者和警察吃惊的表情，钟婉贞用中指向上推了下黑色镜框，用冰冷如霜的目光注视着他们。

“什么？”真是令人难以置信。

“你能带我们去他的房间看一看吗？”

“可以。”钟婉贞沉稳地说道，语气中似乎不太情愿。随即她走在前面带路，唐枫和安鹏跟着她穿过一号疗养楼，似乎钟婉贞搞错了陈鳌鑫所住的楼号。

“咦！陈鳌鑫不是住在一号疗养楼 101 房间吗？钟医生你这是要带我们去哪儿？”钟婉贞刚才一番话不甚明了，现在她明显把路又带错，唐枫从心里对她产生了极度的不信任。她究竟要干什么？

“陈鳌鑫住在三号楼 205 房间。”钟婉贞停住步伐，回过头来，交替看着满脸疑惑的安鹏和唐枫。钟婉贞脸上浮现的笑容，显得不太自然。和她四目相对的瞬间，唐枫心生一丝异样的感觉。

“这到底是怎么回事?”唐枫睁大眼睛，一副惊诧的表情。

“高小藜发生车祸的第二天，陈鳌鑫自己要求搬到三号楼205房间。”钟婉贞若无其事地回答，好像唐枫所提及问题，是无关紧要的问题。

“是吗?陈鳌鑫为什么要搬到那儿?”

“大概……也许是因为一号楼接连发生了向峥嵘和高小藜死亡的事情……所以，他自己要求搬到三号楼205房间。”钟婉贞好像暗自苦笑，略带迟疑地说道。归根结底这是陈鳌鑫的个人隐私，她认为无需为旁人解释。

“喔……”唐枫下意识地低头看了下手表，七月三十日下午十五点整。

这几天，发生了很多事情，给唐枫不小的压力。从纷乱思绪中，她渐渐梳理出陈鳌鑫的行踪：七月二十一日，他们夫妇和我几乎同时到达疗养院，然后他们入住一号疗养楼101房间，而我和许娴则住在202房间。钟婉贞所说的陈鳌鑫的换房理由，果真如此简单?唐枫稍稍平息自己杂乱无章的念头，开口问钟婉贞：“钟医生，你确定陈鳌鑫是今天失踪的?”

“……不太确定。反正今天护士给他房间送药，他未服用。”

“谁发现陈鳌鑫没有服药?是他妻子还是护士?”

“是护士发现他没有按时吃药。上午九点钟，值班护士例行查房，发现他的药放在桌上，就给我打电话说明情况。我随即拨打了陈鳌鑫的电话，发现他手机处于关机状态。”

“原来是这样!”唐枫感到无法释怀，说，“他妻子徐莉莉没有在他身边”?

“徐莉莉嘛……七月二十二日早晨八点钟左右，她是独自离开的。我们这里有记录。”钟婉贞思索着回答，然后把手里的登记名册，递到唐枫等人面前。好像她未卜先知，名册早已备好。

“安队长，警方找陈鳌鑫了解过情况吗?”既然护理部主任说明了原委，唐枫没有理由再继续追问下去，继而转向了安鹏。她并未接过钟婉贞手里的花名册。

“了解过。陈鳌鑫和警方说得很详细，向老和高小藜出事的时候，他都在疗养院，而且都有不在场证明。”安鹏说完后，紧蹙眉头，感觉在哪里遗漏了什么，但他现在还不知道。陈鳌鑫失踪与两起死亡案件有何关系？安鹏长长呼出一口气，抬头凝望远方，不由得细细分析那条短信的内容。

钟婉贞不解的目光先是紧盯安鹏，稍后又转向唐枫。不知道为什么，瞥见她猜测的眼神，唐枫似有一种陌生的感觉。这种陌生感可以追溯到七月二十一日下午，钟婉贞关闭值班室门，在与某人说那番不着边际的话的一刹那。唐枫心底升起淡淡的抵触情绪。不是排斥对方不礼貌的行为，而是从钟婉贞眼眸深处，她发现了另外一个十分陌生的人。

唐枫很想张口询问钟婉贞，那天在值班室，她与之谈话的那位自己未曾谋面的神秘人是谁。但唐枫自认从钟婉贞嘴里，不会得出任何有价值的线索。不想再与钟婉贞多说什么，唐枫伸手打了个招呼告别。好像对方正有此打算。钟婉贞扭头瞬间，立即换成一副哀伤的表情。

莫非她在强作欢颜？看着钟婉贞仓促远离的步伐，唐枫摇头不解。

安鹏还在思考，没有注意离开的钟婉贞，直到唐枫说“我们走吧”，他才醒悟过来。

两人并排走着，唐枫瞅了眼沉默无语的安鹏，“安警官，我们是不是去调查三号楼其他房间的客人，也许会打听到陈鳌鑫下落。”

一席话，唤回了正在思考的安鹏。眼下，追查到陈鳌鑫的行踪才是关键。“好的，唐记者。我们还是分头调查，效率会更高一些。我打电话给梁涛，让他直接去陈鳌鑫家里打听一下情况。你去三号疗养楼调查走访，我和龚组长一起去找院领导。”安鹏掏出手机，一边快步走，一边拨打电话。

——梁涛，你和龚组长汇报没有？

——好的。我知道了，你赶快去找徐莉莉询问陈鳌鑫下落。

——如有消息，在第一时间尽快通报给我。

——动作要快，否则一切来不及了！

安鹏焦急的声音，彰显出事态的紧迫性。三人分头展开工作。

梁涛首先传来消息。据徐莉莉反映，今天陈鳌鑫没有回家，而且从昨天开始，她给丈夫打电话，对方手机就处于关机状态。

听到这则消息，唐枫从心里升腾起一种不祥的预感：“陈鳌鑫真的出事了！”陈鳌鑫离奇失踪，无疑为近期发生的案件，又增添了一分悬念。根据眼下情况分析，两起死亡案件与陈鳌鑫有直接关系？唐枫表示怀疑。

唐枫调查走访三号疗养楼的房客，打听到一条很有价值的线索。一位住在 210 房间的姓陈的女士提供消息，七月二十九日晚上，大概二十一点三十分左右，她无意间打开窗户，向南远眺大海的时候，隐约发现疗养院最南端的树丛里有灯光！

唐枫跟随陈女士来到她的房间。从窗户向外望去，满目苍翠涌入眼帘，白天无法看到可疑的发光地点。在陈女士的指点下，她极目远眺，发现丛林里有房子朦胧的轮廓。据目测，从三号疗养楼走到那里，直线距离至少有一公里。

基本情况摸排清楚后，唐枫和两名专案组成员再次碰面商议。疗养院一系列可疑案情，似乎渐渐浮出水面。

一号疗养楼 202 房间，唐枫坐在床上，抬起头，“怎么以前我们没有注意到，最南端树林里还有房屋呢？”说完后，她满腹疑虑地看着眼前的两位警察。

安鹏未回答记者提问，从座位上起身，走到窗前，推开窗，“疗养院这么大，绿色植被非常茂盛，丛林深处有房屋也正常。

从陈女士提供的信息来看，它位置偏僻，很难被人发现，这也合乎常理。不过，它为什么会在夜晚发出亮光"？他探出上半身，向三号疗养楼南侧远眺。他一只手撑在窗台上，另一只手搭凉棚状放在额头上，盯着青黛色天空映衬下的树林发呆。“房屋晚上亮出灯光，说明一定有人在！”安鹏脑海里酝酿出房屋与灯光之间的逻辑关系。

椅子上端坐的梁涛，和对面的唐枫目光对视，他轻耸肩膀，眨巴几下眼睛，一副未置可否的表情。唐枫点点头，沉默不语，她认同安鹏的说法。三人各自想着心事，陷入沉默。

过了一会儿，梁涛打破沉寂，“徐莉莉说近两天她没收到丈夫的任何消息，陈鳌鑫手机始终处在关机状态。她非常担心丈夫的安危……”他从座位上站起身来，“安队长，丁院长那边有消息没有"？

安鹏长长出了一口气，转过身来，注视眼前搭档，用遗憾的口气说道：“没有！三位院长听到陈鳌鑫失踪的消息，感到非常吃惊。他们搞不明白到底发生了什么事。”片刻之后，他沮丧地低下了头。“而且，经过我和龚组长大致了解，没有人留意陈鳌鑫出入的身影……”

“嘘……”唐枫食指放在嘴唇中间，将目光移向暮色苍茫的夜空。有个奇怪的念头飞入她大脑，“那个房屋里有秘密！”又说，“普通房屋与本案没有丝毫关系”。

尽管不明白自己为何有这种奇怪感觉，是“第六感”还是有其他缘由，唐枫已无从分辨。想到这里，她心中燃起探索欲望。她把声音压得很低，说：“这件事现在只有我们三个人知道，我们过去检查一番如何?”她用征求的眼神，左右打量两位警察。

安鹏瞥了一眼墙上的时钟——晚上二十点。

昏暗的路灯下，沿着三号疗养楼正门主路，他们向南行进了约莫五百米，路面呈现 90 度转弯向西延伸。他们已到达主路最南端。此刻，他们三人站立的位置，就是疑似房屋所在地。四周全是绿地，已无路可走，草地上没有任何照明设施。安鹏手电光照射到的是生长茂盛的灌木丛和没过脚踝的青草。站在马路牙子上，估摸距离房屋还有五六百米的样子。

“呵……向南没有路了?”唐枫拂掉脸上黏着汗水的头发，俯下身子向南张望。“我们分头找一找，看看有没有路通向那里。”

梁涛伸手指指脚下的水泥路，说：“顺着这条路，我们会到二号疗养楼向南的主路。这样的话，我们就会与那个房屋背道而驰。”他又指了一下隐没在丛林里的房屋。

“你走过这条路没有?”安鹏用手电光柱指着脚下的路，谨慎地问梁涛。

“喔，我印象里好像走过。但没有注意到有能到对面房屋去的路。”

“那就奇怪了，怎么这所房屋会建在人迹罕至的地方?”

“这说明，房屋废弃不用很长时间了。”唐枫接过安鹏的话茬说道。

“可以这么考虑。”安鹏熄灭手电，“有人在废弃房屋里干什么”?

“在寻找什么东西?”

“找东西?”安鹏捻亮手电，照在梁涛脚下，“大白天光线充足的时候不去找，非在晚上视线不好的情况下开灯找东西，不奇怪吗”?

“呵呵，对呀，有点不符合常理!”

“安警官，时间不早了，我们现在怎么办?”唐枫想付诸行动，觉得机会难得。

“嗯……”安鹏略微沉思，头脑快速分析当前情况。他思维缜密，办事利落，在刑警队很有名。只要发现疑点，他会一直紧盯不放，直至真相显现。凡是经他手的案子，本着争分夺秒，少做无用功原则，都会把收集证据当作第一要务。

综合现场情况，应该有条隐蔽小路通向废弃房屋，它绝不会孤立在荒凉丛林里。为避免引起对破案不利的诸多因素，应该抄近路尽快查明情况。想到这儿，安鹏果断地对两位说道：“我在前，你们在后。跟紧我，不要出声……”他低头弯腰，打开电筒，左躲右闪地在灌木丛里穿梭前进。

梁涛毫不犹豫地紧跟安鹏。目睹此景，唐枫迈开步子紧随梁涛身后。枝叶浓密的树丛，行走十分困难。唐枫沿着安鹏手电发出的忽隐忽现的亮光，曲曲折折，努力前行。他们磕磕绊绊走了约二十多分钟，才来到房屋跟前。

“慢点，前面有水！”打头阵的安鹏，从前方传来低沉的警告声。唐枫和梁涛刹住脚步，看着安鹏的手势，慢慢跟随他走到一块相对开阔的平地上。手电亮光聚焦在一块不大的假山石上，“锦鲤湖”三个红字映入眼帘。他们借助手电发出的亮光，开始仔细打量眼前的房屋。

从外表上看，这是一片废弃多年的砖混结构平房，它倚靠在一个面积不大的人工湖旁。一半房屋建在陆地上，另一半房屋建在以框架结构为支撑的湖面上。由于年久失修，房屋周围爬满了藤类和蕨类植物，破损窗户和门上打碎的玻璃散落一地，房顶上长满了一尺多高的野草。看样子房屋被遗弃的时间已很长。

漆黑的夜晚，整个建筑散发出一种诡异氛围，让人毛骨悚然。借助手电光的照射能看出，房屋占地面积约有七八十平方米。面对这片破旧房屋，陈女士所说的灯光究竟是从哪一扇窗户发出的？

夜色中，看不到安鹏的面部表情。唐枫从他手里电筒发出的亮光，看出他似乎考虑过这个问题——光圈逐个在搜索房间。首先，亮光自左向右扫视，在中间部位，它略微停顿一会儿，仿佛思考着什么。它又接着继续向右，直到房屋尽头。接着，光圈从右向左，开始逆向扫描。在中间位置，它似乎又停顿一下，不过还是到达房屋左侧的尽头。

看到此番情景，唐枫正要说点什么，光圈快速停在中间一个有门的房间。这扇门看上去很普通，与其他房门别无二致，只是它外观比较完整。它面朝北，门旁有一扇窗户。门上亮子和窗户镶有玻璃的地方，已用报纸全部贴严，在浓重夜色里，根本看不到里面的情况。

唐枫明白了。这间屋子周边没有藤蔓缠绕，足以说明近期有人使用过。安鹏对事物的细致观察让她很佩服。

安鹏拿着手电，拨开面前的荒草，走近这扇门，俯下身子仔细端详。他用手敲打张贴报纸的玻璃，发出“邦邦”的声音。稍后，他低下头，把手电凑近了房门，光圈聚集在门锁上。经过一阵摸索之后，他招手让唐枫走到跟前，然后把头歪向记者这一边，“唐记者，这把锁有人打开过，你过来看……”

在光线照射下，唐枫抵近观察。铁锁锈迹斑斑，但在钥匙孔部位，留有清晰的金属划痕。而且划痕底色，呈现出是新的印记。显然，这把锁近期被人打开过。陈女士所说的亮光，也许正是这间房子发出的。这时唐枫才恍然大悟，安鹏搜寻的正是与众不同的房间。如果它与其他破败不堪的房间一样，则不会引起警察的注意力。关键它存在有别于其他房间的两个重要特征——门锁和玻璃完好无损！这正是安鹏判断它与众不同的缘由。

“房间里有什么？我们需要找丁院长过来帮忙吗？”唐枫侧首问道。

“不！你没感觉到这个房间里藏着秘密吗？”在浓重夜色的掩护下，虽然看不到安鹏的面部表情，但他声调里隐藏着不安和焦虑。

“没有征得院方同意，我们私自闯入人家禁地，是不是有点不太合适？”

“你的意思是，通过院长认可后，我们再做进一步调查？”

对这件事，唐枫似乎有点举棋不定，“嗯，有这方面的意思。如果按正规程序执行，我们会不会错过收集线索的时效性”？

“宜早不宜迟。我们先检查完也未尝不可。”旁边的梁涛似乎有点按捺不住，为安鹏帮腔道。

“我认为房间很可疑……”安鹏低头看了下腕上手表，轻轻呼出一口气，“既然都到这儿了，时间也不早了，我们先进去看看再说……”

他转身把手电交给梁涛，让后者把光束对准门锁，借助手电亮光，他从裤兜里掏出一大串钥匙，从中找出一根有五六公分长的金属小棍，慢慢插入锁孔部位，试着来回拨动。透过手电亮光，安鹏半侧未被光线照到的脸，在夜色里形成一副棱角分明的剪影。微微凉爽的海风拂不去他脸上逐渐增多的汗珠。随着时间流逝，伴随他手上努力的开锁动作，他不断发出粗重的呼吸声。

不知唐枫是紧张，还是恐惧，身体在瑟瑟发抖。远处传来大海波涛涌动的声音，海风夹杂着浓浓的海洋气息，此刻却变成了令人反胃的气味，她下意识地用手捂住自己的嘴。人的心情，随着周围环境和情绪的改变，会作出不同的反应。

如墨的夜晚，他们寻找与失踪案相关的线索。唐枫担心被疗养院安保人员发现，被指责成偷盗或破坏疗养院财产等罪名。届时，就是自己有十张嘴也说不清楚。不过，有两位警察在身边，好像可以打消这样的顾虑。此外，她不知道自己究竟要面对何种结果。有时候，人发自心底的感觉尤为可信，越是认为可怕的事情，似乎就越会朝着那个方向发展。

安鹏锁开得很小心，而且很仔细。时钟好像走得很慢，仿佛自唐枫踏入疗养院的那天起，所有时间被无限压缩、凝固在这把铁锁里。

每天，唐枫回家必定重复开锁动作，习惯成自然。梁涛手里的锁与她家防盗锁样式上虽不同，但都是防君子，不防小人。开锁不是窥探房间里有什么，而是锁住背后那一份对家的牵挂。不过，有时候锁也会锁住里面的秘密。凭直觉，她相信这把锁的背后，会锁住一个不同寻常的秘密。

手电筒灯光亮度逐渐在变暗。安鹏并没有放弃，一直再努力寻找融化坚冰的方法。“愿老天保佑他成功！”唐枫心里暗暗祈祷。

借助微弱的亮光，唐枫瞅见他紧锁的两道剑眉，似乎有逐渐舒展开的趋势。“咔嚓”一声，锁竟然被打开了！漫长等待之后，可谓经历冰火两重天，应了那句“人生天地之间，若白驹过隙，忽然而已”。

安鹏长长地呼出一口气，他很担心自己会打不开这把锁。如果真是那样，现阶段所有调查，好似灵敏的警犬失去嗅源一般，警方会陷入被动局面。如果打开，即使房间里没有与案件相关的线索，也可以解开自己心头“夜晚灯光”的谜团。打开了这把心锁，他可以卸下上述心理包袱。

“唐记者，你在外面等着。”安鹏回头说道，猫腰闪进房间。稍后，他从门里探出头，向梁涛招手示意，“你跟我进来”。

梁涛怔了一下，立刻明白了对方的意思。房间里伸手不见五指，没有照明可不行。他拿着手电踏入房间。

在浓重夜色的笼罩下，破败的不堪的房屋，显得更加阴森而神秘。

“啊——”小屋里发出的惊呼，像是从梁涛心底发出的恐怖喊声，在这个空寂的夜晚传得很远。

唐枫的牙齿不由自主地打颤，不知道发生什么了事情。“怎么了？你们……你们有事没有……”她变得语无伦次。绝对出现了意想之外的情况，否则，梁涛不会如此失态地大声喊叫。这里面有不同寻常的事发生！唐枫的大脑快速分析。

人是群居动物，尤其在漆黑的夜晚，似乎只要找到伙伴才会有安全感。四周漆黑如墨，惊呼声无形会增加唐枫对黑暗的恐惧。她忘掉安鹏的嘱咐，欲转身进去，想要寻找安全避身的港湾。突然，她感觉自己双肩被人死死抓住，使劲推了出来——是安鹏！对方手劲真够大！唐枫恼怒地皱着眉头紧盯着他，用手揉搓着自己微痛的双肩。

或许安鹏面带悔恨，可是她看不到。但从他坚决的肢体动作上，能感觉到有重大事情发生了。“唐记者，你不要进去!”然后，他用命令似的口吻，对着房屋里面大声说：“梁涛，你赶快给龚组长打电话!”

安鹏这种说话方式，在唐枫印象里好像从来没有过。到底发生了何事，能让他如此严肃而冷酷?

“好的。”梁涛站在门口，手电微弱的亮光照在地上。

“还用通知医护人员吗?”

“没那个必要了。”

“我现在就打电话。”梁涛伸手摸了把脸上的汗水，掏出手机，捻灭即将熄灭的手电。

安鹏又叮嘱对方，“打完电话后，你陪唐记者回她房间去，我在这里守护现场”。

打什么电话，守护什么现场?面对突发状况，唐枫感到惶惶不安。“到……到底发生了什么事?”须臾，她哆哆嗦嗦地开口问道。

“陈鳌鑫上吊自杀了!”安鹏说出的话，如夜晚微凉的海风，显得异常平静。

“什么……”感觉脚底下的寒气朝自己逼来，比这更让唐枫感到凄凉的，是四周无尽的黑暗。她浑身无力，一下子瘫坐在地上。

第十三章

翌日黎明。

专案组封锁了案发现场，两位组长把情况重新梳理了一遍，首先对院领导展开调查。

“什么？陈鳌鑫自杀了！”丁熙忠陡然变调的声音，失去了往日的稳重和自信，“而且是在疗养院废弃的房屋里……”他话语中充满了疑惑和惊讶。

“初步判断是这样。经法医鉴定，陈鳌鑫死亡时间是七月二十九日中午十二点至十三点钟左右……”龚戍诚一双锐利的眼睛，打量着在座所有人。他想从众人的面部表情里，发现一些头绪。“近几天，在座各位谁与陈鳌鑫有过接触，请把具体情况告诉我们。最为重要的是，在他失踪的二十九日上午，护理部有没有发现什么异常情况……”

在龚戍诚威严的目光扫视下，人们显示出不同的表情。

王俊抽出桌上的纸巾，不停擦拭头顶和脸颊。稀梳的头顶和肥胖的脸上，是否有流下的汗水，让人无法猜测。他是双手在微微颤抖。

左手弯曲放在嘴唇上，刘爽瞪大眼睛，显露出一副惊愕和困惑的表情。护理部接连出现三起非正常死亡案件，犹如雪上加霜，她实在想不通这到底是为什么。

丁熙忠面色凝重，紧闭双眼，双臂抱在胸前。他右手手指紧捏鼻梁根部，陷入沉思。

“希望三位院领导本着对自己‘负责’的态度，在陈鳌鑫的死亡时间段上，你们要把各自的行踪说清楚。”龚戍诚故意把“负责”两字加重了语气。

“陈鳌鑫是……是自杀？他没有留下什么……什么遗言吧？”王俊微微直起身子，半张着嘴，瞪大惊恐的双眼，断断续续地说道。

“我一定也是这种表情。”刘爽吃惊得说不出话来，脑子里却这么想。

怎么王俊会说出这样的话来？自杀和遗言有何关系？凡是自杀的人一定会留下遗言？在座的不光是唐枫，专案组成员对他的疑窦也逐渐加重。

王俊与陈鳌鑫之间，仿佛有一条隐形细线在牵连。动其一方，另一方马上会作出相应反应。与其说两人交情甚密，不如说是有利益牵连。他们之间，绝对有不可见人的内幕存在。唐枫相信自己的判断。

龚戍诚沉稳冷静的目光，盯着镜片后王俊疑惑的眼睛说道：“我们初步判断陈鳌鑫是自杀。目前，还没发现其他有价值的线索。”

“哦，哦……他是自杀。”王俊摘下眼镜，用纸巾擦拭脸颊，含糊其辞地搪塞道。他的目光散乱无章。以前，他胖胖红润的脸上，始终充满热情洋溢的微笑，很少有如此狼狈的神情。

看到王俊的反常举动，唐枫脑海里浮现出二十一日疗养楼下的一幕。既然王俊能低三下四地“讨好”陈鳌鑫，其中必有常人所不了解的隐情。所谓旁观者清，综合警方提供的信息与王俊的谈话内容，和唐枫自己的所见所闻，可窥探王俊本来的面目——论职位，在疗养院除了丁院长一人高过自己，王俊可以说是当之无愧、名副其实的二把手。论权力，牵涉人事安排，他的作用甚至凌驾于院长之上。除了他有独特的为人处事之道，还有与丁熙忠甚密的交情。不得不说，丁熙忠对这位“老领导”可谓仁至义尽，甚至在旁人眼里还有点“纵容”。论口碑，王俊的管理天赋不容置疑。他解决了有家庭生活困难的医护人员的问题，能站在医护工作者的角度，替他们说出心里话。但在具体实施过程中，不免让人觉得他有偏向、私心颇重。他特别关注那些有恩于他的人，这些人都是他照顾的对象。

群众的眼睛是雪亮的，王俊在疗养院的实际操控能力与院长平分秋色，这也验证了部分人的传言：当年丁熙忠能坐上院长位置，并不是他能力出众，上级主管部门认可的结果，而是私底下，他与王俊达成了某种协议。

究竟是何种妥协条件，丁熙忠才会让王俊掌握像账务科和基建工程等炙手可热的部门，大概只有他本人知道。王俊要用自己的“权”为个人的“利”开道的话，那么充分行使他手中的权力，就成了不二法门。而且，这方面他发挥得淋漓尽致。

“丁院长，我想看陈鳌鑫以前和最近的体检报告。”安鹏打破沉默难堪的场面，唐枫把视线从王俊身上挪开，转向了丁熙忠。安鹏想把有关陈鳌鑫的情况做个详细调查。“另外，我还想查看一下他的医疗档案。”

“可以，刘副院长现在就可以安排。”丁熙忠扭头面向情绪低落的刘爽，一副刻不容缓的口气。

接下来，每位院长分别讲述了七月二十九日各自的行踪。由于是工作时间，大家日常事务都很繁琐，没有人提及与陈鳌鑫打过照面，更没有人与他有实质性的接触。护理部一波未平，一波又起。刘爽叙述很详细，她埋怨自己没有看到陈鳌鑫，假如碰到他，也就不会发生这令人肝肠寸断的一幕。当天晚上，院长们全部表示参加了一个重要会议。梁涛在一旁认真做了记录。

从座位上站起身来，丁熙忠面对专案组铿锵有力地说道：“各位领导，疗养院竭尽全力支持案情的侦破工作，你们需要什么尽管说，希望能早日查明真相，把凶手绳之以法。”

瞅着三位院长依次退出会议室的背影，唐枫心头涌起一股不知名的酸楚，不知是为向峥嵘、高小藜还是陈鳌鑫。

专案组办公室里，大家静静地坐着，聆听副组长安鹏分析案情。

“据法医解剖检查，七月二十九日中午十二点至十三点左右，陈鳌鑫服用砒霜导致其死亡……然后，有人在疗养院南端废弃的房屋，制造出他上吊自杀的假象！”

听了这则消息，唐枫绝不亚于当头挨了一棒。“啊？为什么龚组长刚才说陈鳌鑫是‘自杀’？”看似平淡的案情背后，竟然还隐藏着不可告人的内幕。从意识深处，唐枫压根没有想到。

“我之所以这么说，是考虑专案组今后的工作方向。截至目前，疗养院陆续发生三起命案，你们不感觉十分可疑吗？隐瞒陈鳌鑫被谋杀的真相，是为了避免引起不必要的恐慌。所以，还是暂时不要说得太具体为妙……”龚戍诚一副心事重重的样子，其内心颇为挣扎。“现在，专案组肩上的担子是越来越重了……”他又补充一句。

原来龚戍诚故意施放烟幕弹，想借用三位院长之口向外传达一个混乱的信息：陈鳌鑫是自杀，而不是他杀，以此来麻痹对手，让幕后凶手认为警方存在判断上的失误，继而引发凶手露出破绽，最后再使用必杀技。当局者迷，旁观者清。唐枫佩服他的深谋远虑，可是他们的对手十分狡猾，这方法能奏效吗？她又暗自怀疑。

“那么，陈鳌鑫死后是被人运到废弃的房屋，还是那里就是作案现场？”废弃房屋到底在案情中起到何种作用，唐枫很想知道，这也是解释陈鳌鑫死亡的关键点。

龚戍诚从沉思中回过神来，咂嘴说道：“死人是不会走路的。最主要的问题，是要搞清楚陈鳌鑫在何地被人杀害，然后又是怎么被运到房屋，人为制造出自杀现场的！”

沉默。

稍作停顿后，龚戍诚一边思索，一边用十分肯定的语气说道：“如果找出杀害陈鳌鑫的凶手，我想，向峥嵘和高小藜的案情，就会水落石出……”

根据组长安排，安鹏等人又回到案发现场，进行更为细致的勘察。

废弃房屋呈东西走向，房屋南侧紧邻不规则葫芦形状的“锦鲤湖”，湖水占地约两亩左右。湖面零零散散点缀着荷花和睡莲，成群结队、色彩斑斓的锦鲤，在水里欢快地游动。由于杂草和藤蔓密布，沿南侧回廊，已无法走到最东面的房屋。绕到到锦鲤湖最南端，可以看到绿植覆盖下有几间依稀可辨的房门。显然，原来房屋曾经是供疗养人员居住的地方。由此看来，此房屋荒弃应该有很多年了。这地方的确是凶犯作案的理想场所。

经过仔细寻找，他们发现废弃房屋西侧50米处，有一条被绿植隐藏的很窄的水泥路。路面仅容一辆小汽车通行，路向南延伸四百米左右就形成断头路。路的尽头和两侧是一人多高的灌木丛，看样子路两边的绿植刚刚修剪过，留有沁人心脾的植物清香。即使白天行走的路人，如果没留心的话，也绝不会发现这条隐蔽的小路。昨天晚上，他们没有找到通往废弃房屋的道路，也就不足为奇。

站在断头路最南端，遥望废弃的房屋，目测直线距离还有百十米左右。当年修水泥路时，为什么没有直通房屋，也成为专案组成员心中的谜。归根结底，凶手之所以选在这里作案，应该是熟知周边地理和房屋内部结构。

“快看，这里有脚印！”顺着梁涛手指方向，唐枫和安鹏发现他们脚下到废弃房屋的草地上，有一连串十分醒目的脚印。非常奇怪的是这双脚印，混迹在其他脚印之中凹陷很深，很是扎眼。

梁涛蹲在草地上，用手掌反复测量脚印，“前几天刚下过雨，从杂草倒伏的样子以及步幅和鞋码判定，应该是位男性留下的。咦！为什么只有这一串脚印如此清晰”？他嘴里不停地嘟囔，“真是奇怪”！

梁涛想说明什么？难道脚印是陈鳌鑫本人留下的？唐枫也看了视梁涛一眼，低头怔怔注视着脚印。“一个服砒霜死亡的人，怎么可能自己走过来，打开房间门锁，搭根绳子又再次上吊……”想到假设情景，她不由自主地打了个冷战，双手抱在胸前，不停摩挲自己的胳膊。

“不可能，这根本不可能！”梁涛站起身，大声否定。“再仔细找一找，也许还会发现新线索。”

神秘房屋，存在的未知因素还很多。唐枫和梁涛之间的言论，好像没有引起安鹏副组长的注意。他眼睛出神地盯着废弃房屋，平静地向两位叙述案情：“昨天晚上你们回去后，我又仔细勘查了现场。房间天花板是预制混凝土楼板，除了屋顶有一盏度数不高的白炽灯，门边有电灯开关之外，没有任何家具。整个房间充满了霉味。陈鳌鑫上吊用的绳子，是穿过窗户顶端的辅框，人为固定在那儿的。假如，他要自杀的话，首先要想办法让自己的双脚站在窄窄的窗台上，然后用手扶住窗户框，慢慢直起身来。其次，他身体站直后，还要用一只手扶着窗框，腾出另外一只手，把绳索慢慢蠕动，一点点穿过墙体窟窿，固定拴牢在辅框上。最后，他才能腾出双手，把绳扣搭系好。纵观整个过程，工作量是很大的……”

案发现场细节，在安鹏的记忆里很清晰，他说得非常慢，仿佛害怕有什么地方被遗漏。“210 室的陈女士说七月二十九日晚上，房屋里灯亮了多长时间?”说到这儿，安鹏停顿下来，扭头转向唐枫，好像时间能证实自己的判断是否准确。

唐枫眼睛死死地盯着房屋，回答安鹏：“陈女士说大概有两分钟左右。”“两分钟? 这么短的时间，绝不可能完成上述工作……”安鹏立即否定说道。

他的思路变得越来越清晰，“一个肢体健全的人，在短短两分钟的照明时限内，绝对不可能完成这一系列动作。按照我的推断，要完成整个操作的话，至少需要五分钟左右……”

听了安鹏分析，唐枫不住点头，“一次完美的谋杀！这是有人精心制造出陈鳌鑫自杀的假象！”

安鹏轻轻点头。

梁涛把视线转向两人，“为什么单单这串脚印走向如此清晰? 难道是有人故意留给警方的线索”? 他把心中疑惑讲了出来。

“我想，事情充满了变数……”

“安队长，所谓的变数难道是法医鉴定陈鳌鑫自杀的结论有问题?”“法医检验不会错，陈鳌鑫服砒霜死亡，时间的确是中午十二点到十三点左右。关键问题是，在这个人迹罕至的地方，到底有几个人来过这个房间。”安鹏蹲下身体，手指周围杂乱的脚印，仰头对两人说道。

唐枫认同这个说法，俯视安鹏，提出自己的疑问，“安组长，你认为作案人员是一个人，还是多人?”

“不好说。从目前脚印上判断，应该不止一个人。”

“按你所说，能不能做出如下推测：凶手至少来过这里两次。第一次，凶手来到房间，准备好陈鳌鑫‘自杀’的必备工具；第二次，凶手与同伙把死去的陈鳌鑫搬到房间，制造出他‘自杀’的假象。”

“呃，可以这么说。”安鹏似乎有点犹豫，说出的话不太确定。

“假如昨天晚上，我们没有发现房屋的秘密，最终结果会是什么?”

“随时间流逝，陈鳌鑫化为一具白骨，警方判定他自杀的概率较大。”

“陈女士在无意中帮了我们的大忙，这也许出乎凶手的意料?”

“是的。这绝对是凶手未曾料想到的事情。”

“龚组长说陈鳌鑫是‘自杀’，究竟会给凶手造成多大干扰?”

“一系列案情的终结！疗养院连续两起死亡案件之后，疑似凶手的陈鳌鑫，最后畏罪自杀了。”安鹏简明扼要地作了回答。

梁涛还是一副若有所思的表情，“从何处下手，才能挖掘出隐藏很深的凶手和他同伴呢”？他无奈叹了口气，“龚组长说得一点没错，我们肩上的担子越来越重了……”

安鹏站起身来，用冷若冰霜的眼光注视着大海。唐枫转头，望着不远处波涛汹涌的大海，也是心潮澎湃。凶手处心积虑地利用了废弃房屋，制造出杀害陈鳌鑫的计划，无懈可击，真可谓煞费苦心。

眼前的大海，以宽广胸怀见证人间悲欢离合，恩怨情仇——向峥嵘和高小藜离奇的丧命，还有陈鳌鑫的被害。大海包容世间万物，还是一如既往的沉默。所有线索，渐渐浮出水面，随着涌动的潮水，开始在唐枫脑海里若隐若现。杀害陈鳌鑫的凶手，应该是他熟悉的人，而且行动狡诈诡秘！在她印象里，凶手的面目似乎变得越来越清晰！

疗养楼一个房间里，有一双诡异莫测的眼睛，冰冷地注视着远处废弃的房屋。深陷干枯的眼窝里，渐渐流露出忧虑和焦躁……

陈鳌鑫被谋杀，给专案组又增添了侦破难度。

警察搜查陈鳌鑫所住的205房间。凡是他个人的物品，都整理得非常干净有序。从他粗犷的外表，看不出他还有爱整洁的癖好。是他妻子徐莉莉的杰作，还是她经常督导的作用，让人不得而知。所有陈设，仿佛静静诉说主人刚刚出门，不久之后就会回来似的。

“个人物品没有被胡乱翻动的迹象，可以排除因财害命！”梁涛左右打量着房间，对搜查人员说道。

眼前情景表明，陈鳌鑫没有遭遇不可抗力因素匆匆离去。房间布局未变，显示居住者生活很规律，且他对自己即将面临的死亡毫不知情。他是如何服用砒霜死亡的？梁涛觉得谜团太多。

梁涛身边一位瘦高个子的警察，对另外一个体型稍胖的警察说道：“我们再分头仔细找一找，也许能发现什么……”

听着他俩的对话，梁涛咂了下舌头，认为收获不会太大。

瘦高个警察打开储衣柜，在众多衣物里上下搜寻。他忽然怔了一下，仿佛有东西吸引了他的眼球，他半跪在地，伸手从最底层的鞋柜位置抽出一个纸箱，拿出来放到房间中央。纸箱随即引来好奇的目光，众人纷纷停下手头工作，围拢过来。瘦高个子警察想打开箱子，胖警察却伸手拦住，“你先别着急，问下领导再说。”他大约五十岁刚过，长得比较肥胖，神态很庄重，一双细小的眼睛，好像看着就要睡着一般。他俩相互对视，然后目光又转向了梁涛。梁涛虽不是组长，却是这次搜查的负责人。

梁涛左右看了看，说：“打开吧，看看有没有与案情相关的线索。”他用下颚示意纸箱。

两位警察得到命令，一齐动手打开纸箱。“原来是一箱矿泉水！”胖警察发出失望的声音。

矿泉水！唐枫警觉地放下手中翻看的书籍，那是一本陈鳌鑫看了一半，做了折痕的《领导艺术》。她从侧面瞥见矿泉水瓶上写着 Tavina（茗蔻）。倏地，有种似曾相识的感觉，一个画面跃入她脑海。“这不是我到疗养院第一天，碰见陈鳌鑫时，他喝的矿泉水吗？”她脱口而出。

“什么？”梁涛脸上现出懵懂表情。

茗蔻矿泉水，来自阿尔卑斯山脉古老冰川流域最上游的伦巴第高加尔达湖，水源地直接引流灌装，稳定性可达到 5 年以上不变质。也许，像陈鳌鑫这样有身份、有地位的人才配得上喝这种大品牌吧！

箱子是个普通的纸箱，外观没有任何标识。估计，陈鳌鑫为了避嫌或者低调，特意把矿泉水装到这样的箱子里。警察在整理过程中，发现少了两瓶矿泉水，有一个空瓶子扔在墙角的垃圾筐里。

“另一个空瓶子在哪儿？”唐枫脑洞大开，似乎期盼的线索就在眼前。陈鳌鑫只喝这种牌子的矿泉水，如果能找到另外一个空瓶子，也许就能解开他死亡的真相！不过，到哪儿去找一个与众不同的空瓶子呢？看来，还是要找到院领导，才能了解事情的来龙去脉。

专案组再次询问丁熙忠。“丁院长，据你反映，七月二十九日晚上，你们全院骨干开了个会。”坐在院长对面，安鹏双肘支撑在桌面上，紧握双手靠近自己鼻尖，“我想知道，你们开了一个什么样的会议”？龚戍诚和唐枫坐在旁边，梁涛低头做好记录准备。

“七月二十九日晚上，我们在办公楼三层会议室召开业务会。参会的除我们三位院长之外，还有各科室负责人员。”

“会议几点开始，几点结束？”

“八点半准时开始，差五分钟十点结束。”丁熙忠回答得很干脆，丝毫不拖泥带水。“有什么值得怀疑的地方吗？”

“没有，就是想知道参加的人员。是否有人请假，没有参加会议？”

“嗯，没有。全部准时参加了会议，没有人请假。”

“中途有没有人离开会场？”

“没有。所有人散会后才离开。”丁熙忠不假思索地回答。“警方有相关线索了吗？”他反问道，他想知道案情进展。“目前还没有。”龚戍诚接过安鹏的话茬，对着丁熙忠说道，“听说，陈鳌鑫曾私下找过你，提及对自己体检的疑问。你认为他是杀害高小藜的凶手吗”？说完，龚戍诚用谨慎的目光注视着对方。

问题很刁钻，丁熙忠苍白的脸上，掠过一丝不易让人觉察的阴影。不过，他又很快恢复了常态。“不好说。我和陈鳌鑫接触时间不算短了，怎么说这个人呢……”他叹了口气，好像其中还有许多曲折故事存在。“陈鳌鑫很强势，从事建筑业发迹后，就有暴发户般的霸道。只要他认为自己花了钱，达不到既定目的或者得不到相应的服务，一定不会善罢甘休。”丁熙忠语气里毫无抑扬顿挫，但在唐枫看来，这正说明他不喜欢此人。

陈鳌鑫是不是凶手，丁熙忠不敢妄自下结论。但他巧妙地把后者的个性和脾气，向警方抖搂出来，采用旁敲侧击的方式，可看到此人不是省油的灯。至于他是不是幕后凶手，还需要警方进一步作出判断。

“比如他找过你，提起过自己体检指标有问题。”既然院长不愿意直面问题，剑走偏锋，龚戍诚顺势引申出下面的话题。龚戍诚不愧是一位老刑警！唐枫很佩服。

“嗯……”丁熙忠用猜疑的眼神注视着龚戍诚，好像他从心里仔细揣测对方，到底专案组知道他和陈鳌鑫之间多少事情。

“体检报告并不是我们医院的疏忽，我让护理部重新免费给他做了一遍，其结果还是与原来一样。”丁熙忠非常有把握地回答，一副神闲气静的表情。

龚戍诚轻轻地“哦”了声。这个结果对他而言，似乎有点意外。

唐枫觉得有些诧异，陈鳌鑫苦苦紧盯有问题的体检报告，原来是他没有看懂，没有弄明白其中的参数而已，并不是医院的失误造成的。看样子，陈鳌鑫存在故意找茬的嫌疑。

“他与高小藜之间有利害冲突吗?”也许刚才的问题进入了死胡同，龚戍诚主动改变了提问方式，但问题的实质性与原来别无二致。

“不知道，现在两个人都不在了，恐怕没人知道他们的内情了。”丁熙忠讪讪地说道，似乎话里还有话，留给专案组无尽的遐想。

龚戍诚长长地出了一口气，其中无奈和失望的情绪居多，唐枫听得出来。

“陈鳌鑫自杀与向峥嵘和高小藜的死亡案件，有无直接关联?”丁熙忠小心问道。

“我们正在调查。”

“他的死，可不可以说是为所有疑案画上了句号?”

“喔，这起案件要和前两起案件联合进行侦破。我们会竭尽全力，尽早查明真相。”龚戍诚用专注的眼神盯着眼前的丁熙忠，若有所思地说道。

丁熙忠站起身来，朝着龚戍诚深深地鞠了一躬，“拜托了！你们一定要抓住凶手。”

“我们一定会抓住凶手的。”龚戍诚信心十足地答道。

但是，唐枫望着丁熙忠弯下腰的后背，内心涌动着不知道能不能查个水落石出的担忧。

专案组又找到了王俊副院长。

“首先我们开的是院长专题会，然后是各科室业务讨论会，直到九点五十五分会议才结束。”王俊稀疏的头发带着湿漉漉的汗水，在灯光的照射下反射出幽幽的亮光。

“是吗？七月二十九日中午十二点十分，你是不是给陈鳌鑫打过电话？”安鹏瞅了一眼手里的笔记本，抬起头来看着对方。

“唉……打电话啊？”王俊掏出手帕，擦拭着额头上的汗水，面部肌肉在轻轻地抽搐。“陈鳌鑫最新的体检报告出来了，我想让他把体检报告拿回去。”

“这次体检结果与原来的体检结果一致吗？”

“我没有细看，听医生说和原来一样。”

“你电话联系到他本人了吗？”

“没有，他手机一直处于关机状态……”王俊肯定地说道。

“当天没能联系上他，你没有感觉事情比较可疑？”

“可疑？怎么说呢，他生意上比较忙，有时候来去无踪影，我还真没有往这方面想。”

“我指的是他手机关机的情况。”安鹏提示。

“呵呵，你说得是他手机关机啊？这是比较异常，以前他手机二十四小时开机，还从未遇到过这种情况。”王俊干笑过后，嚅着嘴说道。

当天，工作比较忙，王俊真没有抽出时间细细分析这件事。现经警察提醒，他也觉得事情很怪异。看来，警察询问他打电话的时间，就是陈鳌鑫死亡的时间段。警察对他起了疑心。“我可要小心回答。”王俊时刻提醒自己。

“开会期间，中途有人离开过会议室吗？”

“没有吧……除了有人上厕所，或者偶尔出去接打电话之外，在我印象里，好像没有人离开过会场。”王俊抚摸着刮得光溜溜的下颚，歪着头仔细思索着回答。

看来，王俊知道的东西就这么多。

专案组又找到刘爽，她的回答与王俊差不多。

从三位院领导那里收获不大，安鹏一行人怀着沮丧心情回到办公室。综合情况来看，上至疗养院院长，下至科室负责人，似乎相互印证了当天的不在场证明。专案组的调查陷入停滞状态。

正当两位组长一筹莫展的时候，一位疗养人员到专案组反映情况。二十九日中午时分，他顺着三号疗养楼南侧东西主路到二号疗养楼时，无意瞅见有条隐蔽水泥路尽头有辆黑色旅行车。它车头向北，车尾向南，停在路的中央。在如此狭窄路上，这么长的距离，车怎么会倒着停在哪儿？司机驾驶技术真的不一般。他感觉很迷惑。当时他没有细想，只顾忙着自己的事情。事后，专案组调查走访、询问目击证人时，他才想到自己曾看到过的这一幕。

真是柳暗花明又一村！

“这是一条重要线索！”龚戍诚严肃的脸庞，露出久违的笑容。这辆车，就是揭开陈鳌鑫死亡真相的重要物证。他立即做了分工，“梁涛组织人手排查黑色旅行车行车轨迹，安鹏安排人员调查走访这车辆的主人”。

接到命令，安鹏和梁涛各自带领相关人员开始着手工作。

“这辆车的出现，真是起到了抛砖引玉的作用。”唐枫微蹙眉头，从思绪深处渐渐还原出事件真相，“如此说来，黑色旅行车应该就是抛尸车辆”！

龚戍诚点头认同唐枫的说法，“对！凶手熟悉陈鳌鑫的生活习性。被害人应该在不知情的条件下，吃了无色无味的砒霜，药力发作后导致其死亡。凶手只待夜晚降临，利用车辆把尸体运到小平房，然后制造出陈鳌鑫自杀的假象”！按着他的推论，把案情进行了系统的梳理。

“为什么案发第二天，我和安鹏与梁涛去现场检查，在水泥路面上，并没有发现有车辆行驶过的痕迹。”

“车辆痕迹？”龚戍诚一副反问的口气，其中包含了对犯罪分子伎俩的嘲弄，“既然，与我们交手的犯罪分子智商很高，他不会留下任何一个可能疏漏的细节”。

“莫非凶手狡猾地把轮胎痕迹处理过了?”

“对!”龚戌诚肯定地回答。

“我想起来了，为什么道路两边绿植刚修剪完就立即清扫，原来是要隐瞒车辆行驶造成的植物折断过的痕迹！现在我们去找院长询问情况，如能查明指使修剪林木的人，不就能查明幕后的指使者了吗?”

“难道你没有注意到，三十日一大早，疗养院园林养护工人都在紧张的工作么？可能是有人预先知道并利用了这个机会。”

“这是巧合，还是有人故意为之?”

“不好说。疗养院所发生的案件，不都是一环紧扣一环？孰能分清偶然和必然?”

“唉……”唐枫发出无奈的叹息声。

沉默。

片刻后，龚戌诚打破了沉寂，“你和安鹏他们发现的脚印，我让市局检验科进行了比对检查。循着脚印，我们找到了那个品牌的鞋子。以实物作参照，鞋的样式、尺码和陈鳌鑫死亡时脚上穿的一模一样。甚至他鞋印里夹杂的泥土，也是案发现场遗留下的”。

“那……现场留下的脚印就是陈鳌鑫本人的?”听闻龚戌诚的解释，唐枫心里无法释然。原来，凶手胆大心细，谨小慎微地处理了与案件相关联的物证。真是有备而来啊！

“这个……还需要再进一步的研究分析。”从回答的语气上，龚戌诚有些拿捏不准。他肯定地点点头，接着又否定地摇摇头。眼下找不到一个合理的解释，龚戌诚随即陷入冥思苦想。

第十四章

“唐记者，高护士被撞的面包车找到了！”

“它在什么地方？”从唐枫期盼的目光里，安鹏能感受到那颗饱受煎熬的心，仿佛找到了慰藉。

“前天晚上，市郊区一个废弃的矿场，有位过路的司机发现旷野里有辆车正在燃烧，他马上拨打了119。消防队赶到现场时，车辆基本已烧毁。事后，警方分析了残骸，发现这辆车就是7·25当天肇事的车辆。”安鹏双手从前至后梳理着刚理过的短发，露出一副非常兴奋的表情。

“果然不出所料，面包车的确经过特殊的改装。它的原保险杠拆除后，换装成一副与前挡风玻璃持平的保险杠，基本包裹住了车头。在挡风玻璃、大灯等易碎部位，还额外附加了一层细密的钢丝网保护……”

“按照你的推测，车祸发生后，肇事者一直在寻找把车处理掉的机会？”唐枫侧首，盯着安鹏的眼睛问道。

“对，这是肇事者处心积虑要做的事情。”

“为什么他事发之后没有及时处理，而拖到现在处理呢？”

“肇事者明显嗅出对己不利的因素存在，所以瞅准机会要把关键罪证毁掉。”

“面包车车主是谁？车辆又是被谁点燃的？”

在唐枫的连续追问下，安鹏显得有些踌躇，“这个……由于是晚上，过路司机没有注意到驾驶车辆的人，只是看到面包车起火。肇事者点燃车辆后，快速逃离了现场。我估计车主和点燃车辆的人，应该是同一人”。

特别敏感时期，处理肇事车辆有点草率，唐枫认为正好暴露了肇事者的焦躁情绪。“如果等案情稍微平息后，对方再处理车辆不更安全一些?”

“嗯，应该有什么事促使他尽快消灭罪证。”

她略作思考，“肇事者即将被发现？或者露出了马脚”?

“有这种可能存在。”

“既然肇事者杀害了高小藜，那他是不是杀害陈鳌鑫的凶手?”

“你认为有这种可能?”记者的话，让安鹏颇感意外。

“你想想，高小藜出事当晚，在恶劣天气下能驾驶车辆制造一起车祸，肇事者和车辆全身而退。废弃房屋西侧断头路如此狭窄，有人竟然能以倒车的方式停在那里，这绝对需要过硬的驾驶技术。所以，我认为应该是同一人作案。”

“现在把肇事者和杀害陈鳌鑫的凶手画等号，我觉得还有点勉强。我认为肇事者没有作案动机!”

“作案动机?”唐枫陷入迷茫。肇事者制造车祸杀害高小藜，不能因为车技好，就成为杀害陈鳌鑫的嫌疑人。这个理由看似比较牵强。

迷离案情，至今还没有头绪，安鹏背负内疚心情看着唐枫。她和他温和的目光相对时，碰上了浮现在那双眼睛里有意回避的东西。唐枫感到困惑了，回避的东西中好像包含了深深的歉意和无奈。

避开记者直视自己的目光，安鹏赶忙转移了话题，“唐记者，任仲斌有消息了!”

“什么?”她立刻拽住安鹏的手，她的手在微微颤抖。

“警方一直在做他家人的工作。所以，今天任仲斌父母打电话告诉我们，说他本人近期要从泰国回来。”

“是吗？那可太好了!”感觉自己有些失态，唐枫把攥着安鹏的手，赶快缩了回来。

“任仲斌回来，能否解开这个谜团?”

“据我分析，他应该略知一二吧……”

对方没有把握的回答，让唐枫轻叹了一口气，转而望向远方。现在谜题太多，对手太狡猾。她认为，任仲斌始终处于案情边缘地带，根本没有触及问题核心部分。即使他回来，也不一定能说出事实真相。

从什么地方入手呢？任仲斌从事采购业务，负责疗养院食堂给养。工作本身就赋予他一定的权力，所谓近水楼台先得月，他有别人没有的便利条件。放着舒适工作不做，他非要去泰国干什么？这说明那里应该有比他手头更合适、更赚钱的工作。他是主动辞职？还是有人背后唆使他这么做？其目的又是什么？唐枫想不明白。

提到任仲斌的辞职报告，唐枫倏然想起陈鳌鑫的体检报告。那天，她和安鹏去调查陈鳌鑫有问题的体检报告。

刘爽在办公室，热情接待了两位，赶忙沏茶倒水，请他们落座。她自己端起桌上的茶杯，开始讲述陈鳌鑫体检报告“有误”一事。

“陈鳌鑫患有‘高血压性心脏病’，高血压性心脏病是高血压长期控制不佳，引起心脏结构和功能的改变。包括早期左室舒张功能减退、左室肥厚，逐步发展出心肌收缩功能减退，最终发生心力衰竭。”简单解释了高血压性心脏病的概念，然后刘爽侧重介绍陈鳌鑫体检报告与以往不同之处，“据陈鳌鑫本人说：‘其他医院体检报告显示，他心电图 QRS 波电压增高，但没有出现在 ST 段下降及 T 波的低平与倒置问题。’”

对于如此专业术语，唐枫听得不太明白，“心电图出现在 ST 段下降及 T 波的低平与倒置问题，到底会引起什么结果”？她敏锐地发现了问题根源所在。

刘爽十分佩服记者细腻的观察力，“这是心肌供血不足的原因。陈鳌鑫患有高血压性心脏病，心电图 QRS 波电压增高，他能理解。但在疗养院的例行体检里，他看到了以前没有见过的症状，所以，他怀疑是我们的检查报告有错误”。

今天，刘爽谈起医学方面相关的事宜，与前几日相比，她显得十分放松。她低头啜了口茶水，轻车熟路。刘爽对待本职工作，很专业、很认真。相比而言，对疗养院复杂的人际关系，她则拿捏的不是很好。

“是不是体检医生不小心造成的失误？”沉思的安鹏，慢慢抬起头，注视着眼前的女副院长。

“不是。”她连忙摇头否定，“之前，丁院长也认为是体检报告出了错。可是，医务科组织医生再次为陈鳌鑫体检时，发现他的确存在上述症状”。毫无疑问，医学上确认陈鳌鑫存在新的病情。

“那就是说，陈鳌鑫心脏病在原有基础上，有加重的趋势？”蓦地，唐枫脸色变得有些阴沉。

“嗯，可以这么说。”刘爽把手里的茶杯放到桌上，她的手在微微颤抖。

接下来的问话，又一次让刘爽站在风口浪尖上，“每年陈鳌鑫都来疗养，为什么他的病情会加重呢？你不感觉奇怪吗”？唐枫问道。

看似不是疑问的疑问，随即打乱波澜不惊、如明镜般的湖水表面。刘爽刚恢复平静的内心，立刻变得支离破碎。晴朗天空下，几只蜻蜓点水掠过湖面，显得静谧、幽深。乌云翻滚，暴雨不期而至，湖面激起层层水花，瞬间打破这个宁静。记者的话毫不留情，生硬地在刘爽耳膜上留下一道道深深的划痕。湖水，已被搅动的不得安宁。

“这……我也不太清楚是什么原因导致的。”刘爽额头渗出微微汗珠，似乎乱了分寸。

唐枫所言没错。患者知道自己患有高血压性心脏病，每年过来疗养的目的就是要稳定病情，趋于好转。可为什么还会加重呢？照这样说，本人对此有异议，常人就不难理解了。

“刘副院长，您怎么理解陈鳌鑫的病情?”换了种方式询问，唐枫不想再度刺激对方脆弱的神经。护理部已失去高小藜这么一位优秀的医护人员，对刘爽而言打击实在不小，不能再往她伤口上撒盐。侧面迂回，唐枫想找出陈鳌鑫病情加重的缘由。

“到底是为什么?”关于这个问题，刘爽也曾反复追问过自己。归根结底是陈鳌鑫不遵医嘱，有不良生活习惯造成的——抽烟、喝酒等客观因素，还是未检测到他有新的病变机理。据她了解，自从陈鳌鑫查出患有心脏病之后，就很注意自己身体的调养，已改掉诸多不良嗜好。剔除客观原因，实在无法找出更具说服力的证据。

当向峥嵘服错药死亡、高小藜车祸遇难的消息传到刘爽耳朵里时，她蓦地感觉自己良心受到了谴责，她的身子抖得仿佛随时要散落一样。即使裹在温暖厚重的阳光里，却还是觉得周围寒气逼人。从她身体里向外断断续续地渗漏出来的，是那种甩也甩不掉，冷彻心骨的寒气。

陈鳌鑫的死，加重了她的自责。她由衷体会到，尽管陈鳌鑫的死与自己没有直接关系，但她却脱不了干系。

“ST 段压大致可分为 ST 斜上型压低、斜下型压低和水平型压低三种类型。目前，医学上公认 ST 段压低程度以 0. 5 毫米为界限。当 ST 段呈水平型和斜下型压低 0. 5 毫米或 T 波上行和下行肢呈对称性倒置、非对称性、瀑布样深倒或非常高耸时，往往被看作具有病理性意义，较多见于以心肌缺血为代表的冠心病，也可发生于心肌病、高血压、洋地黄等药物影响，电解质紊乱、运动员心脏和各种器质性心脏病患者……”刘爽努力做出解释，想让眼前两位听明白。在此情况下，她知道自己无法解释清楚。所以，她只能用掌握的心电图知识述说陈鳌鑫的病症。她不是心脏病专科医生，陈鳌鑫对自己体检报告提出异议时，她暗地里搜集过高血压性心脏病的临床资料，想一探究竟。今天专案组过来询问情况，想不到竟然派上了用场。

“具体是什么原因导致陈鳌鑫病情加重，现在还真不好回答你们。”刘爽脸色变得有些苍白，她紧闭嘴唇，慢慢垂下眼睛。事实没有调查清楚之前，刘爽不敢妄自下结论——这是对患者负责，也是对疗养院负责。

唐枫和安鹏相互看了一眼，不能再为难她了。从医学角度，刘爽介绍说可能是因为陈鳌鑫不遵医嘱。至于他病情加重原因，唐枫则有自己的观点，认为与实际情况相悖：一是陈鳌鑫本人很注意调养，专案组检查他所住房间，可以看出他是个有条理、有秩序的人，不会对自己所患病情视而不见。否则，他每年就不会过来疗养；二是对于有心脏病的人，杜绝不良嗜好尤为重要。回想起两次碰见陈鳌鑫，唐枫从未看到他抽烟。即使和爱抽烟的王俊在一起，他也从没抽过烟，表明他很注意自己的病情。以上只是唐枫的理论，如果有特殊情况另当别论。不过，他喜欢喝矿泉水，难道矿泉水对心脏有刺激？这个结果仿佛不太有说服力。

传闻陈鳌鑫喜欢喝酒，唐枫本人没有看到过，如果他有应酬，逢场作戏的话，是另外一会回事。不过，一个患有心脏病的人，不会拿自己生命作儿戏。究其深层次原因，唐枫搞不明白，安鹏也是一脸迷茫。

再继续讨论陈鳌鑫的病情，不会有什么进展。唐枫实时转移了话题，询问案情之外，有没有刘爽值得关注的事。

刘爽沉思半晌，讲述了一条看似不是线索的线索。那是高小藜出车祸身亡后的第三天，即二十八日上午，顾颂歌单独找刘爽提及这件事。

由于刘爽到疗养院工作的时间不长，不太了解顾颂歌。她属于默默无闻，埋头辛苦耕耘的人，好像对世事不太关注。但她严谨的工作态度和取得的成绩，令刘爽刮目相看。

顾颂歌反映高小藜曾说过一句话，当时她没太在意。但高小藜出车祸死亡之后，细细思量这句话，她觉得非常怪异，所以找刘爽汇报此事。刘爽追问顾颂歌，高小藜究竟和她说了些什么话时，她则低头想了半天。刘爽知道，对于心无旁骛的人来说，纷杂的世事，的确让她有些为难。

顾颂歌吞吞吐吐地说道，二十二日上班后（她回忆应该是向峥嵘死亡前的清晨时分），她与高小藜偶遇在医务科门口，看到高小藜一副郁郁寡欢，情绪低落的样子，不由得心生爱怜。高小藜是有名的乐天派，似乎疗养院里没有能让她愁眉不展的事儿。顾颂歌主动上前搭话，问到底是什么事惹她不高兴了。让人没有想到的是，高小藜没有正面回答，却神情忧郁地对她说了句："顾主任，有些人是不是'知人知面不知心'？"

真是莫名其妙！这番话出处在哪儿，或者说高小藜是不是针对某人才有这句感慨？谨小慎微的顾颂歌不敢贸然搭腔。顾颂歌局促不安的神情，被高小藜尽收眼底，高小藜只是无奈地摇摇头，一脸惆怅地与她擦肩而过……话说到此，刘爽闭口不谈了。

唐枫猜疑的目光碰上安鹏迷惑的双眼时，双方都无奈地摇了摇头。不过，唐枫内心可没有闲着。顾颂歌所说的二十二日，是她永远不会忘记的黑色时刻：那是她们来到疗养院与向峥嵘夫妇打过照面的次日，即向峥嵘死亡的当天。

唐枫想立刻找顾颂歌详问细节，但又自认收获不会比刘爽多一些。顾颂歌找刘副院长，已是考虑再三。既然私底下说这件事，其目的就是不想把自己卷进来。可以看出顾颂歌有思想顾虑：一方面想独善其身，想划清与一系列死亡案件的界限；但又身在其中，她不食人间烟火的做法，会让同事们指责无同情心、无正义感。另一方面，出于个人对高小藜遇害的痛心和惋惜，从道义上她不想保持沉默。她想借刘爽之口，把高小藜的反常言论带给警方。

顾颂歌谨言慎行，很难再从她这里得到其他消息。照这样说，二十二日早上时分，高小藜遇上过一桩她未曾想到过的事情。也就是说，她看清楚了一个人以前从未看到的面孔。那个人会是谁？是不是凶手？否则，她情绪不会有如此大的波动。可是，唐枫满腹委屈和无奈去向谁诉说呢？高小藜已不在人世了。她那句“知人知面不知心”会不会给警方带来突破性的转折呢？

倏然之间，唐枫似乎明白了什么。

唐枫的手机短信提示音响了。不知道为什么，她下意识地哆嗦了一下。唐枫深吸一口气，努力平息杂乱无章的心情。在安鹏关切的目光下，她双手颤抖地拿出手机，慢慢递到眼前，小心地打开短信……

不看则已，这一看，她不由得瞪大眼睛。屏幕所闪现的消息如同一头恐怖的怪兽，正张开血盆大口，要吞噬她一般。

控制不住极度的内心极度的恐惧，她悲惨地发出“啊”的声音。手机如烫手的山芋，从唐枫她手里无声跌落在地，屏幕宛如夜晚绽放的烟花，炸开朵朵叠加的花纹。

或许，今后很长一段时间，她会对手机出现应激反应。

唐枫双手捂着自己的嘴巴，眼里流露出惊恐未定的神色。

看到此番情景，安鹏顾不得安慰对方，迅速从地上捡起破损的手机。他努力在模糊不清的屏幕上看清一行文字：“钟婉贞畏罪自杀！”

短信犹如一颗射出枪膛的子弹，不偏不倚击中了安鹏的心脏。他呆若木鸡，久久伫立在原地，一动也不动。

此时此刻，他和唐枫深有同感，唐枫感触尤其深。自他们着手调查向峥嵘意外死亡事件以来，她背后始终有一双深邃诡异的眼睛在注视着。她的一举一动，全部纳入身后这双眼的视线范围。而且，这双眼睛会透露涉案人员和案情的发展。不过，凡是短信提示过的人，全部无一幸存……

真如短信提示的那样，终极凶手竟然是钟婉贞？

专案组全体成员听龚戌诚解说案情：“钟婉贞在她办公室服用过量安眠药导致死亡，死亡时间是昨天晚上十点钟左右。”

唐枫瞥了眼腕上手表，八月一日上午十点十分。

“从现场遗留的药瓶和法医对尸体的解剖情况来看，钟婉贞是自杀身亡。”每位成员表情凝重，组长继续把情况做出通报。“从她遗留在办公桌上的手机里，发现了一条编辑完毕且未发出的短信。而这条短信，她准备发给唐枫记者！”

“什么？”唐枫瞪大眼睛，如触电般从座位上站了起来。坐在旁边的安鹏和梁涛也不知所措，难道护理部主任与凶案有牵连？

龚戌诚点点头，用一副低沉的声音说：“从短信内容来看，疗养院一系列谋杀案，似乎都与钟婉贞医生有关系。下面，请唐记者给大家读一读她所留下的短信。”

此刻，不知是心疼还是彷徨，唐枫仿佛处在风雨飘摇的十字路口。她心中如打翻了五味瓶，酸、甜、苦、辣……全部涌上心头。七月三十日，竟然是最后一次见到钟婉贞。唐枫没有想到匆匆的一面，竟然成了诀别！

回想与钟婉贞的交谈和她不久后的自杀，究竟她是怀着怎样复杂的心态，在和唐枫和安鹏说这说那。想不通，唐枫也猜不透。钟婉贞到底下了多大的勇气和决心，才能终结自己的生命——除非她被逼上绝路！否则，一个正常的人，不会无缘无故采用极端方式断送自己性命。

钟婉贞没有流露出任何要自杀的迹象。只是，唐枫清楚记得她们告别转身之际，深藏在钟婉贞眉宇间的忧伤和痛苦。她到底是一个什么样的人？为何要轻贱自己年轻的生命？虽然，唐枫对钟婉贞古怪的脾气略有耳闻，对她善变的脸色也心存异议，但所有不好的印象，现在都化作一丝苦涩回忆涌上心头——不知是惋惜还是怀念。

护理部意外逝去两位优秀的医护人员，似乎验证了那句“知人知面不知心”——唐枫自认为了如指掌的人，其实不甚了解，比如高小藜护士；而她自认为不甚了解的人，却又有了新的认识，比如雾里看花一般的钟婉贞医生。面对既熟悉又陌生的两位医护人员，她痛苦地摇摇头。

唐枫双手颤颤巍巍，从龚戌诚手里接过手机，打开了短信……

“唐记者您好：第一次接触，您的人品和气质就深深地打动了我。但，事情走到今天这般田地，完全出乎我的意料。向峥嵘、高小藜和陈鳌鑫的死，都是因为我心胸狭窄，把个人恩怨情仇看得太重，所以，才会导致我今天踏上不归之路……”

唐枫颓然地坐到椅子上。

“不，钟婉贞医生不可能是凶手！她没能力制造出如此环环相扣的凶案。”安鹏站起来，连声为钟婉贞辩解。

唐枫不知为何，感到心情更加沉重了。

她认为钟婉贞是清白的，并非有什么特殊的依据，只能说凭借直觉而已。这种直觉到底准不准确，她现在无法给出定论。短信从“高小藜有问题”“陈鳌鑫是杀人凶手”直至“钟婉贞畏罪自杀”，三人先后命殒疗养院。那个神秘的发短信者终究是何方神圣，竟能预知别人是命运？

对此，唐枫作了细致分析。

第一次收到的短信。向峥嵘服错药导致意外身亡，短信提示“高小藜有问题”。发短信者作为旁观者，应该十分清楚向老死亡的真相。把高小藜引进警方视线，无非要说明作为当天值班的护士，她负有不可推卸的责任。但实际情况似乎与旁观者观点相背，警方认为高小藜不可能是案件的始作俑者。

第二次收到的短信：“陈鳌鑫是杀人凶手。”那是高小藜出车祸之后，短信给唐枫的第二次提示。原来旁观者把高小藜作为杀害向峥嵘的重要嫌疑人提供给唐枫，无非是想通过她作为传递媒介，暴露给警方一条似是而非的消息——幕后主导整个凶案的人就是陈鳌鑫！看似旁观者用平铺直叙的方式解释案情发展脉络，唐枫内心却有个大大的问号！无论从两人是职业、秉性、社交圈而言，都可以说是鲜明、独立的个体，也可谓互不干涉的两个路人。把陈鳌鑫列为杀害高小藜的真正凶手，结果有些勉为其难。高小藜在疗养院内单调的生活轨迹，与陈鳌鑫丰富多彩的社交生活，丝毫不相干。旁观者把两者连接到一块，让人不由得想到其中隐藏更深层次的东西，那就是有见不得人的秘密存在。唐枫相信自己的判断。

第三次收到的短信："钟婉贞畏罪自杀！"这则短信确实带给唐枫不小的震撼。警方苦苦寻觅陈鳌鑫"自杀"的真相时，却发生了如此不可思议的事情。思前想后，短信传递给唐枫的信息无非有两点，一是正如安鹏所说，凶手矛头最终指向的人就是陈鳌鑫。凶手想杀害陈鳌鑫的原因似乎不难找到——张扬不羁的个性，好指使人的秉性，他在生意上是否有树敌，目前还不知晓。在部分人眼里，陈鳌鑫好像存在为富不仁的嘴脸。所以，这些都可能是造成他悲剧的原因。二也正是唐枫百思不得其解的地方，凶手既然已盯上陈鳌鑫，为什么还会出现向峥嵘服错药和高小藜遭遇车祸死亡的案件？从表面上分析，前两起案件与陈鳌鑫的死，没有必然联系。凶手想要说明什么？难道钟婉贞医生是终极杀手？这是唐枫感到最苦恼的地方。

钟婉贞作为一位手无缚鸡之力的女子，虽然在唐枫眼里存在不解之谜，但她不会是那个最终导致三起连环凶案的凶手！这是唐枫明白无误告诉自己的事实，也是她的第一直觉。站在旁观者的角度去分析，难道钟婉贞的视线力所能及的范围，与旁观者处在同一水平线上？值班室的一幕又浮现在她眼前。钟婉贞与之说话的人是谁？那个人是不是幕后凶手？想到这里，唐枫觉得浑身寒毛直竖，她似乎发现了整个凶案的切入点。

钟婉贞和凶手的视角应该处在同一位置，她知道所有案情始末。更为可怕的是，她知道或认识那个旁观者——就是那个发短信给唐枫的人！按这样推理，结果不难理解，钟婉贞自杀宣告了案情的最终结局——唯一的知情人不在了，真正的凶手，永远消失在芸芸众生里。

但，事实果真如唐枫推理的那样？她眼里慢慢浮现出困惑、犹豫、恐惧。

那双深不可测的眼睛，此刻紧盯着正在举行会议的专案组办公室。透过干涩的目光，从那双眼睛里，渐渐浮现出一股冰冷的杀机……

钟婉贞自杀身亡，似乎给疗养院接二连三的凶案画上了句号。专案组办公室，三位院领导和科室负责人静静端坐。安鹏起身把消息通报给众人。

听闻此消息，丁熙忠脸色苍白，紧蹙眉头，一副无法释怀的样子，嘴里喃喃复述："怎么会是她……"好像在他的潜意识里，从来没有把钟婉贞列为嫌疑人。

王俊摇晃肥硕的脑袋，胖胖的脸上，追悔莫及的神色溢于言表。从他镜片后失神的眼睛里，闪现出一丝绝望，不知是为钟婉贞还是为他自己。这让唐枫看不明白。

旧事重担，触动了刘爽的泪点。先不讨论高小藜和钟婉贞是被害者还是凶手，护理部失去两位优秀的医护人员，单从这一点，已对她造成难以弥补的精神创伤。也许，这种不可修复的伤害，会伴随她漫漫的一生。

谭敏唉声叹气，捶胸顿足，情绪十分低落。昔日机警过人的眼神，从他身上消失不见了。

谈不上质疑还是可惜，郑宇凡沉默冷峻的目光交替瞅着几位院领导。他是想替逝者寻找说法？唐枫心酸地摇摇头。

顾颂歌用手帕轻拭眼角泪痕，想必昔日熟悉的两位同事先后逝去，也给她造成不小的精神打击。热情奔放的高小藜命丧车祸，沉稳冷静的钟婉贞服药自杀，除了怜惜和痛苦之外，她还能做些什么？

悲伤是主题，凝重的气氛使众人感到压抑。专案组成员努力分析迷离的案情。疗养院医务工作者无法摆脱痛楚，在沉默中怀念逝去的同行。

窒息的空气，令唐枫无法正常呼吸。她悄悄起身，走出办公室。

她强迫自己面对现实，昨天犹如一场梦，梦里不时出现逝者从清晰到模糊、从熟悉到陌生的面孔。她曾想过要逃避这一切，但最初的信念支撑她为澄清真相留下来。近期的忙碌与奔波，致使她手头许多本职工作暂且搁置下来。

昨天，唐枫表示要回报社处理个人事务，龚戌诚点头同意。看来，她的确要好好处理一下“自己”的事情了。

八月二日，“7・25 专案组”召开了案情分析会。

龚戌诚面部表情凝重：“钟婉贞服安眠药自杀，是否是一系列案件的结束？请在座各位仔细推敲每个案发细节，形成书面材料上报。”在他手里左右晃动的，是未完成的调查报告。

首先发言的人是安鹏，他从座位上站起身，“据调查，疗养院有和陈鳌鑫私下交情颇深的院领导。你们是否注意到七月二十八日，我们与三个院长谈话时，个别人言谈举止特别怪异”？旁敲侧击的一席话，让在座的专案组成员陷入思索中。

“你说的是王俊？”龚戌诚紧皱双眉，搜索当天情景，他用怀疑的口气问道。

“对！”安鹏点头确认。按照他的思路，继续为大家解析案情，“王俊说七月二十五日高小藜出车祸当天，他待在市里家中休息，但这不能证明给高小藜打电话的人就不是‘他’。而且，他提供的证词不太严谨，爱人和孩子为他做不在场证明，理由未免有些牵强”。

从案情分析，首先让安鹏怀疑的是死者身边熟悉的人。王俊的不在场证明似乎过于完美，或许他知道谁是杀人凶手，或者有猜测到的怀疑对象，要不就是他知道有人与死者正处于敌对关系，而具备嫌疑人的资格。所以他想，王俊应该知道内情，或其本人实际上已参与到案情当中。

安鹏继续解说案情，“我们提及陈鳌鑫死亡，很明显，王俊显露出不自然的表情，他说出的话也语无伦次。这是他下意识的动作，还是另有缘由？而且王俊还说到关键的一句：‘他没有留下什么遗言吧？’这足以说明什么”？安鹏稍微停顿，环顾在座成员。“王俊为什么会说这样的话？他是不是担心自己和陈鳌鑫之间的‘约定’会暴露出来……”

听到这里，龚戌诚立即反驳道：“你认为王俊是那个幕后凶手？”没等安鹏想好如何回答，他就否定地摇摇头，“我们知道向峥嵘的死与高小藜没有直接关系，那是因为有人要陷害高小藜，但又是什么原因导致陈鳌鑫被杀呢？现在找不出王俊与陈鳌鑫死亡的联系，仅仅是王俊口头上对死者信息比较敏感？退一步来说，就算他们之间存在见不得人的交易，凭借王俊极深的城府和为人处事圆滑的手段，在疗养院地盘内，只能是陈鳌鑫有求于他，没有任何理由是他求陈鳌鑫办事。所以，只要涉及其根本利益，能通过正当手段解决的，王俊不会做出杀人而自毁前程的低级错误。以上仅是我个人推测而已”。

“嗯……”安鹏还是一副惘然的表情。稍后他轻轻点点头，低声呢喃，“这么说，王俊与凶杀案无关”？

“我认为是这样的。”龚戌诚微微颔首。

这样的回答似乎刺激到安鹏心底某处。，他还在坚持自己的观点。“那么……有没有这种可能，所有凶案都是陈鳌鑫一人所为。事先，他用金钱堵住王俊的嘴。整个过程，王俊作为帮凶，扮演了极不光彩的角色。陈鳌鑫恶行败露之后，王俊看事态对己不利，就痛下杀手把对方除掉？”换成另外的角度，安鹏重新假设情景，他注意到龚戌诚面部表情的变化。这种分析存在片面性，而且漏洞较多。大部分人员持否定态度，有人开始低声议论。

龚戌诚不赞同他的说法，“陈鳌鑫的作案动机是什么？到底有何天大的事情，让他花钱买通王俊去杀人?”

“呃……作案动机?”安鹏用手挠着头，小声嘟囔。细密的汗珠从他上唇和鬓角冒了出来。龚组长所言极是，如没目的，陈鳌鑫可视为一个自杀的疯子。

“向峥嵘、高小藜两起案件之间有必然联系，他们的死亡与陈鳌鑫被害有间接关系。虽然陈鳌鑫与王俊之间有说不清、道不明的东西，但只有他俩心里最清楚。就像前面我所说的那样，事情终归发展不到王俊非要杀死对方的地步……”龚戍诚把脑海里相互交织的案情，逐一梳理推理论证。

会场陷入沉默，安鹏不再开腔。梁涛翻动手里的笔记本，打破沉闷的气氛说:“从收集的材料来看，今年三月份疗养院投资八十余万元新建一座室外游泳池，承包商正是陈鳌鑫的公司，负责此项目建设方是疗养院的王俊。”

这条信息，犹如一场及时雨，解救了安鹏难堪的局面。他马上反问梁涛:“那就是说，王俊与陈鳌鑫在建筑工程项目上有来往?”

“对。公开招投标显示，疗养院职工宿舍、花园餐厅的改造工程全部由陈鳌鑫的公司承建。”梁涛看着笔记本继续说道，“另外，据市卫生局材料显示，疗养院部分工程项目在审计过程中发现了问题……”

安鹏打断梁涛的话，说:“这说明王俊极有可能在负责工程项目期间，收受了陈鳌鑫的‘贿赂’?”

“嗯，材料上说竣工结算有部分工程量，与实际并不相符。”

“不符是什么意思?是说工程上多支出费用了?”

“可以这么说。就是比原预算要多出一些工程量，也就是多花钱了。”

安鹏面向龚戍诚，按着他原来的思路继续说道:“有没有这种可能，王俊与陈鳌鑫在业务往来上存在经济问题，被高小藜无意之中发现。他们合谋杀害高小藜之后，王俊再把唯一知情人陈鳌鑫灭口……"

这种听风就是雨的判断，龚戍诚并不赞同。但他知道，之所以安鹏要把王俊列为重点嫌疑人，那就是王俊存在的疑点太多，他本人深有同感。只是现在脉络还没有梳理清楚，最关键的要素——王俊没有作案动机。龚戍诚否定地摇摇头，"据了解，疗养院部分工程竣工结算与实际工程量不符的问题，市卫生局相关部门已介入调查此事。就算陈鳌鑫与王俊私底下存在交易，也不会被像高小藜这样无关紧要的旁人知道，更不会发生他们合谋杀害高小藜的事情"。龚戍诚对案情的分析，比较符合现实，专案组成员频频点头认同。

安鹏始终认定王俊有嫌疑，龚戍诚抓住他推理的漏洞，说出凶案原始疑点。"按你的说法，向峥嵘服错药死亡又怎么解释?"这不只是单单的表象，更深的缘由还需要专案组仔细推敲。

"从目前掌握的证据来看，把王俊列为杀人凶手有些牵强附会。"龚戍诚又补充说道，"假如王俊杀害陈鳌鑫是为了'灭口'，那么更深的原因是什么？钟婉贞的自杀与这几起案件有没有直接关系"？

是啊。按照安鹏的分析，纵观整个案情，犹如一串连接紧密的念珠。如果把王俊列为主要嫌疑人，只能牵涉就近的高小藜和陈鳌鑫两颗珠子，向峥嵘和钟婉贞则不能纳入到整串"念珠"当中。显然，疗养院一连串谋杀案背后，受害者之间绝对有密不可分的关联存在。否则，单独拿出一例，只能突出个案，不能代表共性。看着自己推理不成立，安鹏不由得叹了口气。

"龚副局长，为什么凶手只给唐枫记者发短信？这样做的目的是什么?"

"这回你问到点子上了!"龚戍诚右手指向了安鹏，他非常满意眼前这位得力干将。安鹏提出的这个问题很尖锐，可以说是打入整个谋杀案的一枚楔子，而这枚楔子正好钉在蛇的七寸上。

"纵观事件前因后果，只有一人才能做得严丝合缝，如此完美……”说罢，龚戌诚左右环视在座的各位成员。

瞬间，会议室静得可以听到一根针掉在地上。此刻幕后凶手如被俘获的蒙面大盗，脸上的黑纱正要慢慢揭开。这张呈现在众人面前的脸，究竟是熟悉的，还是陌生的？凶手又是本着何种心态去完成恶魔般的谋杀？既兴奋又紧张的心情充斥会场，专案组成员个个摩拳擦掌，跃跃欲试。

众人期盼听到答案，尤其是安鹏。他挺直腰杆，正襟危坐，侧耳聆听，想仔细研究一番。

“幕后凶手就是——那位神秘的发短信者！”不负众望，龚戌诚一字一句给出了答案。

会场发出一片惊叹声，众人面面相觑。龚戌诚面露遗憾地说道：“原来，我认为给唐记者发短信者，是‘旁观者’有意或无意的举动。可后来，我发现‘旁观者’却是隐藏在幕后的指挥者，或者说是具体的操作者。”

会场立刻变得鸦雀无声，众人认真听龚戌诚分析。他十分享受这种氛围，犹如他站在课堂上，给警员讲课时的感觉一样。与单纯授课略有不同的是，他既是讲解者，也是聆听者。

现在，龚戌诚不仅是老师，还是专案组的负责人，他需要把案情发展脉络向成员叙述清楚，“唐枫记者收到第一条‘高小藜有问题’的短信时，我认为是发短信者匿名举报，或者说是一种善意的提醒。其结果却相反，高小藜命丧一场蹊跷的车祸。我们追查高小藜与向峥嵘死亡真相时，唐记者收到第二条短信‘陈鳌鑫是杀人凶手’。那时，我才恍然大悟，原来我们是被短信内容迷惑了，始终被它牵着鼻子走。果不其然，当我们视线转移到陈鳌鑫身上时，当事人却服了砒霜，又人为制造出自杀的假象。正当我们一筹莫展的时候，唐记者又收到第三条‘钟婉贞畏罪自杀’的短信。时间节点、故事情节、事态发展、全部掌握得恰到好处。三个被害人几乎实现了‘无缝衔接的连续死亡’！可以说，直到此时，我才明白发短信者的真实意图。所有被害者，其实在凶手名单上早已拟定好，他们都是要被除掉的对象”！

会场还是死寂般的沉默。

“至于发短信者为什么要利用唐枫记者，这个问题我考虑许久……”龚戌诚仿佛是在自言自语，又好像是在和专案组成员探讨作案动机。“其实，这样的做法会引起‘蝴蝶效应’。幕后凶手知道记者身份特殊，前期又接触过三位亡者，想借此把信息传递给警方，以不变应万变，在暗处观察警方的下一步行动。从实际效果上，不得不说发短信者阴险狡猾，事事走在我们的前面啊！但，狐狸的尾巴藏不住，凶手想通过三条短信引导我们误入歧途，干扰警方的侦破视线，却在无形之中暴露了对方欲速则不达的心态。”

“欲速则不达？”梁涛一副迷惑不解的表情，下意识地把目光投向身边频频点头的安鹏。从副组长的举动来看，似乎他理解了龚组长的意思。

安鹏接过龚戌诚的话茬，“准确地说，发短信者把行凶时间安排得太过紧凑。首先，让人想起‘螳螂捕蝉，黄雀在后’，按案发的先后顺序，依次抛出高小藜、陈鳌鑫、钟婉贞是犯罪嫌疑人；第二，唐记者收到短信提示时，嫌疑人即将或已经‘死亡’！凶案实际发生时间与唐记者收到短信时间相比，几乎没有时差。但这恰恰说明一个问题，凶手有些迫不及待要实施拟定的计划，所以暴露了一系列凶杀案全部是有谋划、有针对地连续性犯罪活动”。

“对。”龚戌诚对安鹏的分析给予肯定，“狡猾的狐狸终于露出了尾巴。”

“发短信者，会不会是亡者的仇家？”梁涛追问一句。

“仇家？难道死亡的老人、医护人员、商人都与凶手有过节？照这么说，又是何种恩怨导致了不分地域、不分职业、毫不相干的人的悲惨命运？”

龚组长的话，否定了梁涛的假设，他双手使劲挠着头，“凶手到底是谁呢”?

龚戌诚长长吁一口气，“我想，对方内心的焦躁情绪比我们还要大，离揭开谜底的时间不会太长了……”他眉头紧蹙，额头上是几道深深的皱纹。

第十五章

“老乔，事情好像变得越来越复杂了。”秦鸿燕瞅了眼心事重重的乔振昌，不知道老伴在想些什么。原来性格开朗的乔振昌，少了热情和活力，变得沉默寡言，她真有点不适应。也许，近期发生的事情，似乎影响到了他。疗养院发生的四起命案，在疗养人群里引起轩然大波。一个市级标杆性单位，一个有着良好履历的单位，竟然接二连三出现了命案，外界作出种种不好的猜测，疗养院的声誉正在遭受严重侵害。

乔振昌对这里很有感情，每年他和老伴都来住上一段时间。近期发生的事，让他有点猝不及防。现在，疗养院面临一道坎，这道坎不是家中普通的门槛，而是一道难以逾越的心坎。能否过得去，他不知道。

记忆中美好的时光变得支离破碎，给人留下的是残垣断壁。留恋变成厌弃，和谐变成杂乱，温馨变成冷酷，昔日美好的形象，已在乔振昌眼里湮灭……他内心很痛苦。

看着老伴这副神态，秦鸿燕心里涌起不知名的酸楚。疗养院四位逝者的死因令人生疑，尤其对疗养人员来说，从感情上有些难以承受。毕竟，熟知的向峥嵘、高小藜和钟婉贞，短短几天就永远消失不见了。这对他们夫妇有些残酷，对于熟悉逝者的人们也很残酷。

“老乔，你说警察怎么还没有破案?”看老伴郁郁寡欢的样子，秦鸿燕忍不住想要找个由头，让对方说出自己的想法。她害怕老头子为此变得抑郁。

乔振昌呆滞的目光望着窗外，似乎没有听到问话。

“你身体哪儿不舒服，我们去找医生看看。”

“呃……”从沉思中回过神来，乔振昌用手揉了一下湿润的眼角，“嗯，我没事”。

他眼里分明有闪光的东西，秦鸿燕看得很清楚。原来老伴与自己的感受一样。他们的老伙伴——向峥嵘，始终是他们心中一个解不开的“绳扣儿”，绳扣儿已纠缠在乔振昌心里形成死扣，现在很难打开。目前，唯一能解开的就是真相大白，把幕后凶手绳之以法……

“老乔，你不必过于悲伤。你要保重自己的身体。向老如在天有灵，他也会这么想的。”秦鸿燕安慰乔振昌。其实，从说出口的和她心里的想法画不上等号。

人随着岁数的增加，身边的人或事突然发生变故，有时很难找到一个平衡点。年轻的时候，可以用紧张的工作，家庭温馨的亲情所冲淡；年老时，熟悉的人忽然就在眼前消逝，会徒增伤悲和无奈，对心理造成永久性的创伤。

乔振昌想找一个合适的理由来说服自己不这么想，但根本做不到。人，有时候就是这样。年轻时朋友多，贵在相互真诚；老年时朋友不再多，贵在彼此交心。尤其岁数大了以后，多年的秉性、脾气已固化，能找一个知心朋友似乎更是难上加难。失去向峥嵘这个老伙计，在乔振昌心中有种说不出的痛，同时他还要背负向峥嵘死因不明的痛。不管哪种痛，反正，两种痛他都无法释怀，需要他独自默默地承受。

沉默半晌。

“杀害向峥嵘的凶手，也许就在我们身边！”

听到乔振昌吐出一句不着边际的话来，把秦鸿燕着实吓了一跳。近几天，她猜不透老伴在想什么，原来他在绞尽脑汁分析这几起离奇案件。直到现在她才明白，乔振昌把对向峥嵘的追忆，已转化成自己肩上的压力，直至最后澄清真相。

“你的依据是什么?”

“向峥嵘吃错药的事情，不应该发生，但发生了……” 乔振昌像位经验老到的刑警，倒背着双手在房间里来回踱步。“这说明一个十分简单明了的问题——有人故意为之。”

“你的意思……有人要故意杀害向峥嵘?”

“不能说故意，也不能说无意……”

秦鸿燕看着老伴那张严肃毫无表情的脸，好像他认真思考过这个问题。“我不明白你所说的话。”

“通俗地讲，向峥嵘服错药大概只是个偶然事件，而高小藜护士、陈鳌鑫才是凶手有意地谋杀。”

“啊!”

秦鸿燕倒吸一口凉气，好像这种说法有点烧脑。“你说‘偶然’，难道是向峥嵘自己无意中服错了药? 他的死与高小藜和陈鳌鑫无关的话，即另一位医护人员钟婉贞的死又作何解释?”

“向峥嵘死亡，其实是所有案情的开始。高小藜和陈鳌鑫应该在其中充当了什么角色，才会引祸上身。至于钟婉贞医生，如果她是真正的凶手的话，应该利用死去的高小藜作为掩护，把所有罪责全部推到她身上，而不应该选择自杀。所以钟婉贞的死，最让人费解……”

似乎这种推论有了更大的想象空间。秦鸿雁根本弄不明白其中几人相互间的关系，不过，她乐意捧老伴的场，乔振昌也喜欢有人倾听他的观点。

“几位受害人表面上看似乎没有任何关联，但从各自的生活轨迹上推断，他们都有共同的特点……” 乔振昌没有注意表情迷惑的老伴，按着自己的思路继续述说。

“有什么共同特点?” 秦鸿燕又不失时机地抢着问道。

苦苦思索中的乔振昌，好像没有注意老伴的提问，他喃喃自语：“看似极为平常的两位医护人员、两位疗养人员，怎么会牵涉进一连串谋杀案里来呢？错综复杂的四人之间，是有孽情、债务，还是血海深仇？"

乔振昌的话，秦鸿燕无法理解。除了陈鳌鑫她不认识，和蔼可亲的钟婉贞和高小藜两位医护人员，无论人品还是服务水平，堪称一流，无可挑剔。她们怎么会惹上杀身大祸呢？他们夫妇会不会无形之中得罪过什么人，现在也被盯上了呢？想到这儿，她禁不住全身发出恐惧的颤抖。秦鸿燕结结巴巴，哆哆嗦嗦地说出心里最为担忧的事情，"是……是不是死者……得罪过凶手"？

"得罪？这样说的话，凶手太过疯狂了吧！谁得罪他，他就杀谁，那他就是个杀人狂魔！"乔振昌不同意秦鸿燕的说法，白了她一眼，"向峥嵘年岁已大，与其他三位死者应该没有直接利益冲突。所以说，向老的死应该是个意外……"

看着欲言又止的秦鸿燕，乔振昌伸出右手食指在嘴唇前，做了个"嘘"的动作，"高小藜和钟婉贞都在护理部工作，而且其中一个人死于车祸，另一个人服用过量安眠药死亡，说明她们应该知道什么事。否则，在调查向峥嵘死亡的节骨眼上，护理部不会如此巧合地出现连锁死亡案件。而且，陈鳌鑫经常住在一号疗养楼，他也被谋杀，不得不说，他与两位死亡的医护人员必有牵连。所以，他们共同的特点就是——一号疗养楼发生某件大事，从而把他们全部牵连到凶案里去……"

秦鸿燕接上老伴话茬，沿着自己的思路快速说道："按你这样推测，高小藜掌握陈鳌鑫某种要命的把柄，陈鳌鑫不得不杀掉高小藜。钟婉贞在无意中目睹了陈鳌鑫的罪行，她为了替高小藜报仇雪恨，暗地下药除掉陈鳌鑫。最后，看结局到了无法挽回余地，钟婉贞只能选择自杀……"似乎在乔振昌潜移默化的熏陶下，她也形成了分析案情的能力。

乔振昌摇摇头，不同意秦鸿燕的结论。"要命的把柄是什么？向峥嵘又是如何被害的？"

秦鸿燕顿时无言以对。

乔振昌满脸愁容地在原地徘徊，“不知道凶手的动机是什么……但是，我所知道的事情，已向专案组做了汇报……”

随着调查的深入，王俊在专案组面前吞吞吐吐的样子，不由让人心生怀疑。他本人也说不出有价值的线索。为了继续寻找有力的证据，专案组想从侧面了解情况，因此再次找到丁熙忠。

“在我来疗养院之前，王俊就是这里的副院长。所以，我称他为‘老领导’。因为他资历老的缘故，疗养院有些工作安排上，我还是尊重他的意见……”

“比如说，哪些方面?”似乎院长所言引起安鹏很大兴趣，他小心地问道。同时，他内心升起一个“念头”——王俊在疗养院“地位”举足轻重，在疗养院决策者之中，他占据关键的位置。

“诸如疗养院的长远规划，有关人事安排，院内建设项目等。”

“你是否知道王俊负责的基建项目工程，上级在审计过程中发现了问题?”警察把尖锐的问题抛给了丁熙忠。

丁熙忠羞愧地低下了头。从他忐忑不安的表情里，似乎他不应该向警察隐瞒这件事。“这个……我知道。”

“向上级部门汇报过没有?”

“汇报过。”

“有何结论?”

丁熙忠是一副不太肯定的语气，“目前，还没有下具体的处理意见，不过……”他欲言又止。

从丁熙忠嗫嗫嚅嚅的话语和刻意躲闪的眼神里，安鹏猜测，王俊好像还有重要事情隐瞒专案组，只是院长难以启齿罢了。

大概，丁熙忠觉得自己说得有点笼统，便进一步做了更正，“关于审计出现的问题，王副院长为此专门写过汇报材料。我把它作为重要的专题，也向上级汇报过”。

“据我们掌握的情况，确切地说，应该是你向纪委做过专题

‘汇报’吧?”安鹏含蓄地挑明了问题的关键。他话说得委婉曲折，丝毫没有让丁熙忠感到难堪。“王俊被纪委约谈过”的事实，碍于丁熙忠情面，安鹏不好开口明说。

“嗯。”丁熙忠使劲咽了口唾沫，“是的”。他脸上立刻变得青一块，紫一块。很明显，他想替王俊打掩护，却被警察识破了。

“纪委调查到哪一步了?”

“上面还没有给我具体的消息。所以，现在这个问题不好回答你们……”

事先，按照龚戍诚安排，安鹏和梁涛到市卫生局了解疗养院基建工程建设情况。经调查，王俊与承包方陈鳌鑫私底下存在金钱交易。回想起来，当初专案组讨论陈鳌鑫被杀身亡事件，王俊一反常态地关注是否“留有遗言之类”的话，也就不足为奇。他害怕陈鳌鑫露出把柄，日后受制于人。

纪委介入之后，王俊主动交代过一些问题。后来陈鳌鑫被谋杀，他推翻了原来的供词，全盘否定自己贪污受贿的事实。出现的新问题，让纪委部门深感棘手。不知是陈鳌鑫没有留下交易的痕迹，还是王俊刻意销毁了罪证，现在已无法核实。王俊把全部筹码压在了“死无对证”上，他正在走一步险棋。

抛开王俊受贿不说，专案组最想了解的是陈鳌鑫被害一案，王俊有没有参与。按利益最大化考虑，王俊得财杀人，有着十分明显的作案动机。

“丁院长，你感觉王俊与这几起谋杀案有关系吗?”安鹏话锋一转，直奔主题。

丁熙忠缓缓抬起头来，用戒备的眼光望着警察。看着那双镜片后黯淡的茶色眼眸，安鹏觉得他内心很不安稳。

“这……不好说。”

“为什么?”这种模棱两可的话，让安鹏有些迷惑。他能体会到丁熙忠想刻意隐瞒什么、却又不知道详细内幕的矛盾心态。

实际上，现在丁熙忠所处的境地犹如钟摆。他不能偏左，关键证据自己不掌握，会弄出个无中生有的罪名强加给王俊；他也不能偏右，说自己什么都不知道，作为疗养院主要负责人，就会存在失职、渎职的风险。难！真的很难！行走在中间路线，“少说话”是最好的方法。

看着沉默不语的丁熙忠，安鹏又接着发问：“你对王俊本人是不甚了解，还是另有其他客观因素？”

“我来疗养院时间较短，王副院长在此工作了很长时间，有些事情我只是知道表象而已……”说到这里，丁熙忠猛然闭上了嘴。他的表情明白无误地告诉专案组成员：有关别人的隐私，我不能作更多回答。王俊的情况我也只了解这么多。

丁熙忠复杂多变的表情和一番意味深长的话，无疑增加了专案组对王俊在整个案情里扮演角色的猜想。

随着黑色旅行车神秘面纱的揭开，似乎真相即将大白于天下。

专案组办公室，安鹏在做汇报：“现已查明，这辆车是陈鳌鑫七月二十一日入驻疗养院时所乘坐的车辆。七月二十九日中午时分，该车曾停放在疗养院最南端废弃房屋旁的水泥路上。由于水泥路位置偏僻，又鉴于院内监控摄像头正在更换之中，因此，没有发现被害人和嫌疑人的影像。但是，疗养院大门的监控录像，可以看到该车驶出和驶进时间：七月二十九日上午十点该车辆驶出，中午十一点左右它又返回疗养院；三十日上午六点，该车驶出疗养院后就再未看到过其踪迹。”黑色奔驰旅行车诡异的行车轨迹，与案发时间相当吻合。

“那辆车是陈鳌鑫本人的，七月二十九日上午车辆驶出疗养院时，开车的司机是谁？”根据事发当天情况，龚戍诚在努力进行还原。从意识深处，他认为只要找到开车司机，也许就会把真相揭露出来。

“据他爱人徐莉莉说，那辆车始终停在疗养院内，一直是

‘陈鏊鑫自己开着’。”安鹏把摸排上来的情况，继续向龚戌诚汇报，“根据疗养楼的客人们反映，旅行车原来停靠在一号疗养楼附近。除七月二十九日中午，该车所停位置比较可疑之外，其他时候，它都停在三号楼附近或停车场内。我们正在抓紧时间搜寻那辆车。”

听完安鹏答非所问的话语之后，龚戌诚陷入沉思。也许安鹏没有查清开车司机车是谁，他暗自琢磨。

应该接上安鹏的话茬了，梁涛干咳一声，从座位上站了起来，“龚组长，我仔细核实过这辆车的行车轨迹。那天，即七月二十九日上午，把车开出疗养院的人是陈鏊鑫的司机姚鞘。而且……”梁涛故意拖长声调，来回扫视专案组成员，当所有目光汇聚到他身上的时候，他才开口说道，“在转角山下‘小槲树加油站’，有人看见陈鏊鑫和姚鞘两人在给汽车加油”。

“什么?”众人目光不约而同转向了他，这好像是黑暗中的一盏明灯。可以说，这是揭开陈鏊鑫生命最后时刻的一张底牌。

梁涛喜欢别人关注的目光，他很有成就感。

“谁见过他们两人?”龚戌诚双眼燃起希望的亮光，立即追问。

“这是‘小槲树加油站’加油员聂娣琴提供的消息。”

“她还说过什么情况?”旁边的安鹏，又接着向梁涛提问。

“我通过聂娣琴找到了加油站经理向轩毅，是他向我提供了陈鏊鑫和姚鞘的监控视频。”

安鹏拍了下大腿，歪着头说：“太好了!”这招牌式动作是他的“专利”，每逢案情出现重大转折时，他都下意识地有此动作，好在同事们已习惯。

“为什么加油站员工对他们有如此深的印象?”龚戌诚反问。

“理由其实很简单。”梁涛回答说道，“据聂娣琴说黑色旅行奔驰车在加油机位置停稳后，从车上下来一位头发稀少，大腹便便的男人——此人应该就是陈鏊鑫。他手中拿着小半瓶矿泉水询问聂娣琴，加油站便利店有没有这种矿泉水卖。由于从未见过这种牌子的矿泉水，聂娣琴如实回答说没有。那位男子悻悻然扭头便走，连个招呼也没打。他拉开车门的瞬间，恶狠狠地对着司机说：'你真笨！什么事也办不成！'好像是训斥司机没有给他准备矿泉水之类的事情。司机则站在旁边，一副唯唯诺诺的样子，只顾自个儿加油付钱。那个男人寻找的矿泉水在市面很少见，所以，聂娣琴对此印象颇深"。想不到，一瓶矿泉水会引出被害人的踪迹。

"陈鏊鑫要买的矿泉水，应该是搜查他房间发现的茖蔻矿泉水吧！"

"对。"听龚戌诚说出矿泉水牌子，梁涛马上附和道，"就是我们搜查时发现的矿泉水"。

龚戌诚低头沉思，稍后抬头，又开口问梁涛："聂娣琴只看见陈鏊鑫和姚鞆两人？车里还有没有其他人？"他非常关注其他随行人员。

"聂娣琴只提供了这么多信息，并没有注意到车里有没有其他人员。"

"姚鞆是什么人？"安鹏插话问道。

梁涛把手里的调查材料递到安鹏面前，"姚鞆作为陈鏊鑫专职司机的时间不短了。根据其户籍所在地东江派出所档案显示，此人原来是私营出租车司机，社会关系复杂，善于钻营，有打架斗殴的恶习。前些年，因犯电信诈骗罪，被司法机关判处三年有期徒刑。他出狱后，就跟随陈鏊鑫做了专职司机。近几年，未发现他有违法活动"。梁涛很负责，排查出驾驶车辆的人不说，还顺藤摸瓜找到相关信息，值得表扬！看着成熟起来的梁涛，龚戌诚满意地点点头。

安鹏把姚鞆的材料拿到龚戌诚面前。一寸彩色照片显示出一个人：满头黑发自然卷曲，两只眼睛特别大，而且凸出眼眶，是一双典型的金鱼眼。大鼻头下，两片不厚的嘴唇显得能说会道，嘴唇两边则是两道深深的法令纹。整个面相透露给人的感觉——心机很重，且会察颜观色。

“姚鞘开车会去哪儿?”龚戍诚的视线从材料上移到梁涛的脸上。

根据这则信息，只要知道陈鳌鑫和姚鞘开车行驶的终点，就能知道他们到底接触过什么人，做过什么事。另外，车辆十一点钟再次返回疗养院时，车上还有什么人。这个时间节点尤为重要——中午十二点左右，正是陈鳌鑫服了砒霜死亡的时间段。如果，能把车辆返回时车上的乘员了解清楚，基本就能锁定谁是凶手!

“加油站监控视频显示，奔驰旅行车加完油后，驶上主路朝市内方向开去，然后……”梁涛不再往下叙述，“以后就没有相关线索了”。他声音变得很小。可见，梁涛失去了追踪目标。

“你接触过姚鞘本人没有?”安鹏询问梁涛，低头仔细瞅着手上的材料。

“没有，我询问过徐莉莉，她说不知道姚鞘到底去什么地方了，现在姚鞘的家人正在努力寻找他。”

“难道姚鞘也失踪了?”这是龚戍诚的第一反应。

“噢?”组长的话，仿佛敲醒了梦中人，安鹏向龚戍诚投来惊异的目光。

“如此说来，姚鞘是杀害陈鳌鑫的重大嫌犯?”

“嗯。”龚戍诚低头沉思，“有这种可能”。他既没有肯定也没有否定。

“车辆十一点钟返回疗养院时，开车的人是谁?”龚戍诚的目光对准梁涛。罪犯的轮廓在龚戍诚脑海里慢慢酝酿成型——确定谁是开车人，就能清楚凶手是谁。

“通过查看大门口视频资料，显示是陈鳌鑫本人!”

龚戍诚轻轻发出一声叹息，“怎么会是陈鳌鑫……”似乎结果与他的判断有出入，他面露失望的神情。“三十日上午六点，奔驰旅行车驶出疗养院时，开车的司机又是谁?”惆怅之后，龚戍诚充满迷惑的双眼，好像还抱有一线希望。

在梁涛看来，奔驰旅行车在龚戍诚眼里，就是解开陈鳌鑫被杀的最后线索。追查到相关线索之后，我没有再继续扩大搜索范围，追根溯源，从而导致失去目标，让人空留遗憾。可见作为一名好警察，不能疏漏任何细节。组长给我上了生动的一课，我以后可要长记性。梁涛提醒自己。

“是姚鞘。”梁涛不假思索地说道。

龚戍诚点点头，好像认真思考某件事情，“二十九日陈鳌鑫被谋杀，三十日姚鞘又把旅行车开出疗养院。单单从这一系列行动来说，他应该受到某人指使，才会去做这件事。而且，那时他应该知道陈鳌鑫已被害，他是在帮人转移罪证”!

安鹏恍然开窍，他和梁涛四目相对，“徐莉莉对我们撒谎了!那辆车不是陈鳌鑫一个人开着。作为司机的姚鞘不是杀人凶手，就是一名重要嫌犯”!

龚戍诚斩钉截铁地说道:“安鹏，你们再去找徐莉莉谈话。另外，马上组织相关警力，全市追捕姚鞘!”

“我撒什么谎了?”徐莉莉仰起头，一双杏眼双睁。唐枫瞅见她的双眼皮，有十分明显的人工修饰过的痕迹。

今天，徐莉莉没有戴墨镜，唐枫才能一睹她真正的容颜。她有三十多岁，一双不大的眼睛，在双眼皮的衬托下显得有种摄人心魄的妩媚。小巧的鼻子下面，有一张樱桃小口，上面有层淡淡的自然色唇膏。显然，与在疗养院见到她涂抹的猩红颜色唇膏有强烈的反差，但却不失庄重和娇艳。黑色齐耳短发下再配上合体的黑色纱裙，更能凸现出她沙漏状的漂亮身材。对于自己的仪容，徐莉莉很重视。陈鳌鑫意外被杀，因此她不能随意装扮自己，但她这身淡雅的打扮，反而让唐枫觉得与这个场合很搭配——徐莉莉很会利用服饰衬托自己的美。

唐枫是被安鹏的电话邀请过来的，原因是安鹏和梁涛要去徐莉莉家走访了解姚鞴。所以，他顺路把唐枫从市里面喊来同行。这也正是唐枫求之不得的事情，她正苦于没有理由接触到徐莉莉，现在真是机会难得。

安鹏的话引起徐莉莉强烈的反应，她认为这是对她的诽谤。“你们认为陈鳌鑫所有事都跟我说?”她嗓音很尖锐，摆出一副质问的口气。

她左右打量一下面前三位人员的面部表情后，最后把目光落到唐枫脸上，“作为一个女人，往往是靠直觉生存的”。

她的话，显然是想博得同性的共鸣。“陈鳌鑫在外面做过什么事，或者有什么人，我从来不过问，也不知道。”陈鳌鑫的所作所为，作为妻子的她一概不知。

什么?陈鳌鑫在外面拈花惹草?徐莉莉分明给了一个暗示。从唐枫内心里迅速升腾起陈鳌鑫被害的疑云——难道是情杀?她大脑紧张地思索。

徐莉莉的话不得不让人浮想联翩，或许前两次警察找到她询问情况，只是例行的程序。今天，徐莉莉看到眼前的记者突然抛出这则重磅消息，让唐枫感到非常惊讶。是不是有女性在场，勾起了她不堪回首的往事?还是陈鳌鑫背着她，的确做过出格的事?唐枫无法判断事情的真伪。

“您大概理解错了我的意思。”见徐莉莉情绪激动，安鹏调整了一下坐姿，上半身向前倾，“您原来所说‘那辆旅行车是您丈夫自己开的’。可是，经过我们调查，姚鞴在您丈夫出事那天，和案发后的第二天，他都开过那辆车。所以……”

“所以，您们就怀疑我说假话了?”徐莉莉向安鹏做了个打住的手势，替警察把要说的话说了出来。她对此嗤之以鼻的模样，仿佛要说：“我没有权力知道别人的隐私!”这话太直白，太伤人，只是她没好意思说出口而已。

“我刚才已说过，陈鳌鑫在外面做过什么事情，我一概不知道。”徐莉莉干脆利落地说道，从座位上站起身来，走到梳妆台边，从台面上拿起一盒香烟，抽出一根衔到嘴里。她伸手把香烟盒在三人面前分别示意一下，看看有没有人要抽烟。在那一瞬间，唐枫瞥到了香烟盒上的商标“CAPRI”。

得到全部否定的手势，也许是徐莉莉意料之中的事情，她悠然伸手从台面上拿起打火机，点燃了香烟，贪婪地吸了一大口。她樱桃小口微启，凝视四下弥散的烟雾。唐枫闻到了空气里有股淡淡清凉的薄荷味道。

场面令安鹏有些难堪，他想打探情况，却似乎在徐莉莉面前吃到了闭门羹。安鹏缄口不言，梁涛紧皱眉头，也陷入了沉思，大概他已领教过徐莉莉的伶牙俐齿。

“徐女士，您别见怪。”唐枫伸手轻拂眼前刘海，面对徐莉莉说道，“我们只是想了解，您究竟知道多少关于您丈夫的事，并没有责怪您的意思”。

听到同性柔柔的话语，逐渐抚平了她烦躁的情绪，徐莉莉逐渐回归理性，“说句实话，虽然老陈做的事情我不知内情，但毕竟我们是多年的夫妻了……”说到这儿，徐莉莉打住了。她伸手把大半截未燃尽的香烟，在梳妆台上的烟灰缸里捻灭，背过脸去，双手捂住脸颊，肩膀随着低声抽泣在上下起伏。

从徐莉莉的背影看，尽管她和陈鳌鑫结婚多年，由于一直没有生育，身材保持得很好，没有走样。

唐枫起身，从梳妆台的纸巾盒里抽出一块纸巾，慢慢走到徐莉莉身边，把纸巾递到对方眼前，“徐女士，请您节哀顺变”。

“嗯……谢谢您。”看到唐枫递来的纸巾，徐莉莉有点意外。她扭过头，接过纸巾。“唐记者，你不会报道这件事情吧?”她用纸巾掩住了自己的口鼻，声音有点含糊不清。

房间散出淡淡的香味，刺激着唐枫敏感的嗅觉。徐莉莉为了净化室内空气，燃的檀香吧?

“怎么会呢? 我只是见过您丈夫一面，他就这么不明不白地死去……”唐枫小心看着徐莉莉的面部表情，只觉得那双梨花带雨般的眼睛，让她精神有些恍惚。徐莉莉的眼睛真是勾人心魄啊！假如唐枫是一位男士的话，绝对禁不住这双媚眼的攻击。

“我们想请您协助把这件事调查清楚，好给您死去的丈夫一个说法。”唐枫这句话很实在，似乎给徐莉莉吃了个定心丸。

徐莉莉把有污渍的纸巾随手丢弃到烟灰缸里。唐枫看到那根没有捻灭的“CAPRI”香烟正在冒烟，她随手把烟头摁灭。蓦地，有种混合味道窜进唐枫的鼻腔，她感觉很难受。

梳妆台镜子里映出两人的面孔，一位是徐莉莉，另一位就是唐枫。看着徐莉莉用手轻抹去脸上泪痕，小心修饰自己的眼影时，刹那间，唐枫好像全部明白了。

徐莉莉待情绪稳定后，坐了下来，唐枫回到自己的座位上。

“徐女士，七月二十一日我们是先后到的疗养院。”唐枫收拢双腿，挺直了脊背，“您却在第二天，即二十二早晨离开了。

听到唐枫的话，徐莉莉的脸色瞬间变得白纸一样苍白，反应强烈。

“您能告诉我们，是什么缘由促使您这么快就离开了吗?”唐枫多了个心眼，提问内容抛开陈鳌鑫，把问题引向徐莉莉本人。

“这……这是因为我们在当晚吵架了。所以，第二天我独自离开了。”徐莉莉略有迟疑，说话嘴唇有些哆嗦。“我没病，根本不想来疗养院，是他说过来要放松一下。我很讨厌来医院。”徐莉莉所说的“医院”大概也包括“疗养院”。

“您丈夫的司机姚鞘，他的情况您知道吗?”

“我和警察们都说过了。”徐莉莉朝着安鹏和梁涛努努嘴，“他是陈鳌鑫的专职司机，不管做什么事，他也不会对我说。我想去哪儿，随便给他打个电话，他把我送到目的地就算完成工作”。

看样子，徐莉莉和陈鳌鑫的夫妻关系名存实亡。连专职司机姚鞘，都不与这位女主人进行过多交流。

安鹏放松身体，重重叹了口气，“是不是姚鞘所有事都听命于陈鳌鑫”？他还想从侧面了解嫌疑人姚鞘。

“陈鳌鑫与姚鞘究竟在外面干了什么，我不知道。姚鞘是否失踪，我也不知道。”关于丈夫和他的司机，徐莉莉彻底把警方想打探的渠道堵死。

陈鳌鑫和姚鞘，背着徐莉莉究竟做了什么对不起她的事，她竟然会如此反感这两人？陈鳌鑫和徐莉莉毕竟是夫妻啊！夫妻之间走到这一步，不得不说让人很悲哀。唐枫惋惜地摇摇头。

“按您的说法，是不是陈鳌鑫有外遇？”唐枫的职业本能开始起作用，“他是否做了对不起您的事？”她又加重了问题的复杂性。快刀斩乱麻，唐枫不再和徐莉莉兜圈子，她说出对方想绕开，而又不想触及的话题。

“不是‘做了’，而是‘做过’！”徐莉莉脸上露出一丝狼狈，随即纠正唐枫的说法。

这是个新线索！陈鳌鑫死亡与他的婚外情有关？真是“踏破铁鞋无觅处，得来全不费工夫”。警方一直苦苦寻觅的突破口，是否马上可以出现？

唐枫和两位警察下意识地交换了一下眼神。“您方便跟我们透露下具体情况吗？”她不想失去这个稍纵即逝的机会。

徐莉莉第二次从座位上站起身来，走到梳妆台前，拿起香烟，嘴里含上一根，点燃后仰头注视天花板，“你让我怎么说呢”？她双臂交抱胸前，从口里吐出一股烟雾，好像在认真思考怎么回答。

今天，把唐枫请来是对的！要不然，徐莉莉不会轻易张口说出这么重要的信息。大概女人之间交流更方便些。安鹏想。

“喏”，徐莉莉盯着右手直立的香烟，烟灰已积攒了一小段。她出神地注视着袅袅上升的烟雾，“你们也看见了，这么大的房子，就我一人居住，对我来说，是不是有点太奢侈了”？她眉梢上抬，把挑逗性的视线投向唐枫。

她话里有话！这幢别墅濒临海湾，建筑面积三百多平方米，有上下两层楼房。唐枫他们和徐莉莉的谈话在二楼，从南侧落地窗向外看，不远处就是大海，景色秀美，风光旖旎。没有一定的经济实力，是无法购买这套房子的。偌大一个别墅，如果让徐莉莉独自居住，的确是有点说不过去。独守空房的日子，别人很难体会她的苦衷。

徐莉莉含蓄地表达出自己的意思。她怎么没有顾佣人？这让人觉得有点奇怪。

“陈鳌鑫经常不回家?”既然对方避实就虚，唐枫干脆把话挑明了。

这个记者真厉害！唐枫了解谈话技巧和策略，不管对方是什么人，总能找到合适的方法和合适的词语，引对方与自己互动。

徐莉莉鼻腔里轻蔑地发“哼”的声音，“那只有他自己知道”。

她说的那个“他”指的就是陈鳌鑫吧？此话怎讲？陈鳌鑫已不在人世了，有谁能说得清楚？这番话很耐人寻味。唐枫微蹙眉头。

犹如独自待在家里一样，徐莉莉慢慢踱步到落地窗前，出神望着远方的大海，喃喃地说道：“现在的世界，无论正义还是爱情都不起作用，只有金钱能驱动！”似乎是对她自己说的，又好像是从侧面回答唐枫的提问。

说这番话时，她发出长长的叹息声。让人听上去，像是心里卸下千斤重担之后的那种惬意。现在，她从窒息般的婚姻坟墓里走了出来。

假如陈鳌鑫没有立下遗嘱的话，所有财产都将归他的妻子——徐莉莉，她即将破茧成蝶。看她有一肚子心酸事，却不想向旁人倾诉。陈鳌鑫真的从感情上背叛了徐莉莉？唐枫不明白。

令人不愉快的谈话到此为止，唐枫他们告别徐莉莉，离开了她的别墅。

按照新的线索，安鹏说要加大力度排查陈鍪鑫的社会关系，看看是不是如徐莉莉所言。这项工作有难度，原因大家心知肚明。徐莉莉说得太笼统，什么时候能发现蛛丝马迹，然后顺藤摸瓜找到那个“第三者”，似乎有些遥不可及。

关于姚鞒的个人情况，安鹏给唐枫做了简单讲解，警方已到他家去过多次。七月三十日姚鞒失踪后，就没有和家里再联系过。他的家人不知道他忙些什么，对其行踪一概不知。

眼下，姚鞒的疑点最大。也许他知道陈鍪鑫死亡的真相，所以警方还要抓紧时间搜捕姚鞒。

姚鞒离奇失踪，印证了他内心确实有鬼。找到了姚鞒真能解开所有谜团吗？徐莉莉所说的话，真实成分有多少，会不会让案情峰回路转？唐枫不知道。

第十六章

“丁院……”电话那端传来的声音很遥远，带着历尽沧桑之后的疲惫。丁熙忠不陌生，那是王俊的声音。

不知是思考如何解决眼前的烂摊子，还是寻找理由撇清凶杀案与疗养院无关，抑或是为疗养院未来做考虑……电话接通的瞬间，两位院长谁都没开口说话。

一阵沉默之后，王俊率先打破僵局，“我到您办公室去一趟。有些事，我想最后做下汇报……”

听到对方说出这番话时，丁熙忠脑海中立刻闪现出一丝不祥的预兆。他俩共事多年，从没听过对方用如此伤感的语气说话，这口气好似王俊要决绝而去。顷刻间，丁熙忠头脑塞满了乱七八糟的东西，待回过神之后，“好的，老王，你过来吧。”他显得心事重重，挂掉了电话。

疗养院两位副院长各司其职，虽然分管工作不同，但每项工作形成你追我赶良好的上升势头，他们是不可多得人才。王俊打来电话，是不是有特别的原因：近期接连出现的命案，他知道事实的真相？另外，纪委找王俊谈话，他如实做了交代？

从内心，丁熙忠非常排斥后面的说法，虽然他私底下听过一些风言风语，那就是王俊与陈鏊鑫存在金钱交易，但从主观意识上，他怀疑此事的真实性。

院长办公室。

丁熙忠看到眼前的王俊时，心里不由得暗暗吃了一惊。

近几天他很少看到对方，王俊消瘦的脸庞，散乱的头发，胡子拉碴不修边幅，一副精神颓废的神态，给了他强烈的感官刺激。以前，从没见过对方有如此邋遢的形象，好像此刻眼前的一切虚幻不实。

丁熙忠极力控制住自己的情绪，用带有关爱的口吻说道："老王，你要注意自己身体。天大的事，你我也要扛住。"

"恐怕是扛不住喽……"听王俊自我嘲讽般说出这样的话，丁熙忠镜片后闪过一丝悲哀。

不知道自己应该说些什么。疗养院所发生的事情，如千斤重担压在他双肩上。即使他心口不一，说出千言万语劝解王俊，好像也不能解决实质性问题。残酷事实就摆在面前，索性就保持沉默吧！

"丁院，我们共事时间也不短了……"王俊沮丧地抬起头，目光好似穿过了丁熙忠，穿过丁熙忠后面的窗户，孤零零地散落在半空中。他的眼里，渐渐有了些雾蒙蒙的水汽。王俊摘下眼镜，凄凉地转过身去。他眉头紧锁，痛苦地闭上了双眼。"您应该了解我这个人。"他浅浅地低声说道："疗养院出了这么多不应该发生的事情，真是给您添了不少麻烦。"他转身面向院长弯腰，深深鞠了一躬。

"老王，您可别这么说。全部的事与您没有任何关系！"

"丁院，您说的没用，纪委和警察不会相信您的一面之词。"

"什么?"丁熙忠倒吸一口凉气。他的脊梁骨如触电般变得麻木，冰冷散乱的线条沿着肋骨四下传导开来。他的心脏，好像瞬间停止了跳动！这种感觉比岔气还要难受千百倍！

王俊究竟要说什么事？难道他承认了贪污受贿的事实？还是他与疗养院几起谋杀案有关？不，不可能！丁熙忠再次否定头脑里不好的念头，他知道王俊与陈鳌鑫私人交情过密，朋友之间的礼尚往来，也属正常范围。只要王俊向纪委如实交代，应该不算什么大问题。但眼下，似乎王俊所说的事朝不好的方向发展。这是他没有料想到的。

丁熙忠情绪激动地从口袋里掏出烟盒，双手哆嗦着从里面摸索出最后一根香烟，叼在嘴上，随手把攥扁的烟盒扔向旁边的垃圾筒，但准确度差了一丁点，烟盒掉在垃圾筒外。他没有理会。

丁熙忠衔烟的嘴唇，在不由自主地颤抖，他双手捂着打火机啪的一声，打火机毫无反应。他苦恼地抬起头，脸颊肌肉在轻轻抽动，又摁了一次，打火机还是没有打着。他右手使劲向身后甩了甩打火机，再摁了一次，打火机窜出高高的火苗，香烟终于被点燃。"老王，他们调查清楚之后，自然会还您清白。"他深深吸了一大口烟，徐徐吐了出来。

他强忍香烟浓烈刺激的味道，胸膛却像被烈火焚烧过的感觉。他开始大口大口地咳嗽。丁熙忠是在与宋毓秀分居后学会的抽烟，偶尔当着王俊的面也抽上一根。不过，为了在众人面前树立自己的形象，他戒掉很长时间了。隔了多年重拾起来，气味稔熟而陌生，说不上喜欢还是不喜欢，只是一种恍若隔世的感觉。

王俊转过身，戴上眼镜，用一副关爱的表情看着他，说："丁院，您怎么又开始抽烟了?"王俊从他手上把香烟接了过来，放到自己嘴里，"不要为难自己！香烟这玩意儿真不是好东西"。熟练地吐出一口烟雾后，从鼻腔里哼出一声，"还我什么清白？我还有什么清白可言"？他嘴角浮现出自我解嘲式的微笑。

说话听声，锣鼓听音。王俊在自己负责的基建工程上贪污受贿的事实，已不可能再被隐瞒下去。此前，丁熙忠听到过一些流言蜚语，虽然自己看不到、摸不着，却顺着他的门缝、电话线、手机短信溜了进来，悄无痕迹地爬上他的办公桌。如桌上那块干净的抹布，由原来的白色，越擦越黑，慢慢变成一块脏抹布。

现在丁熙忠相信事实。他曾经与警方坦言，在疗养院的棘手事务上，他的确要倚靠王俊老练沉稳的手法化解，而对方也能及时为他出谋划策。毕竟作为单位的老人，王俊处世圆滑，有丰富的人脉圈，这是他无法比拟的。

丁熙忠又是何等聪明。他非常清楚王俊和陈鏊鑫在工程上有小动作，但瑕不掩瑜，王俊随机应变和化解矛盾的能力，他自叹不如。睁只眼，闭只眼的态度，是想给对方行个方便，给自己笼络个心腹。

不能否认，丁熙忠确实存在私心。反过来说，陈鏊鑫和王俊之间的关系，其实也不外乎是一种风险投资，投对了，陈鏊鑫也许就有了挣钱门路；投错了，他的生意可能就是竹篮打水一场空。看样子陈鏊鑫是投准了，眼下却要断送王俊美好的未来。

是我的失职啊！断送了一个干部的大好前程。丁熙忠悔恨不已。

纪委插手调查此事，直至最终宣布结果，只不过是时间问题，王俊逃不过这一劫。他想说的事，丁熙忠心里明白，他要去自首，争取有个坦白从宽的机会。

王俊苦笑着摇摇头，面向丁熙忠低头，双手合十，一副恭敬的样子，“我今天来找您，没有别的意思，就是希望您能继续发挥领头羊作用，把疗养院各项工作按照原来的计划有条不紊地进行下去”。

王俊的使命终结了？“老王，您这话是什么意思？”丁熙忠愕然，紧盯着王俊，就如他以前不认识这个人一般。“您说我们以后不能在一起共事了？”

“八九不离十吧！”

“您到底收了他多少钱？有那么严重？”

王俊扭头，双手摆了摆，“唉！一言难尽。我是应了那句老话：‘多行不义必自毙。’已无可救药”。

闻听此话，丁熙忠瘫坐在椅子上，“老王，我再问您一个问题。疗养院几起谋杀案，您知不知道内情”？

“什么内情？”王俊用手扶了下镜框，用镇定的眼光俯视着对方。“丁院，您怎么一直在怀疑我？”他从嗓子眼里挤出干涩无力的声音，然后坐到丁熙忠旁边的椅子上。他似乎自认无辜。

透过王俊的目光，丁熙忠看出了一种淡定——从容而不慌乱，与刚才那个表情颓废的王俊简直判若两人。

“我经过良心上的煎熬，已向纪委承认贪污受贿的实事。不过……”王俊说得“不过”两个字，引起丁熙忠精神高度的紧张和不安。“我没有杀害陈鳌鑫，也没有杀害过其他的人。我只能说这么多。”他随后的话，让丁熙忠有些不知所措。

不知道对方的话是否属实，警方对丁熙忠曾多次提及王俊存在作案动机。现在他如此否定，难道凶手另有他人？丁熙忠头脑很乱。疗养院所发生的凶案，还有眼前王副院长背负着的贪污罪名，让丁熙忠的精神处于崩溃边缘。

“嗯，您说……”丁熙忠费劲咽了口唾沫，“杀害陈鳌鑫的嫌疑人是谁？”不想再往王俊伤口上撒盐，但他知道王俊和陈鳌鑫两人关系非比寻常。为了揪出幕后杀人凶手，他还是狠狠心问了出来。

“听警方说，他们正在追查姚鞘。”王俊不痛不痒地说了一句，又恢复了那种事不关己，高高挂起的样子。

“姚鞘是谁？”所到陌生的名字，丁熙忠不由得一愣。在他脑海里没有熟悉的面孔可与之匹配。

“他是陈鳌鑫的专职司机。”王俊用淡淡的口吻说道。

“他是杀害陈鳌鑫的凶手？”

“听说警方还没有找到人，具体细节尚不清楚。”

“真让人想不到啊！有些人真是知人知面不知心。”

“你说什么？丁院？”

“我说：‘知人知面不知心’。”

王俊抽了口烟，慢慢吐了出来，“我不明白什么意思。”他的嘴抿成一条直线，注视着院长。

“警方正在大力搜捕姚鞘，说明他有重大作案嫌疑。疗养院的几起凶案，他是逃脱不了干系了。”

“我看不见得。”香烟在王俊嘴唇上抖动，他的表情显得很复杂。“虽说我和陈鳌鑫是酒肉朋友，有时他能做出常人无法理解的事情，这是基于他有丰富的社会经验。但对于他的司机姚鞘，我也实际接触过。这个人虽然品行不端，媚附权贵，是典型的势利小人。但如果让他去杀人，打死他，他也没有那个胆量。”

看人的本事，王俊还是有的，丁熙忠毫不怀疑。这次他是否看走眼了，无法确定。

“老王，你说姚鞘背后还有指使者？”

“呵呵……这我就不知道了，对于一个即将身陷囹圄的人来说，凶手到底是谁都是无关紧要的事了。关键是我没有杀人。”

沉默。

丁熙忠伸手，从王俊手里把小半截香烟抢了过来，放入嘴里，使劲吸了一大口，想要麻痹自己紧绷的神经。待丁熙忠肺部压力舒缓释放后，透过袅袅上升的烟气，他瞅着王俊的面孔很陌生，这是以前从没有发生过的情况。

王俊默默从衣兜掏出自己的香烟，放到丁熙忠椅子扶手上。随后，他又往香烟盒上放了个一次性打火机。

丁熙忠摇摇头。对香烟，他不上瘾。稍后，他下定决心似的摆了摆手，“老王，您不要想得太多。我马上去趟市卫生局，看看你的事情还有没有缓和的余地”。说完，他上身前倾，把手里还未燃尽的烟头使劲捻灭在烟灰缸里。

“谢谢您，丁院。我知道给您捅下了天大的篓子。内溃已久，无可救药，只能听之任之。”王俊绝望无助的表情一览无遗。他从座位上起身，没有听从丁熙忠的招呼，径直走出办公室，顺手把房门紧紧带上。

丁熙忠双手抱头，呆呆凝望着王俊的背影。

丁熙忠应该掉泪了吧？

王俊神情沮丧地路过吸烟区，看到正在交头接耳说着什么的谭敏和郑宇凡，他移步上前，用友善的眼光分别看了他们一眼。“两位干将！今后希望你们继续努力，协助丁院长搞好全院工作。”他鼓励似的拍了拍两人的肩膀。然后，他目光对准谭敏，“老谭，以前很对不起你！”王俊握住对方的手，语调诚恳，好像是发自内心的道歉。没等谭敏从惊愕中回过神来，他毅然扭头而去。

看着王俊远去的背影，郑宇凡一脸茫然，“今天王副院长是怎么了”？王俊反常的举动，让他有点不适应。

“你还不明白？”谭敏向上翻了下白眼，也许从前两人积怨太深，他好像并不买王俊的账。他随即从鼻腔里又“哼”了一声，兀自作出判断，“他们阵脚全乱了”。

郑宇凡扬起眉毛，嘴角线上浮，脸上出现不屑一顾似的淡淡微笑，“你说什么乱了”？他轻弹香烟上积攒很长的烟灰。

“疗养院出了这么多事，他们领导谁能坐得住？”谭敏鼻子里，又轻蔑发出第二声“哼”，还是那副对所有事胸有成竹的样子，“你看着吧，好戏即将上演”。

郑宇凡对谭敏这种落井下石的言行很反感，“你怎么认为都是他们的错？”

“我不是凭空捏造，这与院领导有直接的关系。”谭敏瞪圆双眼，追溯着遥远的记忆，好像他已经看到内幕。

对方的话，很让郑宇凡吃惊。他把手中大半截香烟捻灭，“老谭，你什么意思？难道你知道详情？”

“王俊已被纪委约谈多次，估计他已交代受贿事实。警察一直再找丁院长询问案情，证明医院有内鬼，所有凶杀案都是里应外合的结果。刘爽负责的护理部连失两位得力助手，她真的是欲哭无泪啊。钟婉贞医生和高小藜护士应该参与了什么，才会惹上杀身大祸……”

“别说了！”郑宇凡粗暴地打断他。

“兄弟，你怎么了？”对方一反常态的暴怒的眼神，让谭敏有点小小的后怕。这种表情呈现在郑宇凡脸上，是谭敏从未见过的。他之所以经常找郑宇凡“谈心”，是因为对方有耐心，脾气好，而且还“很听”他的话。看样子，今天郑宇凡过往良好的“形象”要在谭敏面前彻底改变。

“难道失去高小藜和钟婉贞两位朝夕相处的同事，你反而由衷地感到高兴？你不能恶意诋毁她们。”郑宇凡双眉倒竖，怒目圆睁，恶狠狠地说道。

他不会动手吧？谭敏小腿肚子开始打战。“不……不，兄弟。你误会我的意思了。”谭敏双手忙不迭地放在胸前，“我是说，对于高小藜和钟婉贞的死，我也是深感悲哀。只是我个人认为，疗养院管理层面存在严重的漏洞。领导们只想自己的事情，完全忽略了我们的存在”。谭敏在寻找一个不是理由的理由。

不能排除他想看热闹的心理，郑宇凡十分反感这种幸灾乐祸的人。从某些方面来看，谭敏为人处世的手法与王俊有几分相似。郑宇凡露出一脸讥讽的表情，“我想，如果让你当上院长的话，就不会出现类似事情了”。

谭敏倚老卖老的样子，郑宇凡早就腻烦了。近期疗养院发生了这么多事情，每个人心里都不好受。今天他又说出一番事不关己，高高挂起的话来，着实让郑宇凡非常生气。

“兄弟，你怎么这么想？”

“你的所作所为，不得不让人这么想！”郑宇凡瞪着发红的眼睛，用轻蔑的口吻说道。

“你想得太多了，我不是这个意思。”

“不是这个意思？那你为什么把院长们面临的窘境说得如此透彻，这不是有备而来？”

“我们是在分析事情，像我这样年岁的人还有什么想法？”

“你胳膊肘不能向外拐啊！造成这样的局面，你想过始作俑者是谁？”

“纪委与王俊约谈，他是咎由自取；丁院长想配合警方揪出隐藏在疗养院的凶手；刘副院长应该是蒙受了不白之冤；两位医护人员的死，还值得警方深究原因……”谭敏还在努力解释缘由，但他不同情王俊。对于院长和刘副院长，还有两位逝去的医护人员，他还是倾向支持和理解。

“你猜测成分居多，而且毫无证据！”郑宇凡闷哼了一声，打了个非常霸道的否定手势。没等谭敏从惊讶表情里回过神来，他又学着对方的口气说，“老兄！以后静下心来，该好好享受你的天伦之乐，不要太操心了”。然后，郑宇凡轻拍谭敏浑厚的肩膀，摇晃着脑袋，带着胜利十足的姿态转身离去。

原地，只留下表情呆滞的谭敏，一个人久久地伫立在那里……

不知道谭敏所说的话是捕风捉影还是夸大其词，不过，郑宇凡从他所站角度判断，就算谭敏能耐再大，也不可能知道凶手是谁，更何况警察还没有给出最后结论。所以，这位“老人”与众不同的独特分析，他不敢苟同。但是，眼下几起凶案的确很复杂，让所有医护人员惶恐不安。无形之中，会让人联想下一个被害的人会不会就是自己。郑宇凡想，警察如能早点破案，所有人心理上的这种折磨就不复存在了。

“凶手到底在哪儿呢？”想到这儿，郑凡宇心里冒出一股无名之火。

八月六日，唐枫风尘仆仆地从市里赶了过来，第一时间找到了专案组组长龚戍诚，主动把她在市内调查的凶案情况做了汇报。

重点是她找到了徐莉莉，且把陈鳌鑫失踪前后以及司机姚鞘的情况全部摸排了一遍。唯一的遗憾，就是姚鞘还处于失踪状态。有些细节方面，她分析得甚至比警方还要缜密。龚戍诚从心里佩服她这种敬业精神。然后，龚戍诚把近期案情通报会、与丁熙忠的谈话以及王俊的犯罪情况告诉了唐枫，并说明王俊已向纪委主动坦诚受贿，写了一份详细受贿材料递交有关部门。

听了组长的介绍，唐枫感叹不已。王俊那句“他没有留下什么遗言吧”，竟然有这层深意。

王俊在疗养院充分行使了他的权力。借着副院长的职务，他调动资源，利用人脉，时刻打压丁熙忠。他还延续以往惯例，随意插手院内工程项目，安排医护人员岗位。不光如此，拔出萝卜带出泥，纪委还发现了另一桩受贿事实——他染指疗养院扩建征地拆迁的丑闻。王俊一手遮天的日子一去不复返，他最终成为金钱的奴隶，成也了法律的阶下囚。

龚戍诚小心翼翼地问道：“唐记者，刚才听您所言，好像您知道了谁是凶手?”

“我的判断应该不会错。”唐枫肯定地点点头。

“那么，我们怎么把他找出来?”

“龚组长，麻烦您联系疗养院现有领导和主管科室负责人，还有专案组各位成员，我们开个专题讨论会。”唐枫紧盯他的双眼，“在会上，我会给大家详细解说案情。”

“好的，我马上安排!”

第十七章

“这几天我没有去度假，也没有去报社，大概有人会猜想我去哪儿了……”唐枫说完一番耐人寻味的话，从座位上站起身来。她面对所有人，双手交抱胸前，用自信、威严的目光扫视左右。

长长的会议桌上，两边的人都在注视着她。整个房间沐浴着阳光，显得富有激情、活力。唐枫一改往日阴霾深思的表情，换成一副胸有成竹的样子，好像真相就在她眼前。龚戍诚揣摩不定，众人目目相觑。

“疗养院的几起谋杀案现在可以说是到了揭示真相的时候了……”唐枫自信地微笑，露出雪白的牙齿。她的笑容逐渐转变成一副严肃的表情，环视在座的每位成员。“首先，我要说一说，向峥嵘服用强心苷类药物致死的真正原因。”

安鹏下意识地把目光转向组长和自己的搭档，他发现龚戍诚双眼熠熠闪光，而梁涛则是瞠目结舌。究竟唐枫如何知道向峥嵘死亡的真相？她为什么没有跟警方说呢？难道所有案情全部出自于她的推理？安鹏拭目以待。

“向老意外死亡，是凶手未曾料想到的事情，而凶手真正的目的是要杀害陈鳌鑫！只是向老无缘无故作了牺牲品，从而推迟了陈鳌鑫的死亡时间。”唐枫思路清晰，开宗明义点明向峥嵘的死因，在座的各位不免有点诧异。

刘爽瞪大眼睛，死死盯着唐枫，一副惊愕的表情。丁熙忠双目盯着桌面，陷入了沉思。郑宇凡侧向挪动了一下身体，大有想仔细倾听的意思。谭敏双手交错抱在胸前，靠在椅背上，左右摇头，持怀疑态度。顾颂歌侧首，认真聆听正在解说的唐枫。参会人员全部竖起了耳朵。

唐枫双手放在桌面上，保持身体直立的姿势。她凝视半空的一个点，好像在回想记忆里某个细节。“七月二十一日，我们在和向峥嵘夫妇的闲聊中，得知他们夫妇要从 201 房间搬到 101 房间。但是，幕后凶手指使钟婉贞在值班室调换陈鳌鑫药品的时候——待会儿我再解释为什么要调换陈鳌鑫服用的药，不知道是偶然还是巧合，还是另有其他特殊原因，当天向老夫妇并没有从楼上搬到楼下。也就是说，钟婉贞把调换好的药品，对准了201房间，却没有想到向峥嵘没有从201房间搬下去。所以，造成第二天向峥嵘服错了药。其实，那药本应该是陈鳌鑫要吃的药。”

这段话足够惊人！原来钟婉贞受人指使准备调换陈鳌鑫服用的药，而向峥嵘却无缘无故地作了牺牲品。这是一件令人痛心的事情。

对此事反应最为强烈的人是刘爽。唐枫的话，她听得非常清楚、明白，原来凶手矛头要对准的人是陈鳌鑫。钟婉贞是护理部主任，究竟她受何人指使，做出如此违背医德的事情来呢？而她背后那位神秘的凶手，又为何要加害陈鳌鑫呢？

看着疗养院同行投向自己的怀疑目光，刘爽如坐针毡，全身毛孔哗的一声全部张开了。尤其谭敏蔑视的眼神尤为刺眼。“怎么样？还是你刘爽负责的护理部出了问题吧？”只是他没有说出口而已。

随后，唐枫把问题焦点转移了方向，暂时替刘爽解了围。“对了，我还要补充一点。说到向老服用的药品，我和警方查看过陈鳌鑫医疗档案，发现他患有高血压性心脏病，而向老患有慢性肺源性心脏病，两人所服药品有惊人的相似之处。但是，其中有至关重要的一点——向老正常服用的药品里，没有洋地黄这类药物，而他那天却吃了洋地黄类药物……”

不用唐枫赘述，结果显而易见——向峥嵘吃了陈鳌鑫要服用的药！

上次唐枫和安鹏找刘爽打听过陈鳌鑫的病情和体检报告，还有他所服用的药品。按照刘爽从医学角度的解释，没有发现异常之处。但是，唐枫多了个心眼。她请刘爽找到了向峥嵘病历，独自拿回去仔细琢磨，发现两人所服药品差不多。现在可以说找到了导致向峥嵘死亡的真正缘由。

唐枫真是有心人！

“如此说来，那天钟婉贞去值班室，的确在陈鳌鑫服用的药品上做了手脚，她并不是针对向峥嵘？”听到唐枫对案情的推理，龚戍诚冷峻的目光下是一颗不平静的内心。

困扰警方许久的谜案似乎尘埃落定。正是因为向峥嵘吃了陈鳌鑫的药，才出现了不良的药物反应，从而命丧疗养院。钟婉贞的目标就是陈鳌鑫。肖依娜离开之际，她把准备好的药，放到标有201房间号的塑料盒里。她没有想到一个弄错的房间号，竟然会引发一桩冤假错案。假如陈鳌鑫服用了钟婉贞配好的药，会发生什么不可逆转的情况？龚戍诚很想知道唐枫接下来的分析。

“是的。”唐枫斩钉截铁地说道。

“那她为什么要杀害陈鳌鑫？”凶手终极目标是陈鳌鑫，专案组讨论的时候，安鹏的怀疑很正确。只是龚戍诚还不明白，凶手为何兜了一大圈子，还牵涉好几个无辜者丧命。其目的究竟是什么，他很想知道。

“你且听我慢慢给你分析。”

唐枫镇静的目光扫视过医院几位骨干的脸庞，用沉稳冷静的口吻说道，“向峥嵘意外身亡后，幕后凶手为了转移警方的注意力，又人为制造车祸，把毫不知情的高小藜护士杀害。可见，凶手为达到个人目的，其手段极其凶残。不过，我认为二十二日那天，高小藜护士应该无意之中看到了钟婉贞偷偷换药的场景，否则她不会对顾颂歌主任提及‘知人知面不知心’这句让人浮想联翩的话。由此，凶手才会对她痛下杀手”。

唐枫对顾颂歌提供的消息念兹在兹。高小藜那句话验证了偷偷换药的那个人就是护理部主任钟婉贞。她当时颇为狼狈，顺嘴编出个理由，又赶快把药换了回去，然后打发高小藜离开值班室，好继续做她见不得人的罪恶勾当。

困扰众人许久的车祸和高小藜死亡之谜，按照唐枫的推理就不难理解了。凶手指使钟婉贞给陈鳌鑫配药，无意间让向峥嵘吃错药，然后嫁祸于高小藜护士。真歹毒啊！

但是，有一个问题始终困扰着唐枫。二十二日向峥嵘服错药死亡，直至二十五日高小藜护士遭遇车祸身亡的四天时间里，为什么高小藜没有向任何人提及自己所看到的钟婉贞卑鄙的行径？难道她受到了人身威胁，还是一直在作激烈的思想斗争？

唐枫仔细分析过上述问题。不过，最后她得出一个自己也不愿意承认的事实——高小藜善良和懦弱的性格，葬送了她如花似玉的生命。

或许，高小藜一直在等待钟婉贞回心转意，希望对方能给自己一个合理的解释。其实，高小藜至死也不会明白，向峥嵘死亡的原因是他错服了陈鳌鑫的药。

天真和善良伴随着“家丑不可外扬”的想法，时刻充斥着高小藜矛盾的内心。可是她却没有想到对手的凶残和狡诈——她的生命已被绑在倒计时的车轮之上。

为高小藜逝去的年轻生命而惋惜，唐枫黯然神伤。

“任仲斌的离职与高小藜的死亡有没有直接关系？”始终沉默的安鹏，很想知道两者之间有无牵连。当初，他和唐枫讨论过任仲斌辞去食堂管理员一事。他个人感觉，任仲斌离职比较怪异，但苦于没有一个合理答案。

听到安鹏的提问，唐枫回过神来，“那只是凶手的一个幌子，想干扰警方侦破的视线”。她肯定地给出了答案。

唐枫微微侧首，用手把脸一侧的头发撩到耳后，“任仲斌是位面包车司机兼采购员，他于七月二十四日辞职。高小藜在七月二十五日晚又被撞身亡，按这个推理，任仲斌的嫌疑最大，但他不具备作案动机。”

不用说，凶手狡猾地利用了任仲斌离职的幌子，想转移警方的注意力。

“其次，高小藜意外身亡，是凶手深思熟虑后做出的决定。当晚下着大雨，凶手让人利用公用电话把高小藜引到车祸现场。然后，白色面包车司机早已做好准备，用改装过的车辆实施犯罪，这全部是熟人作案，且打电话的人与高小藜关系十分密切。”

“打电话的那个人是谁?”梁涛下意识地问道。

“她就是钟婉贞医生!”唐枫冷静的目光逐个扫过两位院长和科室负责人脸庞后，说出了疗养院医务工作者们既想知道，又不想承认的事实——钟婉贞竟是杀害高小藜的帮凶。

又是钟婉贞!向峥嵘和高小藜的死，两起命案与她都有直接关系!匪夷所思!凶案情节仿佛大大出乎人们的意料，尤其是疗养院的医护工作者，每个人都吃惊不已。

钟婉贞脾气有些古怪，不合群、性格孤傲，存在重领导、轻同事、爱攀比的心态，但她良好的业务素质，还有对工作负责的态度，所有医护工作者有目共睹。究竟有何恩怨，她要谋害高小藜?这让护理部的其他同事从感情上无法接受。在座的人，尤为难受的是刘爽，她心如刀割。她用颤抖的双手捂住脸颊，汹涌的泪水透过指缝渗透出来，不知是承受不住眼前的结果，还是不太相信唐枫的说法。

会场发出一片交头接耳的声音。刚开始丁熙忠还比较沉着冷静，随着剧情的深入，他在椅子上不停地挪动身体，好像有点如坐针毡。听到唐枫提到钟婉贞时，他似乎再也忍不住了，旁若无人地大声笑了起来，“哈哈哈……唐枫记者，请你专业点，别在警察面前说这种玩笑故事。你的推理酷似臆想症，根本不着边际。说心里话，我是越听越糊涂。你难道不觉得你的解说自相矛盾吗?钟医生和高小藜两人亲如姐妹，她为什么要害高小藜?凶手又为什么杀害陈鳌鑫?”

丁熙忠说得很有道理。在旁人眼里，钟婉贞和高小藜两人是上下级关系，从表面上看，两个人关系相当不错。唐枫所说钟婉贞杀害高小藜的理由比较牵强，而陈鳌鑫又做出何种事，非让凶手一定要杀他呢?这都是谜团。

“下面就是我要说的，钟婉贞也是受了别人唆使!因为她的幕后指使者，也就是那位元凶，掌握了她的把柄，让她不得不这么做！”

又是一则重磅消息，看似与案情毫不相干的人，现在全部牵涉进来。唐枫葫芦里究竟卖什么药？

谭敏招牌式的微笑留给郑宇凡很深的印象——他想看唐枫的笑话。喜欢看别人失误和出糗，这是他的一大嗜好。

“什么？唐记者你能不能说明白点。”不知是紧张，还是想急于知道结果，梁涛脑门上冒出密密的汗珠。

“开始我有点疏忽，并没有把钟婉贞纳入本案视线范围之内。后来我回到市里，在公安部门协助下，通过公用电话亭运营商查出高小藜出事的当天，从市里打电话的那个人就是她！”这是钟婉贞另一个犯罪的佐证。

面对梁涛焦急的目光，她还是一副沉稳的表情，“笔录中，钟婉贞陈述二十五日她在家休息，当天晚上参加了一个朋友的婚宴。经我这几天的调查走访，她的确参加了婚宴不假。但距离婚宴酒楼外三百米的公路边，就有一个公用电话亭。经我与警方查证，那天晚上十九点十五分、十九点三十五，有人和高小藜通过两次电话，用的就是这部公用电话号码。排除与高小藜毫不相干的人，熟悉她电话的人只有当时在场的钟婉贞主任了”。说完后，唐枫把目光投向龚戌诚。

面对她求证似的目光，龚戌诚肯定地点头。通过警方，她的确查证过一系列电话。想不到，她竟然查到了那天晚上，钟婉贞假借休息参加婚宴其实是个幌子，钟婉贞想用公共电话把高小藜引诱到车祸现场。要查到这些细节很不简单，唐枫真是有心人！

“太荒唐了，这根本不可能！”谭敏收起招牌式的微笑，从座位上忽地站起身来，他刚刮过的络腮胡子，因为激动，面庞有点发青，“钟医生业务能力很强，做事认真负责，而且在疗养院口碑一直很好。我认为她不会做出这种伤天害理的事情”。他急于为钟婉贞辩解。

以前，他还说过钟婉贞不怎样，现在又站出来替她说话。看来，王俊后继有人了。郑宇凡优哉地观望。

“正如您所说，钟婉贞善于伪装自己。她的外表迷惑了大家，才使我们原来的侦破方向错误！”唐枫最后给出了答案。

郑宇凡瘪瘪嘴，向谭敏投去不屑一顾的目光。谭敏似乎想要再说点什么，当他发现郑宇凡古怪的眼神，随即坐回原位，脸上闪现出一副黯然神伤的表情，侧头沉思不语。“想看我笑话？没门！”

唐枫稍微停顿，看没有人再发言，轻轻地吸了一口气，“其实，陈鏊鑫的死亡早就安排好了。凶手的最终目的就是要置他于死地。至于原因，我待会儿再说”。又一个悬念留给了众人。

向峥嵘服错药物导致死亡，涉及护理部两位医护人员，她们先后又被可疑的车祸和蹊跷的自杀灭口，中断了警方继续调查的线索。究竟高小藜和钟婉贞知道什么内幕，才导致她们有如此令人心痛的结局？作为护理部负责人的刘爽，会不会在唐枫接下来的解说中，扮演一个重要“角色”呢？

丁熙忠摘下眼镜，眉头紧锁，双目紧闭，右手两根指尖捏住鼻梁根部，好像在深深思索。郑宇凡呆呆的眼神仰视虚空，一副茫然失措的样子。谭敏双手交错放在胸前，低头盯着桌面，失神的眼睛充满迷茫。顾颂歌用一种复杂的目光注视着刘爽，说不出是无奈还是心疼。

疗养院发生如此骇人听闻的事件，到底是管理上出了纰漏，还是有人故意诋毁而为之，值得每个医务工作者深思。

唐枫特意留了一个思考机会，让每个人慢慢消化她刚才所言。

看到众人沉默不语，她继续解说陈鏊鑫死因。“凶手知道陈鏊鑫只喝茗蔻矿泉水的习惯，把他约了出来，趁某个机会，把事先准备好的砒霜放入了他的矿泉水瓶里，等到他喝下矿泉水直至药力发作死亡。然后，凶手把尸体放到奔驰旅行车上，稍后又把车开到无监控断头路的尽头。凶手下车打开平房的房门，把上吊用的绳子进行了固定、打结，就单等夜晚的降临……”

“唐记者，杀害陈鳌鑫系凶手一个人所为?”龚戍诚皱着眉头，把心中的疑团说了出来。

“对”，唐枫干脆地回答，“我们原来被草地上的脚印迷惑了许久，后来经过我多次验证才发现，二十九日晚上，凶手是背着死去的陈鳌鑫走进废弃平房里的。因为，草地上遗留的那双脚印，要比一个正常行走的人深了许多。而且，凶手现场伪造陈鳌鑫自杀假象之后，还故意把他脚上穿的皮鞋与陈鳌鑫的鞋子做了调换，想借此来迷惑警方”。

噢，心中那个谜团终于被解开了。原来，唐枫和两位警察就脚印问题争论很久。回想起来，有一天，安鹏看到唐枫独自拿着一双男式皮鞋和他走了个对面。她手中那双鞋没有什么特别之外，只是鞋底和鞋帮上有许多泥土。原来，她始终一个人潜心研究鞋印与陈鳌鑫的死因。实践出真知，真了不起！安鹏暗暗为唐枫竖起了大拇指。

“这起连环谋杀案从一开始到结束根本连不起来，对此我反复思考过。这中间有预谋也有偶然，凶手伪造了从开始到结束连起来的假象。可见，其背后有常人难以觉察的秘密。但只要解开这个秘密，所有伪造的假象也就不攻自破了。”唐枫看穿了凶案背后隐藏的秘密。

“听你的意思，你好像知道谁是凶手了?”丁熙忠戴好眼镜，似乎实在忍不住，在一旁迫不及待地问道。

“是的，我知道了。”唐枫从容不迫的目光，盯着丁熙忠那双若无其事的眼睛，“丁院长，钟婉贞的自杀，对你而言真是件好事，省了你亲自动手杀她了吧”?

于无声处听惊雷，所有人把视线全部聚焦在丁熙忠身上。

“什么……”丁熙忠整个人浑身一怔，仿佛触电一样从座位上弹起来。他那布满血丝的眼睛，不停地快速眨巴起来，“唐记者，你在说什么？我不明白”。

“其实，疗养院这几起谋杀案中到处都有凶手的足迹！向峥嵘服错药意外死亡、高小藜遭遇车祸、陈鏊鑫被杀和钟婉贞的自杀，都留有凶手的影子。眼下，凶手就在这个房间里。”

大家面面相觑。凶手是谁？唐枫怎么能说出这种有伤大雅的话来。在座除了警察组成的专案组成员，就是疗养院领导和科室负责人。这些人都是专业的医护人员，有谁会做出如此丧尽天良的事情来呢？

否定、怀疑、忧虑充塞整个房间，众人觉得唐枫的判断有失偏颇。

首先，梁涛脸上的表情变得难看起来，觉得唐枫这么说有些不负责任，赶紧起身打断道：“唐记者，您在说什么？今天参与会议的不就是专案组和疗养院人员吗？难道其中还有另外的人不成？还是说，凶手就隐藏在我们中间？”

“是的，凶手就在我们中间。”唐枫简短有力地说道。

“什么？是谁？”梁涛双眼迸发出光芒，实在有点把持不住自己，他很想知道谜案背后凶手的模样。

唐枫竖起自己右手食指，大家目光“刷”地一下，全部聚焦到她这根纤细的手指上。“本次连环杀人案，有许多不可思议的地方。现场除了四个被害人之外，还有三条神秘的短信提示，这些全部指向了一个人，那个人会是谁？他就是——丁熙忠院长！”唐枫不紧不慢地说道，伸出的食指指向了丁熙忠。

“哈哈……简直是天大的笑话！唐记者，你无中生有的本事和凭空的想象力，真是太精彩了！哈哈……此处应该给你点掌声，我为你精彩的演讲鼓掌，哈哈哈……”丁熙忠的嘴里发出一阵癫狂的笑声。

唐枫不会无缘无故地怀疑一个人。她阐述的案情，其实也非常契合龚戍诚的分析。在她点拨下，龚戍诚在心里逐渐印证和看清了一些鲜为人知的内幕。

龚戍诚视线猛地射向了丁熙忠，语气相当严厉地说道：“丁院长，唐枫记者好像不是在开玩笑吧！按她的推理，我们不得不认为你就是那个草菅人命的元凶。请你为自己辩解一下。”说完，龚戌诚犀利的目光紧盯丁熙忠。

“哈哈哈……龚组长，你要我为自己辩解？对于唐枫这种凭空想象的推理，我觉得根本没有必要辩解……好，我要说的，就是请她出示相关的证据。唐记者，希望你拿出确凿的证据。喂，请马上出示证据！”

“证据？我现在还无法提供，不过下面我将为大家分析疗养院整个谋杀案的来龙去脉。”唐枫略带遗憾的口气，显得有些无奈。没有真凭实据，不能定给丁熙忠定罪。但是，唐枫能还原他作案动机。

第十八章

唐枫脸上还是一副从容不迫的表情。她起身离开会议桌，推开身后的椅子，转身来到主席台投影位置。她就像授课老师一样，可以俯瞰众人的面部表情。

“下面，我把整个谋杀案反推一遍，看一看到底是什么原因，引起疗养院一系列连环杀人案。”她从疗养院发生凶案的背后，揭示出案发的缘由。

“钟婉贞医生的自杀，说明了她在整个连环案件中，受到了自己良心的谴责，最终导致了她悲惨的命运。但那编写好却没有来得及发出的那条短信，并不是出自她本人之手。”

钟婉贞自杀是真，原来她手机里的短信，竟然是人为捏造的假象。不可思议，众人难以置信。

“啊，那条短信不是钟婉贞医生写的？”刘爽用湿润的眼眸望着唐枫。她刚想明白向峥嵘的死还有高小藜的命案，全部牵涉到一个她熟悉的人——护理部主任钟婉贞。现在唐枫又说，钟婉贞自杀是真，遗言是假。眼前真真假假，假假真真，是非曲直让人很难辨认。从精神上，她已经承受不住大量信息的冲击，处在思想崩溃的边缘。

唐枫走到她面前停下脚步，看着一副哀伤迷惑表情的刘爽，不由轻轻地叹了口气，“对，那条短信出自于谁呢？那就是凶案的始作俑者丁熙忠之手。”她把愤怒的目光，又再次射向了道貌岸然的院长。

“哈哈哈……荒唐之极，你能说明我是什么时候编写的短信吗？为什么钟婉贞手机上没有留下我的指纹？”丁熙忠翘着二郎腿，歪着头，作出一副悠闲的表情问道。

没有回答丁熙忠的提问，唐攀昂首面向众人，她把双手扶在刘爽的肩上，“七月三十一日晚上十点钟左右，钟婉贞在自己办公室服用了过量安眠药。可是最先发现她死亡的人是谁？就是丁熙忠。第二天早上八点，他同一名保安，打开了反锁房门的护理部办公室。时间不长，从房间急匆匆走出来报案的只有保安一个人。等到众人赶到的时候，丁熙忠已独自在护理部办公室待了将近五分钟。在此时间段内，他用钟婉贞手机编写短信转移警方视线，甚至把不利于自己的一切罪证全部销毁，其中还包括钟婉贞的遗书……”

“哈哈……笑话！什么短信？什么遗书？谁看到了？我为什么要这么做？”丁熙忠双肘撑在桌面上，歪着脑袋，双掌向上摊开，接连向唐枫发出一连串的反问。

从他眼底透出一股阴冷的杀气，“唐大记者，你能否告诉大家，到底是什么深仇大恨，会让我这么做”？

“我非常遗憾地告诉您，二十九日办公楼监控已安装调试完毕。大概是你这几天太‘费心’的缘故，自己没有注意到。另外，钟婉贞知道你和徐莉莉两人之间的暧昧关系！她始终是你手中的一枚棋子。”唐枫这席话，无疑像一道惊雷，在众人头顶炸响！

所有人目光不约而同转向了丁熙忠，刹那之间，他双手狠狠地攥紧头发，脸色变得灰白，毫无血色。

绝对是爆料！郑宇凡和谭敏，两个人不约而同挺直了腰板。刘爽和顾颂歌则是用诧异的眼神，交替盯着既熟悉又陌生的院长。这都是真的吗？

丁熙忠文质彬彬、正人君子的形象已深入人心。这么好的一个人，怎么会联手钟婉贞做下见不得人的勾当，又痛下杀手把她置之死地呢？

一位是令人尊敬的院长，一位是疗养人员的妻子，他俩之间竟有绯闻？唐枫从哪儿听来的消息？至少疗养院在座的所有人，听到这样的叙述，从心里引起了巨大的震撼和共鸣。大家都拭目以待，想听唐枫下面的分析。

“我在钟婉贞办公桌的抽屉里，发现了一本疗养院笔记本。这是她工作的记录本，所有工作她记录得很详细，但唯独没有七月三十一日的记录。按道理说，她深夜十点左右服药死亡，当天下班后应该撰写了工作记录。经我仔细翻阅，发现三十日工作记录后有被撕掉过的痕迹，而且夹缝里纸张边缘极为不整齐。所以，我断定那是她经过激烈思想斗争，在记录完当天工作之后，顺手写下的遗言，她想把真相呈现在众人面前。八月一日早上，丁熙忠发现记录本留有遗言，内容对他有百害无一利，就赶忙把两页纸张（包括工作记录和遗言）撕下销毁。至于丁熙忠在钟婉贞手机上留下的短信，只不过是想把所有罪行强行加给对方而已。”

“他为什么要这么做？”刘爽眼睛力迸发出迷惑不解的目光，扭头仰首注视着唐枫。

钟婉贞在拿自己的生命与狼共舞，她行走在刀尖上——这是不容争辩的事实。

“刘副院长，您使用香水吗？”真是答非所问，刘爽有点发愣。唐枫什么意思，不正在讨论丁熙忠犯案细节吗？怎么又提及香水？眼前的记者与众不同，无人能猜透她的心思。

“不过，刘副院长您现在不用给我解释。从香水发现案情的线索，是我最大的收获！”看着刘爽迷离的眼睛，唐枫提起香水的话题，显现出一副自信的表情。

“七月二十一日，我在一号疗养楼下碰见徐莉莉，就在她经过我身旁的时候，我闻到了一种特殊的香水味道。当时我断定，她在使用这种香水。说到这儿，我要给大家解释下，大概是我本人有过敏性鼻炎的原因，我对所有味道比较敏感。这次，我回到市里，另一项重要任务就是在商场仔细寻找这种香水。我对比过香奈儿、迪奥、兰蔻……这些味道与我闻到的都不同。但是，前几天，安鹏邀我到徐莉莉家询问关于陈鏊鑫死亡一事，在她哭泣的时候，我走到她身边，无意中又闻到了这种熟悉的味道。我又瞥见她梳妆台上有‘欢乐’香水。后来，我再次去商场找到这种品牌的香水，前后做了充分的比较，这种香水味道，与我当时在疗养院闻到的非常相似。所以，我原来的判断是正确的！”

安鹏他们去徐莉莉家的场景在他脑海里慢慢复苏。唐枫起身劝解哭泣的徐莉莉时，的确在梳妆台前愣了半天。目睹异常的一幕，安鹏感觉她好像发现了什么东西。但那种特殊场合，他不好意思开口询问。后来，这个小小的细节，他就慢慢淡忘了。想不到的是，唐枫竟然发现了自己想找的东西！

踏破铁鞋无觅处，得来全不费工夫——上天真是眷恋唐枫这样的有心人。

“这种特殊的香水味道，还出现在七月二十四日晚上的办公楼。噢，我想起来了，丁熙忠办公室附近也存在这种香水的味道。那天正是高小藜护士出车祸的前一天，我事先在电话里约好他，要向他询问向峥嵘意外死亡的一些情况。但是，那天他却爽约了。给他打电话，提示是关机状态。不过，依据我的推断，当时徐莉莉就在他办公室，两人正在密谋第二天针对高小藜的车祸。所以，现在回想起来，他们之间的关系真是非比寻常……”

龚戍诚对唐枫的分析给予肯定。看似毫不关联的琐碎小事，经过细致周密的调查，真相就会慢慢浮出水面。这是警察在破案过程经常遇到的情况。所以，在警校里他的老师曾经谆谆教诲，“不要笃信时运，而应坚信思维”。

“哈哈……笑话，天大的笑话！各位，我还有正经事要做，我先告辞！”苍白的脸上露出一丝绝望，丁熙忠双手扶着桌面，摇摇晃晃站起身来，他想退席。

龚戍诚从座位上站了起来，用命令的口吻说道：“丁院长，请您等一下！唐记者刚才所说疗养院的案情，全部涉及您本人。所以，现在我们专案组不得不怀疑您。现在请您坐下！”然后他又用严肃的表情面对众人，“各位，请不要打断唐记者的讲话，让她把整个案情讲完”。维护好会场秩序，龚戍诚落座。

丁熙忠拙劣的表演，更让唐枫增添了揭示真相的信心。唐枫踱步到自己座位边，但并没有坐下，她略微停顿了一会儿，“钟婉贞为什么会成为丁熙忠的帮凶？那是因为她早知道丁熙忠和徐莉莉之间不同寻常的关系。在市公安局协助下，我查看了钟婉贞的银行账户。七月二十一日、二十四日、三十日有人用‘张某某’身份证办理的银行账号，分三次将二十五万元汇到她的银行卡上。按常理推断，她名下没有公司，也没有基金、证券和股票之类的生意。单凭她从事医生的工作，不会在短期有这么多的收入。所以，可以断定丁熙忠和徐莉莉，用与本案毫无关联的陌生人的身份证办理了银行卡，然后他们用金钱绑架了钟婉贞，让她在连环杀人案里扮演了一个非同寻常的角色”。

龚戍诚佩服唐枫细致周密的分析，她曾多次找警方寻求一些资料。当时不知道记者要干什么，因为涉及当事人的隐私，他还反复掂量过。至于钟婉贞账户钱多出来的原因，专案组成员认为不太正常，只是苦于没有找到与之相联系的缘由。唐枫把搜集到的证据，以逻辑推理为主线，理顺下来。按她的说法，钟婉贞账户上的钱，现在有了一份合理的解释。

安鹏和梁涛互相点头，认同这个说法。

“所以，造成钟婉贞人生悲剧的，是她无法承受错失杀害向峥嵘和故意诱骗高小藜发生车祸导致其死亡，这两个巨大的心理包袱。最后她经受不住自己良心的谴责，选择服用过量的安眠药了断此生。这也是连环案中的偶然。”

钟婉贞的死因，刘爽完全听明白了——丁熙忠用金钱买通钟婉贞，作为帮凶的她被逼无奈自杀之后，丁熙忠又想出嫁祸于对方这种丑恶的伎俩。如果幕后操纵者是丁熙忠的话，他为什么要这么做？这也是刘爽百思不得其解之处。

“我手机先后收到三条短信，内容与三个被害人有关，这是丁熙忠早有预谋的事情。他想利用短信手段干扰警方的侦破方向，提前向我们传达“被害人就是凶案嫌疑人”的错误信息。”

提起短信，安鹏与梁涛向组长投去敬佩的目光，他们开会讨论过这个问题，龚戍诚对短信的分析与唐枫的说法相当吻合。

“我们再来说一说陈鳌鑫被谋杀的经过。”按照被害人由后至前的顺序，唐枫为大家解说倒数第二个人的被害原因。

“为什么丁熙忠和徐莉莉合伙杀害陈鳌鑫？那是缘于徐莉莉这场看似风光鲜亮，其实内心苦闷的婚姻。那天我和两位警官去徐莉莉家，我在询问她时，她曾说过这样一段话：‘现在的世界上，无论正义还是爱情都不起作用，而是金钱驱动的！’这番话表面上看是在说陈鳌鑫，其实表露出她对金钱狂热的追求。”

那天，徐莉莉的确说过这样的话，原来她是醉翁之意不在酒。安鹏露出会心的微笑。

“在徐莉莉和陈鳌鑫年龄悬殊的婚姻中，两人明显出现了代沟。她借来疗养的机会，和丁熙忠发展出了男女不正常关系。我曾私下衡量过他们两人，一个是寻找感情寄托的美丽女子，另一个是羡慕对方年轻貌美的男人。他俩真是一拍即合。另外，陈鳌鑫经营的建筑公司，徐莉莉持有60%的股份。还有一个重要原因，就是陈鳌鑫为自己投保了巨额人身保险，而受益人就是他的妻子徐莉莉。"

曝光了丁熙忠的隐私，谭敏不住地咂舌，仿佛这是他意料之中的事。郑宇凡一脸沉重的表情，像事实比他们想象的更为离奇。顾颂歌和刘爽不住地摇头，一副无法释怀的表情。疗养院医务工作者们没有想到，丁熙忠城府比王俊还深，真是深藏不露。虽然，高小藜那句"知人知面不知心"不是针对丁熙忠而言，但用来比喻他正是恰到好处。

"综上所述，在徐莉莉的授意下，丁熙忠只能借用陈鳌鑫来疗养的机会，造成他本人误服药物致死的计划。但事与愿违，向峥嵘成了牺牲品。这也是一起偶然事件。"唐枫言罢，双手撑在桌面，侧首盯着刘爽。

刘爽不住地点头，自己苦苦寻找向峥嵘服错药的原因，记者已明确给出了答案。原来，丁熙忠要杀害的人是陈鳌鑫。不管怎么说，她负责的护理部出了这么一档子事儿，自己终究是替罪羊。想到这儿，她愤怒之极，怒目圆睁，直视丁熙忠。而她却看到院长与往日截然不同的脸色——人即将死亡，面如死灰的那种颜色。

"陈鳌鑫服药还有重要的一环，就是他的体检报告。事实上，这是丁熙忠为了掩人耳目，做的小动作而已。陈鳌鑫说他心电图异常，心脏病有加重趋势，这和他服用的药物有直接关系。其实丁熙忠早有计划，循序渐进，不露声色地调试他自己的'配方'给陈鳌鑫服用。"

看似一份正常的体检报告，竟然也被丁熙忠作为杀人工具加以利用，真是煞费心机！

唐枫把目光转向刘爽，"刘副院长，您能给大家解释下陈鳌鑫病情加重的原因吗"？

刘爽踌躇地站起身，脸色由于激动而变得苍白，"真没有想到……"她口里喃喃说道。不知她是在作激烈的思想斗争，还是提及陈鳌鑫的死因令她失态。

“我要说得是……患者如有高血压性心脏病，慎服强心苷类药物，这类药物里含有地高辛、去乙酰毛花苷、洋地黄毒苷、毛花苷丙、毒毛花苷K等。患者如有慢性肺源性心脏病，由于肺心病导致的缺氧，可使心脏对洋地黄的敏感性增高，极易发生中毒，出现各种心律失常，甚至猝死的情况。而陈鳌鑫患有高血压性心脏病，向峥嵘患有慢性肺源性心脏病，所以……”话未说完，刘爽颤抖的声调被哽咽的声音止住了。真相大白，刘爽终于洗脱了她嫌疑人的罪名。

在唐枫看来，刘爽所言为本案提供了有力的物证。丁熙忠和钟婉贞，正是给陈鳌鑫服用洋地黄药物，想加重其病情，达到他们想要的结果——让陈鳌鑫在正常服用药物过程中，病情恶化从而导致死亡。人算，不如天算。他们万万没有想到的是，向峥嵘却误服了洋地黄类药物。

“非常感谢您，刘副院长。”唐枫颔首致谢，伸手请对方坐下。

低头微微向唐枫致谢后，刘爽如释重负般坐下。谭敏看待刘爽的眼神，多了一份理解和包容。郑宇凡在旁边瞅得很仔细。

“后来陈鳌鑫发现自己体检报告有问题，而且还伴有身体不适等症状，就去找丁熙忠，并威胁要到卫生局反映情况。回想起七月二十八日，我和两位警官去院长办公室的时候，与丁熙忠在房间里说话的那个人，应该就是陈鳌鑫。丁熙忠当着对方的面训斥钟婉贞，只不过做个样子，是想让她背工作失误的黑锅。所以，当时钟婉贞应该觉得自己生命受到了威胁。陈鳌鑫找到丁熙忠说，他就是‘通过其他医院，发现了自己所服药的秘密’。这时商人逐利的嘴脸暴露无遗，他想借机敲诈丁熙忠一笔巨款。那时，丁熙忠稳住对方的同时，从心里动了杀机！”唐枫继续解说陈鳌鑫的死因。

院长办公室门口钟婉贞难堪的一幕，在相当长的时间里，给安鹏也带来了困惑。听到唐枫的推理，他才明白，原来一系列谋杀事件，全部是一环紧扣一环。丁熙忠有十分明显的作案动机。

“现在唯一的遗憾，就是陈鳌鑫丢失的那个茗蔻矿泉水瓶子没有找到。如果找到的话，那么可以说这就是他死亡的证据。”唐枫为一个瓶子而惋惜。

接着，她把先前纳入警方视线的嫌疑人王俊，做了详述：“丁熙忠为了达到转移警方侦察视线的目的，主动把王俊负责的工程建设情况汇报给警方。他想达到一箭双雕：一是经过专案组和卫生局核实，审计部门发现部分项目结算工程量与现有图纸工程量不符。最后纪委介入调查，确认王俊与陈鳌鑫暗地存在金钱交易，证据确凿，不容狡辩；二是王俊负责所有建设项目时，均接受了陈鳌鑫的贿赂。后来，经过他本人激烈的思想斗争，彻底改变了先前抵赖不承认的态度，主动向纪委说明情况和上缴了部分赃款，他正在接受组织和相关部门的处理。可以说，丁熙忠丢卒保帅的目的达到了。另外，他把高小藜与陈鳌鑫之间的关系‘有意或无意’地向警方透露出来，又把王俊与陈鳌鑫在工程项目上问题牵涉进来，实际上想把警方焦点全部转到王俊和陈鳌鑫身上，真可谓耗费心机。很可惜，他移花接木的目的没有达到。”

唐枫这番话，把在座的各位说得目瞪口呆，尤其是疗养院医护工作者。这也验证了当年丁熙忠能当上院长与王俊鼎力支持有直接关系的说法，那就是他们私底下订的“攻守同盟”——谁也不干涉谁的事务，你挣你的钱，我当我的官，泾渭分明。

王俊肆意妄为，凌驾于院长之上，正是因为有了丁熙忠的默许。可见，一损俱损，一荣俱荣，正是他俩真实的写照。原来谭敏的分析很有道理，郑宇凡眼角余光，瞥见谭敏正用异样的眼光紧盯自己。那种意思分别在说：“兄弟，怎么样？还是我猜得准确吧？”

郑宇凡的眼睛始终注视着唐枫，没有回应谭敏的目光。“还是‘老人’利害！”在他心里，不得不佩服谭敏独特的眼光。

“我们再来说一说高小藜的车祸。”把陈鳌鑫的死因交代明确之后，按自己思路，唐枫开始分析高小藜的遇害经过。

“钟婉贞受丁熙忠指使错杀了向峥嵘，又鉴于高小藜无意中看到钟婉贞换药的恶行，于是他俩决定把警方的注意力转向无辜的受害者——高小藜。我长时间思考得出，丁熙忠买凶杀人！那天，七月二十五日，丁熙忠怀着忐忑不安的心情，独自在值班室苦苦等待一个消息，他想知道雨夜白色面包车制造车祸是否成功。”

如此说来，丁熙忠当天值班也是早已算计好的。唐枫说“买凶杀人”，那个开面包车的人到底是谁呢？安鹏聚精会神地听着。

“当晚，在钟婉贞电话的再三催促下，高小藜冒着大雨匆匆地走向街道对面，其实就是去和死亡约会。关于钟婉贞是编造何种理由，把受害人引到车祸现场，面包车司机又是怎样实施作案细节的，现在还不得而知……”

看来，只有抓捕到肇事司机，或者作为主谋的丁熙忠供述后才能明白。

最后，唐枫分析向峥嵘死亡的原因。一系列谜案，与唐枫听到的那半句看似无关紧要的话有关，所有推理基础全部是建立在它之上。

“向峥嵘意外死亡，最为重要的一点就是七月二十一日下午，我听到丁熙忠、钟婉贞和某位神秘的人在值班室里谈论‘……楼上……你……’。后来我经过仔细琢磨，那就是他们在商量调配即将搬到201房间的陈鏊鑫的药。可以说，那位未露面的神秘人扰乱了我的正常判断。我原以为那是高小藜或其他护士，但钟婉贞刻意的锁门，却暴露了她胆怯的一面——值班室除了丁熙忠和钟婉贞，实际上并没有第三者存在。钟婉贞说‘楼上……待会儿你去吧’，其实她是在和自己说话！她枉费心机给我摆下迷魂阵，就算以后东窗事发，那位并不存在神秘的人，才是警方重大的嫌疑人！只是当天，向峥嵘夫妇不知是出于什么原因，没有从楼上201房间搬到楼下101房间。”

在座各位不解地你看我，我看你。之前唐枫的解说，还能得到众人认可，但对于这个说法，大家多少存有异议。如果单凭这词义不全的半句话，就能确定丁熙忠和钟婉贞密谋杀害陈鳌鑫，是不是所有人之间的谈话都很可疑？

唐枫看出了众人的疑惑，她微微露出笑容。好像对待这个问题，她准备得十分有把握，“其实，七月二十一日我在疗养楼下看到王俊迎接陈鳌鑫夫妇时，他们夫妇之间发生过小小的争执。起因就是他们原来要住的是 201 房间，不知当时因为疗养院人多，还是住房紧张的缘故，却是向峥嵘夫妇住在了 201 号房间。所以，王俊临时安排他们夫妇改住 101 房间，当然这个结果使徐莉莉很不满意。丁熙忠原计划就是要安排陈鳌鑫住 201 房间。后来，他中途把向峥嵘夫妇从楼上 201 房间，调到楼下 101 房间，其目的不是为了方便向峥嵘夫妇，而是准备实施对陈鳌鑫的杀害计划。至于丁熙忠为什么非要选择在 201 房间作案，目前我还不知道”。

唐枫说到这儿，大家心里敞亮明白了。计划赶不上变化，智者千虑，必有一失。丁熙忠没有想到事情中途会有变化。王俊无意间的一个小小举动，却帮了丁熙忠的倒忙。“多行不义，必自毙。”丁熙忠应验了这句老话。

一系列凶案，唐枫按自己推理，全部呈现在众人面前。许多人还在细细咀嚼其中的细节。

“对不起，我插一句。唐记者，有一点我还不明白，陈鳌鑫死后，是被谁挪到小平房的。”唐枫细致的分析得到龚戍诚的赞赏。不过对于杀害陈鳌鑫的人，他还是心存疑惑。

唐枫回过味来，刚才交代陈鳌鑫被害经过，的确缺失了凶手主角的踪迹。“噢，多亏龚组长提醒，现在我把这个疑点给大家解释一下。七月二十九日上午，陈鳌鑫乘坐他司机姚鞘开的奔驰旅行车离开疗养院。大概是某个人在疗养院外，事先约陈鳌鑫出来见面吧。他们见面后不久，陈鳌鑫自己开着车再次返回疗养院，而他的司机姚鞴，此时没有随他返回。陈鏊鑫回到疗养院后，就与丁熙忠待在一起。丁熙忠瞅准时机，把事先准备好的砒霜，放到了对方的矿泉水瓶里。他这样做的目的有三个：一是可以躲避院内监控视频，最为重要的是他要刻意躲避大门口的监控。旅行车出去有姚鞴驾驶，回来时有陈鏊鑫开车。他要为自己制造不在犯罪现场的证明；二是人为制造出陈鏊鑫在疗养院被杀害的假象，继续向警方散播迷雾，把警方的视线引向姚鞴，为他自己开脱罪名；三是第二天上午六点钟，某人指使姚鞴，让他返回疗养院把旅行车开出转移罪证。这样，警方锁定作案的嫌疑人只能是姚鞴。”

龚戌诚提供给唐枫的所有信息，她一个不漏地全部用来还原案情。

由此判断，姚鞴驾车离开疗养院，回来后司机又换成陈鏊鑫，幕后指使者应该是丁熙忠。所有发生的一切，是他精心安排好的一出戏而已。而姚鞴与丁熙忠之间，应该关系很密切。否则，姚鞴绝不会背叛自己的老板陈鏊鑫。

按这个思路分析，当时龚戌诚认为二十九日上午十一点，旅行车再次回到疗养院，如果是姚鞴开车的话，那么基本上可以锁定他就是杀害陈鏊鑫的凶手，而梁涛汇报的却是陈鏊鑫本人开车！现在，他才恍然大悟，背后导演的人，应该是一直深藏不露的丁熙忠。遗憾的是，唐枫没有说出“某个人”到底是谁。看样子需要丁熙忠日后自己说明。

“我们还记得七月二十九日晚上，疗养院召开的会议吧？会议从八点半开始，丁熙忠负责召开院长专题会，一直到九点结束。然后，又召开了各科室业务会，直到九点五十五分会议才结束。这后来，有人回忆，业务会期间，丁熙忠外出打电话有十五分钟时间。这段时间足够他到奔驰旅行车上，把陈鏊鑫的尸体背到小平房，制造出陈鏊鑫自杀的假象……”说到这里戛然而止，唐枫怒目圆睁地看着丁熙忠。

此时，丁熙忠一改往日的斯文，他失声狂笑，不停地笑，没完没了地笑，似乎唐枫说的一切十分可笑。“唐记者，非常可惜，你有证据吗？只要你把你所说的全部拿出证据，我就会承认。”丁熙忠失神的眼睛，喷射出可怕的杀机。

“对不起，现在还没有。不过，请丁院长您放心，专案组很快就会有的！”唐枫一字一句地，很有自信地说道。

不卑不亢，又一记拳头漂亮地打在丁熙忠的脸上。

第十九章

没有直接证据，专案组对丁熙忠还不能定罪，只能口头告诫他暂时不要离开疗养院。当前，主要任务是从丁熙忠的同犯，徐莉莉嘴里得到事实的真相。当听到这个消息时，丁熙忠心里最后的防线彻底崩溃了……

八月六日，专案组办公室。

丁熙忠孤零零地坐在椅子上，“今晚，我把所有犯罪事实全部写出来，明天我会向各位谢罪”！面对专案组成员，丁熙忠抬起沮丧的头，镜片后流下两行清泪。

翌日清晨，一个好天气。唐枫接到了安鹏的电话，“昨天晚上丁熙忠在他自己办公室服用过量安眠药死亡。专案组在他桌上发现了遗书。”听闻这个消息，唐枫脸上浮现出未曾有过的怜悯表情。

来到专案组，面色凝重的龚戌诚一句话未说，随手把遗书递到唐枫手里。此时无声胜有声，天网恢恢，疏而不漏。为个人私欲，以身试法者，全部得到了应有的惩罚。王俊因贪污受贿，纪委已移交司法机关追究其刑事责任；丁熙忠杀人害命，最终以极端方式自杀谢罪。昨日如过往烟云，一幕幕浮现在唐枫眼前。彷徨、痛心、迷茫、感慨，充斥着她的内心。

向峥嵘意外死亡，她曾彷徨过，不知道突发的情况到底是为什么；失去高小藜，她曾痛心过，一个天真花样的女孩竟然丧命于车祸，于情于理她无法接受；陈鳌鑫被杀、钟婉贞服药自杀，她曾迷茫过，好端端的两个人先后在眼前消失，惋惜和感伤成分居多。王俊被审查、丁熙忠最终的结局，令她感慨万千，疗养院权倾位重的两个人，竟然落到如此下场，让人欷歔不已。

唐枫颤抖着双手，怀着忐忑不安的心情，打开了遗书：

各位专案组领导：

唐枫记者所有的推理都很到位，我承认我所有的罪行。现在，我是怀着负罪的心情，来把所有细节说清楚。

杀害陈鳌鑫的计划，我已酝酿了许久……如果唐枫她们一行没有到疗养院采访，也许我的计划就会做得天衣无缝。不久，陈鳌鑫会因心脏病“加重”而死去……

回想起徐莉莉曾经对我说过的一句话：“结婚的人如果不能谈恋爱，人生就会很无趣。相互爱恋，如果不故意去牺牲什么人，就不算违背人道吧！”这句话直至现在我的感触还是很深，它见证了我俩之间的孽情，也造成了今天我个人的悲剧。

钟婉贞发现我和徐莉莉的畸形恋情后，就明确要挟我说“准备把这件丑事告诉陈鳌鑫”。能从一名科室负责人到今天院长的位置，我吃了多少苦，受了多少罪，实属不易，常人根本无法体会。不能让她毁了我大好的前程。我至死不会忘记钟婉贞对我说这番话时露出的“幸灾乐祸”和“鄙视”的表情。她自命清高，有超凡脱俗的气质，以前很配合我的工作。自从她发现我婚外恋后，好像换了一个人似的，不但不配合我的工作，还和我发生过几次言语上的冲突。虽然不是什么重要的事情，但她给我心里留下了一道挥之不去的阴影——她掌握了我的短处，以此来要挟我，和我讲条件。所以，她以此为筹码，开始不断以手头缺钱为理由，让我成为她永久的提款机。所以，我抓住她贪财的弱点，先后让徐莉莉在七月二十一日、二十四日、二十九日，即向峥嵘、高小藜出事的前一天和陈鳌鑫出事的当天，向她账户转账共计二十五万元。所以，我早就暗暗下定决心，除掉陈鳌鑫之后，下一个目标就是钟婉贞！

唐枫记者的分析没错。向峥嵘意外死亡，可以说是我没有料到的。明明万无一失的事情，没想到却让她搞砸了，这其中也存在王俊的自作主张，我追悔不已。

一号疗养楼201房间，是陈鳌鑫疗养常住的房间，想不到他这次和向峥嵘意外的换房，却搭上几条无辜的性命。开弓没有回头箭，我利用钟婉贞对金钱的渴求，让她和我成为一根绳上的蚂蚱，跟我踏上不归之路。

还有一点，我单独找过任仲斌，让他主动提出退职。在杀害高小藜之前，徐莉莉给了我一笔钱，作为任仲斌的安家费，案发后准备嫁祸于他。

说实话，如果高小藜没有看到钟婉贞在201号药品上做手脚的话，也许我就会放过她。

其实，我让钟婉贞特别关注陈鳌鑫所吃的药。她经常瞅准护士和值班医生核查过药品之后，趁她们不注意，偷偷更换陈鳌鑫所服药品。

常言道“常在河边走，哪有不湿鞋”。二十二日清晨钟婉贞在换药时，她手脚不利落，让高小藜逮了个现行。我十分清楚地记得，钟婉贞给我说起她偷换药品被高小藜发现的场景。

高小藜惊讶、迷惑、愤怒的表情让钟婉贞感到害怕。在那个时刻，做什么解释都不管用。钟婉贞用主治医生已调整陈鳌鑫服用药品为理由来搪塞高小藜，但她知道，那根本是个彻头彻尾的谎言，她自己也无法相信。作为一名医护工作者，这种做法严重违背职业道德。所以，钟婉贞找我说出高小藜目睹她丑恶行径之后，我就想栽赃陷害高小藜。

时间不等人，钟婉贞编出的谎话暂时蒙骗过高小藜，让对方下去查房。然后她又瞅准肖依娜离开值班室之机，快速用准备好的药调换了原来201号药盒的药（她目睹肖依娜检查完201号药品，所以不可能再次复查），但她万万没有想到的是，201号药盒是向峥嵘服用的药品。如果当时她再仔细点，看一下盒底的名字，就不会出现上述致命的错误。常言道“做贼心虚”，正是如此。而陈鳌鑫还是住在101房间，大概因为与我赌气，他并没有与向峥嵘更换房间。所以，向峥嵘服错药意外死亡。后因我愚蠢的连续补救，才发生了一系列凶案。

至于高小藜没有及时向院领导和警方揭发钟婉贞的罪行，大概她根本不相信钟婉贞还有她看不到的另一面。也许是她天性善良的缘故，或者她希望钟婉贞能主动向她说明情况。她有点太天真！是她优柔寡断的性格，葬送了她大好的生命。即便是肖依娜发现钟婉贞的罪恶行径，我也会对肖依娜下手。只是高小藜护士运气不好罢了。

七月二十五日晚上，高小藜是被钟婉贞打电话约出去的。她说知道向峥嵘死亡的真相，就在疗养院对面马路上等高小藜。

那天，在徐莉莉的授意下，司机姚鞘制造了车祸。其实姚鞘早就被徐莉莉买通了，他是徐莉莉安插在陈鳌鑫身边的一个耳目。姚鞘知道我和徐莉莉之间所有的事情。正是有了他，徐莉莉才能方便与我约会。

姚鞘是个典型的“见人说人说，见鬼说鬼话”的势利小人。谁对他好，他就会死心塌地为谁卖命。当然，以前他触碰过法律、判过刑，做什么事还是比较慎重。但徐莉莉善于掌握别人的弱点，正如她掌握我爱面子、图虚荣的心态，她利用姚鞘对金钱的渴望，引诱他再次走上犯罪的道路。不能不说，这又是一场人为的悲剧，导演就是徐莉莉和我。

人的欲望是无止境的，如果控制不好自己的心态，就会道德沦丧，做出丧尽天良的事情。我就属于那种不可救药的人。

车祸时间、地点，全都是我精心选择好的。事后，我又指使姚鞴择机把改装过的肇事车辆焚毁。可以这么说，那天晚上内心最为煎熬的人是我。我不想伤害无辜的高小藜，嫁祸于她，但事已至此，只能铤而走险。我实在害怕无法向徐莉莉交代……到此，我知道自己已经没有回头路了……

陈鳌鑫是我最终要除掉的人。二十九日当天，徐莉莉假借疗养院工作上存在失误，说我准备私了赔偿他，约他乘坐姚鞴开的旅行车，在疗养院外与我见面。这其实是个不折不扣的谎言，我要置陈鳌鑫于死地，而且根本没有打算用金钱来补偿他。贪婪是人的本性，也是夺走他性命的缘由。

我们见面后不久，姚鞴假借徐莉莉找他，就独自搭车离开了。我则提议让陈鳌鑫开车回疗养院，我俩再详谈此事。所以，他开车载我回到疗养院。而我顾忌大门口的视频监控，特意坐在了旅行车的后座上。对此，陈鳌鑫有些怀疑，但没有说什么。

我让陈鳌鑫把旅行车倒到废弃房屋附近时，他有严重的抵触情绪。我骗他说在那儿给他预备了重要礼物，略表我的诚意，这样便于装车。他却讥讽我说他根本不稀罕什么东西，他就想要钱！毫无疑问，他会狮子大张口，我根本无法满足他的愿望。最后在我再三劝说下，我在车后指挥，他把车倒在断头路的尽头。作为司机出身的陈鳌鑫，这点车技难不住他。可是他却不知道，这辆车是为他准备的一副活棺材。

我开始假装与陈鳌鑫在车里商量赔偿一事。由于赔偿金额他要太高，也根本不可能实现，而我压根没有准备要给他钱，所以话不投机，他显得非常生气。这也正是我需要的场景——激怒他，方便我寻找机会下手作案。

趁陈鳌鑫慌乱下车接徐莉莉电话之际（事先，我在与陈鳌鑫谈话时候，用自己手机打给徐莉莉电话，实际并没有接通，利用事先约好震铃两次，及时提醒她，让她此时打电话转移陈鳌鑫注意力），我把早准备好的砒霜，全部放到他未喝完的矿泉水瓶里。

老天保佑！事情还算顺利，陈鳌鑫接完徐莉莉的电话，还是一副怒气冲冲的样子。上车后，也许徐莉莉故意挑明了她和我之间的关系，他双眼喷火般直视着我。我心虚，避开了他的目光。陈鳌鑫赌气似的拿起车里杯托上的矿泉水，一口全部喝干，准备和我彻底摊牌。不久，药力开始发作，他痛苦地一手捂着肚子，另一只手指向我，似乎他明白了一切，但为时已晚！

他伸开双手，狂怒地扑向我。而我早就有准备，手里攥紧车钥匙，快速跳下车，并锁好车门。我怕他与我纠缠过程中，留下什么证据，让警方日后有怀疑我的理由。不一会儿，车里与车外，阴阳两隔。看着身体渐渐瘫软下去的陈鳌鑫，我竟然没有一点恐惧感。是不是用“麻木不仁、熟视无睹”两个词语比较合适？反正，我知道，我已成为杀人惯犯。

隔着车窗玻璃，我瞅见车里陈鳌鑫完全不动弹了，又仔细观察了一下四周。由于是正午时段，大家都在吃饭，这儿又比较偏僻，没有发现有人经过。然后我小心翼翼地打开车门，把陈鳌鑫的尸体平放到车后座上，把那个作案遗留的矿泉水瓶拿走，然后开始翻动他的衣袋，包括他的手机、钱包、名片等，凡是涉及他所有个人物品，全部取出来放到我准备好的袋子里。我不能给警方留下任何线索。

我回头凝望他死不瞑目的样子，内心受到了强烈的谴责。

“对不起，这不是我的错。”我知道这样说，对于一个我亲手杀掉的人来说，实在轻描淡定。我实际上在为自己开脱罪名，寻找一个心理安慰。但是，良心上的谴责，会让我背负一辈子，直至我死的那一天为止……

接着，我掏出早已准备好的钥匙，打开一间事先清理好的房间。把陈鳌鑫“自杀”用的绳子，穿过窗户框，绑扎牢固。在屋内把他“自杀”工具准备好后，出门之际，还特意把自己的脚印清理过……

当天晚上，趁着全院骨干开会的时候（这也是为我不在犯罪现场作证明），我借中途出来打电话的机会，从旅行车上，背着死去的陈鳌鑫走进小屋，伪造了他自杀的现场。我还特意把我的皮鞋与他脚上的皮鞋做了调换。但出来后，时间仓促，我没有来得及处理自己的脚印……这大概给警方留下了罪证。另外，要说明的是，弄到砒霜，对我这个院长来说不是什么难事。

关于疗养院监控摄像头升级改造的时间，我的确下了一番功夫。其实，在七月二十日之后安排这项工作，就是想极力避开我实施罪恶计划留下证据。

智者千虑，必有一失，我没有想到的是二十九日办公楼监控已提前改造完毕。唐枫通过查找八月一日的视频，发现我滞留在钟婉贞办公室很长时间……

钟婉贞不知是出于良心发现，还是连续作案导致其有难以磨灭的负罪感，在我没有动手杀她之前，选择了自杀。她的死，其实我早已嗅出危险气息。三十一日晚上六点左右，她给我打过电话，说她已无法承受精神上的压力，不想往下干了……

当时，我在电话里严厉地训斥了她，说钱你已经全部拿到手，个人目的已达到，只有帮我把所有事情处理得天衣无缝，才算真正的完结，而你想辞职远走高飞的梦想才能最终实现。电话那头，传来她嘤嘤的哭泣声，那一刻，我内心十分满足。我是用“以其人之道，还治其人之身”。压抑在我心中很久的这股恶气，终于得到了释放。

我很想当面看她那副失魂落魄的样子。放下电话，我很担心她会向警方告发我。不过，从她口气里，我没有听出她有这方面的意思。

钟婉贞的秉性和脾气我熟知，“死要面子，活受罪”。她自视清高，不会对任何人说她帮我做了那么多伤天害理的事。她也不敢对任何人说，即便是她家人，她也不会说。那晚，我一夜未眠，是怀着惴惴不安的心情度过的。

第二天一早，我给她打电话，她未接。我感觉事情有些不对，急匆匆喊上保安一起去她的办公室。其实，我心里在想：

“她死了会更好！”

打开钟婉贞办公室的一瞬间，我悬着的心终于可以放下——我卑鄙的目的又达到了！不过，眼下最要紧的是赶快处理掉她与我相关的所有信息。我找了个理由支走了保安……

给唐枫发的短信，还有钟婉贞手机上的信息，全部是我慎重考虑后的结果。我想以此借唐记者之手，故意给警方一个错误的信号，影响他们正常的判断，最终隐藏我见不得人的罪恶行径。

唐枫所说的茗蔻矿泉水瓶子，就放在我办公桌上。这上面有我的指纹，瓶内有砒霜的残留液。由于这款矿泉水在市面上不常见。所以，我就从案发现场把它拿走，准备择机销毁。现在看来，没有这个必要了……

我想，纸里终究包不住火。我不说，以后任仲斌有机会说，姚鞘归案也会交代……徐莉莉也会向警方提及……

我是一个罪人，一个十恶不赦的罪人，愿那些被我伤害了无辜性命的人能在天堂原谅我……

此致

丁熙忠绝笔

唐枫看着丁熙忠的遗书，心中感慨万千。如果不牺牲任何人，丁熙忠和徐莉莉的婚外情似乎可以瞒天过海，逃脱舆论和社会道德的谴责。但现在的的确确是牺牲了四条无辜的生命。这个结果令人深思。

唐枫准备兑现她和许娴原来的约定，案情调查清楚之后要还高小藜一个清白。她们要结伴去高小藜的老家，距离市区很远的一个小县城去看望高小藜的双亲，告诉高小藜的双亲这个不甚完美、留有永久遗憾的结果。

透过手中的纸张，唐枫眼前几只色彩斑斓的蝴蝶在轻盈地飞舞。草地上鲜花盛开，又好像回到了初到疗养院的那一天：高小藜紧跑几步，从王蓉芳手里接过轮椅，转身对着后面三人微笑挥了挥手。然后她们肩并肩，边走边聊，顺着走廊向主楼梯走去。

如梦如烟的往事，仿佛又在唐枫眼前重现，所有的一切还能回到过去那个美好的瞬间吗？

神秘旅伴

第一章

雨声淅沥，清冷空旷的站台上，出站人员寥寥无几。江季子和宗政儒并肩慢慢走向出站口。想不到，去时旅行团热闹非凡，回来却落个寂寥凄凉。江季子有种说不出的痛楚，似乎天气也应了她此刻心境。

“宗政警官，我们什么时候能再见?”

“我马上要退休了，以后自由支配的时间会很多。”

“那我请教您的机会就多了，今后少不了要麻烦您。”

“不客气。”

“嘿”，江季子露出颇感留恋却悲伤的目光，“这次旅行对我来说，真是永生难忘……”

“人生际遇不定，走好自己的路就好。我相信你江季子。”宗政儒止住脚步，直视她的眼睛，诚恳地说道。历经人间恩怨情仇，他饱经沧桑的脸上多了几许凝重。他流露出职业特有犀利的目光，遥望着远处缥缈的雨雾。“江季子，你可以好好写小说了。这次旅行是个很好的素材。”

宗政儒的话似乎触到了江季子的痛处，她低头开始轻声抽泣。不知为逝去的友人，还是为失去的朋友情谊，过去的场景一幕幕浮现在她眼前。“我该从什么地方写起呢?”她望着朦胧的雨雾，泪眼婆娑地扪心自问。

滨海市开往南山市 Z162 次列车，还有十五分钟就要发车——站台上不停滚动的电子屏字幕，引起人群中一位扎马尾辫女孩的注意。她原地驻足，鼻尖和上唇渗出细密的汗滴。她歪头仔细盯着屏幕信息，又低头认真核对文件夹里的列车时刻表。当确定自己没有看错时，她白皙的脸上开始洋溢着青春的微笑。

突然之间，女孩眉头微蹙，表情变得严肃认真，好像有什么烦心事。她洁白的牙齿轻咬下唇，略微思索一会儿，猛地转身，脑后扎着的马尾辫随着她一路小跑，欢快地上下跳动。

女孩约有二十三四岁。裁剪整齐的刘海下，是略微上挑的眼睛和细高鼻梁。一身洁白运动装打扮，充满了蓬勃向上的朝气。她对站台很熟悉，避开客流量较多的出入口，穿梭在摩肩接踵的人群里，显得毫不费力。目的很明确，她来到即将出发的 Z162 次列车旁。

目光透过众人，搜寻到有位头戴棒球帽，背对她站立的女孩后面，她止住了脚步。似乎棒球帽女孩和对面年老女士交谈甚欢，从她们爽朗的笑声里，可以听出谈话内容很有趣。一波波上车旅客经过她们身边，戴棒球帽女孩却丝毫没有注意扎马尾辫姑娘已站在她身后。

扎马尾辫姑娘不忍中途打断她们的交流，她焦急瞥见站台上硕大的时钟——情况紧急！非特殊理由，她不会没礼貌地打断别人的谈话。

一路小跑过来，她脸颊绯红，已是汗水津津。她从随身带的

坤包里取出纸巾，小心擦去上唇和鼻翼两端细微的汗珠，伸手向面对她的年老女士挥手致意。

“小江导游，您好啊！”

“啊……您好，陈阿姨。”她忙不迭地说道，表情很不自然。显然她想默默问候对方，没有想到对方会和她热情地打招呼。

闻听身后有人说话，戴棒球帽女孩扭头回看，“咦！江季子。你不在车厢里照顾游客，跑到站台上来干什么?”

“嗯……我找你有点事。”她不自然地压低了声音，眼睛还特意瞅了下陈阿姨。她心存顾忌，处在两难境地。一方面不想无关人员听到她们谈话，另一方面当着自己的游客，又不好刻意隐瞒。

她小心翼翼地把嘴凑到戴棒球帽女孩耳边，说：“方卓姐，

大部分游客已上车，只是……”

方卓猛然转过身来，“只是什么?”她快速地追问，不知道江季子欲说还休是想表达什么。不过，从对方语气上，她感觉江季子碰到了非常棘手的问题。

事发突然，方卓高亢的声调，让陈女士有些意外。她紧张地注视着眼前的两位导游。

“是不是……有人找不到了?”方卓略有犹豫，一语道破江季子心中纠结的问题。

“……是的。”江季子说话声音，变得小如蚊蚋。

“哼！我就知道。”从鼻孔里发出不快的声音，方卓白了一眼脸色通红，神色不安的江季子。

“陈阿姨，列车马上要开了，请您老先上车。”方卓面对游客，脸上立即浮现出职业般的微笑，“我待会儿去找您，我们再细说……”找了个颇似理由的理由，她机灵地化解了眼前难堪的局面。两位导游之间发生不快，陈女士感到多余和不自在。她隐约听到双方谈论某人不见了，不知道到底是游客还其他人员。事不关己，她也不好中途插嘴，还是走为上策。她挥手告辞，知趣地转身离去。

方卓目送对方踏上车门。须臾，方卓左手执蓝色引导小旗，重重地戳在地上，“咚”得一声，把江季子吓了一跳。“江季子，你是怎么搞的? 我不是提醒过你，让游客提前进站上车?”无疑，引导小旗成了她发泄的对象。而且，方卓的话里充满责备。

从头上把棒球帽取下，方卓左右摇摇头，甩甩留有压痕的长发。她左手杵着旗杆，两指捏着帽檐，右手梳理紧贴额头的几缕短发，流露出责怪的眼睛，上下不停打量着江季子。

“所有人已上车，嗯，不过……”江季子如做错事的孩子一般，脸像红透的苹果，嗫嚅道，“我刚才和仇老在站台上，可就在我转身的工夫，他就没了踪影……”

“他是不是已上车?”

“我打过电话，岑医生说在车上没有看见他。”手里纸巾已揉成一小团，被江季子死死攥在手心里。

“又是仇平凡！”方卓轻轻发出嘟囔声，音量虽不高，但江季子听得很真切。

不知是温度升高引起的烦躁，还是听到意外消息倍感闹心。方卓拿着帽子，在脸前不耐烦地扇动。

“列车就要开了，你们去站台干什么去？”

“他说……他说，让我陪他到站台上买点东西。”

“关键时候，他真会给人找麻烦！”

无意说出的话，语气中抱怨成分居多。听这责怪的语气，江季子感觉自己成了胁从。从对话和肢体语言上，似乎方卓对仇平凡心存反感。她暗自认为。

既然自己做错了事，江季子只能三缄其口。她把文件夹握在手里，背在身后，用脚在地上划着什么。她偶尔抬起头，小心瞅着那双大眼睛，想从对方晶莹透亮的眼眸里发现什么。

沉默。

“你给他打过电话没有？”

“打过，他没接听。”

“继续与他联系！列车马上要开了，这么多人等他一个人，我们等不起。”话还未说完，方卓扭头走向自己所在的八号车厢。显然，棘手问题留给了江季子。

因自己工作疏忽给旅游团带来不必要的麻烦，江季子感到非常羞愧。她把文件夹挪到胸前，无奈地瞥了一眼方卓离去的背影，赌气似的用脚把地上写的“Z162”字迹擦掉。她内心不想把旅行社交给的任务搞砸。

江季子牙齿轻咬下唇，腾出右手，从坤包里掏出手机，翻出刚才拨打过的号码，狠狠摁下呼叫键。她接听电话的同时，握文件夹的拇指轻轻抬起，机械地上下不停敲动。

此刻，她甚至想到最坏结果——旅游团乘车离开，站台上只剩下落单的仇平凡。他一个人孤零零地留在站台上，翘首凝望远去的列车，不停捶胸叹息。这是她最不愿意看到的事情。而最终的结果是，她无法向旅行社交代，而作为领队的方卓也逃脱不了干系。从本心而言，她不想面对如此束手无策的局面。她左右摇晃脖子，舒缓因精神紧张有些发昏的头脑，目光开始焦虑地四下寻觅。忽然，从站台上嘈杂的人群里，她视线锁定在一个人身上，眼里立刻迸发出喜悦的光芒。

“方卓姐。你看，仇老回来了！”她伸手指着那人过来的方向，朝着方卓离去的背影大声喊道。

其实，方卓心里有预感，仇平凡就在附近，他不会走远。刚才，她只不过是对江季子“失误”的小惩罚。没有掺杂其他客观因素，她要对方明白一个浅而易见的道理——本职工作的严谨性和重要性。

听到江季子的喊声，方卓放缓脚步，慢慢转过身来。顺着江季子手指的方向，她看到不远处有位老者，正朝她们这个方向颤巍巍地走来。他有六十多岁，上身穿灰色 T 恤，下身着黑色裤子。满头花白的头发，像缨子卷曲地垂在耳边，鼻尖与嘴唇之间，留有经过特意修饰过的花白胡子。老者有双猎鹰般的眼睛，似乎能看穿别人心底。他手拄拐杖，右腿有残疾，步伐略显蹒跚，行走时发出金属“吱吱”的响声。

他远远挥舞着手，声音洪亮地说：“不好意思，让你久等了。这条腿真不争气，关键时候又拖我‘后腿’。哈哈……”老者苦笑地摇摇头，踉踉跄跄地走到江季子跟前。

江季子立刻收起手机，赶紧上前几步，挽住对方的胳膊，“仇老，您怎么不接我电话？真是急死人了！”

“对不起，电话一直放在背包里，我没有听到响声。”仇平凡一脸歉意地说道。他拇指指指身后的背包，额头皱纹里有几道明显的汗渍。

“我来替您拿吧。”

“不用，只是几件换洗衣物，一点都不重。”

“仇老，今后您有跑腿的事，吩咐我就行。您腿脚不方便，出了什么事……呃，我可担待不起。”

“哈哈，我能出什么事？姑娘你莫要小看我。”

“您没有事倒好，可我却挨批评了。”江季子撅起嘴，一副遭受天大委屈的模样。

“是谁惹我们小江导游了？我找他算账去。”

“嗯……没事了。”她背对着方卓，向对方使劲眨巴着眼睛，赶紧摆手示意小声点。

“噢”，仇平凡心领神会，已明白所指的人。“我待会儿找她谈心去。”他安慰道，调皮地吐了下舌头。这似乎成了两人之间的小秘密。

看到方卓来到跟前，仇平凡面带微笑，用感激的眼神，左右交替看着两位导游。他用手拍拍自己的胸脯，“您二位别生气，我耽误不了正事”。那双敏锐多变的眼神，透露出一股深深的自信。仇平凡如孩子般双脚立正，右腿明显有点短，显得左肩高右肩低。“哦，下次买烟我会提前打报告，绝不会给二位领导添麻烦。”说完，他用严肃的神情看着江季子和方卓，仿佛在说“保证以后绝不发生类似事情”。

看到姗姗来迟的仇平凡，方卓毫无血色的脸，逐渐回复到正常状态。“仇老，您来得可真及时。”虽然，她声音不高也不低，但江季子总觉得有些苍白无力。“列车马上就要开了。”她眼角余光扫过着站台上的时钟，轻轻吐出一口气。方卓那颗悬着的心，终于可以放下了。“慢点，我来扶您。”她伸手接过江季子搀扶仇平凡的胳膊，朝着前方努努嘴，示意江季子说道：“你先上车，去找仇老铺位。”

江季子翻开文件夹，快速浏览座位号，“七号车厢十二号下铺”。她率先疾步走在前面带路。

方卓与仇平凡慢慢来到七号车门前。列车员看到乘客腿有残疾，赶紧向前紧走两步，伸手过来搀扶，“老先生，请您注意脚下”。

刚踏上车厢，手脚利索的江季子，从过道向他们迎面走来。她两只手分别拿着两瓶矿泉水，文件夹则抱在胸前。“仇老，天热，您喝点水。”她把另只手里的矿泉水递给方卓，“方卓姐，给你”。站台发生的事，江季子心有余悸，她不敢直视方卓的眼睛。

“我带仇老到十二号卧铺，你去忙别的吧。”听到江季子这么说，方卓顺手接过矿泉水，与仇平凡打个招呼，转身向车厢另一端走去。

“谢谢您，小江导游。不是你这么负责任的话，恐怕我这次真的赶不上这趟车啰。”

“您不要客气，这是我应该做的。”话虽这样说，可她心存愧疚，回答得明显没有多少底气。背对仇平凡，她张开手心，手中早被汗水浸透的小纸团，如释重负般掉进垃圾桶。此时，江季子才算真正松了口气。

旅游团成员全部上车后，方卓找到江季子，“趁列车还没有开，你把人数再清点一遍。”

“仇老一到，人员就全齐了。”

“预防万一，你还是把人数再清点一遍。”这是不容分说和不信任的口吻。看着持怀疑态度的方卓，江季子有些不太情愿，但她还是拿起文件夹，嘴里轻声吐出：“好的。”

方卓的担心有她的道理，如果旅游团再遗漏一位旅客，恐怕就没有这么幸运了。

热闹的车厢里，江季子麻利地翻动花名册，逐一核对游客。她右手食指顺着人名下滑，然后握笔在人名后面划“√”。“宗政儒夫妇、欧阳然、时令漪、王达常、墨良迹夫妇、岑梦茹医生……还有……”她醒悟似的拍拍自己的头，“噢，还有刚上车的仇平凡，一共是二十六人。”

看着江季子忙碌的身影，仇平凡开玩笑似的，用手指了指江季子本人，“姑娘，别忘了，世界不能没有你”。

“忘不了！”双手叉腰，江季子学着一部电影里主人公的口气，“如果你不出去走走，你就会以为这就是全世界”。随后她弯下腰，掩口而笑。

似乎被她模仿的样子逗乐了，仇平凡向江季子高高竖起大拇指，两人挥手愉快地告别。

仇平凡兴奋之余，习惯性地把手伸进衣兜，握住香烟，慢慢地掏了出来。他下意识左右看看，车厢内禁止吸烟的标志十分醒目，只得极不情愿地把香烟放了回去。

仇平凡一系列的掏烟动作，被对面一位白发老者尽收眼底。他刚刚在自己卧铺落座。“老伙计，你是夕阳红旅游团的吧？”

“是的。”

“我们是一块儿的。”白发老者指了指仇平凡，又指了指自己，还主动伸出手与他紧紧握住。

“你先别着急。”老者下颌朝车厢接合部指了下，“待会儿我们到那边去过过瘾”。说完，他露出会心的微笑。

“噢，有知音。”仇平凡仔细盯着面前这位慈眉善目的老人，好像有种似曾相识的感觉。“请问您是……”

“我叫欧阳然，以前也是老烟民。不过，自从医院查出我肾功能有问题后，医生就告诫我少抽烟，现在基本不抽了。”他好像对这事感到无法释然，握住仇平凡的手臂。“说句实话，我有时还是控制不住自己。”他左手做了个吸烟动作。

要改掉多年的嗜好，真是一件痛苦的事。作为烟民，仇平凡能理解对方的苦衷。

“欧阳老先生，您以前是不是在涪江区人民法院工作？”

“噢”，欧阳然脸上露出吃惊的表情，“不错。这位老兄您是怎么知道的”？他握在仇平凡手臂上的手在微微用力。

“嗯……我还知道您以前担任过审判长。”仇平凡没有正面回答问题，故意卖了个关子，进一步增加了谜题的难度。

欧阳然脸上刻满猜疑表情："难道您认识我？"

"是的！"

"我怎么对您没有一点印象？"听到对方肯定回答，欧阳然松开手，细眯着眼睛，仔细打量这位与他年岁相仿的老者。"对不起，我实在想不起来！"

"那我说个场景，您大概会有印象。"

"您请讲。"期盼能得到对方提示，欧阳然燃起对真相的渴望。

"您是否记得，有年涪江区人民法院开庭，我听过您审判的案子。"

"噢……"欧阳如释重负般地吐出一口气，"那是我退休之前的事情了，怎么过去这么久您还记得？"这种穿越时空般的回答，令他一脸茫然。岁月年轮不停滚滚向前，它留下的车辙印，经过时间的风吹雨打，在欧阳然脑海里早已不再清晰。欧阳然的职业生涯里，处理过几十宗庭审案件。如果说作为原告和被告，他脑海里还有些残存的记忆，但对于台下旁听观众，他是没有任何印象。眼前与他年岁相仿的老者，到底是什么缘由促使他与自己相识，在欧阳然的记忆里如一张白纸，了无印迹。

"对呀。"

"可我还是对您没有印象。"欧阳然摊开双手，无奈地摇摇头。

"十年前，您作为审判长，审理过一桩'过失杀人案'。我还记忆犹新。"

"那桩案子啊。你是辩护人还是诉讼代理人？"欧阳然皱着眉头反问道。

仇平凡没有点头，也没有摇头。"两者都不是。"他话语背后，藏着掌握谜题答案独有的骄傲，还有故意让人猜的心理。

不知对方是何意图，欧阳然咂咂嘴，轻轻叹息一声音。"时间过去太久，细节都记不清了。"场面比较难堪，他舔了下干裂的嘴唇。

“您喝口水。”仇平凡把手里的矿泉水，递到欧阳然面前。

“不，谢谢。”他伸手从茶几上拿过不锈钢水杯。“我还是喜欢喝茶。”欧阳然拧开盖子，手握的水杯到了嘴唇边，却停了下来。“听您这么说，我好像想起来那宗案子。”他把水杯又放回原位。“我记得好像是被告酒后，与对方发生肢体冲突，他失手用破碎酒瓶扎到对方要害部位，致使对方当场死亡。”

“对。就是那宗案子。”仇平凡伸出右手食指肯定地说道，“欧阳法官记忆真好！”他竖直大拇指称赞。

“哎呀，我只是稍微有点印象。”双方谈话逐渐契合，反而让欧阳觉得有点不好意思。

沉默片刻。

“事情过去多年了，老兄怎么还有如此深的印象？”欧阳然在对方点拨下，思路稍微有些清晰，“你认识与此案相关的人员”？他想知道，仇平凡在案件里充当的角色。

“不。我只是个旁听者。”

当时我究竟做过什么特殊事，才会让对方牢牢记住呢？但对方平淡无奇的回答，不由得让欧阳然目光收敛，陷入了沉思。

“我认为，当时法庭尺度不好裁决。被告存在酒后过失杀人行为，审判过程无论是从主观意识出发，还是从人性角度出发，都不太好把握。”

仇平凡的一番话，把欧阳然带到了久远的过去。当年庭审现场，公诉人在法庭上宣读起诉书，公诉人讯问被告人，并出示证据进行法庭调查。公诉人、当事人和辩护人、诉讼代理人还进行了激烈辩论。

“是啊”，欧阳然思绪回到现实，“当时合议庭进行了评议，由于证据确凿，认定被告有罪，最后判处被告七年有期徒刑……”

仇平凡打断他的话说道：“我认为法官的个性因素与最后的

判决有很大关系。”他又特意瞥了一眼欧阳然，“法官本人的教育背景、实践经验、意识形态、价值观念、道德品行、个人喜好都存在差异，即使出于法官的良知和正义，对证据收集、事实认定和法律的理解也会略微不同，其中有可能包括不当的、偏激的、甚至错误的看法，有时候还不能完全排除个别法官的故意行为……”

听到这番言论，欧阳然略有迟疑，声音变得有些空洞。“您认为那桩案子存在误判?”他两眼散发出异样的光芒，眼底后的阴影在慢慢升起。

“并不是所有法官都能秉公执法!”此时，从欧阳然头上中铺位置，传来一个不合时宜的声音。中途无缘无故打断别人谈话，会让谈论者心生不快。仇平凡与欧阳然两双惊愕的目光相对，他们不约而同循声望去。

随着中铺上慢慢现出的一张脸，仇平凡看清了这个人的相貌。花白的头发，两道浓浓的黑色剑眉，微微泛着红光的脸庞。脸中间有个大大的鼻子，占据了大半个脸。江季子点名“朴太西”时，此人回答说“是”，仇平凡对这个名字印象颇深。看来他也是夕阳红旅游团成员。当时，仇平凡还对如此怪异名字心生疑惑。难道“朴太西”是韩国人还是朝鲜人?现在可以断定，此人不是外国人。对方普通话说得很标准，而且对法官职业颇有微词。究竟是什么原因引起他不满，仇平凡不得而知。他静观事态发展。

“请问这位仁兄，您是什么意思?”欧阳然侧首向上凝望，他声调明显提高了不少，其中还略微有些颤抖。

“没什么意思。人有善与恶、好与坏之分。难道所有法官都是好人，其中就没有害群之马?”

“朴太西”软里带刺嘲讽自己引以为荣的职业的一番话，着实让欧阳然感到非常难堪。好像有人在刻意诋毁他辉煌的过去。

“我说，你看问题有点片面……”欧阳然脸涨得通红，想站起身来，与对方辩解什么。

两人要发生争执！事态有些出乎意料。仇平凡赶紧离开座位，伸手拍拍躺着的“朴太西”的肩膀，制止了他要说的话。“老哥，我们私下谈。”他扶着欧阳坐回原位，“欧阳老先生，您别误会！我刚才没有别的意思”。仇平凡极力想打消对方的疑虑。

“我是说，如果每个法官能积极行使其审判权力，就能抵消上述我所说的消极后果。”他又重新更正说道。

“当时你们的判决很公正！”仇平凡直视欧阳然双眼。“作为一名好法官真不容易啊！”随后，他眼睛瞟向中铺的“林太西”，好像他故意把“好法官”三个字说得很重。

好歹“朴太西”没有再开口。他仰面躺在卧铺上，好像懒得搭理仇平凡他们。

悠长的岁月，记忆闸门已向欧阳然永远关闭。仇平凡所说的案子，只不过是他职业生涯的一个小插曲，具体细节恐怕已无法复原。他抱歉似的冲着仇平凡笑笑。

欧阳然脸色逐渐回复常态，重新端起水杯。为什么“朴太西”平白地发出对法官不满的声音，究竟他有怎样的过去？两人素昧平生，“朴太西”不负责任的言论，不由得让欧阳然心生芥蒂，在其内心里掀起不小的波澜。他紧皱眉头，出神注视着自己杯里的茶水发呆。

“……”

“嗨，对不起！”从中铺又传来说话声，欧阳然眉头紧皱，一脸的不悦。他怀疑“朴太西”又要开口说话。他抬头瞅见仇平凡头顶中铺位置，摸索伸下一只穿白色袜子的脚，不偏不倚正好踩到仇平凡肩膀上。那只脚好像感觉踩错了地方，正在左右试探寻找新的支点——显然，“对不起”是脚主人说出的话。

“你就踩这儿下来吧。”仇平凡用手把那只探索的脚，又放到自己肩膀上。

脚有了支撑点，从中铺快速出溜下一人。“哦，真是对不起！”一位三十多岁，戴着眼镜的男性，他与仇平凡并排坐在一起。他满脸通红，歪着脑袋，用手指向梯子，脸上露出抱歉的笑容。“我想从卧铺梯子那边下来……”他又用手指指向自己的头顶，“但为图省事，我刚才是从这儿上去的。所以，嘿嘿……”他尴尬地摸着自己长长的头发。“我把鞋脱在你卧铺下面了。”他不好意思冲着仇平凡耸耸肩膀。

“没事，年轻人。”仇平凡和蔼地看着对方。“我骨头还算硬朗，踩不坏的！”

“谢谢您，老大爷。真不好意思。”年轻人再次点头致谢，表示出自己深深的歉意。

“老大爷？我有那么老么？”

“没有，没有……”年轻人忙不迭地改口说道，“您肩膀真硬，硌得我脚都痛了”。他狼狈地摸了摸后脑勺。

“哈哈……”仇平凡爽朗的笑声感染了在座的所有人。

“老先生，趁车还没开，我到站台与老婆说几句话。她说过不来送我，可现在又来了。”虽然，年轻人话里有指责成分，但内心却荡漾着幸福。

“快去，别耽误了重要的事。我们有空再聊。”

“好，好。”年轻人俯身穿上鞋，快速奔向车门。

他的身影像风一样而过，让一个人久久凝望。仇平凡瞥见欧阳然的视线，始终追随着年轻人的背影，直到消失在列车门口。倏地，他眼里掠过一丝挥之不去的伤感。

或许是触景生情，茶水杯端在手里，欧阳然仍未喝，又把它放回原位。“唉，老伴去世后，我只剩下抽烟的嗜好……”好像他是在喃喃自语。

失去相濡以沫的老伴，仿佛唯有香烟才能慰藉孤独的灵魂，以缓解欧阳然相思之苦。

人非草木，孰能无情？仇平凡体谅欧阳然，他们有着相似的经历。他理解失去爱妻后，那种怀念惆怅之情。他用关切的目光看着欧阳然，用手拍了拍欧阳然手臂——他理解对方的苦衷。

一段不愉快的回忆引得双方好久都没有说话。

欧阳然小心谨慎地左右张望，好像在刻意提防什么人。“我们抽烟可要小心，别让岑医生看见，那样就不太好了。她会责怪我不遵医嘱。”欧阳然用手指了指车厢尽头，“等车开了，我们到连接部去抽一支”。

“您认识岑医生?”

“我们也算老朋友了。我看病就在她上班的那个医院，她是医院的内科大夫……”

“你先忍着点，老兄。我叫仇平凡。”随后，两人手又重新握在一起，仇平凡不平凡的人生又多了一位知己。他感慨万千。

随着汽笛长鸣，列车缓缓启动。欧阳然瞥见那位与妻子告别的年轻人，他依偎在车窗前，挥舞手臂向站台上妻子依依惜别，脸上是一副恋恋不舍的表情。

车厢内音乐响起，是江季子十分熟悉的《广阔的地平线》，广播里传出女声悦耳的声音："优美的音乐放松您匆匆的脚步，真诚的微笑启动您愉快的旅途。旅客朋友大家好！今天是九月十二日星期二，农历七月二十日。欢迎您乘坐我们这趟列车，感谢您选择铁路旅行。我们将为您提供舒适的环境、优质的服务。您的旅行从我的一声问候开始，祝愿您拥有快乐的好心情。"

站台上时钟滑过江季子眼角：上午十点。夕阳红旅游团，正式拉开了序幕。

第二章

“江季子，所有游客的名字你都能叫得上来吗?”方卓坐在卧铺上盘着腿，低头不时翻动着手中的花名册。“人名和本人要对号入座，针对生活习惯不同的人，要注重区分对待；另外还要关注特殊人员，如仇老腿有残疾……”

江季子“嗯”了声，“方姐，我知道了。如果有做得不到位的地方，请您随时提醒我”。看似委婉的说法，但很明显江季子对刚才的事心存嫌隙。

我对她态度恶劣？她在闹情绪？方卓仔细揣摩对方心思。回想起来，她与江季子站台上所说的话，全部是为了更好地完成本职工作。旅游团尚未出发，就把乘客遗留在站台上，那对她们来说可是犯了大忌——组织不得力。事后旅行社对当事人赔偿道歉不说，其公司信誉是不能用金钱来弥补的。这一点，方卓深知其中内涵。江季子冰雪聪明，能理解我的良苦用心。方卓暗想。为了顾及对方感受，照顾江季子情绪，她适时安排了其他工作。“你待会儿问下哪位游客需要帮助。”

“嗯，知道了。”从座位上站起身来的江季子，口中勉强吐出几个字。

仇平凡意外地失而复回，没有给旅游团造成什么严重后果，但江季子心情颇感不舒畅，好似挽了个难以解开的小疙瘩。尤其是方卓所说的那番话，让她觉得自己很没面子。如果事情反过来想，把她换作方卓，在那种特殊场合，她也会这么说。毕竟，方卓事先安排好的工作，其中出了纰漏，她就应该自己负责，不能埋怨对方。她了解方卓严谨、细致的工作作风。

想到这儿，江季子觉得自己还很任性。她态度确实不好，有点心生后悔。她脸皮薄，公共场合，人多嘴杂，不好意思向方卓道歉。“以后有机会，一定当面向她解释清楚。”江季子暗自思忖。眼下，只有把方卓交代的任务完成好，才是对她最大的支持。江季子稳定下自己的情绪，全身心地投入工作。

游客大部分集中在八号车厢，七号车厢还有几位散客。旅游团团购火车车票时，售票厅就是这么调配的。到底从哪节车厢开始呢？江季子在思考。思前想后，她决定还是从七号车厢入手。舍近求远，先把远处车厢乘客照顾到，然后过渡到八号车厢，这样了解游客的需求会细致些。

列车即将发车，旅客忙于寻找座位，车厢过道有点拥挤。有人在安放行李，有人在整理铺位，有人正在收拾携带物品。江季子左躲右闪，尽力避免妨碍到忙碌的人们，极力在空当里迂回穿插。

咦！有人挡在她面前，而且站住不动。江季子反感那些没有眼力劲的人，他们不守规矩，很令人讨厌。尤其是公共场合，更何况是狭窄的卧铺车厢，竟然有人站在过道中央。

“喂”，愠怒的表情，占据了江季子白皙的脸庞。她口气略显生硬，“您好，麻烦您让一下”！

似乎背影主人没有反应，还是无动于衷。江季子有点发怒，刚想指出对方不礼貌行为时，站立者却转过身，一副笑吟吟的模样看着她。

“岑医生，你去哪儿?”定睛看清楚眼前的人，她换成一副惊喜的口吻。

其实，走在她前面的岑梦茹，无意回头间认出跟在自己身后的江季子。她故意站在原地，挡住江季子的去路。

“我接到方卓电话，她说宗政儒的爱人有些头晕，让我过去看一看。”

“您的医药箱呢?”

“呶，在这儿。”岑梦茹指了指身体前面。

“哇，您为了骗我，竟然把医药箱抱到自己胸前。我说从后面看，怎么也认不出您！”

“哈哈……”

“岑医生，靠这边……”江季子瞅见她身后，有位肩扛编织袋的人。他急匆匆的步伐，表明身上已负重不堪，急迫地想要找到座位，无暇顾及过道上来往的旅客。江季子眼疾手快，伸手拉住岑梦茹胳膊，她们侧身躲到一边。

她俩并排站在车窗前。“岑医生，你刚才说谁不舒服?”“宗政儒的爱人。”

“宗——政——儒？你说的是不是市交警大队的那个宗政儒？”由于心情比较激动，江季子声音有些颤抖，这让岑梦茹有些始料未及。在她印象里，江季子作为导游，宗政儒从事交警工作，他们是两条永远平行的直线，怎么也交叉不到一块儿。但从对方兴奋的眼神里，岑梦茹看到是期盼和希冀。

“对呀。他们夫妇在旅游名单里，你事先没有看到？”

“我早就知道，只是苦于没人给我引见。岑医生你就是那个牵线搭桥的人。今天没有你，我还不知道如何接触到宗政警官呢？”

有心栽花花不开，无心插柳柳成荫。江季子笑颜如花，眼睛望着远处，“他可是我的偶像！近期，我有个酝酿很久的长篇小说构思，其中有部分情节，就是以旅游为舞台。最近，我把目标对准了犯罪推理小说。上个月已开始动笔，我休息的时候几乎都在写作。你记不记得，宗政儒经常做客电视台交通节目，现场讲述怎么预防交通事故……”

“交通事故……与犯罪之间有牵连联系？”岑梦茹两个食指相互交叉，一副满脸疑惑的样子。

“这好比织毛衣，只要有了充足的毛线，用我手里的毛衣针加以编织创作，这不就是成了小说。我想，这趟旅游对我而言，非常值得期待……”

“哟！真不简单。”岑梦茹换了种眼神，上下打量着江季子。她如梦初醒般说道，“看不出来，你还是个‘才女’”。她顺势把医药箱背带向上提了提。眼前的江季子，活泼可爱的面孔，令岑梦茹倍感愉悦。

“那是当然。你不知道我是市作家协会的成员吧？”江季子嘴角线条充分上扬，用得意的眼神看着岑梦茹。那表情分明是在说：人不可貌相。突然，江季子眨眨眼，又想起什么，那双会说话的眼睛，上下打量着岑梦茹，“岑医生，你嘛……可以做我故事情节中的一个人物”。

“是吗？荣幸之至！我是你书里的‘善人’还是‘恶人’？”

“暂时保密！”江季子面露羞涩，“走，别耽误了正事。我们快去看看宗政警官的爱人”。说完，她手挽岑梦茹胳膊，走向七号车厢。

车厢中部，她们看到戴老花镜的时令漪手里捧着一本翻开的书，正和他对面的王达常激烈讨论。

“时教授、王老先生，您们在说什么？”

时令漪把手中的书合上，“哦，小江导游，岑医生您们好。我们正在讨论《逻辑哲学论》❶ ”。他特意把手里的书在她们眼前晃了晃。“这本书你们看过没有？”

“嗯……”江季子陷入思索，她歪头盯着车厢顶部，似乎努力在搜寻这本书的印象。“这本书是维特根斯坦所著，全书基本可以通过下面的话来总结，‘可以言说的东西都可以清楚地加以言说；而对于不可谈论的东西，人们必须以沉默待之’。”说完后，她瞪大眼睛盯着两位老人，仿佛寻求答案是否正确。

时令漪竖起右手大拇指，“小江导游，你博览群书，知识很渊博啊”！从他嘴里发出啧啧的称赞。

时令漪身边的王达常站起身来，露出一副难以置信的表情，“此书对于常人而言，有点晦涩难懂。时老身为大学教授，他特别推崇这本书。小江导游，你做过细致的研究”？

“王老师，您过奖了。我粗略地读过此书，只知道皮毛而已，并没有做过深入的研究。”江季子如实作答，“其中还有很多内容搞不懂，以后还要请二位多多指教”。她又认真地补充说道。

“没问题”，时令漪接过话茬，左右看看旁人，刻意压低嗓门

❶ 《逻辑哲学论》是英国路德希·维特根斯坦创作的逻辑学著作，1921 年首次发表。

说，“以前，我在学校教的就是哲学。虽然有人觉得哲学很空洞，但我还是很喜欢。其实哲学就是大道至简，哲学的任务，就是对现实世界进行元理层面的把握。把‘多综合为一’，或把‘一区分为多’，‘一和多’都是元理。元理要清晰表达、系统构造。这样的元理系统，才能适用于阐释世界或指导实践……”

王达常双手向时令漪面前一摊，笑呵呵地说：“看看，时教授又开始上课了，他会抓住一切机会给人授课。哈哈……”

好友善意的调侃，并没有让时令漪停止向大家解释“哲学的概念”。“哲学是元理，科学是原理。划分它们的依据是：‘元理’是人类需要时刻记着的、即时可用的，‘元初理论’相当于‘全世界真理性唯一一个正义判官’；而‘原理’，是实事求是的、人们可以通过查工具书得到的许多可以用来指导实干的基础理论。一个是‘元’宝的元，一个是‘原’来的原。您们是否明白?”

江季子和岑梦茹相互看了眼，又把求知的目光投向时令漪。看着她们似懂非懂的表情，他继续说道，“原理与元理划分并非绝对，实际上，元理是需要时刻记着即时可用的元初理论。元理也要清晰表达、系统构造，这样的元理系统才适用于阐释世界或指导实践。哲学是元理，科学是原理、方法、事实，元理与原理划分并非绝对，实用依据是：元理是需要时刻记着、即时可用的元初理论，原理是可以查工具书利用的基础理论。”

或许，时令漪感觉这样说下去会变得更加抽象，让听者失去谈话的兴趣，又把话题引到《逻辑哲学论》上，“小江导游，您刚才概括出这本书的主要内容。实际上它包含了对实在、思维、语言、知识、科学和数学等问题清晰明确的逻辑分析，是关于世界、自我、伦理、宗教、人生和哲学深奥神秘的箴言。它对当代西方哲学，尤其是在英美哲学中占主导地位的分析哲学产生了决定性的影响，并直接影响了罗素思想的变化……”

“时教授，听您这么说，我似乎明白了《逻辑哲学论》里的七个命题的内容。”江季子微微点头，双臂抱在胸前，手抚摸自己的下巴，侧首凝望车顶。

找到谈话的切入点，时令漪又充分展开话题，“其实对维特根斯坦来说，这些命题是非常松散的结合。一原子事实不与另一原子事实相矛盾，一原子事实也不能从另一原子事实推出。归纳法，是采取可用来描述自然律性最简单的规律的过程，但这个过程没有必然性。唯一的必然性是逻辑的必然性，唯一的不可能是逻辑的不可能性，而它们在世界中是不存在的。世界的意义处于世界之外。如果有价值存在，它必伏于一切现象与实然之外，因为一切现象与实然都是偶然的。因此，伦理学和美学是不可言说的、是超检验的。哲学有两个任务，一是表明每一命题是一事实的图像，这是不能言说的，因为命题对自身不能说明什么二是哲学不是一种像自然科学那样的理论，得到一系列叫作‘哲学命题’的东西，哲学是一种活动，一种澄清的活动，力求把模糊不清的思想弄清楚，并给以明确的界限。所以，维特根斯坦根在命题七中得出结论：‘可以言说的东西都可以清楚地加以言说；而对于不可谈论的东西，人们必须以沉默待之’”。

他话音刚落，三人情不自禁鼓起掌声。“好，好……”江季子拍红了巴掌，引得车厢内众人诧异的目光。“听时教授一席话，胜读十年书啊！”这是她的肺腑之言。

时令漪谦虚地挥挥手，“没有，没有。与你们讨论哲学方面话题，也算是我的一大享受”。

江季子面对他颔首微笑，“好的，时教授。我有空再请您赐教”。

“我们的才女真不简单！”岑梦茹双手扶着江季子的肩膀，用审视的目光，注视对方的双眸。“你应该著书立传，我感觉你作为导游有些屈才。”她抿着嘴半开玩笑地说，话音未落，还故意用食指在江季子脑门上轻点一下。作为随团医生，她与江季子打过几次交道。无论从生活、学识、为人等方面，江季子每次都会给人带来意想不到的惊喜。她外向开朗的性格，岑梦茹也很喜欢。

“哈哈，岑医生的话有道理。”豪爽的笑声，从王达常洪亮的嗓门传了出来，他红红的脸庞充满了热情。

“承蒙各位夸奖！”两片红云飞上江季子的双颊。其实，关于哲学她知道还不太多。她喜欢读书是事实，所有的书籍，她都抱着猎奇的想法去读。有时候多看些书，对她从事的导游工作，还是相当有益处的。

看着面前意犹未尽的两位老人，想到自己要做的事儿，江季子适时转移了话题。“你们还有什么需要帮忙的?”

“哦，没有了。”时令漪低头瞅着手里的书，老花镜已滑落在鼻翼上，然后，他扬起眉毛，视线穿过镜片上方，和蔼地看着江季子，“这次旅游景点的解说，是你还是方卓”?

“还是老规矩，首先是当地导游负责解说。如您有不明白的地方尽管找我，包您满意！”她双手抱拳行礼，显出很浓的江湖气息。

“届时我们洗耳恭听。”

“放心，我会不负众望。”

她们与两位老者道别后，继续前行。她们老远看到七八号车厢结合处，欧阳然和仇平凡正在吞云吐雾，畅谈甚欢。江季子示意岑梦茹放慢脚步，对方会意地点点头。她的小聪明，岑梦茹已基本掌握。她们小心翼翼地来到他们跟前。

“借过，借过。两位老先生请让一让！”

“哦，好，好。”听到背后有人嫌他们挡路，仇平凡自知理亏，赶紧侧身立正，腾出过道。当他目光转向来人时，看到却是站在面前，笑盈盈的江季子。

“你这个丫头，真会和人开玩笑。”他故意板起脸孔，面露愠色。

“哈哈！”目睹眼前滑稽的一幕，欧阳然不由得发出开心的笑声。

江季子捉弄人的场面，让欧阳然看到身边朋友的另一面——仇平凡做错事，被指责时表现出唯唯诺诺，小心谨慎的样子。

岑梦茹来到他们身边，“您二老要注意身体，我认为还是少抽些烟为好”。看着狭窄空间弥漫的烟雾，她的手下意识地在鼻子前面左右挥动。她微微蹙眉头，瞄向还在抽烟的欧阳然，“欧阳然老先生，您吃降压药了吗？您肾功能不好，可真要管住自己”。她声音虽不高，但很有力度，让对方有些猝不及防。

“啊，我已经吃过。谢谢你，岑医生。”欧阳然立刻掐灭香烟，面露狼狈的神色。看着岑梦茹愠怒的表情，他几乎用乞求的口气说道，“岑医生，我抽了一根……不，不，就半根。不多吧”？他把手里半只熄灭的香烟，在岑梦茹眼前晃动。

“你呀，让我怎么说才好呢！你真要对自己的健康负责。”她用医生告诫的口吻，责怪不遵医嘱的患者。作为多年医患关系，岑梦茹很关心欧阳然的健康问题。

“你别以为出来旅游，觉得心情舒畅，就把医嘱全部抛到九霄云外……”岑梦茹用一半责备、一半爱怜的眼神，注视着如孩子般做错事的欧阳然。

江季子觉得场面很温馨，这不是医生和患者之间的对话，更像是家人之间善意的规劝。她透过袅袅上升的烟雾，看着仇平凡还抽得很起劲，有种事不关己的样子。“仇老，您也要少抽点烟。”她说道，“您的腿不方便，需要帮忙请说话”。

“我的腿？”仇平凡皱眉，大声质疑道。针对欧阳然的批评，没想到会迁移到自己头上。仇平凡没好气地掐灭尚未燃尽的烟头，右手拿起拐杖使劲敲着残疾的右小腿，发出金属“邦邦”的声音，“姑娘，我的腿绝对没事，是铁打的筋骨，请你们放心。我和欧阳只是脾气相投，爱好相同的朋友而已”。

“您们是纯正的‘烟友’关系吧？”江季子用揶揄的口吻说道。

仇平凡白了一眼江季子，捋着上唇花白的胡子，“嗯，小江导游不能这么说。男人抽烟是一种爱好，你懂不”？

江季子故意夸张地左右摇头，似乎要用马尾辫驱散自己周围的烟雾——她想表达对这番言论的深刻不满。

“看，看，你这孩子。”仇平凡无奈地把烟头塞进烟盒。

“……”

“我决定戒烟！”欧阳然冷不丁说出的话，让人有了无限的遐想。

“什么？你真的要戒烟？”显然，对方的话触到仇平凡的痛处。从欧阳然坚毅的眼神里，让人根本不容置疑。仇平凡无奈长长地吁出一口气，仿佛周围的空气开始凝结，变得有些难堪。

江季子不敢相信自己的耳朵，吃惊地张大了嘴巴，向岑梦茹投去求证的目光。对方也是一脸的诧异。欧阳然能改掉多年的不良习惯？岑梦茹真有点怀疑。

仇平凡把手里的空烟盒伸向欧阳然，“喏，放这里吧！”他很会看事，这分明是给老友台阶下。

欧阳然感激地点点头，神情严肃地把手里的半截香烟放了进去，仿佛是在与过去告别。

仇平凡干咳一声，话锋一转，“想当年，我还是学校足球队的健将。凭借我好的身体底子，还从事过替身演员行当。不过，自从出了车祸，我的腿就……”他咂了咂嘴，低头看着自己的腿发呆，一副黯然神伤的表情。

仇平凡想岔开抽烟话题，不料却引起了自己伤感的回忆。见状，岑梦茹马上改口到健康问题上。“这次外出旅行，您二老要注意自己身体的变化。如有什么老毛病，一定谨遵医嘱按时服药。另外，气候和地域的改变，会造成身体上的不适，出现不良情况您二位提早告诉我。最好还是能戒掉抽烟的不良嗜好，毕竟香烟不是什么好东西。”这绝对是个难得的机会，趁热打铁，她想让欧阳改掉不良习惯。

“岑医生，谢谢您关心！”两位老者异口同声地回答。说完后，他们不自然地相视而笑。

江季子、岑梦茹挥手与他们告别，走向七号车厢。

“岑医生，有正能量的朋友，也有负能量的朋友，你说是不是?”

“此话怎讲?”

“通俗地说，就是近朱者赤，近墨者黑。”江季子回答得比较干脆，显得心无城府。

“不能这么说。对于他们而言，多年习惯已固化，一下子改掉，的确有些勉为其难。”虽然嘴上这么说，但岑梦茹却言不由衷，内心还在迁就对方。

说话之间，江季子扭头回看仇平凡和欧阳然，只见他们摇摇晃晃地走向八号车厢。

第三章

七号车厢。

宗政儒静静坐在妻子王志华的身边。她躺在卧铺上，双目紧闭，脸色苍白，毫无血丝。他双手轻轻揉压她两侧的太阳穴，以缓解晕车带来的不适。

作为一名普通交通警察，宗政儒辛苦工作几十年，马上就要退休了。他中等身材，短短的头发留下岁月花白的痕迹，紧锁的眉宇下，是一双炯炯有神的眼睛，让与之交往的人印象深刻。加之挺拔的鼻梁和薄薄的嘴唇，给人以聪颖过人、思路敏捷的感觉。

由于工作繁忙，宗政儒自由支配的时间很少，与家人在一起团聚的时刻更显弥足珍贵。此次他陪爱人外出旅游，还是前年女儿没成家之前的承诺。按当初的设想，他们全家外出旅游，痛痛快快玩几天，彻底放松身心，共享天伦之乐。然而计划永远赶不上变化快，直到女儿成家，宗政儒拟定的旅游计划也未能实施。直到今天，他和老伴的出行才得以实现，但女儿却因工作和家庭原因没能去成。现实似乎开了个不大不小的玩笑，给他留下了遗憾。宗政儒总觉得对不起女儿。

参加夕阳红旅游团，也是巧合。机会难得，他十分珍惜这次与老伴出行的机会。换种说法，宗政儒可以兑现自己当初的许诺，尽管身边少了女儿的陪伴。

他看着昏昏沉沉的王志华，内心颇为难受。好不容易结伴出来，老伴却身体不适，自责和缺憾充塞他的内心，他焦急等待着随队医生。不过，经他悉心照顾，王志华似乎有好转的迹象，逐渐进入浅睡状态。

长长地舒了一口气，他双手动作停了下来。宗政儒慢慢抬起头，心不在焉地在车厢里扫视了一圈。忽然，他目光定住了，不由加快眨巴眼睛，又把眼睛瞪得大大的。

斜对面靠近车窗座位，有一位四十多岁左右的男性面对宗政儒坐着。该男子身穿长袖衬衣，包裹得十分严实。一头乌黑蓬松的头发十分醒目，鼻梁上架着一副黑边框眼镜。虽然他手里的报纸遮住了大半个身子，但这副面孔对宗政儒而言，有点似曾相识。困扰他脑海里的谜案，渐渐浮出水面……

近期，滨海市发生了一起蹊跷的隧道车祸案。八月一个下雨的夜晚，在郊区的一条偏僻隧道上，发生了一起车辆发生事故致行人死亡的案件。根据交警现场勘察，开车的是一位四十多岁男性。他驾驶小轿车进入隧道，距入口处十米左右，轿车失控，偏离了正常的行驶路线，冲上路边的人行道，把一位同向行走的男人撞死。

隧道充其量百十余米长。当时开车的男性，戴着一副眼镜，身上穿着非常考究的长袖衬衣，袖口扣子系得十分严密。由于本人没系安全带，导致他头部撞到方向盘受伤昏迷，后经医生抢救脱离生命危险。按常理来说，这不过是一起普通的交通事故。但，宗政儒从处理现场发现了一些蛛丝马迹。

一个很注重自己仪表的人，会时刻关注自己的穿戴。为什么现场勘察显示，开车男性的头发和眼镜都被雨水淋湿了？然而，出车祸时轿车前面的挡风玻璃并没有破碎，车窗也处于关闭状态。

是否存在这种可能：开车的男性在驾驶途中，由于某种原因从车里下来，那时就被雨淋到了。出车祸时他头发和眼镜上的雨水还未干，或者他打开车窗透气时，雨滴迎风飘了进来。那为什么他身上和车座位却没有被淋湿？这也正是宗政儒百思不得其解的地方。另外，还有一个重要的疑点。车祸发生于午夜前后，寒冷凄凉的雨夜，而被撞身亡的人，一没有撑雨伞，二没穿雨衣，怎么会独自行走在荒凉郊外的隧道上？

这些能说明什么问题？最后交警大队下的结论是：小轿车意外失控，致使行车路线改变导致行人死亡。

根据以上线索，宗政儒有了自己的推断：当时小轿车并不存在突发故障。可能驾驶员专注力不够，加上客观因素——雨夜视线受阻，路面湿滑等因素，才导致这起看似简单，却隐含内情的车祸。

由于没有目击证人，无法复原当时情况，因此无法得知车祸的具体细节。幸好有路过的司机发现了车祸，解救出车内昏迷的男性司机，后又及时打电话报警，驾驶员才得以幸存。

总而言之，这一切能说明什么？宗政儒思索这宗案情已很久了。

司机和死者之间，几乎找不到可以相互关联的线索。凭借多年的工作经验，真相有如蒙上带水雾的玻璃，只要宗政儒伸手擦拭玻璃，立即会凸显出真相。

事实果真如此？

宗政儒犹豫不决的手，停留在半空已很久，他总觉得时机还未成熟。唯有在证据确凿的情况下，才能推翻原来的结论。没有十足的把握，他不敢贸然触动眼前这块带水雾的玻璃。他害怕自己的推测与事实相反。为此，他感觉异常苦恼……

“宗政警官，您好！”

江季子清脆的叫声，把他从纷乱的思绪中拉了回来。

“小江导游，岑医生，你们好。”他赶忙起身。

听到老伴的声音，王志华慢慢睁开了眼睛。“岑医生，给您添麻烦了。”

“您太客气了，这是我应该做的。”岑梦茹把医药箱放在茶几上，从里面取出听诊器戴在耳朵上。

“王阿姨，您还好吗？我来看看。”她伸手阻止要挣扎起身的王志华，“您别动，躺着就行”。她弯下腰，开始细心检查。

江季子小心翼翼地站在岑梦茹身边，抬头仔细端详仰慕已久的宗政儒。

过了几分钟，岑梦茹摘下听诊器，又蹲下身子与王志华小声交谈着什么。片刻，她缓缓抬起头，注视着宗政儒，“宗政警官，王阿姨身体没大碍，她有些轻微晕车。我这儿有茶苯海明，你按说明书让她服用即可”。她起身从药箱里取出药品，放在王志华身边，“王阿姨，吃完药后您要多休息”。

“知道了，谢谢。”她苍白的脸上露出一丝笑容。

宗政儒伸手为老伴调整枕头高度，“不好意思，麻烦您两位跑一趟”。

“没什么不好意思的，我们现在是同车共济嘛。”江季子快人快语。

“是的，宗政警官。您不必太客气。”岑梦茹一边收拾药箱，一边对宗政儒说道，“如果王阿姨身体还有什么不适，您随时给我打电话”。她从衣兜掏出笔，把自己的手机号写在记事本上，随手撕下递到宗政儒面前，“这是我的电话号码。您打江季子的电话也能找到我”。

“好的。”宗政儒把它小心折叠好，放在自己的衣兜里。

江季子见岑梦茹工作完成了，趁空当儿，对宗政儒小声说道：“宗政警官，我想了解一些交通事故的处理情况，您可以告诉我吗?”她瞅瞅王志华，把嘴凑到宗政儒耳边，“我正在写一本关于犯罪推理的书，有些细节我想让您给提提建议”。说完，江季子眼睛紧盯着宗政儒。她害怕对方会拒绝她这个酝酿已久的请求。

“可以，小江导游。我们随时可以讨论。”

“那可说好了，等您方便的时候，我过来请教您。”江季子那颗悬着的终于心放下来了，一脸认真地说道。

“没问题。”宗政儒坦诚地回答。

“宗政警官，您还有什么需要帮忙的吗?”岑梦茹收拾好医药箱后挎在肩上，在他们身边站着。

“没有了，非常感谢你们两位。”

第四章

“老仇，你看到我喝水的杯子了吗?”

“喏，是不是这个?”仇平凡拿着茶几上的玻璃杯问道。

“不是这个。我的是个不锈钢杯子。”

“那我没有看到。你是不是去别处的时候落在那儿了”?

“没有。我记得十分清楚，我的杯子一直放在茶几上。”欧阳然挠着头，眼光左右搜寻，一副懊恼的表情。

“你别急，我们再找找。”仇平凡安慰他说道，“你刚才去哪儿了?”

“我去七号车厢找墨良迹说了几句话。”

“墨良迹是你老朋友?”

“不是，他原来也在法院工作……”

“嘘。”仇平凡打断了欧阳然要说的话，并指指欧阳然头顶的“朴太西”，仿佛在说：隔墙有耳，小心说话。仇平凡还是对这位旅伴心存忌惮。

欧阳然下意识地捂了下嘴，随即换成一副满不在乎的口气说道：“这是事实，他退休前在东坝区法院工作。”

东坝区，仇平凡了解，那是与涪江区隔江相望的另一个区。“他和你从事相同的工作？”

“是的。我们从同一个学校毕业，又同时走上相同的工作岗位。”说到此，欧阳然颇有点自豪。“时间过得飞快，眨眼之间，我们从毛头小伙变成了老头。”感叹之余，欧阳然眉宇间自然流露出岁月的沧桑。

“咳咳，咳咳。”从欧阳然头顶传来一阵咳嗽声。显然，“朴太西”对欧阳然的话有些“意见”。

他是不是听到“公检法”就会有激烈反应？仇平凡歪着头注视着“朴太西”，心里暗自琢磨。

“老兄，您身体哪儿不舒服？”仇平凡从座位上起身，关切地询问“朴太西”。说他会察颜观色，倒不如说是想借机打探对方的虚实。

那张红彤彤的没有表情的脸上，一双细小的肉泡眼上下打量着仇平凡，“我没事”。

“没事就好。需要帮忙请说话，我们都在您身边。”

“嗯，”有些犹豫，好像受到了触动。“好的。”半晌，“朴太西”咕哝出两个字。

“老兄，您的名字是哪几个字？”

“朴是左边是‘木’右边是‘卜’，泰是‘泰山’的‘泰’，曦是左边是‘日’字，右边是‘王羲之’的‘羲’。”朴泰曦耐心为仇平凡解释自己的名字。

“噢。”仇平凡不住地点头。原来他印象中的“朴太西”与

"朴泰曦"竟有天壤之别，他不由得为自己胡乱猜测别人名字感觉可笑。

朴泰曦注视着频频点头的仇平凡，一脸疑惑。"请问，您叫什么名字?"

"哦，我叫仇平凡。仇是左边'单人'旁，右边是个'九'字。平凡就是很平凡两个字了。"

"您贵庚?"

"我五十三岁。"

"那你比我小，今年我五十六岁。"朴泰曦右胳膊支撑在床铺上，"看来，我真是你老哥"。他侧卧身体，细小的眼睛紧盯仇平凡说道。

"没错，你比我大。"

"按你的岁数，还没有到退休年龄。这次出来旅游，是请假外出还是休年假?"

仇平凡低头，瞅了一眼沉默无语的欧阳然，"因为我的腿有毛病，所以提前病退了"。提到自己的伤心事儿，他的脸耷拉下来。

"我知道了。"朴泰曦拍拍额头，想起旅游团有位残疾人。"你坐，你快坐。"说完，他从中铺翻身下来，摸索着坐到欧阳然身边。他瞪着眼睛，赌气似的看看欧阳然，马上起身坐到仇平凡床铺上。

"朴老，我们出来旅游，凑到一起是缘分。有件事情，不知当讲不当讲。"

"兄弟，你说。"仇平凡体贴的问候，让朴泰曦抵触的情绪明显少了很多。

仇平凡直视欧阳然的双眼，沉默片刻之后，又转向朴泰曦，"您为什么对涉及'法官'的话题比较敏感"?仇平凡咬咬牙，狠狠心说了出来。他不想得罪朴泰曦，但不能让对方对自己的朋友——欧阳然以前从事过的职业有偏见。

朴泰曦漫不经心地看了眼欧阳然，欧阳然则把目光投向了窗外，刻意避开自己的眼神。他把怏怏不乐的视线转向仇平凡，“唉，其实没有什么……”

看样子，他不想旧事重提。这个疙瘩已挽在他心里，根本不容易消散。尤其当着欧阳然的面，朴泰曦更不愿意说出真相。仇平凡不好再勉强。

场面有些尴尬。

“刚才广播说到开饭时间了，现在估计散客已经吃完了，我们去餐车吃饭吧。”仇平凡翻动着背包，一边查看自己的手机，一边对眼前的两位旅伴说道。

“好的，我先过去了。”朴泰曦起身，独自离开。借仇平凡岔开话题的时机，他见风使舵地提前开溜。

“欧阳老兄，我们也过去吧？”仇平凡盯着望着窗外出神的欧阳然说道。

欧阳然回头看着他，“仇老弟，谢谢你处处为我着想。有些人认识上存在偏见，你就不要再做无用功了”。

仇平凡知道这番话指的是谁。另外，欧阳然喊自己“老弟”，足以证明他在用心听自己和朴泰曦之间的对话。可见，欧阳然还是对行为怪异的朴泰曦存有戒心。仇平凡暗自思忖。两位老哥之间的心结，自己能解得开吗？他不得而知。

“走吧，我们去吃饭！”仇平凡把手机放进背包里，然后背在身上。他离开座位，伸手拉住欧阳然的胳膊。

“你带着背包去餐车？”

“对呀，这根本不碍事。”

“背包里有什么宝贝？”

“什么宝贝？就几件日常换洗衣物而已。我带着它取东西方便。”仇平凡特意指指自己右腿。仿佛在告诉欧阳然：拖着有残疾的腿，从行李架上取物品不方便。

欧阳然立刻明白了，“噢，我忘了你的腿……”

他们一前一后，奔向餐车车厢。

方卓和江季子分别站在餐车两边的入口处，“您二位来啦，慢点。请自己找空位坐”。方卓伸手招呼仇平凡和欧阳然。

“欧阳，我们在这儿！”餐车上有人从座位上起身，向欧阳然招手示意。

“我们过去，四个人正好凑一桌。”欧阳然对仇平凡说道，他指向招手人对面的两个空位。

“我们还怕你不来呢。”他们刚落座，对面的男性老者故作生气地说道。

“欧阳，你肾不好，记着要多喝水。”老者身旁的女性对欧阳然说道。

“不对，欧阳肾不好，应该少喝水。”老者立即否定了她这种说法。

对欧阳如此体贴和关心，他们应该是墨良迹夫妇。仇平凡立刻想到。

欧阳左右摇头，不太认同老友夫妇的建议，“医生曾经给我说过……”

听到“权威人士”发言，墨良迹夫妇顿时闭口无言。夫妇俩相互看了一眼，把视线对准欧阳然。

“医生说：如果我觉得口渴，就应快速补充水分，否则长时间缺水对肾脏不好；我不渴，就不要喝水。只要遵循以上两点，就不会增加肾脏负担。如果不渴而强喝水，多余的水分需要肾脏排出去，会给本就很虚弱的肾脏额外增加负担，同样对肾脏恢复不利。所以，我只要把握适度原则就行。”欧阳然颇有耐心地为老友解释自己喝水的时机。

“这位是……”墨良迹指着仇平凡，看着欧阳然说道。显然他对老友身边的人有点面熟，知道是同一旅行团的成员，但叫不上名字。

“哦”，欧阳然伸出双手，做了个抱歉的手势，“我身边的这位叫仇平凡，他和我们是一块的”。

“你又结交新朋友了，还是你人缘好啊。”墨良迹发自肺腑地感叹，接着紧紧握住仇平凡的手，“幸会，幸会。我叫墨良迹，这位是我老伴部淑怡”。

“您二位好！”仇平凡颔首致意，从肩上卸下背包，紧靠他身后椅背。“我刚才听欧阳老哥提起过您，原来您和他是同学又是同行啊。”

“哈哈，这是百年前的缘分吧。”

“这些菜有些凉了，你们赶紧吃。”墨良迹用筷子指着桌上的菜品，对欧阳然说，“我知道你不能吃凉拌花生菠菜、杏仁芹菜，热菜麻婆豆腐、炖鸡汤、炒鸡蛋你也不能吃，但干炸小黄花鱼你能吃……”

肾病患者忌口的东西，墨良迹一一告诫欧阳然。这让欧阳然深受感动，能有如此体贴的老友，此生足矣！

“另外，知道你不能吃高盐、有酱油的食物，我点了两份适合你口味的菜品：蚝油生菜和西红柿炖牛肉，这两样菜稍后就到。”

“谢谢你们的关心。”想不到自己鳏居多年，还有知心朋友悉心关爱，欧阳然强忍眼眶里打转的泪水，感动不已。

见欧阳情绪有点激动，仇平凡赶忙说道：“欧阳老兄可以先吃点炸鱼。来，我给你夹菜。”他用欧阳然的筷子，把菜夹到欧阳然面前的菜碟里。

“真谢谢你们。”

“不要客气！我们出门在外，就应该互相照顾嘛。”仇平凡看了一下墨良迹夫妇，又转向欧阳然。“在列车上将就些吧。等到了南山市，只要是你喜欢而且不忌口的食物，你告诉我，我一定想方设法满足你。”仇平凡一副很认真的表情，“其实我嘴很馋，什么都想吃。我从不忌口”。

“哈哈！”墨良迹发出爽朗的笑声，老友又多了个贴心朋友，他感到由衷的高兴。

“来，老仇，我们喝点啤酒。欧阳你就不要喝酒了。”墨良迹指向酒杯，提醒欧阳然。他拿起餐桌上的杯子，为仇平凡斟满啤酒，随后自己也斟满一杯。

仇平凡举起杯子与墨良迹碰了一下。

“欧阳，你吃这个。”郜淑怡也给欧阳然不停夹菜。

“对了，我想起来了。”啤酒杯刚到嘴边，仇平凡又放了下来，“欧阳老哥，你的水杯是不是落在墨兄那里了？”

“什么水杯？”墨良迹一脸茫然。

“就是我经常用来喝水的那个不锈钢杯子。”

“欧阳把杯子落在我们那儿了？”墨良迹回头问郜淑怡。

“没有看到啊？”郜淑怡很诧异。

“我回去再找找，说不定落在别的地方了。”欧阳然摆手说道，“一个杯子而已，没就没了，到南山市我再去买一个”。他不想为一个喝水杯子，给朋友添麻烦。

“你还是喜欢泡茶喝？”

“没错。几十年的老习惯了。”对于墨良迹的提问，欧阳然坦率地回答。

这次没等老友提出新的建议，欧阳然就开口说：“我每次只是喝点清淡的绿茶。医生嘱咐过，少放点茶叶，有茶水味道就可以。”

“你知道照顾好自己就行。”郜淑怡脸上露出微笑，她也非常关心丈夫的老同学。

显然，欧阳然不再是普通意义上的朋友，墨良迹夫妇已把他视为家人。

餐车里，仇平凡额外留意朴泰曦的影子，但没有看到他来过的任何痕迹。“他不是来餐车吃饭吗？”仇平凡有点纳闷。

第五章

吃完晚饭，仇平凡回到自己铺位躺了一会儿。好像烟瘾犯了，张嘴连续打了几个哈欠。他观察了一下四周的情况：欧阳然躺在对面卧铺上看书；他上铺的朴泰曦盘着腿，双眼怔怔地盯着窗外漆黑的夜晚出神；其他旅客，有的准备洗漱，有的坐在过道椅子上闲聊。

卧铺车厢离熄灯还有段时间，仇平凡站起身，走到过道里欧阳然视线死角的位置，冲朴泰曦招招手。对方看看他，用手指指自己，仇平凡肯定地点点头。

朴泰曦很快从中铺上下来，见仇平凡拄着拐杖，歪歪斜斜地走向车厢接合部，他只好跟了过去。

仇平凡把拐杖靠在车门旁，从烟盒里掏出香烟，“朴老哥，您来一根?”他递到朴泰曦眼前，车门玻璃上映衬出他们的影像。

“我戒掉很长时间了，现在不想抽。”朴泰曦看了看仇平凡手中的烟，盯着他的眼睛，“你找我有什么事”?

“没什么事，想和您聊聊天。”

“……你说吧。”车顶上的灯光照在朴泰曦脸上，让他在玻璃上的影像很不真实。他的五官除大鼻子以外，其余的阴影很重，全部隐藏在黑暗之中。

仇平凡使劲咽了口唾沫。“你晚上没有去餐车吃饭?”

“我不想去。”

“为什么?”

“你就想问这些?”朴泰曦一脸的不悦，细小的眼睛不知道在看哪儿。

话不投机，如果这么问下去，朴泰曦有可能转身即走。仇平凡改变了策略，“朴老哥，我们这么大岁数，出来旅游一趟不容易，碰到一起更是缘分，您说是不是”？

朴泰曦从鼻孔里轻轻地“哼”了一声，他阴沉的面部毫无表情，细小的眼睛仿佛睡着一样。

“如果您有什么心事，不妨和我说一说。”仇平凡用打火机点燃香烟，深深地吸了一大口，慢慢地吐了出来。“也许说出来对您也是一种释放。”

“我能有什么心事?”朴泰曦夸张地耸耸肩，摊开双手，一副质问的口气。

“我看到你对欧阳然所说很抵触，所以就想了解下老哥的想法。”

“我没有任何想法。”

“其实，说句实话，我对法官工作也不太……”

朴泰曦紧盯仇平凡，“不太什么”？他很想知道下文。他似乎找到了知音。

“嗯”，仇平凡吸了口烟，眼睛看着对方，待了一会儿，歪头吐了出来，“法官有时候作出的裁决，并不是他的个人意图……”

“你是说有客观因素的制约?”

“关键是要看对案情的理解。”仇平凡伸手，把烟灰弹在早已折叠好的纸袋里。

“理解?他们认真调查过事实吗?一个扰乱社会秩序的小事件，他们竟然能判当事人六年的有期徒刑……”

“六年有期徒刑?”仇平凡失声喊道，他睁大眼睛，直视朴泰曦。对方的话令他感到格外震惊！到底，朴泰曦还是有难以言说的苦衷。

“哼”，朴泰曦感觉自己似乎说漏了嘴，没好气地侧过身，用肥厚的双拳击打着车厢内壁，“不知道这些人都是干什么吃的，他们每天还挺舒服……”

仇平凡听见身材魁梧的朴泰曦爆了粗口，悬着的心终于落地。朴泰曦痛恨法官有缘由，他对欧阳然出口不逊，是因有不堪回首的往事。这种愤怒好像还部分源于他肥胖的体格睡在中铺多有不便，应该与他下铺的欧阳然调换。当然，这是旅游团根据游客身体、年龄等因素综合考虑做出的安排。

不能火上浇油！仇平凡冷静观察对方的一举一动，“朴老哥，你在什么单位上班”？他适时转移了话题。

“我没单位……”朴泰曦转过身，不耐烦地做了伸手要烟的动作，仇平凡赶快把烟盒递了过去。

朴泰曦低头凑近仇平凡点燃的打火机，把香烟点着，贪婪地吸了一大口，让烟长时间在肺部聚集，过了好一会儿，他脸憋得通红，才慢慢吐了出来。他开始剧烈地咳嗽，用手捂住嘴，含糊不清地说：“我自己开了一家公司，你大概听说过……”

听到这家公司，仇平凡马上明白眼前的朴泰曦与人难以相处的原因——他是公司领导，怪不得说话这么霸道。

随着对方娓娓道来，事实正如仇平凡所料。朴泰曦作为公司创始人，凭借他坚韧不拔的干劲和吃苦耐劳的精神，终于打拼下属于自己的天地，他全部的付出就是为了独生宝贝儿子朴天昊。朴泰曦希望有一天，儿子能从他手中接下这片产业，把它发扬光大。

可怜天下父母心，儿子却不是朴泰曦想象的那样。从父辈那里，他继承了独断专行、霸道的脾气，却没有继承父辈踏实肯干的精神。由于家境优越，从小娇生惯养，还有父母过度的呵护，他养成了好逸恶劳的品行。好不容易上了大学，朴泰曦希望儿子能继承自己衣钵，但烂泥扶不上墙，朴天昊天生不是这块料。他与社会上的一帮狐朋狗友称兄道弟，寻衅滋事，打架斗殴成了主业。学校领导有几次找到朴泰曦告诉他朴天昊的劣迹，要做退学处理，在朴泰曦苦苦哀求下，朴天昊才得以继续读书。

朴泰曦心力交瘁，想趁自己身体好的时候，帮朴天昊一把。他盼望儿子能赶快毕业，进入自己的公司。但人算不如天算，当朴天昊惹下大祸之后，朴泰曦才知自己已铸下弥天大错——他不应该按自己的意图为儿子设计未来。如果遵照朴天昊自己的意愿，学习餐饮行当，他也许就不会这么消极堕落了。朴泰曦认为干餐饮丢人现眼，毁掉了儿子的梦想。但后悔已晚矣！

去年，朴天昊与同学为争一个女朋友，纠集社会闲杂人员在学校打群架，影响极其恶劣。根据《中华人民共和国刑法》第二百九十条规定，聚众扰乱社会秩序，情节严重，致使工作、生产、营业和教学、科研、医疗无法进行，造成严重损失的，对首要分子，处三年以上七年以下有期徒刑；对其他积极参加的，处三年以下有期徒刑、拘役、管制或者剥夺政治权利。于是始作俑者朴天昊，被法院判处六年有期徒刑。

希望犹如泡沫一样破灭！朴泰曦有了寻死的念头。他心里非常痛恨法官，认为法院的判决过于严苛。主观上，他真正意识到儿子出事是因为家长疏于管教。他只顾从金钱和物质上满足儿子的需求，却没有通过正面引导，让儿子走上正途，最终导致朴天昊走上歧途。

人生如过山车般跌宕起伏，朴泰曦品尝到了大起大落的滋味。在他最为煎熬时刻，妻子因为纠结儿子的事情，患上严重的抑郁症——真是福无双至，祸不单行。他濒临绝望。

挫折让人悔悟。此次他独自外出旅游，请亲戚和保姆照顾好老伴。他要在南山市寻找一个挚友，一个曾经被他故意伤害过的人。在请求对方原谅的同时，希望挚友能为他指点迷津。另外，他想彻底冷静一下头脑，思考余生。毕竟，他的希望并没有完全破灭——朴天昊还有东山再起的那一天，他对此坚信不疑。

朴泰曦对欧阳然的态度的确不恭敬。但他心里郁结的怨气，总该有个释放点。他不是敌视欧阳然本人，而是仇视他从事过的工作。

言罢，朴泰曦伸手把仇平凡手里的纸袋拿了过来，把长长的烟灰弹到里面。听完朴泰曦的故事，仇平凡陷入了深思之中。

“老仇，还没有休息啊?”听到有人叫自己，仇平凡抬头，看到墨良迹站在他们前面。他手里提着一袋水果。

“墨老，您好。马上要熄灯了，你要去干什么?”

“趁这个工夫儿，郜淑怡让我给欧阳拿些水果。”

“您真是欧阳的知心朋友。”仇平凡把烟头捻灭，随手放在朴泰曦拿在手里的纸袋里。

“我们朋友这么多年了，他现在一个人，怎能不让人惦记。”

墨良迹话是对着仇平凡说的，可他的视线始终没有离开朴泰曦。估计他看着对方眼熟，不知道怎么称呼，所以就没有开口。

“你赶快去吧，熄灯后要锁门了。”

“好的，你们聊。”他挥手告别，急急走向八号车厢。

仇平凡背后伸过一只手，“再给我来一支烟”。仇平凡回头，看到双眼盯着墨良迹离去的背影。

“你认识他?”朴泰曦问。

“嗯”，仇平凡掏出香烟盒，递到对方手里，“他是欧阳然以前的同事”。

“他也是干那行的?”

“对。”仇平凡知道朴泰曦所说的“那行”指的是什么职业。

“这半盒烟你就拿着，自己抽吧，不要抽多了。”仇平凡拿起拐杖，“你不睡觉”?

“呃”，朴泰曦紧皱眉头，“我想自己静一会儿，你先去睡吧”。他又抽出一根烟，衔在嘴边，“平凡，把你打火机给我用下”。

仇平凡递到对方手里，“这个给你吧，我包里还有。别太晚，列车员一会儿就锁门”。他拍拍朴泰曦肩膀说道。

“老弟，你放心。”

仇平凡摇摇晃晃走了几步，回过头来，看着朴泰曦吞吐烟雾的孤独背影，无奈地咂咂嘴。

第六章

Z162 次列车到达南山市，已是第二天傍晚时分。

“各位游客不要着急，列车已到终点站。请仔细检查自己的行李，不要落下任何物品。”方卓在车厢里来回走动，不厌其烦地告诫旅游团的每位成员。“各位请按顺序下车，一定要注意安全。我们待会儿到站台上集合，由江季子引导出站。”

江季子早已站在车门口。七八号车厢的游客慢慢汇集到她跟前，自觉地排成一路纵队。方卓检查行李架，负责殿后。

站台上人头攒动，江季子手执蓝色小旗，走在队伍最前面。她不时回头招呼游客，引领队伍缓缓前行。方卓走在最后，与宗政儒左右搀扶着王志华慢慢跟随。

方卓已与南山市当地接团的导游取得联系，约好在出站口乘坐大巴车。他们出了车站，在当地导游芮纳茜的接引下来到大巴车前依次装载行李。看到游客中老年人居多，司机上前搭把手。

“咦，仇老，你行李真够简单的，只有一个背包?”看着江季子吃惊的表情，仇平凡有意伸伸笨拙的右腿，“我腿脚不方便，当然不能负重前行”。

“来，老伙计，我来帮你。”与江季子说话的空档，仇平凡瞥见欧阳然要装载行李，赶紧上前几步。他顺手接过对方手里的旅行箱，弯腰麻利地塞进货厢。欧阳然伸出大拇指，佩服他干活儿的利索劲。他不以为然地挥挥手，又把脚下的一个旅行箱从地上提起。

“老先生”，宗政儒紧走两步，从他手里接过旅行箱，“您腿不方便，还是我自己来”。

“别客气，这点力气活儿我还行。”

“我来吧。小江导游您扶老先生上车!”宗政儒扭头对站在车门前始终注视着这边的江季子说道。

“嗯”，江季子似乎有些走神，“……好的”。她略微迟疑地回答道。

“仇老，我来扶您上车。”她快步走到仇平凡跟前，伸手搀住他的胳膊。

江季子一直暗中观察宗政儒。她小说里的主人公，想以宗政儒为原型，因此她特别留意对方的举止言行。他向打她招呼时，她还沉浸在故事情节里。江季子不想遗漏任何接触故事主角的机会。

虽然她步伐向前，可留恋的目光还是留在身后。江季子扭头的瞬间，发现宗政儒已经把旅行箱放了进去，又随手帮别人装载行李。看那干净利落的身手，她不由得从心里暗暗称赞。

“仇老，你的背包不放进去?”江季子指着仇平凡身后的背包，惊奇地问道。

“我东西非常简单。”仇平凡伸出拇指向身后指了指，“我背着不碍事，车上也不占地方，取什么也方便”。

“那好，您慢点上车。”

“好咧。”仇平凡迈着蹒跚的步伐和江季子慢慢走向车门。

大巴车到达所住酒店。方卓和江季子登记完相关手续，给所有游客分完房卡，安排好房间之后，就招呼全体人员到餐厅吃晚饭。

趁用餐时间，江季子偷偷注意着宗政儒夫妇的一举一动。等到大部分人吃完饭，陆续离开餐厅时，她悄悄从座位上起身，溜到宗政儒夫妇身边，找个空位坐了下来。想必这顿饭的滋味，她自己也说不出来。

“王阿姨，您身体好些了吧?”

“噢，吃了岑医生的药，好多了。”王志华的脸色恢复到以前的状态，精神头也不错。

“您原来晕过车吗?”

“以前偶尔有过，但没有像昨天那么严重。”宗政儒接过话茬，一边回答江季子，一边扭头用关爱的目光看着身边的老伴。

“是啊，我估计是在候车室受凉了。”王志华大概找到了自己晕车的原因，附和着宗政儒说道。

“那您可要注意了！我们到旅游景点要乘坐汽车，车上空调会很凉，所以，您提前多穿点衣物，感觉不舒服时，马上告诉岑医生，或者跟我说也行。”

“谢谢你的关心，小江导游。”王志华双手合十，向江季子致谢。

“王阿姨，您不用这么客气。这是我应该做的。”江季子慌忙摆动双手说道。随后她目光直视宗政儒，“宗政警官，您吃完饭了”?

“是的。”

“我能问您几个问题吗?”

“可以。”

江季子牙齿轻咬下嘴唇，眼睛盯着远方，好像正在思考一件犹豫不决的事。“宗政警官，假如某些人生理上有小毛病，在特定环境会不会诱发出来?譬如王阿姨晕车一事。”

她看了一眼宗政儒。他伸手拿起汤勺柄，又轻轻放在桌面上，这样重复了好多次。江季子不明白他在想什么，难道没有听到自己讲话?还是拿王志华晕车举例不恰当?她有点后悔。

对方没有开口，江季子只好硬着头皮继续说下去：“假如这个说法成立的话，算不算是未知变量?”

她的话好像掉在清水碗里的一滴墨汁，在宗政儒内心深处荡漾开来。他把头转向了她，仔细端详着眼前这个小丫头。她用手抓住马尾辫，用一双求知的眼睛注视着自己。

透过一双真挚清澈的眼眸，宗政儒看出江季子内心深处隐隐约约有自己以前的身影，那个曾经勤学好问、执着而又理性的自我。虽然岁月的影像不是很清晰，可是他对头脑里残留的记忆，还是有一种挥之不去的留恋。从江季子期盼的眼神里，可以看出她希望得到合理的解释。

江季子求知的欲望和率真的性格，宗政儒很喜欢。“有这种可能性。由于人存在个体上的差异，所以有些诱发病因随机性也较大。”与她谈话就像宗政儒对自己的女儿说话一样，亲切、轻松而自然。

看来，不是江季子举例不当，而是宗政儒有自己的思考习惯。

“噢”，江季子似懂非懂地点点头，完全进入到自己写作的角色之中，她把设想故事情节向宗政儒求证，“我的小说里有一宗谋杀案件，凶手对被害人的情况了如指掌，他想利用被害人对某物的哮喘反应，设计出一个特定的环境，诱发被害人发病，借外界因素把被害人杀掉。凶手通过这种瞒天过海的手段，把自己的犯罪事实隐藏起来。现实中有没有这种可能性”？

宗政儒静静地听着江季子讲述，向她频频点头，并投去赞赏的目光，“有这种可能性存在。哮喘是由多种细胞及细胞组分参与的慢性气道炎症，此种炎症常伴随引起气道反应性增高，导致反复发作的喘息、气促、胸闷或咳嗽等症状，多在夜间或凌晨发生，此类症状常伴有广泛而多变的气流阻塞，可以自行或通过治疗而逆转。正如春天花粉传播时候，医院会有许多对花粉过敏人群就医的现象。只要清除过敏源，自身就不会出现哮喘反应。如果，周边有过敏源存在，就会引发患者哮喘病的发作。病情厉害的时候，还会引起其他连锁反应”。

江季子的眼神凝结在半空的一个点上，静静回味宗政儒所说的话。

宗政儒继续说道：“小江导游，我不明白你所说‘未知变量’指的是哪方面。统计学线性回归是利用数理统计中的回归分析来确定两种或两种以上变量间相互依赖的定量关系的一种统计分析方法。回归分析中，只包括一个自变量和一个因变量，且二者的关系可用一条直线近似表示，这种回归分析称为一元线性回归分析。如果回归分析中包括两个或两个以上的自变量，且因变量和自变量之间是线性关系，则称为多元线性回归分析……”

“不是这样的，宗政警官。”江季子忙不迭地挥动否定的手势，“我说得没有那么高深，不是统计学上的未知变量。其实准确的应该说存在‘变数’”。她撅起嘴，脸颊左右飞上两片红云，“是我词意表达不太清楚，让您误解了……”

宗政儒宽厚地笑了笑，说：“其实你所说问题可以用‘概率论’来解释，事件的概率是衡量该事件发生的可能性的量度。虽然在一次随机试验中，某个事件的发生是带有偶然性的，但在相同条件下大量重复的随机试验却往往呈现出明显的数量规律。”他看着紧皱眉头的江季子，显然她没有听明白。宗政儒又接着说道，“随机现象是相对于决定性现象而言的，在一定条件下，必然发生某一结果的现象称为决定性现象”。

“那就是说，我说的情况可称之为‘决定性现象’?”她似乎听明白了。

“可以这么说。”

“宗政警官，您懂的太多了。我真佩服您。”

“不管什么知识，多学点对自己总有好处。”

听完他耐心细致的解答，江季子感觉受益匪浅。宗政儒的话牢牢镌刻在她脑海里，博览群书正是弥补自己阅历少的方法。

“哦，谢谢您。宗政警官，您喜欢读书?”江季子越发地敬佩他了。

“怎么说呢，我从事的工作看似比较简单，但对所有事情要有个大概的了解，所以知识面要不断拓展。如对车祸现场的痕迹分析，别人眼里不经意的东西，在我看来或许就是处理车祸的关键线索。”

他这一句话引起了江季子的注意——“别人眼里不经意的东

西，在我看来或许就是处理车祸的关键线索。”

小说眼下急需丰富的素材，机会难得，不容错过，她反复告诫自己。宗政儒的话，引发江季子内心的创作灵感，她低头稍微想了一会儿，抬起头用诚恳的目光注视对方，“宗政警官，你是否处理过怪异的车祸事件？能不能与我分享一下”？

宗政儒有点迟疑，沉思良久才开口说道，“我手头有个案例，你来帮我分析分析……”

江季子听到此话，恍如做梦一般，有点不太相信自己的耳朵。冥思苦想的故事情节，毕竟不如真实的案例。她有点小小的激动。

宗政儒把脑海里沉浮许久的“隧道车祸”案，详细给江季子陈述了一遍。

“呃，还有这样的事情……”听完后，江季子乌黑的眼睛里现出一片迷茫，随后她陷入了深思。

“宗政，我先回房间。你和小江导游说完后，再上去找我吧。”宗政儒身旁的王志华很有耐心地听着老伴和江季子交谈。

江季子如梦初醒般回过神来。原来自己光顾与宗政儒说话，把他身边最重要的人忽略了，真不应该。“哎呀，王阿姨，不好意思！”江季子红着脸，懊恼之情溢于言表，“宗政警官，谢谢您！打扰您这么久”。她赶快从座位上起身，“您二位回房间休息吧。来，我帮您王阿姨……”

王志华直起身子面对江季子，“不用了，你也很辛苦。累了一天了，早点回房休息吧”。

她说话时，把江季子的手放到自己手掌上，用另一只手拍拍江季子的手背，“只要宗政和别人谈起他的工作，身边发生什么事他都不注意。估计把我丢了他也不会知道”。她嗔怪的眼神瞟向宗政儒，其中饱含深深的怜惜。

宗政儒不好意思地抓抓鼻翼。他的模样真可爱。江季子看到了他害羞、腼腆的另一面。

说王志华是在数落丈夫，不如说是他们在珍惜难得的相聚，“他和女儿在家碰面的时候，从来没有说过这么多话”。王志华把嘴凑到江季子耳边轻声说道，“你和我家宗政真是‘忘年交’啊！”

第七章

翌日清晨。

旅游团成员吃完早餐，按照旅行社的日程安排，准备乘车到第一个景点。

方卓站在大巴车门前，正在不停地招呼大家上车。坐在车上的宗政儒目光透过车窗，出神地望着方卓。看到她的身影，他想到了自己的女儿——宗政颖慧。回想起来，他与女儿有三个月没见面了。女儿和施达毅结婚之后，加之宗政儒工作忙的缘故，父女之间的团聚更少了。

在女儿家里，父女面对面无言地坐着。

宗政颖慧牙齿习惯性地轻咬着下唇，宗政儒看在眼里，仿佛看到了她小时候的样子。虽然气氛有点沉闷，但无形的父爱弥漫在她周围，嗅着空气里熟悉的味道，好像触到宗政颖慧的痛处，她的眼泪情不自禁地掉了下来。她一边用纸巾擦拭泪水，一边抽泣着不停地喃喃自语：“我想和施达毅离婚，他越来越不关心我，出差也不给我打声招呼。”

看着她微微发红的鼻子，宗政儒觉得很心酸。“是不是施达毅工作太忙，你们没有时间好好交流？”他爱怜地看着哭泣的女儿，从内心涌起莫名的伤感。“我希望你抽出时间，坐下来和他好好谈谈，把自己真实的想法与他交流一下。”

此时，宗政颖慧已失声痛哭，仿佛遭受了天大的委屈，“我看没必要了，也许他在外面有人”！受到丈夫的冷落，她想当着父亲的面好好发泄一番。

女儿任性的脾气显露无遗。

宗政儒递过一张纸巾，颖慧赌气似的扭头不接，“你不能毫无根据地怀疑别人，我觉得施达毅不是那种人”。他用非常肯定的语气说道，“自从你和施达毅确定关系，我就很关注他的品行。或许他对待感情不太细腻，但是他对待自己的工作，却有一种超乎寻常的热忱。只要我们谈及他工作的话题，他的眼睛里就会放出奇异的光芒”。

似乎这番话给颖慧吃了定心丸，她掩面哭泣的手，慢慢垂了下来，但双肩还随着抽泣在上下起伏，也许她那颗偏执的心在渐渐融化。

宗政儒从座位上站起身来，走到女儿身边，把纸巾递到她面前。“作为单位的业务骨干，施达毅经常放弃节假日与你团聚的机会，他没有去别的地方，而是去单位加班。这充分说明他是个工作狂，自己想做出一番事业，所以有点顾此失彼，有时忽略了你的感受。”

颖慧抬起头，两只泪眼汪汪的大眼睛注视着父亲，“爸爸，你说的是真的吗”？

这是她发自肺腑的问话，眼下最希望得到肯定的回答。父亲对事态发展的走向常常能提出准确的预判，令她敬佩不已。所以在有些问题的分析上，她很依赖父亲的判断。

“我想应该是的。”父亲温暖厚重的手轻轻拍着她的肩膀，“颖慧，你抽空要和施达毅好好谈一谈，无论对你，还是对他，都有好处。”

“嗯。”停止哭泣的宗政颖慧抬起头，用依赖的目光看着父亲。父亲那张熟悉而慈祥的面孔，无论是深邃的眼神，还是脸上细微的表情，都会给她带来莫大的安慰。

宗政儒心里感慨万千，为人子、为人夫、为人父的角色他深有体会，现在女儿也开始了人生的轮回。他好像从意识深处还没做好充分的思想准备。突然之间，疼爱的女儿从小丫头长成亭亭玉立的少女，又从少女变成端庄贤惠的人妻。感叹时光荏苒的同时，让他感到欣慰的是女儿身体里永远流淌着对父母的真情。这种情感的寄托，会直至宗政儒生命的尽头。

他十分想念与女儿在一起的时光。她的一笑一颦是他永远的牵挂。她与爱人相识、相知、相伴，过程会很漫长。双方的秉性和脾气需要不断磨合、锤炼，直至相濡以沫，共度一生。夫妻之间发生口角很正常，只不过两个年轻人碍于情面，没有及时沟通，未能体谅对方。他相信女儿会很好地驾驭这一切。

想到这儿，宗政儒脸上露出欣慰的笑容。

“诸位，请让一让！”

江季子的说话声把宗政儒的思绪带回了现实。

“仇老您过来，坐这儿吧。”江季子指着宗政儒左前方靠走道的座位，对身后的仇平凡说道。

“麻烦您了，小江导游。”

“仇老，你们怎么都叫我‘小江导游’？”

“难道有什么不对的地方？”

“没有，我只是感觉有点怪异。”

“怪异？”仇平凡把拐杖搭在胳膊上，掰开手指头，“你看啊，叫你‘江导’吧，到底是人名，还是姓加职业简称？实在有点绕口；叫你‘江导游’听起来还是像一个人的名字；如果叫你‘小江导游’，他人听起来立即就能明白——哦，她年龄还不大，姓‘江’，是名‘导游’……”

“嘘”，江季子食指放在嘴唇前，“仇老，您是故意逗我开心的吧”？她皱起鼻子哼了一声，“其实叫我什么无所谓，只要大家觉得顺口就行”。说完，她歪着头，故意乜视仇平凡。

“姑娘，你别把责任全怪到我头上。这是集体的智慧，游客们的默契度还是相当高的。”仇平凡又掰开手指头，好像准备提及他人。

“好了，好了。”江季子赶忙伸手打住，“您坐这儿吧，这个位置上下车方便”。她扶着仇平凡落座，俯下身子，面对他说道，“大家叫我什么都可以，不管是猫是狗，我都能接受”。

“哈哈，小江导游真会开玩笑。”

江季子嫣然一笑，“您坐好了，我去招呼其他游客”。

他们点头告别。

仇平凡落座后，把背包移到胸前取下。确定邻座无人后，他把背包放在上面，拐杖靠在窗边，然后侧身，扶着前排座椅，费力地把残疾的右腿挪到椅子下，把身子坐端正。他完成一系列动作之后，长长地舒了一口气，又随手把邻座上的背包取过来，牢牢地抱在自己胸前。

“仇老，您有什么事情随时喊我。”江季子正在帮游客往行李架上放东西，回过头来与仇平凡说，“待会儿下车您别着急，我过来帮您”。

“非常感谢，小江导游。如果没有你，我只能坐在车上看风景啰。”

“不客气，出门都是一家人。”她调皮地冲着仇平凡吐了下舌头，转身下车协助那些还未上车的游客。经过一段时间的忙碌，江季子把人数清点完毕后，向方卓做了报告。

旅行车缓缓驶出了酒店的院子。大巴车上，江季子清清嗓子，从驾驶员座位旁边拿起麦克风，“亲爱的游客，今天我们要到南山市最著名的飞瀑景区去参观”。她低头看了下腕表，然后抬起头说，“大概需要一个小时左右的车程。我身边这位是当地的导游芮纳茜，请她先做下自我介绍，然后再为各位讲解景区特点”。

从方卓手里接过话筒，芮纳茜面对游客深深鞠了一躬。车厢爆发出热烈的掌声。看着热情高涨的游客，芮纳茜的脸颊上浮现出迷人的小酒窝，“各位叔叔、阿姨们，我是这次负责接待大家的导游芮纳茜。在今后的几天里，我们将共度一段美好的时光。我们游览的景点，我会一一给大家详细讲解。我要把南山市最美好的景色，变成您记忆里一道永远抹不去的彩虹；这里纯朴热情好客的民风，能让您体会到宾至如归的感觉；当地丰富美味的食物，能使您的味觉流连忘返……”

“好！”车厢里又响起热烈的掌声。

一番热情洋溢的解说让旅客们兴致大增，纷纷对芮纳茜报以热烈掌声。她伸手示意安静，“我下面就飞瀑景区一些必看的景点给大家详细说一说……”

宗政儒感觉车上的空调有些凉，便伸手关闭了通风口，他顺手把王志华胸前搭的薄毛衣向上提了提。老伴正笑呵呵地看着导游，似乎没有注意到他的举动。难得她有如此高的兴致，此次旅行给了宗政儒补偿的机会——弥补以前聚少离多的时光。他眼角的余光扫到过道对面的一个人身上，这个人似乎对导游精彩的讲解毫无兴趣。

宗政儒定睛细看，原来是朴泰曦。旅游团二十几位游客，上火车之前导游点过名。他记忆力相当好，所有人员的名字已牢牢记在心里。

朴泰曦眉头紧皱，头部仰靠在座椅上，一副闭目养神的样子。因为他身边没有其他游客，宗政儒得以仔细观察他。不知他是对导游讲解不感兴趣，还是正在思考别的问题，从表情上可以看出他内心并不平静，眉毛在上下不停抖动，眉宇间积攒的皱纹，时而松开，时而聚集。

究竟他有什么心事？

从其他游客的闲言碎语中，宗政儒对脾气古怪的朴泰曦了解一二。首先，他性格古怪不合群，凡是人多和热闹的地方，都不会看到他的身影。而当其他游客讨论感兴趣的事物和欣赏美景时，他往往会投去不屑一顾的目光，似乎他从内心看不起这些人；其次，他还蛮横不讲理。昨天晚上吃饭的时候，别人占好的座位，他坐下就不起身了，还振振有词地说谁坐就是谁的，典型的自私自利的做法；最后，他还是个“独行侠”，经常游离于旅游团的“边缘地带”，如果不是江季子和方卓非常负责任，说不定他会全程自助游。

宗政儒无奈地笑笑，希望有时间能与朴泰曦接触一下。

“……如有不妥之处，请各位随时提出宝贵意见。”芮纳茜介绍完景点之后，弯腰低头向大家鞠躬。方卓和江季子带头鼓掌，车厢内再次响起热烈的掌声。

似乎她的话引起了共鸣，游客们充满了激动和好奇，饱览美丽的亚热带风土人情成为所有人心里的期盼。与众人交头接耳，相互指点窗外景色，议论纷纷的热闹场景相比，有人却沉闷不语。宗政儒的眼光又落在仇平凡身上，他似乎没有被热烈的氛围感染，反而显得不太开心。他低头出神地看着手里的一张相片，由于距离原因，宗政儒无法看清照片上的人物。

仇平凡的注意力全被相片所攫取，可见它在他心目中占据了不可估量的地位。似乎这张照片会把他带到尘封的往事里……

虽然腿有残疾，但仇平凡乐观、积极向上的人生态度让宗政儒佩服不已。他为人豁达开朗，乐于助人的品行，在游客中口碑也很好。所有的事情都具有两面性，给别人带来欢笑的同时，人们忽略了仇平凡真实的内心感受。或许，他的生活阅历存在鲜为人知的另一面。

宗政儒轻轻叹息一声，把视线从仇平凡身上挪到车头前。他敏锐的目光捕捉到除了自己以外，还有人在关注仇平凡和朴泰曦。

芮纳茜和方卓同坐第一排，此时她俩面向车尾。芮纳茜一只腿蜷曲在座位上，另一只腿站在过道中央，双手扶住座椅靠背，低头在和后排的游客窃窃私语。她时而手指窗外，时而掩口微笑的样子可以看出她们谈论的话题内容很丰富。显然，游客已被芮纳茜生动风趣的语言所吸引。

方卓紧挨着芮纳茜，她不时插上两句嘴，大部分时间则保持微笑，一副认真倾听的模样。但是，方卓的目光扫过谈话对象之后，撇开了喧哗的人群，静静注视着后面的座位。到底她关注的是朴泰曦还是仇平凡，由于位置和角度的原因，宗政儒不得而知。也许他们与周边格格不入的场景，引起了她这个领队的注意。

莫非是方卓那颗细腻而敏感的心，受到了触动？嘈杂的车厢里，方卓不经意的目光不太引人注意，但宗政儒还是从那双复杂的眼睛里看出了凝重和忧虑。倏然，宗政儒觉得方卓的目光似曾相识。噢，颖慧小时候目光不就是这样？恍惚之间，宗政儒又回到了过去，想起了颖慧放学回家后的样子

只要宗政儒准时下班，女儿一回到家，就会以最快的速度完成作业。全家坐在一起吃饭时，她会紧挨宗政儒的座位，安静地坐下。而大部分时间，当他回到家时，女儿已上床睡觉。

女儿在餐桌上一句话也不说，不时停下筷子，用一双乌黑透亮的眼睛看着父亲吃饭，还用她那双稚嫩的小手往他碗里夹菜。女儿的一举一动，让宗政儒禁不住眼圈发红。女儿已把他当作熟悉的陌生人，他不由得从内心生起深深的愧疚。聚少离多，似乎成为这个家庭伤感的话题。从宗政颖慧懵懂的眼眸里，他读懂了女儿深深的忧虑——她缺少父亲的呵护。为了使自己能安心的工作，她们母女付出的真是太多太多，他和她们在一起的时间，又太少太少……想到这里，宗政儒眼角有湿漉漉的感觉。

“景区马上就要到了。请各位携带好随身物品，慢慢按次序下车。”江季子在过道来回走动，不停叮嘱游客。她踱步到仇平凡身边，“咦，仇老，谁的相片？这个人怎么长得这么帅”？

“这是秘密，我以后告诉你。”仇平凡满脸严肃，快速收好相

片放进背包。他抬起头，看着面带疑惑的江季子，“小江导游，飞瀑景区有什么好看的地方”？他适时转移了话题。

“别急，待会儿我陪着您慢慢看……”

第八章

景点附近，方卓组织好游客队伍。在芮纳茜的引导下，队伍缓慢地向飞瀑景区走去。

“请所有人跟紧，别掉队。”方卓站在旁边，指挥大家成一路纵队前进。

“咦！你怎么跑到前面来了？快到后面去照顾腿脚不灵便的仇老，这里有我和芮纳茜。”听到方卓给自己安排的任务，江季子返回队尾。不出方卓所料，欧阳然和仇平凡落在了最后。他们互相搀扶着，一边走，一边交头接耳，慢慢地，两人离队伍越来越远。似乎他们谈论的话题很有趣，两人不时驻足，站在路中间开怀大笑。

江季子快步迎上前去，“两位老先生，您二位走得有点太慢了吧”？她用审视的目光分别看着他们，然后歪着头，口微张，“你们在商量什么好事，有没有我的份儿”？她故意地戏谑两位。

“什么好事?”仇平凡一脸愕然。

“仇老”，江季子伸手指了下他，又指向欧阳然，“还有欧阳老先生，你们之间有什么秘密”？

“秘密?”他们愣愣地互相看了一眼，然后如释重负般松了口气。

“小江导游，我们什么秘密也没有。”欧阳然摊开双手，一副无辜的样子。他好像还沉浸在刚才的故事情节里，双手叉腰站在原地，“我们只是在聊以前的趣事”。

“趣事?”江季子摇摇头，满脸的不信任，“你们忘了是来参观旅游的吧"?

"……没有。"仇平凡赶紧摆手。

或许江季子存在误解，也许是她故意在逗我们。欧阳然想。他坦率地说："小江导游，你和方卓领队打声招呼，我俩在后面能跟上队伍。仇老和我在一起没有问题，我能照顾他。"

话既然这么说了，江季了不好再找理由，"您二位以前认识"?她分别指了指两位老者，一副迷惑的样子。

仇平凡盯着江季子乌黑的眼睛，"以前我们'台上台下'打过照面。从彼此的不熟悉，现在变成熟悉的老熟人了"。

"台上?台下?"江季子抓住脑后的马尾辫，歪头侧首，双眼充满迷惑。

"哈哈!"仇平凡和欧阳然相视，稍后发出爽朗的笑声。

瞅着一头雾水的江季子，"等有空，我再详细告诉你"。欧阳然对她说，然后回头望着仇平凡露出会心的微笑。仇平凡捋着花白胡须，频频点头。

"好啊，我可省事了。"江季子故作轻松地耸耸肩，两手十指交叉，手掌向外翻，夸张地伸个懒腰，"欧阳老先生，仇老就交给您照顾了，我到前面去招呼其他游客"。

她转身追赶前面的队伍。方卓最为担心的腿有残疾的仇平凡，现在有人照顾了，江季子也放下心来。她前行了十几米，竟然意外地发现路边还有一位遗漏的游客。

"朴老，您怎么在这儿?"望着不远处手握相机的朴泰曦，江季子略显惊讶。

她刚才与仇平凡和欧阳然聊天，丝毫没有注意到附近的朴泰曦。方卓只交待她照顾好仇平凡，找到仇平凡就找到欧阳然。站台上那一幕令江季子终生难忘，可如果朴泰曦走丢了怎么办?想到这儿，她不由倒吸一口凉气。朴泰曦的怪异举止颇让人劳神。一定要好好注意此人的行踪，江季子反复叮嘱自己。

江季子快步走到他跟前，"朴老，您没有注意到队伍在前面吗?”

“我一直跟着队伍。”

对方有些强词夺理，江季子不想为之争辩，“可您现在没有在队伍里”。

“噢”，朴泰曦激动地摸了把脸上的汗水，伸手指向身边的一棵参天大树，“这儿自然景观真的很漂亮，我想多拍几张照片”。没有正面回答江季子，他手握相机，快门“咔咔咔”地响个不停。

江季子把手伸向朴泰曦，准备拉他追赶队伍，“前面景色更好，您随我来”。

看着伸过来的手，朴泰曦似乎有些犹豫。江季子怕他找出理由反驳自己。

“喂！老朴，您过来。”此时，他们身后的仇平凡，挥舞着胳膊大声喊，“我有话跟您说”。

他眼可真尖，江季子和朴泰曦之间的对话，他仿佛关注了很长时间。

朴泰曦诧异扭头，目光望着仇平凡，继而又转移到欧阳然身上，“有什么事？别耽误我拍照”。他口气生硬地回答，然后端起相机对准景物调整焦距。朴泰曦瞅见自己不待见的人，心情很是不爽，游览兴致大减，眼里美好的景色立即变得支离破碎。他嘴里小声发出咒骂声。

瞬间，江季子怔住了。她用迷惑的眼睛打量着朴泰曦，然后视线交替地看着三位老人。

“您来，我俩和欧阳好好解释一下。”仇平凡在努力邀请朴泰曦。

“有什么好解释的?”

“您来就知道了。”仇平凡不停地向朴泰曦招手。“小江导游，我们一会儿赶过去。”他又对着江季子大声说道，“我保证绝对不会有人落下”。

仇平凡很负责的话与欧阳然孤独的背影，以及朴泰曦冷漠的表情，三者形成鲜明对比。他们之间的关系很微妙，江季子猜不透其中隐情，也不好贸然插话。她只好催促朴泰曦动作快点，不要耽误全团行程。然后她转身迈步向前走去。

在江季子眼里，仇平凡与欧阳然脾气相投，相互体谅对方，已成为知心朋友，令她感到莫大欣慰。游客出门在外，相互之间能有个知己很难得。旅游团积极向上、良好的氛围，使她有种在家的感觉，体贴又温馨。凭空出现的朴泰曦，独来独往的性格，不合群的做法让江季子很是头疼。他不光行为怪异，而且口无遮拦，整个人不可捉摸。江季子反复告诫自己，要注意他的言行，旅游团的安全问题可是第一要务。对于朴泰曦，江季子内心始终有牵挂，但说不上来为什么。

说归说，做归做。江季子引导游览的同时不停回头遥望，寻觅他们三人的身影。

仇平凡和欧阳然坐在长条石椅上，仇平凡从口袋里把烟盒拿了出来。江季子望着他们，瞥了眼不远处的岑梦茹医生，她正耐心与游客解释着什么，根本没有注意到远处仇平凡和欧阳然的举动。担心和忧虑涌上江季子心头，莫非欧阳然说的戒烟，只是敷衍岑医生，承诺仅仅停留在口头上?

“他们要抽烟?”闪现在江季子脑海里的念头，好像讨厌的尼古丁烟雾，慢慢升起。岑医生苦口婆心叮嘱的话，难道欧阳然全部当作耳旁风？江季子苦恼地摇了摇头。

不过，江季子设想的情节没有发生。仇平凡他们没有点燃香烟，而是把手里的这根烟，你递给我，我又递给你，凑到鼻子下贪婪地嗅着。然后，仇平凡又小心把烟放回烟盒。两人对香烟恋恋不舍的样子，让江季子由衷感到好笑。对香烟竟如此“执迷”，想必他们有很长的抽烟史。染上不好的习惯，改起来需要些时间，由坏变好，是个循序渐进的过程。江季子想。

她眼角的余光瞥见朴泰曦没有过去，看样子仇平凡的邀请只是一厢情愿。朴泰曦双膝跪在地上，双肘支撑在地面，手里端着相机正在拍摄花朵特写。他又站起身体，双膝上的浮土还来不及拂去，仰起头，端着相机向上拍摄参天大树。难怪刚才江季子没有发现他的存在。对于隐藏在游客中间的摄影达人，寻找起来的确要费一番功夫。

到底他们之间存在什么罅隙，江季子不知道。她想抽出时间找他们好好谈谈，能把矛盾化解在萌芽状态最好。人老了反而要像小孩子一样来哄，真是没有办法。

“小江导游，请你帮我们拍个照。”听到背后有人喊自己，江季子回过头来，映入眼帘的是宗政儒夫妇。

“宗政警官，王阿姨你们好。”她紧走两步，伸手从宗政儒手里接过相机。

“往这边站一点，身后瀑布可以取全景。”她边调整焦距，边挥动手指挥宗政儒夫妇的位置。“您站在这儿，王阿姨靠那边点。”江季子几次走上前去，调整宗政儒和王志华的站位。

“宗政警官，您靠近王阿姨。对，你们手挽手。好了！抬头注意看镜头。1，2，3……”随着相机咔嚓一声，江季子按下了快门。

“你们别动，再来一张！”她再次按动快门。

“小江导游，你心可真细。谢谢你。”王志华露出开心的笑容，“我们到那边去看看”。

“不客气！”

“待会儿见。”

“好的，你们先过去，我过会儿去找你们。”江季子把相机递还给宗政儒，挥手和他们道别。

宗政儒挺拔的身姿真帅，好像天生就是自己推理小说中的男主人公！望着他们夫妇渐行渐远的背影，江季子感慨万分。王阿姨的精神比前天好多了，真希望他们能好好享受这次旅游带来的快乐。

他们的女儿长什么样？像宗政儒，还是像王志华？江季子跳跃性的思维让自己感到好笑。怎么会从他们夫妇身上引申出如此多的念头。是不是自己又进入写作状态了？她莞尔一笑。

等她下意识回过头，视线再度寻找欧阳然和仇平凡，可石椅上空空如也。“真奇怪。怎么一小会儿，俩人都不见了踪影？”她极目搜索附近的朴泰曦，“他也不见了”！

江季子全身毛孔瞬间全部张开。她紧张地四处张望，发现距石椅不远的丛林里，有一间比较隐蔽的公共厕所。如果不仔细看，很难发现它的存在。

“是不是他们结伴去厕所了？仇老腿不方便，身上还有背包，我过去看看他们是否需要帮忙。”想到这里，她疾步向厕所方向走去。

江季子进入厕所的月亮门，看到左右手两边分别标着男厕和女厕，中间部分则是一溜洗手池。她站在洗手池边，脸朝着男厕方向喊道：“仇老、朴老、欧阳老先生，你们在厕所吗？”

狭小的空间里，回荡着她的声音。江季子感到很纳闷。她小心翼翼，轻手轻脚地向男厕方向走了几步。隔着男厕的半截布帘，她瞅见有位穿短裤的男子，好像刚解完手，马上要出来的样子。她吓得一激灵，立即转身，快速无声地离开男厕门口。

为避免与如厕男士出现难堪的碰面场景，江季子赶忙站到洗手池旁，俯身拧开水龙头，装作洗手的样子。可她眼角的余光，始终留意穿短裤的男子。这人整理好衣服之后，快速经过她的身边，转身走出月亮门。

江季子怔怔地盯着月亮门，“不会吧！他们一眨眼的工夫能到什么地方去呢？仇老腿有残疾，不会走得太远，他们如厕的概率应该大一些”。想到这儿，她又小心谨慎地走到男厕旁，把耳朵贴到墙壁上，仔细倾听里面的动静。忽然，一个十分微弱的呻吟声，时断时续地传进她的耳朵。“哎哟……哎哟……”

“这不是欧阳然的声音吗？”江季子浑身一颤，双手在嘴前做成喇叭状，焦急地冲着男厕里面大声喊道：“欧阳老师是您吗？到底发生了什么事？”可除了她的回音之外，没有任何回应。

江季子如热锅上的蚂蚁，在男厕所门口踯躅不前，她又冲着里面大声喊道：“请问里面有人吗？能不能帮个忙？”她接连喊了三遍，可里面除了欧阳然微小的呻吟声外，没有其他动静。

她索性蹲下身子，从半截布帘下向里张望，遗憾的是什么也没有看到。江季子停下徘徊的脚步，咬咬牙，克服了羞耻心理，毫不犹豫地撩起布帘冲了进去。

循声望去，她发现有间如厕小门呈半开状态，虚掩的门里伸出一只右腿，左脚弯曲地搭在右小腿上。从衣服穿戴上，江季子一眼认出那是欧阳然。

“欧阳老先生，您怎么了？”她格外小心地拉开厕所的小门，怀着忐忑不安的心情向里面张望。

“啊！”她瞪大双眼，捂住自己的嘴，发出闷声惊叫。

欧阳然上半身趴在抽水马桶上，整个头侧压在右手臂上，左手则捂着自己的额头，在不停呻吟。

“欧阳先生，您到底怎么了？”

欧阳然挣扎着抬起头，把脸转向江季子的方向，“我，我不小心……滑倒了”。他努力转过身体，断断续续地说道。

看着眼前的突发事件，江季子不是医生，无法作出正确的判断。从心里，她担心欧阳然的伤势，不知是否存在骨折，或有其他意外情况。她学过医学救护，知道不能随便搬动受伤的人，尤其年岁大的老人，须经过医生确认后才能实施救助。

江季子捂着怦怦剧烈跳动的心脏，大脑在快速运转。她稍微平息下慌乱的心情，说：“您先别动，我给岑医生打电话！”她掏出手机，打通了岑梦茹的电话。

打完电话后她走到男厕门口，想看救援人员是否赶到时，地上有件异样的东西引起江季子的注意。她蹲下身子，把它拿在手里，默默注视着它……忽然之间，江季子意识深处有个地方闪了一下。

少顷，厕所外传来嘈杂的脚步声。江季子把这件东西放进自己随身携带的坤包里。厕所半截布帘掀开，岑梦茹和方卓跑了进来，她们身后跟着几名游客。

经过岑梦茹的仔细检查、详细询问欧阳然感受之后，她才让游客帮忙把他抬到厕所外的长条石椅上。

欧阳然平躺在石椅上，“我的膝盖……”他指着自己的双腿喊道。岑梦茹挽起欧阳然的两条裤腿，发现他双膝有两处不规则的青紫色。

“哎呀！你怎么这么不小心。我说你上岁数了，干什么都要慢一点，你总不听。”说话的是仇平凡。他站在欧阳然旁边，右手拄着拐杖使劲敲打着地面，一副心痛不已的样子。

从医药箱取出三只冰袋，岑梦茹分别把它们敷在欧阳然受伤的头部和双膝，然后再次检查欧阳然身体的其他部位。

“岑医生，欧阳没有大碍吧？”方卓盯着岑梦茹脸上流下的汗珠，关切地询问。

“应该没有大问题。欧阳额头撞到抽水马桶的水箱盖，双膝磕到地砖上，存在局部软组织挫伤。”说完，岑梦茹站起身面对方卓，“为了安全起见，我建议还是把欧阳送到附近的医院做下系统检查”。

“没问题”，方卓转身对身边的芮纳茜说道，“芮导游，你来安排”。

医生和欧阳然一问一答，芮纳茜听得非常仔细，她始终在一旁充当岑梦茹的帮手。当方卓交给她任务时，她头脑里的救护方案已经成型。毕竟她是本地人，又是旅游团导游，熟悉当地风土人情。旅游团成员大部分是老年人，她心里已有各种应急预案。

“我看这样，我与岑医生和江季子陪欧阳去医院。其他人员和方导先照顾下。”芮纳茜分工明确，“关于欧阳的伤情，我们在电话里及时沟通”。她又对方卓说道。

“好的。我们立即分头行动。”方卓言毕，伸手招呼帮忙的几位游客，“其余几位待会儿跟我走。”

岑梦茹在左，芮纳茜居右，两人分别站在欧阳然身边。她们小心地搀扶着他从石椅上坐起来。

“岑医生，我陪着你们去吧，到时候搭把手。”纵观整个过程的宗政儒，走到岑梦茹跟前说道。

听到宗政儒说话，仇平凡蹒跚地走了过来，用倔强的眼神看着江季子，说：“我也去！”

“仇老您就别去了。”江季子向前两步，搀扶住他胳膊，“您腿不方便，如果再有个三长两短，事情就会变得更麻烦”。

仇平凡瞪大眼睛，紧盯着江季子，“小江导游，怎么这样说话？你是不是看不起我”？言语中是质疑和不满。

“仇老，您别多想。这个时候，您照顾好自己比什么都强。”

仇平凡的目光扫视诸位，众人低着头，谁也没有开口说话。他腿有残疾的事实就摆在大家面前，确实会给他的行动带来不便。

“……好吧。”仇平凡的脸色阴沉，沮丧地低下头，“我给你们叫辆出租车过来”。

“您腿脚不方便，我去叫吧。”转身离开的人是时令漪。

第九章

景区附近的医院。

显然芮纳茜事先打过电话，医生很快为欧阳然做了外科检查和 X 光透视。

江季子看着忙着挂号、取结果的芮纳茜和岑梦茹，感觉自己是多余的人。她呆呆地站在走廊里，还是有点后怕。

欧阳然为什么会独自摔倒在厕所里，倒下时又呈现出那样怪异的姿势？他受的伤会不会很严重，会不会影响本次旅行？厕所不在主干道边上，位置比较偏僻，为什么他会选择到那儿去？一连串的疑问塞满了大脑，周围空气变得凝重而有压力，江季子感到呼吸有些困难，还伴随轻微的头痛。

宗政儒算是来对了，承担了男人的体力活儿。他身上背着欧阳然，从一个科室辗转到下一个科室检查。江季子机械地跟随在他身后。她不知道宗政儒此刻心里在想些什么。他表情淡然，除了眉头微蹙，有点担心之外，没说一句话。不过，细心的江季子还是发现了一个小小的不同。

虽然忙碌的宗政儒没有开口，但随着时间推移，听了医生和欧阳然之间的对话后，他的表情逐渐变得严肃。这分明流露出他有“想法”，只是现场比较杂乱，江季子和他无法进行交流。

欧阳然检查完毕，他们坐在走廊的长椅上等待结果。凝重的氛围让人有些忐忑不安。

看到芮纳茜左手拿着袋子，右手拿着报告单从检验室走了过来，江季子和岑梦茹不约而同地从椅子上站了起来。她们焦灼的目光注视着芮纳茜手里的报告。欧阳然局促不安的目光和宗政儒平静的眼神形成鲜明对比。

为了安抚所有人的情绪，芮纳茜微微一笑，“请你们放心，根据检查结果，欧阳然身体没大碍”！她的话如一剂安慰良药，瞬间缓解了紧张沉闷的气氛。

江季子害怕听到意外的结果，精神颇为紧张。她紧握岑梦茹的双手，攥得死死的。

“太好了，欧阳没事！”

“哟，江季子。你小点劲儿，把我捏疼了。”

“岑医生，对不起。”

“你这个丫头。”岑梦茹用嗔怪的眼神盯着江季子，“手劲可真大”！她撤回双手，放在嘴边故意吹了吹。

江季子径自走向欧阳然，在他身边坐下，“欧阳老先生，您没事，真让人高兴”！她给对方一个大大的拥抱，流露出真情实感。

宗政儒紧绷的脸庞渐渐地浮现出一丝笑意。

“你们想看结果吗？”芮纳茜扬起左手的袋子，环视几张期待的面孔。

岑梦茹走到芮纳茜面前，伸手从袋子里取出 X 光片，仰头举起对准灯光。芮纳茜指着 X 光片和她说道，“从拍片来看，欧阳额头没有发现问题，只是局部磕碰，造成软组织挫伤瘀血。他的双膝也是如此。医生建议用冷敷消肿，再配合擦些跌打损伤之类的药物”。她说完，从袋子里掏出药水递给岑梦茹。岑梦茹接过后，拿在手里仔细查看说明。

“欧阳老先生又能继续旅游喽！”江季子双手拍掌以示庆贺，心地纯洁善良的她，似乎卸下了心里的包袱。

岑梦茹走到欧阳然跟前，俯视着他，“欧阳，你说说到底是怎么回事？你年纪不小了，要学会自己照顾自己。你感觉身体不舒服支撑不住的话，给我打电话也行，假如遇上坏人……”

欧阳然的脸色一阵青一阵白，她的语气明显带有埋怨。

看着岑梦茹的情绪有点激动，江季子嚯地从椅子上站了起来，疾步走到她身旁，“岑医生，还是让老先生休息下再说吧”。

江季子扶着岑梦茹的双肩，嘴唇紧贴她耳朵，“我们身边不是有宗政警官嘛，假如有‘坏人’要作案，他会把‘坏人’绳之以法的”！她看了一眼宗政儒，用自信的口吻说道。

宗政儒听到她的话，无奈地冲她们摇摇头，一双认真的眼睛好像在说：“我只是一名交警！”

欧阳然惊魂未定，从生理和心理上承受了不堪言状的压力，眼下，江季子只能做些力所能及的事，尽可能说些俏皮话，替欧阳然化解尴尬的场面。

从岑梦茹身上收回愧疚的目光，欧阳然向江季子投去感激的眼神。

宗政儒静静地看着身边的欧阳然，“欧阳，我们先回酒店休息。如果你想起什么，可以告诉我”。他伸出手搀扶欧阳然从椅子上起身。

“哦，谢谢各位。真的没事，是我自己不小心摔的。”欧阳然嗫嚅着，紧张不安地盯着各位。

“什么不小心?”岑梦茹兀自判断，“不小心能摔成这样”？作为随队医生，岑梦茹认为自己的工作存在失职，更别提他们之间多年的医患关系。欧阳然意外受伤，让她又恼火又心疼。

“岑医生，您别再埋怨欧阳了，他心里也不好受。你们去找方卓，我陪他回酒店。”宗政儒为欧阳然打圆场。岑梦茹表面上指责欧阳然，心里对他却是呵护有加的。宗政儒看得十分明白。“方卓那里也需要你们帮忙。”他含蓄地表达出愿意单独帮助欧阳的想法。

场面有点出人意料，芮纳茜不知所措地望着岑梦茹和欧阳然。作为导游，她遇到过类似情况，但没有人像欧阳然伤得这么重。见宗政儒主动提出照顾欧阳然，她赶紧帮腔说道：“欧阳老先生，您要好好休息。”她把手里的袋子递给宗政儒，“宗政警官，医生开的药全都在这儿，麻烦您给欧阳带回去”。

似乎岑梦茹怒气还未消，她气鼓鼓地走到宗政儒跟前，伸手从袋子里把药水取了出来。

“我给欧阳的受伤部位擦点药，没有问题吧?”宗政儒看着岑梦茹手里的药问道。

“没问题。红花油是外用药，您按说明书操作即可。这是纱布和医用棉签。”与刚才抱怨的口气相比，她的语调明显变得温和体贴了。

“宗政警官，那就拜托您了。”岑梦茹把药又装入袋子里。

“你放心。有不懂的地方我会给你打电话。”

江季子调皮地冲着欧阳然挥挥手，然后她们三个人结伴走出医院大门。

宗政儒目送她们离去，然后把视线转移到欧阳脸上。他俯下身，紧盯对方双眼，“告诉我，你是怎么摔倒的”？

在这双犀利目光的注视下，欧阳然觉得自己刚才所说的一切，都无法得到警察的信服。“是不是另有隐情？”宗政儒又一语双关地问道。

“唉！我想不起来到底是怎么回事，不过……”

“不过什么？”

“在我打开如厕小门时，好像有人在我背后推了一把。”

“什么？”宗政儒露出诧异的目光，眼里掠过一道不易让人觉察的阴影。“推你的人用力大不大？你回头看清楚没有，到底是什么人？”

“嗯……推我的人手劲可不小。如果我反应慢一些，手不立即扶住水箱盖的话，估计要出大事……欧阳然低声缓慢地说着，而后仿佛陷入回忆，“由于事发突然，我根本没有来得及回头看……”

“你觉得，背后推你的人是‘有意’还是‘无意’？”

“呃，我还真说不出来……”欧阳然有些犹豫，用不太肯定的语气回答。好像他又想起了什么，“宗政警官，你说这是怎么回事”？

宗政儒紧锁眉头，额头上增加了几道深深的皱纹，“旅游团有没有人和你一起如厕”？他直起身，双手抱放在胸前，可眼睛还是牢牢盯着欧阳然。

“我记得有仇平凡……我还听到他喊了声：‘老朴快点’！”欧阳然抿嘴，看着一言不发的宗政儒，“不过，他们好像很快就出去了。我跌倒的瞬间，大脑处于空白状态，具体的细节恐怕想不起来了”。他说完，疲惫地合上双眼。他惊恐未定的记忆，只贮存了零碎的片断。

“没事，我们先搭个车回酒店，等你想起来再和我细说。”宗政儒侧身，弯腰扶着欧阳站了起来。他们慢慢移步走向医院大门。

从医院返回酒店后，宗政儒在欧阳然的房间里细心为他的受伤部位擦拭红花油。

和欧阳然同房间的王达常，听到欧阳然受伤的消息，急匆匆地从景区赶了回来。他开始忙前忙后照顾行动不便的欧阳然，担起全职保姆的角色。

傍晚，旅游行程结束之后，江季子安顿好其他游客，到酒店一层水果店买了些时令水果，然后拎着东西，来到欧阳然和王达常两人所住的218房间。江季子见到欧阳然，说方卓让她代表旅行社前来慰问受伤的他。欧阳然表示十分感谢。因他受伤，给导游们带来了不必要的麻烦，欧阳然内心有些过意不去。

江季子查看着欧阳然受伤的部位。在王达常的协助下，她慢慢学会为欧阳的伤处敷药。她一边双手轻轻按摩，一边询问欧阳然的感受。他们的话题无意地又转向欧阳然受伤的过程。

和他的对话，让江季子平静如一潭清水的内心好像被丢下一颗小石子，四下散开的涟漪，不断冲击她心里若隐若现的谜团。说不上来为什么，但她固执地认为，欧阳然绝非简单的跌倒，似乎存在更深的问题。在旁边充当下手的王达常，听到江季子和欧阳然对话，无形之中有了深深的忧虑。不为别的，他为同寝室的欧阳然的安危担心。

因为旅游他们才相识，同处一室与欧阳然闲谈时，对方的言谈举止处处体现出很深的人生哲理，让王达常不得不打心眼里佩服。这源于欧阳然有丰富的人生阅历，在平凡生活中有辉煌的履历。欧阳然工作勤勤恳恳、兢兢业业，多次被评为市、区先进个人，但他没有躺在功劳簿上。荣誉只是代表一个时期或一阶段工作成果，他经常对同事们这么说。

岁月如白驹过隙，时间留下的是沉淀之后的厚重。王达常特别欣赏欧阳然引用《礼记·大学》的一段话："知止而后有定，定而后能静，静而后能安，安而后能虑，虑而后能得。”这句话道出了苦心明志、安心修业换来的工作经验。王达常自认凡夫俗子，仔细回味这番话，他对今后的生活有了更深的思考，同时也为在人生旅途上增添一位知己而倍感欣慰。

江季子怕影响欧阳然休息，提出告辞。她把药瓶交给王达常，转身叮嘱几句，怀着无比沉重的心情走出218房间。

室外药水刺激味道稍减后，江季子的头脑趋于冷静。遭遇突然事件，大脑往往会记得印象最为深刻的瞬间。白天的情景如放电影一般一帧帧交替闪现在她印象的荧屏上。忽然，一幅不寻常的画面引起她的注意——欧阳然怪异的倒地姿势！如在黑夜行走的旅客，在孤寂无助的荒野里发现有户人家窗户亮出希望的灯光。江季子精神为之一振，赶忙掏出手机拨通了宗政儒的电话，双方约好在酒店大厅见面。

酒店休息区，江季子身体倚靠椅背，双手平放在茶几上，注视着对面毫无表情的宗政儒。“宗政警官，欧阳受伤是不是一起‘有意识犯罪’”？

这种单刀直入的说法，让宗政儒不由得一愣。他向前探出身子，双肘撑在茶几上，十指交叉握在一起，“你是怎么作出的判断？你又有什么证据说是‘有意识犯罪’？”

“你注意到欧阳额头的受伤部位没有？假如一个人意外跌倒的话，他首先会做什么？”

“会做什么？”

“他会竭尽全力保护自己的头部！宁肯伤到身体其他部位，也不会把自己的头和脸撞破。人们通俗说的‘破相’即是如此。”江季子不容宗政儒回答，又作出如下分析，“从欧阳额头和双膝的伤势来看，从背后推他的人是有意而为之……”

“叮叮……”江季子坤包里的手机不合时宜地发出欢快的铃声。为避免打扰谈话，她看也没看，伸手挂断了电话。“欧阳没有意识到身后会有人推他，这说明有人要致他伤残！”江季子说出自己的推断。

“你的依据是什么？”

“我们做下假设：如果那个人推的力度再大一点，欧阳的头会撞到水箱或瓷砖墙上，其后果……”江季子左右摇摇头，然后用别有深意的眼神看着对方。除了宗政儒紧锁双眉之外，他没有显露出太多信息。

“你寻声如厕找欧阳然时，除了发现跌倒的他之外，还发现有其他人吗？”宗政儒没有顺着江季子的思路，反而提出自己关注的问题。

“嗯……”江季子有点猝不及防，没有想到宗政儒提出如此尖锐的问题。她陷入了短暂的沉默。

她眉头微蹙，身体有些僵硬，“有一个……穿短裤的男子正要出来”。她的眼睛牢牢盯着茶几，尽管上面空无一物。

“你是否看清他的容貌，或者注意到他携带的物品没有？”

“……我？”江季子的眼睛接触到对方紧盯自己的视线时，慌乱地把目光转移到别处。

“呃，当时我在水池边洗手，没有看清楚那人。”她极力掩饰自己慌乱的心情，讪讪地回答。

江季子不自然的表情宗政儒尽收眼底。回想起厕所的场景，一方面男女有别，江季子有害羞心理，不想让男子注意到自己；另一方面她关注的点不在对方身上，所以，她对穿短裤男子的印象不深，只有一个大概的轮廓。

“宗政警官，你说欧阳受伤是不是一起‘有意识犯罪’？”

“事情比较蹊跷……”宗政儒仿佛自言自语，没有正面回答江季子的提问。

江季子面露失望的表情。想起刚才的电话，“谁打来的电话”？她从坤包里掏出手机查看。“是方卓！”江季子没有多想，赶快把电话回拨过去。

电话那端传来方卓关切的声音，她询问欧阳然的伤势如何，有没有好转的迹象。江季子如实做了回答，但她没有说与宗政儒见面一事。

“嗯”，电话那端方卓听得很仔细，“好的。你抽时间多照顾下欧阳，这边有我和芮纳茜盯着”。欧阳然伤势略有好转，方卓牵挂的心暂时可以放下了。

“你还有没有其他事?”看着打完电话的江季子，宗政儒有离开的意思。

“还有一件事，我不知能不能说。”

“哪方面的事? 涉及欧阳然受伤?”

“是的。”

宗政儒闻听，睁大眼睛盯着江季子，“你告诉我是什么事”?

江季子从坤包里掏出一样东西放在茶几上，往宗政儒面前推了推，“你自己看……”

“一本书?”宗政儒伸手拿了起来，左右翻动，又放在茶几上，“《逻辑哲学论》”?

“这是我在现场发现的。”江季子面色凝重，眼神凄凉地盯着宗政儒说道。

第十章

经过短暂休息，欧阳然的伤势得到了缓解，只是双腿略感不适。他是个闲不住的人，尽管身边没有了老伴，但日子过得还算充实。早上起床跑步锻炼，吃完早饭送小孙女上学。上午与老哥们下棋、聊天，中午对付吃上一口，下午他买菜做饭，从学校接孙女回家，与儿子、儿媳一家其乐融融地共进晚餐。周而复始的生活很充实，他很享受有规律的退休生活。

儿子知道他是个闲不住的人，就想尽办法让他高兴。夫妇俩特意挤出时间带孩子，每年替欧阳然报名参加夕阳红旅游。他领会儿子的好意，欣然接受他们的安排。他不想因这点小伤迫使旅游中断，成为遗憾。

因他受伤，同样单独旅行的王达常开始尽心尽职地照料他的起居，他们成为无话不谈的朋友。王达常善良的举动反而让欧阳然心里多了份亏欠。同是游客外出旅游，他无权占用别人宝贵的游览时间，这对王达常不公平。所以，他想腿稍微好点就随团出游。

他找到领队方卓，表示身体已无大碍，可以跟团旅行。方卓闻听，感到非常吃惊，她一时拿不定主意。欧阳然年岁已高，额头和双膝刚受过伤，让他长时间走动，会不会造成不可逆的后果。假如伤情恶化，方卓负不起这个责任。无奈之下，她找到江季子商量，江季子也是一脸茫然。

不过，江季子还是提出建议，让旅游团最有发言权的随队医生来定夺。方卓眼前一亮，对啊！欧阳然意外受伤扰乱了她的思维，关键时刻怎么能忘记岑梦茹医生。欧阳然能否出行，只有她最有发言权。

岑梦茹听到方卓的请求后，非常谨慎。她与方卓来到欧阳然房间，重新检查他额头和膝盖处的伤势。中途她不停问长问短，用手扶着欧阳的小腿，让他慢慢屈膝和伸缩，认真倾听其感受。她又检查欧阳然使用过的药品，耐心询问使用后的效果。岑梦茹的举动被方卓尽收眼底，她感叹医生对本职工作尽职尽责的态度。能拥有这样的伙伴，她很欣慰。最后，岑梦茹得出结论：欧阳然可以随团出行，但行走不易太多。

面对医生的裁决，方卓仔细斟酌了一番。出于安全上的考虑，她安排江季子专职照顾欧阳然和仇平凡。她反复叮嘱江季子，对即将游览的景点，他们“人到为止”，不要跟随其他游客走遍每个景点。江季子努力点点头，明白自己肩上责任的重大。

行程第四日，旅游团组织游客参观南山市著名园林。

涌动的人群中，江季子居中，她左手和右手分别搀扶着精心照顾的对象。眼前的景点她以前来过多次，安排两位老人找了个人员稀少的地方坐下，按照她之前讲述的内容，再向他们讲述一遍。

开始介绍前，江季子望着远方，边走边呢喃一部电影里关于旅行意义的台词："在户外扬程远行给人慰藉，大自然的色彩使人赏心悦目。人们神采奕奕，仿佛豁然开朗；最终欣喜若狂，最终不再孤独；最终欣喜若狂，最终得到救赎；最终欣喜若狂，最终回归静谧。"似乎触景生情，两位老人的思绪随着她的讲解渐渐融合在自然雅致的园林之中……

绿荫浓郁的银杏树下，正午阳光透过密密枝叶，斑斑点点的影子散落在地上。双脚踏在上面，好像行走在波浪起伏的大海上，轻松怡人。微风徐来，让人有种凉爽利落感觉。江季子俯下身，擦拭干净树荫下供人休憩的长椅，然后招呼两位老人，"两位老先生，你们坐这儿凉快些。天气有点热，我去给你们买两瓶水"。

"小江导游，我这儿有零钱。"仇平凡动作很快，边说边从衬衣兜里掏出钱递给江季子。

"怎么？我请您二位喝瓶水还不行啊？你这么客气，今后我们怎么交朋友？"江季子故意歪着头，双手交抱胸前，睨视着仇平凡说道。

"哈哈！"欧阳然发出爽朗的笑声。忽然他想起什么，把手伸进随身携带的挎包里，拿出不锈钢水杯，贴近耳朵摇了摇。"我带的茶水也喝完了，看样子是要补充点了！"欧阳然真有点口渴，他的病也不能缺水。

"你买的这个杯子比原来的杯子要大点吧？"仇平凡凑近欧阳然，指着他手里的杯子说道。

"也不算大，天热我要多些喝水才行。"说完，他举起挎包冲着江季子拍拍，"小江导游，下次我们哥儿俩请你吃顿大餐"。欧阳然此番举动，好像炫耀他包里有许多钱似的。

“好啊！今天我可赚大了。”江季子撅起嘴，把头高高地昂起，“我请你们喝水，你们记着一定要请我吃饭”！她故意把“喝水”两个字说得很重，然后微微一笑，冲他们挥挥手，转身向附近的小卖部走去。

园林一隅。

宗政儒陪着王志华坐在长椅上休息。他的目光穿过眼前三三两两的行人，有意无意地聚拢到正在为游客解说的方卓身上——恍惚之间，他好像又看到了女儿宗政颖慧的身影。

宗政儒家里，绕过厨房里忙碌做饭的母亲，颖慧轻轻走到客厅，悄然坐在宗政儒的对面。

“爸爸，我和施达毅谈过了。”宗政儒放下手中报纸，从女儿平静的眼眸里，他感觉小夫妻之间应该没什么大问题。

“施达毅是什么意思？”他和蔼地看着女儿，“你们双方是不是存在误会”？

“嗯，他没表态，我还不知道。”颖慧挪动了一下身体，上半身向前倾，侧首看着父亲。她牙齿轻咬下唇，极力避开宗政儒注视的目光，把视线投向窗外，“我感觉……他好像有什么事瞒着我”。

女儿的脾性显露无遗：她心里有事可以不说，但别人有何事她必须知道。对此，宗政儒多次提醒过她要公平对待他人，但她还是改不了小时候的习惯。他感叹女儿还没有长大！

“也许你考虑得太多，任何人都有自己的隐私。我抽空找施达毅好好谈一谈。”看到女儿眼眶里的泪水在打转，宗政儒只好这么说道。

安慰完女儿，宗政儒从心底升起幽幽的伤感。父母辛苦地把襁褓里的孩子拉扯大，看着他（她）从牙牙学语到蹒跚学步，直到茁壮成人，这期间父母付出了多少心血！待到儿女从学校毕业，走上工作岗位之时，家长又忙着为他们择偶成家。成家后小夫妻间闹别扭，又牵动双方父母的心。唉！什么时候才能真正清闲下来？想到儿，宗政儒无奈地摇摇头，笑了。

随芮纳茜和方卓的招呼声，游客们重新聚拢到一起。瞅着渐渐向西坠入丛林的太阳，宗政儒感觉旅行的日子过得也非常快。

大巴车驶回酒店。宗政儒夫妇拖着疲惫的身体回到房间。不久，就听到门铃声响起，坐在床上整理衣物的妻子向宗政儒投来迷惑的目光。

他也感觉很纳闷，"这个时候谁会来呢"？出门参观游览了一整天，身体非常劳累，他们需要休息洗漱，待会儿好到餐厅吃晚饭。在妻子的注视下，宗政儒打开房门。

"欧阳？你有什么事？腿好点没有？"宗政儒看见独自站在门口的欧阳然时，仿佛见到了多日不见的老友，倍感亲切。

欧阳然有点结巴，他左顾右盼了一下，"我还可以。不过，有件事我要向你如实反映"。

他的话给宗政儒带来不安。凭借多年工作经验，他认为欧阳然有事情要说，但很顾忌说话的场合。"你进来说！"宗政儒把他拉进房间，随手关好房门。

欧阳然走到里面，抬头看到王志华坐在床边，便回头用一种不信任的目光看了看宗政儒。宗政儒没有说话，用眼神示意老伴。王志华十分善解人意，读懂了丈夫的心思，当即借故起身离开了房间，并关紧房门。

"你请坐，有什么事？"宗政儒伸手示意欧阳然坐到床上，自己则坐到他对面的椅子上。

"宗政警官，你说买的瓶装水会有毒吗？"

"哦……"宗政儒的大脑暂时出现了空白，觉得眼前的欧阳然自从在厕所跌倒后，好像对任何事情都谨小慎微，"请你仔细描述一下，到底发生了什么事"？

欧阳然使劲清清嗓子，咽了口唾沫，“今天游览园林的时候，小江导游给我和仇平凡分别买了瓶矿泉水，我的那瓶没有喝完。乘车回到宾馆后，我看到餐厅后面的树林里，有只小狗拴在树桩上。天气很热，它趴在地上，吐着舌头呼呼喘着粗气。我随手把剩下的大半瓶水全部倒在它的空碗里。你猜结果是什么”?

“结果是什么?”

“小狗喝完水，略微休息了会儿，从地上站起来，没走几步，竟然摇摇晃晃地栽倒在地上!”

“什么?”听到这里，宗政儒的双眼变得十分明亮，嚯地从椅子上站了起来，倒背双手开始在房间踱步。“你到底看清楚没有，那只小狗是死，还是活?”

欧阳然又咽了口唾沫，双手抱头，紧闭双目。他的嘴唇在微微颤抖，“我上前仔细检查过，小狗还有心跳、有呼吸、有体温，就像睡着一样……”他放下双手，小心瞅着宗政儒严肃的表情，努力从惊恐回忆里搜寻现场的点滴信息。

“你喝矿泉水的时候，身边都有什么人?”

欧阳然轻声咳嗽了一声，努力抑制自己紧张的情绪，“我记得身边有仇平凡、江季子。后来……后来岑梦茹和时令漪也过来了，她们替换了江季子，来照顾我和仇老”。他伸出舌头，舔了一下干裂的嘴唇。

“小狗和矿泉水瓶在什么地方?这件事你告诉别人没有?”

欧阳然黯然低头，小心谨慎地说道：“小狗和矿泉水瓶在后院树林里，我可以带你去看一看。我很害怕，此事没有告诉任何人。”

“你喝的水有问题，仇平凡的矿泉水，他喝过有没有不良反应?”

“应该没有吧。”欧阳然低头思忖了一会儿，“他当时什么事情也没有。我感觉自己肠胃有点不舒服，所以只喝了一小半矿泉水”。

“在你的印象里，能不能确定矿泉水瓶始终没有离开过你的手?”

“呃，”欧阳然用手抚摸头顶花白的头发，“我记得……瓶子应该没有离开我的手”。他回答得有些不确定。

“欧阳，你现在马上回到自己的房间去，不要出门。我出去一会儿，回来后会去房间找你。”宗政儒抓起外套的瞬间，瞥了一眼墙上的时钟——九月十五日十八点整。

第十一章

旅游团用过晚餐，准备夜游南山市。

宗政儒打电话给江季子，说有事要找她商量，他们选择在酒店外的咖啡馆碰面。电话里宗政儒口气严肃，重申只让她独自过来。

江季子接完电话，呆呆地站在原地许久。她想不出宗政儒找她是什么事，而且非常明确地提出，只要她一个人过去。

欧阳然受伤提出索赔? 不可能。据江季子了解，欧阳然没有那个想法。难道是旅游团存在安全方面的问题? 那宗政儒不应该找她，反映类似情况，他应该去找领队方卓。另外，他要旅游团人员名单干什么? 宗政儒不是导游，名单涉及游客的隐私，他究竟想做何事? 虽然她有点抵触情绪，但还是照对方所说的去做了。

尽管江季子不知道宗政儒想要做什么，还是快速处理好手头事务，立即赶到了指定的地点。江季子推开咖啡馆的门，目光搜寻着宗政儒的身影。临街落地窗前有人站了起来，向她招手致意。确定是宗政儒后，她疾步走到咖啡桌前。

宗政儒伸手做了“请”的手势。江季子点头，安静地坐到他对面的椅子上。她落座瞬间，听宗政儒说“你终于来了”时，心里禁不住为之一震。自从她与宗政儒接触以来，沉稳、冷静、耐心是他固有的标签，江季子还从未见过他有着急的时候。

“宗政警官，我们晚上组织游夜景，你不去吗?”江季子用试探性的口气问道，说话时她眼里充满迷惑和疑问，“你找我有什么事”?

宗政儒的眼睛盯着手里的咖啡杯，指尖在杯沿上轻轻划动，“你没有向其他人提及我们见面的事”?

江季子的问话对方好像没听见，似乎他正在考虑一件棘手的事。听到宗政儒如此的说话口吻，江季子心里“咯噔”一下，冥冥之中有了不好的念头。

“没有。”她小心翼翼地回答。

“你咖啡要放糖吗?”他指指她面前的咖啡杯。

“不，我喜欢喝苦咖啡。”

宗政儒低头不再说话，出神地看着杯里的咖啡。他拿起勺子在杯里轻轻搅动，随着手上动作逐渐变缓，杯子里的咖啡仿佛正在慢慢凝固，而他们周围流动的空气也渐渐变得冰冷。当沉默的氛围托举不起寒冷窒息的空气时，江季子感觉自己的呼吸有点不顺畅，她模糊瞥见墙上钟表指针似乎已静止。宗政儒努力思索的问题大概正在固化成型。江季子暗自思索。

“江季子，你把旅游团人员名单拿过来。”宗政儒把勺子放在盘子上，毅然抬起头，盯着她的眼睛说道。

他直呼其名，江季子有点愕然。正式场合才有人这么叫她。

“给，这是旅游团人员名单。”她从包里抽出复印好的人员名单递到宗政儒面前。

宗政儒打开折叠整齐的名单，粗略浏览一下，又小心折叠成原样，放在自己上衣兜里——江季子怕人多眼杂，把复印资料处理得很隐蔽。显然，她事先做过充分的思想准备。

“我交给你一项任务。”

听宗政儒说有任务，江季子的眼眸里燃起一丝光亮。犯罪推理小说马上就有现实素材可用，她不由得心跳加速，口舌有点发干。刚才还是一副满脸疑惑的表情，现在她似乎看到曙光渗进心扉。“宗政警官，是什么样的任务?”

“你要时刻注意欧阳然的安全，但前提条件是，就你一个人知道此事，对任何人都不要提及!”宗政儒端起杯子啜了口咖啡，出神地望着江季子身后的落地窗说道。

来往穿梭的路人，从屏幕这一端，消失在另一端。窗外的景色仿佛在不断提醒宗政儒，时间在无情流逝，事态很严峻、紧迫。他又接着说道：“你不要问我为什么，等我调查清楚事实真相后，会告诉你全部经过。但是，你现在要保证欧阳然不要独处，他的处境有些不妙。”

果然是欧阳然，宗政儒和她想到的是同一件事！江季子的猜测没错。

她撩了一下前额散乱的头发，低头沉默片刻，然后拿起小勺在咖啡杯里搅动，端起杯子细细品尝不放糖的咖啡。那种肆虐在口腔里苦苦回甘的滋味，只有她的味蕾才会知道。

此刻她内心也没有闲着，在仔细回味宗政儒话中的含义。宗政儒根据什么推断欧阳然面临危险？其主要依据又是什么？从当下分析，除欧阳然意外摔倒，存在未知因素之外，没有什么其他特殊原因，能促使她有更深的怀疑理由。既然宗政儒做了如此安排，一定是他发觉有不利于欧阳然的因素存在。想到这儿，她深邃的目光注视着宗政儒，“宗政警官，我知道了。有什么事您就吩咐我吧”。

须臾，宗政儒站起身，“咖啡钱已付过。你要记住我对你所说的话”。他再次叮嘱江季子。他从椅背处拿上购物袋，头也不回地走出咖啡馆，然后站在路边招手，上了一辆出租车，向市中心方向驶去。

江季子在座位上木然地透过玻璃窗注视着宗政儒的一举一动，以至于他乘车走后，她还没有缓过神来。

在回酒店的路上，江季子脑海中不断闪现出宗政儒手里的购物袋。究竟里面藏有什么秘密？为何他没有向自己提及？她觉得那个袋子有点不寻常，好像与他们的谈话有关系。或许，那只是宗政儒的个人随身物品。她这么想。

事情变得有些扑朔迷离，搅乱了江季子的正常思维，她知其然而不知其所以然。想到宗政儒交给自己的任务，她果断掏出手机，分别告诉方卓和芮纳茜今晚她要照顾行动不便的欧阳然，旅游团组织的夜游工作，就辛苦她们两位代劳。并请她们转告欧阳然，在房间里等她。

江季子回到酒店，先到水果店买了些水果，然后拎着上了二楼。她与前台服务员热情打过招呼后，径直奔向欧阳然所住的218房间。敲开房门，欧阳然果然一个人在房间等着她。看来方卓和芮纳茜听从了江季子的建议，而同屋的王达常在欧阳然三番五次的劝告下，随团夜游南山市去了。

江季子告诉欧阳然，他双膝还没有好利索，外面天又黑，所以，晚上旅游团组织的活动就不要参加了。她会一直陪着他，直至游客全部回来。她没有告诉对方，之所以这么安排，并不全是欧阳然受伤的原因，其中宗政儒的告诫起了决定性作用。江季子还是要履行好自己的职责。

江季子牺牲随团出游的机会过来照顾自己，这令欧阳然非常感动。在他遭遇困难之际，不断有人伸出援助之手，旅游团充满了和谐的正能量，深深感染了他。

看着欧阳然有些拘束，为活跃气氛，江季子打开电视，让他躺在床上。她坐在椅子上，一边削苹果，一边跟他唠家常。他们天南海北地谈论着，话题涉及面比较广，不知不觉，江季子又把话头引到欧阳然摔倒的事情上。

似乎欧阳然的思维比事发当天更有条理，脉络也相当清楚。顺着他提供的线索，不经意间，江季子头脑深处似有一道闪电划过漆黑的夜晚。她好像看清了隐藏在角落里的某个人，那是嫌疑人看见亮光，乍现出的一副忌惮的面孔。现在，江季子才真正看清楚嫌疑人他（嫌疑人）的面目。她确信自己的第六感——推倒欧阳然的人，就是她在厕所门口碰到的那名穿短裤的男子！

此刻，她的思路是如此清晰，对于自己的判断，江季子很有把握。按照这个推理，穿短裤男子为什么要推倒欧阳然？难道他精神有问题？她反复回忆当时的情景，觉得结果不像假设的那样，那男子应该是个正常人。令人懊恼的是，江季子没有看清男子的体貌特征。

旅游团所有成员全部是滨海市人，而滨海市相距南山市十分遥远，有两千多公里。从理论上说，欧阳然在南山市应该没有仇家。难道是抢劫？江季子头脑中又迸出一个念头。她检查过欧阳然随身携带的挎包，据欧阳然本人说，钱夹和物品都没丢——她的判断不成立。

“那，穿短裤男子有没有这种可能……”苦苦思索的江季子，猛然有了更加怪异的想法——欧阳然已被男子盯上，他的最终目的是要杀害欧阳然！她被自己的推测吓了一大跳。

如此说来，在咖啡馆里宗政儒严肃的表情和再三嘱咐自己的话，有充分的根据——欧阳然的生命受到了威胁！宗政儒所说真实不虚。

“哎哟！”快要削好的苹果应声落地，江季子走神了，小刀差点把自己的手指划破。

看着拇指上面留下的浅浅的红色印迹，江季子把它含在嘴里，下意识地看了一眼床上的欧阳然，好在她的惊呼声没有打扰到他。欧阳然双眼紧闭，发出均匀的鼾声。他叙述完自己跌倒的情景后，被周围安全温馨的场景所感染，所以彻底放松身心，快速进入了梦乡。或许，房间里嘈杂的电视机声音掩盖住了江季子的声音，他才没被惊醒。

江季子快速从椅子上起身，捡起掉落的苹果，收拾好地上洒落的果皮和刀具，然后来到卫生间清理手上的伤口。多亏小刀不锋利，她的拇指无大碍。她回到房间，走到王达常床头，俯身拿起折叠整齐的毛毯慢慢打开，把它轻轻覆盖在欧阳然身上。

欧阳然的处境不容乐观！千万要小心看护，以免他遭遇不测。想到这里，江季子禁不住打了个冷战。她双手抱住双肩，眼睛环顾房间四周，生怕有地方存在缝隙，让那个穿短裤的男人可以钻进来。

江季子仔细审视过房间后便和衣躺在王达常床上。她想静静思考一会儿，但杂念如荆棘丛生，根本无法厘清头绪。电视机里传出娱乐节目的声音，好像变成深度的催眠曲。

——遥远灰暗的天际线，分不清天与地。风雨裹挟下的江季子艰难地行走在沼泽地上。她深一脚，浅一脚，拖动如灌满沉重铅水的双腿，艰难地挪动自己的身体。她还要时刻提防，以免被脚下无情的沼泽吞噬。彷徨、无奈、焦虑、恐惧笼罩那颗脆弱无助的心，极度紧张的精神和体力的超常透支，让她已不堪忍受，整个人随时处于崩溃的边缘。

她透过朦胧的雨雾看到有间破落的小木屋——还有生的希望！小木屋给她增添了无穷的力量，她手脚并用，竭尽全力地爬向它。经过漫长的痛苦的跋涉，她终于来到了小木屋里。当她孤苦伶仃地站在房屋中央时，失望和沮丧充斥了那颗饱经风雨的心。

其实小屋里和室外没有多大区别。外面狂风暴雨肆虐，房屋破损严重，四周的门窗摇摇欲坠。泪水打湿了江季子的双颊，她紧紧抱住自己颤抖的双肩，无助地蹲在屋子中央。任何人也无力改变眼前穷途末路的境况。忽然，她看到一双恐怖的大手伸向破碎门窗，在疯狂撕扯摇摇欲坠的窗户。没错，她看的和听得十分清楚！

“嘎吱，嘎吱……” 声音残忍地刺激她的耳膜，直达灵魂的最深处。她脚下的地板开始变得松软，一格格逐步塌陷。她尽力躲闪，向空中竭力伸出双手，寻求一根可以救命的稻草，最终她还是掉进了万丈深渊……

倏地，江季子从梦魇里惊醒。她稍微平静了一下情绪，心脏在剧烈跳动，后背汗水津津。原来梦可以如此真实和恐怖。

我睡了多长时间？她下意识地看着黑漆漆的窗外，什么也没有发现。可是她明明看见有人在撬窗户！她拿出纸巾擦擦脸上的冷汗，慢慢移步到窗前，看着灯火阑珊的城市，开始认真思考宗政儒所言。如果情况属实，这次旅游对她而言，真是充满悬疑和未知。

门外传来有节奏的轻轻敲门声。“小江，楼下大厅有人找你！”

江季子侧耳倾听，是二楼服务员的声音。她感觉好生奇怪。她想张口应答，却顾忌正在酣睡的欧阳然。谁要找我？旅游团成员还是自己不认识的人？为什么不打我手机？她瞪着迷惑的双眼，看到欧阳然翻了个身，又沉沉昏睡过去。

江季子小心地从床上拿起自己的手机，蹑手蹑脚地经过廊道插电卡处，慢慢抽出房卡，悄然无息地退出房间，并随手带好房门。空旷的走廊里，早已没有服务员身影。她待在原地，不解地摇摇头。稍后，她好像想起什么，转身急匆匆地跑下楼去。

酒店一层大厅休息区，三三两两的人聚在一起，不是在探讨问题，就是在细细品味香茗。江季子没有发现与她熟识的人，也没有找到形单影孤在等候的人。选了个不起眼的角落，她独自坐下，眼角瞥见墙上时钟：二十一点十分。

“哦，睡的时间真不短！”她不由自主地伸了个懒腰，手捂着嘴，打了个大大的哈欠。近几天辛苦奔波，江季子感觉身体非常困乏，只要脑袋一挨上枕头，似乎马上就能睡着。如果没有人打扰，她大概会睡到宗政儒回来的那一刻，届时自己就完成任务了。想到这儿，江季子有点小小的遗憾。

江季子等了一会儿，没有任何人与她联系。她烦躁地低头看着手机，手机此刻却显得异常安静，她赌气似的把它扔在一边，开始牵挂房间里的欧阳然。

她伸长脖子，四下眺望，客人拖着行李步履匆匆，正在寻找栖身的小巢。墙上时钟提醒时间已不早，她不得不走向总服务台询问。漂亮女服务员脸上堆满服务式的微笑，耐心听她讲完。笑容逐渐在服务员脸上凝结，继而变成怀疑和否定——服务员很干脆地告诉江季子，说没人在等她。

得到服务员否定的回答之后，江季子对那双充满猜疑和不停打量自己的目光很不爽，好像是她无中生有在给服务台找麻烦。其实，她也百思不得其解，难道有人在搞恶作剧？眼前的难堪局面，让江季子有点措手不及。不可能！谁如此不负责任，开这种捉弄人的玩笑？她立即否定了自己的判断。

江季子带着满腹狐疑离开总服务台。她慢慢转身，默默踏上电梯。她要去二层服务台，询问值班服务员，究竟是何人找自己。

电梯到达二楼。走出电梯间，江季子猛然想起什么，停下脚步，掉转头，三步并两步走向 218 房间。

她掏出房卡，小心翼翼地打开 218 的房门，侧耳聆听，卫生间似乎有流水的哗哗声。江季子寻声望去，透过卫生间半掩的房门，霍然发现有人侧卧在冰冷的地砖上。他面朝里，蜷曲身体，整个后背对着她。旁边的浴缸水龙头处于打开状态，她听到的流水声正是从这里发出的。地上躺着的人，毫无声息，好像陷入了昏迷。他上身穿白色 T 恤，下身着黑色短裤。两条腿相互交叉叠加，一条腿在里面，一条腿在外面，正好卡住卫生间的房门。

“欧阳，欧阳！”欧阳然在公厕跌倒时那茫然无助的场景再次浮现在江季子脑海里，“你到底怎么了”？由于害怕，她的声音有些颤抖。

房门开得很小，从缝隙中看不清地上欧阳然的具体情况。她想推开房门，却因他的双腿恰巧绊住。江季子害怕用力过度，给欧阳然造成二次伤害。

“是不是欧阳如厕，地砖湿滑致其摔倒，继而又引起腿伤发作造成晕厥?”想到这儿，江季子焦急地喊道，“你稍等，我去找服务员帮忙”！她快速转身，打开房门跑了出去，没跑几步，身后传来“咔嚓”关门的声音。匆忙之中，江季子顾不得多想，反正房卡还在自己手里。

江季子来到二楼服务台，却发现值班的位置空空如也——真是屋漏偏逢连夜雨。她想打电话，摸遍全身，手机却不知落在何处，急得直跺脚，

“咦！我手机丢在哪儿了?”头脑里快速闪现的连续画面让江季子应接不暇。“对，应该掉在欧阳然房间里了。”她稍微冷静了一下后，判明手机遗失的地方，又再次返回 218 房间。

江季子用房卡再次打开 218 的房门，却没有马上进去，而是把门轻轻推开一条缝，从门缝朝卫生间方向窥视。不料，她的眼睛竟然一下直了——躺在地上的欧阳然不见了！卫生间冷冰冰的地砖上，好像什么事情都没有发生过一样。刚才所目睹到的一切，让江季子内心极为惊诧！

事态有些太出乎江季子的意料，瞬间，她感到一阵轻微的晕眩。她觉得自己马上就要瘫软在地，连忙扶住了房门。等仔细看清楚 218 的房号后，她才慢慢恢复镇静。

江季子走近卫生间，小心推开房门，敞开的房间一览无余。她的视线从地上慢慢转移到浴缸里，缸沿溢出的水帘形成一道宽宽的瀑布，哗哗的流水声提醒她所见的一切真实不虚。恍惚之中，她看到浴缸里仰面漂浮着一张人脸。随着溢出的水流，这张脸在不时上下沉浮——躺在浴缸里的人竟然是欧阳然！

“是不是我眼花了?”江季子对自己说道。

她使劲掐自己的大腿，感到无比生痛。她并没有因此感到释

然，回想起来，她反而更加胆寒。怎么自己转身出去这一小会儿，躺在冰冷地砖上已跌倒昏迷的欧阳然在不借助任何外力的情况下，就进到了浴缸里？

江季子想张口询问，因畏怯和紧张，嘴唇颤抖，发不出任何声音。她想挪动脚步，近前详探究竟，双腿却好似被水泥浇铸在原地，丝毫动弹不得。阵阵寒意从她脚底不断往上涌，四周开始变冷的空气，让她的呼吸变得极为不通畅……

诡异的房间，不停变换位置的欧阳然，江季子脑海里连续涌现的梦魇片断……她希望那些魑魅魍魉，在光天化日之下能现出原形……

218 房间变得鬼魅灵异，江季子浑身禁不住战栗。她想尽快离开，离开这让人毛骨悚然的房间。她手捂胸口，扶着墙壁跌跌撞撞地走了出去。此刻，惊怖和焦虑占据了她的内心，她步伐蹒跚，头脑下意识地不停提醒自己注意房间是否有人跟踪而出，她不时紧张地回首张望。蓦地，她如芒在背，觉得身后有双诡异的眼睛正在注视着自己。

江季子双手扶着墙壁慢慢转过身来，映入眼帘的一幕反而加剧了她内心的惊骇——朴泰曦曦正站在二楼服务台的位置，用怔怔的眼神凝视行为反常的她。

朴泰曦浓浓的剑眉，脸上大得出奇的鼻子尤为突出。在昏暗的廊道里，光线不是很充足，他五官大部分隐藏在黑暗之中。从他眼窝折射出的两道幽幽亮光，更让江季子感到不寒而栗。

“啊——”她不由自主地发出惊叫声，这是江季子打破内心恐惧所能发出的终极呐喊。她掉头，踉踉跄跄地扶着墙壁，疾步进入电梯间。

第十二章

酒店大厅休息区，江季子从刚才坐过的位置找到了遗失的手机。她哆嗦着双手，颤巍巍地拨通了宗政儒的电话。江季子一边哽咽地诉说，一边单手捂住脸，努力抑制自己的哭声，无情的泪水从她指缝间慢慢渗出。最后，她听从宗政儒的交代，拨打了 110。

窗外警灯闪烁，宗政儒和南山市警察先后赶到酒店。根据现场勘察，欧阳然已死在浴缸里。经法医初步判断，凶手堵住被害人口鼻，使其窒息而死。欧阳然死亡之后，又被人为放在装满水的浴缸里，从而造成死者洗澡失足，溺死在浴缸里的假象。欧阳然死亡的时间大约是二十点三十分至二十一点三十分左右。

宗政儒身边的警察对江季子做了自我介绍，他说自己名叫谭虹宾，是南山市刑警队的队长。他对江季子说："你就是江季子导游吧。是你报的案?"

江季子呆滞地点了点头，没有说话。

"嗯"，谭虹宾瞅着面色惨白的江季子，"我想找你了解些具体情况，我们换个安静的地方说话"？他征求完对方意见之后，把头转向身边的宗政儒。

警戒线内，法医和刑警来回穿梭，各自忙于本职工作。周围不明真相的群众，有的议论纷纷，有的站在原地翘首以盼，谭虹宾怕周围嘈杂的环境影响江季子本来就不稳定的情绪。

听到谭虹宾的话，宗政儒默然点头，懊悔的脸上眉头紧锁，似乎他们之间早有联系，相互之间并不陌生。

江季子的房间里，她失神地坐在自己的床铺上，宗政儒和谭虹宾分别在她对面的椅子上坐下。

“你们是夕阳红旅行社吧?”谭虹宾上半身前倾，用试探的口气问道。

江季子轻声地说了声：“是。”

“听总台服务员说欧阳然住在218房间?”

“是的。他住218房间，他和王达常两个人住在一起。”

“我听宗政警官说，他嘱咐过你要单独照顾欧阳然。到底你和欧阳然经历了什么，你能不能告诉我?”

“……可以。”她双手掩面，轻声抽泣着回答。

“不要难过，你慢慢说。”谭虹宾安慰道。为了便于记录，他挪动椅子靠近邻近的桌子，从衣兜里掏出笔记本平铺在桌面上，随手拧开手中的笔帽。

江季子停止啜泣，慢慢抬起头，轻拭眼角泪滴，断断续续地讲述起来……

“什么?你进门看到欧阳然躺在卫生间的地面上，那是几点钟?”听着江季子的诉说，谭虹宾眼里充满疑惑和不解，“你仔细看清楚没有，躺在地上的人就是欧阳然本人”?他想确定江季子看到的情况真实不虚。

警察的话让江季子微微一愣，随即她肯定地说道：“我应该是在二十一点左右到达酒店大厅，在那儿停留了一会儿，并没有发现有人要找我。然后，我就返回218房间……呃，看到躺在卫生间地面上的欧阳然时，大概是二十一点十五分左右……”说到这里，江季子思想深处有种异动的感觉，想厘清头绪说清楚，可意识深处却是一片空白——她显得有些茫然无措。

“由于欧阳然向左侧卧，他面朝里，背对着我，而他双腿正好交叉绊住卫生间门，所以我推不开门……其实，我也不敢使劲，主要怕再次伤着他以前受过伤的膝盖。所以，我未能看清楚他……”

“你所说的时间准确吗?”

“嗯，应该差不多。我在酒店大厅休息区，看到墙上时钟是二十一点十分。”

“当你再次返回 218 房间，还注意到什么细节?”谭虹宾双眉紧锁，一边快速记录，一边头也不抬地问道。

“呃……”江季子侧首，似乎有点犹豫。她脑海里的残留片断还在努力复原，“应该没有了……”经过一番冥思苦想，结果还是枉然。

“二楼喊你的服务员，你认识吗?”谭虹宾停笔，抬起头来问道。

“认识，我们还算熟悉。”

“她叫什么名字?”

“陈晓敏。”

“为什么你走出 218 房间，她却没在门口?”

“呃，也许，也许她还有其他事情，暂时离开了吧。当时我头脑很乱，没有注意到这些细节……”

谭虹宾和江季子之间的谈话宗政儒听得清清楚楚。虽然没有插话，但脑海里有一种特别的感觉：他心底好像出现了一片乌云，一点点在空中蔓延开来。

“噢，宗政警官，你还有什么话要说?”谭虹宾回过头来，看着沉思中的宗政儒问道。听他说话的语气，好像他们之间有过接触。

似乎宗政儒没有听到问话，他的眼睛出神地盯在地上，在静静地思考什么。

看到沉默的宗政儒，江季子内疚万分，心情尤为复杂。一项看似简单的任务，却出乎意料，竟蕴含如此巨大的不幸。“真对不起，宗政警官，我没有好好照看欧阳，以至于他惨遭不测。这全都是我的错……”江季子双手捂着脸庞，不由得失声痛哭，双肩随着抽泣在不停颤抖。

江季子的哭声打断了宗政儒的思绪。看来，江季子错误理解了他的沉默。欧阳然被害让他惋惜不已，但也激起他对狡猾凶手的憎恨。失落和痛苦纠结在宗政儒心里——这到底是怎么回事？他在苦苦思索。

“这不是你的错……”宗政儒从座位上站起身，来到她身边，轻拍江季子肩膀安慰道。此刻，千言万语也不能抚平她内心的伤悲。

“谭警官，我交给你的资料，请尽快查证。我想一个人好好静一下，想想到底是怎么回事。”宗政儒的大脑始终没有闲着，在仔细揣摩案发后的所有细节。

眼前的景象，谭虹宾深有体会。虽然欧阳然不是宗政儒和江季子的亲人，但作为旅伴的他中途被害，他们之间那种从陌生到熟悉，从相互体贴再到生死离别的滋味，让像他这种长年从事刑警职业，毫不掺杂个人情感的人也唏嘘不已。

“好的。那就不打扰二位了，我去询问其他人员。”谭虹宾找了个借口，收拾好笔记本，起身走出房门，随手轻轻把门带上。

宗政儒默默看着他离去，又俯瞰满脸泪痕的江季子，心里五味杂陈。自己终究还是晚了一步！狡诈的凶手采用声东击西的战术，全身而退地完成了罪恶勾当。他原来细致周密的安排瞬间化为了泡影。

为欧阳然逝去的生命而难过的同时，宗政儒憎恨凶手的狡猾和凶残。要让真相大白于天下，他肩负起查清欧阳死亡真相的任务。

“江季子，你再仔细回忆一下，还有没有其他遗落掉的线索。”

“呜呜……呜呜，好的。”江季子停止哭泣，缓缓抬起头，泪眼蒙胧地仰视着宗政儒，“宗政警官，我头脑实在太乱，好像什么事情也记不得了……”

“好吧，你先休息一下。如果想起什么，再告诉我。”

“嗯……宗政警官，欧阳怎么会惨遭毒手？到底是什么人干的？”

宗政儒没有立即回答，转身走向窗户，手扶打开的窗扇，出神眺望远处漆黑的夜色。“我觉得所发生的一切，都是有人提前设计好的。”

在远处城市灯光的映衬下，他的剪影轮廓清晰、庄严，好似一座巍峨的大山。江季子不知道宗政儒在想些什么。

第十三章

九月十六日。

旅游团出了命案，行程被迫取消。昨天晚上十八点三十分，方卓和芮纳茜组织旅游团成员夜游南山市，除了江季子、宗政儒和欧阳然三个人之外，其他人员均按乘车路线进行了游览。中途方卓和芮纳茜还组织了购物和娱乐消遣活动。全部游客回到酒店的时间为二十一点五十分。所有游客可以互相作证，案发当时，他们都有不在现场的证明。而这也恰恰说明，欧阳然所住 218 房间命案现场，除了江季子以外，其他人都有不在场证明。

宗政儒出神地看着昨晚的外出人员名单。江季子没有参加外出旅游，正是他特意安排的。作为凶杀案的唯一见证人，他想单独约江季子谈一谈，努力还原案发现场。

宗政儒和江季子面对面坐着，从谈话过程中他能明显感到她比昨天放松许多。而且，她思路变得与原来一样敏捷、迅速。

她在回忆过程提到一个场景，就是自己跑出欧阳然房间寻求帮助时，房门自动关上的细节。听到此，宗政儒眼前忽然一亮，紧锁的眉头似乎有舒展开来的趋势。

“你确定离开房间后，房门是自动关上的?”

“嗯，关门对我来说印象特别深。”

“为什么?”

“我是带着惊吓、仓促之中离开欧阳的房间。房门关上的声音对我而言不亚于一声惊雷！”

“是不是房间窗户没有关严，或者穿堂风吹过来，让房门自动关上了？”宗政儒的考虑也不无道理。进入218客房，离房门最近的是卫生间，经过短廊，是标准的双人间。房间里有两张横摆着的单人床，对面则是落地大飘窗。如果房门未关严，窗户又处于打开的状态，户外有风，或许会吹动房门自动关闭。

“我记得站在窗前向外看过夜景，并没有感觉有风的存在。如果窗户是打开的话，窗帘应该在风的作用下飘动，但窗帘一点也没有动。”江季子思路清晰地回忆当时的情景，“窗户一定是关闭的，我确定”！江季子最后肯定地说。

“噢……”

宗政儒略显吃惊的语气，让江季子也有同感。在她脑海里快速掠过一道闪光，照亮思维深处隐藏的秘密。那似曾熟悉的场景，此刻却显得有些虚无缥缈，并不真实——她不敢轻率地作出决定。苦恼地摇摇头，她感觉非常失落。

“另外，在案发现场还有一位旅游团成员？”

“……什么？”江季子的话，让宗政儒感到惊愕。

“我从218房间出来走向电梯间时，无意回头，发现朴泰曦站在二楼服务台的位置。”

“你确定？”

“是的，我确定。”

“既然朴泰曦出现在案发现场，为什么昨天晚上外出游览的名单里还有他的名字？”宗政儒提出质疑。

“喔……我真不知道。”

“你见到他是什么时间？”

“嗯，应该是二十一点半左右。”

“他中途擅自离队，带队的方卓和芮纳茜知道吗？”

“应该不知情……吧。”江季子轻轻摇头，说得不是太肯定。

“宗政警官，为什么朴泰曦会出现在那里？”站在警察的角度分析，江季子认为与朴泰曦的偶遇应该有更深层次的内涵。

“这个朴泰曦，你和方卓了解么?”

“不太了解，他只是一名普通游客而已。”

宗政儒轻轻地“嗯”了一声，现在手头上朴泰曦的资料十分有限，其诡秘行踪很是可疑。

“朴泰曦与本案有关系?”江季子瞪大眼睛，小心询问眉头紧锁的宗政儒。

“目前还不清楚，调查后才知道。”宗政儒重重地叹了口气，“你提供的这条信息很重要”。他出神地望着远方说道。

“宗政警官，凶手是通过何种手段杀害欧阳然的?”她知道谭虹宾和宗政儒之间并不陌生，想侧面打探案发经过。

在与江季子谈话时，宗政儒脑海里已有想法。江季子极力想弥补自己留下的遗憾，不惜余力地要查清凶手的作案动机和欧阳然的被害经过。她执着的精神，令他肃然起敬。

“谭警官告诉我，他们调取酒店二楼走廊监控的显示，昨天晚上十八点四十五分你进入欧阳然的218房间，直到八点五十五分你走出房间，你在房间里待了近两小时十分钟。二十一点十三分，你又返回218房间。这应该是你看到卫生间地上躺着的欧阳然的时候。片刻之后，你急匆匆从房间跑出来，奔向二层服务台。等你再次折返回到218房间，监控显示的时间是二十一点十七分……”宗政儒看着手中的笔记本，一副若有所思的表情。

“啊!”江季子略作沉吟，考虑怎样才能把话说得简洁明了一些。“在这期间……除了我之外，就没有其他人进入过218房间?”她在这个时间段反复进入欧阳然的房间，如果还有其他人的话，那么“这个人”应该毫无悬念地成为警方的嫌疑人。

宗政儒看着江季子肯定地说道：“没有。从目前谭警官提供给我的资料来看，没有发现第二个人。”

“难道朴泰曦没有进入过218房间?”她一直憋住不想说，但话到嘴边还是不由自主地说了出来。

“没有！”

“……如此说来，我是警方怀疑的对象？杀害欧阳的嫌疑人是我？”忽然之间，江季子才明白自己已成为众矢之的。从眼下的情况分析，所有证据全部指向了自己。

她忽地从座位上站起身来，焦急地抓住宗政儒的胳膊，“宗政警官，你不是在怀疑我吧？是不是谭警官让你过来找我谈话”？江季子觉得这是个预先设定的圈套，一个让她自动供述“罪行”的圈套。

“噢，不是那个意思。江季子，你不要这么激动。”宗政儒从恍惚中回过神来，看着面红耳赤的江季子，感觉到对方的焦虑和无助。她极力想澄清自己。

“如果你有嫌疑的话，我就不会单独找你谈话了。而且，从现场的监控视频录像来看，你并不是凶案现场的唯一见证人。我估计凶手当时就在 218 房间！”

“什么？你说凶手在……”江季子说了一半止住了，语气里带着恐惧和后怕。她不断战栗的双腿已支撑不住这巨大的压力——她想到了梦魇里即将倒塌的危旧小木屋。

对于宗政儒的判断，她持怀疑态度。当时在 218 房间，江季子第一眼所见就是躺在卫生间地砖上的欧阳然。等她再次返回房间时，除了发现欧阳然蹊跷地仰卧在浴缸里之外，并没有感觉有任何异常之处，更别说发现凶手存在过的蛛丝马迹。宗政儒说的这番话，江季子不知其依据是什么。单凭她的直觉，朴泰曦嫌疑最大，当时他就在欧阳然被害的现场！难道朴泰曦还有同谋？

好像宗政儒没有注意到她情绪的变化，自顾自地说道：“对，凶手就在欧阳然房间里，这也是我让你回忆现场细节的原因。譬如，欧阳然穿着什么样衣服，躺卧在地上的姿势，浴缸水龙头是否开着……”

“请你等一下……你刚才说什么来着？”江季子打断宗政儒的话，做了个暂停的手势。在宗政儒的引导下，萦绕在她脑海深处的那个东西渐渐浮现出来。大概昨晚事发突然，所有信息需要经过慢慢沉淀才能显现出事物的本来面目。

“你说衣服，当晚欧阳然上身穿白色衬衣，下面是黑色长裤。”江季子侧首，双手捂着嘴，眼睛死死盯着卫生间房门，“欧阳然躺在卫生间地面上时，他上身着白色T恤，下身则是黑色短裤。宗政警官，他为什么会改变自己的打扮”？她矛盾的内心始终不想承认欧阳然被害的事实。直到现在，她还希望自己在浴缸里看到的人不是欧阳然，而是另有其人。她始终不想触及这个伤感话题，但又无法回避。

“不知道。死在浴缸里的欧阳然，他上身胡乱套着白色T恤，下身是黑色短裤，拉链也没拉上。”

“那就是欧阳换衣服准备洗澡时，在毫无防备的状态下被人谋杀了?”江季子睁大眼睛，用怀疑的目光打量宗政儒平静的脸庞。她想从对方脸上看到“否定”的表情，但事与愿违，宗政儒除了紧锁眉头之外，没有显露出太多信息。

江季子结结巴巴地下了结论，“那……那就是说，卫生间地面上躺着的人就是欧阳然?他为什么洗澡时要换上白色T恤和黑色短裤?他躺在床上的时候，并不是这身打扮啊?”她对欧阳然穿着的改变显得很纠结。

宗政儒不想过多讨论这个话题。“你还有什么新的发现?”

江季子努力控制住激动的情绪，使劲咽了口唾沫。微微颤抖的嘴唇，看上去很苍白、无力。她自责地低下头，双手插进头发里，从大脑深处搜寻支离破碎的片断。

“当我第一次推开卫生间的房门，浴缸的水龙头是开着的，浴缸里的水还未满；在我第二次回去，看到水龙头还照常开着，只是浴缸的水满溢了出来，欧阳然仰卧漂浮在里面……”她轻声哽咽地说完之后，仰起头，疲惫地合上双眼，眼角无声滑落两行清泪。

不知是为欧阳然的死亡惋惜，还是受到了惊吓，她无法控制自己真实情感的流露。

“江季子，你提供的信息很重要，非常感谢。你回去后要好好休息，如果想起什么，你告诉我。”宗政儒用爱怜的目光看着她，“你我之间的谈话内容，就仅限于你知、我知，不要对任何人提起”。

“嗯，你放心。宗政警官，你能确定凶手是谁吗?”

“现在还不好说。不过，我知道了本案的侦破方向。凶手非常狡猾残忍，他所制造的凶案，每一步都经过深思熟虑……”

第十四章

按照宗政儒的说法，欧阳然所住 218 房间是案发现场，而且他被害时，凶手就在他房间里。江季子觉得有点不可思议。酒店是标准双人间，凶手是如何杀害欧阳然，然后又任何线索未留地全身而退的？案发现场，她看到晕厥后躺在地上的人，分明就是欧阳然啊！凶手到底藏匿在什么地方？为什么一丁点儿痕迹都没留下？

萦绕在她头脑里的现场，形如散落一地毫无关联的环扣，她不知该从何处下手，也不知如何才能解开这个谜团。她意识深处不太相信宗政儒的推测——218 房间里竟然还存在第三者，而且第三者就是杀人凶手。

究竟凶手隐藏在何处？难道他有特异功能？为什么他没有对自己下毒手？江季子确实想不明白。

欧阳然的被害无形中加重了江季子的自责心理，她觉得自己没有尽责，没有完成宗政儒交给的任务。为此，她内心倍受煎熬。

按照旅游日程安排，方卓所带的旅游团还需在南山市逗留四天。作为案发见证人，江季子暂时不能随团一同出游。宗政儒和江季子积极协助南山市公安部门侦破此案。

酒店 218 房间，江季子安静地站在宗政儒身后，看他盯着落地窗出神。他一会儿双手扶住窗沿，向外探出半个身子，侧首从外面仔细端详窗户结构；一会儿又从房间里仰头注视整个窗户，还用手试着左右拉动每个窗扇。

“宗政警官，你发现了什么？”窗户密封不严实，还是有其他问题？江季子不明白宗政儒的意图。“是不是有新的线索？”

“呃，正如我以前的判断……”似乎他完全沉浸在自己的思考里，没有听到江季子的话语。稍微停顿后，宗政儒转身面对江季子，紧锁的眉头已舒展，嘴角上挑，线条十分硬朗。“江季子，我想问你一个问题，游客得知欧阳然被害的消息后，反应如何？”

“嗯，反应最强烈的是与欧阳同屋的王达常。欧阳被害，对他打击很大，他情绪十气低落。另外，还有方卓、墨良迹夫妇、仇平凡、时令漪和岑梦茹……所有游客都义愤填膺，多次追问办案结果，说必须要把凶手绳之以法……”

“我还想问你一个问题：旅游团入住酒店后，有谁经常来欧阳然和王达常的房间串门？”

“这个没太注意……相互来往的人应该很多吧。”她用不太肯定的语气，略有迟疑地回答。

仔细回味宗政儒的话，江季子的头脑里开始翻腾出自己不敢相信的“事实”。原来支撑在心里无懈可击的完美证据如潮水般汹涌退去，把不争的“事实”残酷地摆在她的眼前。“宗政警官，按你的说法……凶手就在我们中间？”

“对，凶手就藏匿在我们游客中间。从旅游的第一天开始，犯罪嫌疑人就有计划、有预谋，人为地制造出一连串的迷雾，干扰我们对本案的正确侦破方向。”

“那就是说，欧阳然在公共厕所跌倒时，凶手就已按计划开始着手实施犯罪？”联想到欧阳然身上发生的一系列事件，江季子说出了自己的看法。

“是的。从那时起，欧阳的命运已被犯罪分子所绑架。只是我们太大意，没有注意到相关细节罢了……”宗政儒口气里充满了惋惜和后悔。他蹙起眉头，额头皱纹里，镶嵌着几道深深的悔恨。“当时我感觉有些疑惑，并没做过多的考虑。现在细思极恐，想不到命案就发生在我们身边……很可惜，我没有看清事情的真相……”

“宗政警官，现在不是自责的时候，现在的关键是如何把凶手抓住，告慰欧阳老先生的在天之灵。”

宗政儒引导性的叙述似乎是打开樊笼的一双巧手，那只飞出的小鸟就是江季子。她振翅翱翔，高度逐渐上升，俯瞰苍茫大地，发现了自己以前从未看到过的东西。

按照江季子的推理，公共厕所穿短裤的男子就是想要杀害欧阳然的真正凶手。她把自己的观点向宗政儒做了详细阐述。

宗政儒闻听，双臂交抱，开始来回踱步。他微微颔首，仔细掂量江季子所说的内容，并没有发表自己的见解。稍后，他仿佛下定决心，停下了脚步，转身面对江季子，把欧阳然怀疑矿泉水有毒的事情告诉了她。

原来，九月十六日宗政儒在咖啡馆与江季子分手后，独自拿着空矿泉水瓶去南山市中心医院做了化验。此刻，江季子才恍然大悟，宗政儒那天晚上所拿的袋子里，竟然装着一项重要的物证。

经医院检验，矿泉水瓶里的主要成分是安眠药，而且药剂量还很大。医生还给出解释：有心脏、肝脏及肾脏障碍者慎用。安眠药主要在肝脏转化，由肾脏排除，肝肾疾病患者不宜服用大量安眠药。

宗政儒还把旅游团成员名单通过谭虹宾发到滨海市公安局，开始查证所有人员。

听到上述情况之后，江季子不由得暗暗吃惊，她冥冥之中差点成为凶手利用的工具。园林游览那天，幸好欧阳然没喝剩下的半瓶矿泉水，否则，其结果很难预料。也许，服药导致的意外情况，更让人难以觉察。

“宗政警官，你认为嫌疑人是岑医生、时令漪还是仇平凡？他们之中到底是谁给欧阳水里放了安眠药？”综合宗政儒提供的信息，她眼前浮现出这三个人的脸庞，其中有江季子最不愿意看到的——岑梦茹医生。时令漪、仇平凡她也不太相信。关键是何原因，他们竟然能做出如此伤天害理的事？江季子根本想不明白。

“不是他们三个人，而是另有其人。”宗政儒直截了当地说道。

“什么？”她简直不敢相信自己的耳朵。那天在场的只有岑梦茹、仇平凡和时令漪，可为什么宗政儒说还有其他人？“宗政警官，你忘记我给你的那本书了？”

“没有。”

“那本书可是时令漪的。我和岑梦茹、王达常和他还讨论过相关内容。”

“其实，这本《逻辑哲学论》确实是时令漪遗失的，但他并没有去过欧阳然被人推倒的厕所。”

江季子对此持有怀疑态度，“你问过他本人”？

“是的，我私下问过他。飞瀑景区游览那天，你给我拍照的时候，时令漪就在我们附近。而且，他始终跟随队伍在行进。”

“……原来是这样！”江季子有些失望。

“时令漪还告诉我，你们讨论过这本书之后，他下车时就找不到这本书了。”

“噢”，江季子瞪大眼睛，“那就是说有人故意偷了时令漪的书，然后想嫁祸于他”？

“是的。”

几乎冤枉了一位好人！犯罪分子这种偷梁换柱的手法差点蒙

蔽了江季子的双眼。可见，时令漪是在不明不白之中被凶手利用了。这反而更加激起了江季子高昂的斗志，她想撕下凶手伪装的面具，看一看隐藏在背后的真实面目。

“宗政警官，你说是谁给欧阳下的药?”

宗政儒又开始踱步，双臂交抱胸前，“我仔细询问过他们。按推理来说，岑医生嫌疑最大。她作为医生，医药箱里放有安眠药，但不是她。时令漪刚才我们分析过，他是热心肠，想去帮助仇平凡和欧阳然。仇平凡左手拿矿泉水，右手拄着拐杖，他自己有矿泉水，如果再去拿欧阳然的矿泉水，必然会引起欧阳的注意。所以，仇平凡应该也没有机会”。

“那会儿……”江季子眼睛里现出一层迷雾。思索当天场景，她记忆里根本找不到与之相匹配的人员。

宗政儒停住脚步，扭头直视江季子双眼，“那个人就是方卓”!

“什么?”江季子似乎有种崩溃的感觉。她跌坐在床上，双手抚在胸前，失神的眼睛看着宗政儒。忽然之间，她感觉自己呼吸困难，好像有东西堵住了嗓子。从心里，她不想那个熟知的“名字”会出现，可偏偏那个熟知的“名字”无情摆在她面前。

经过短暂眩晕之后，江季子手扶额头，跌跌撞撞地摸到床沿，努力想站起来，“宗政警官，你怎么肯定那个人就是方卓?”她绝望地问道，双眼充满凄凉和质疑。

宗政儒伸手做了个停止的手势，示意江季子坐着不要动，“不瞒你说，我总感觉方卓有点像我女儿。那天在园林游览时，我特别关注她的一言一行。旅游团集合的时候，欧阳然、仇平凡、时令漪和岑梦茹从我所坐的长椅旁经过，还分别与我打过招呼。我看到方卓迎上前去，接过欧阳手中的矿泉水瓶，然后用手搀扶着他，两个人边走边说着什么。就这样，他们一行先后上了大巴车”。

“按你推测，是她把安眠药放在里面的?”

“有这种可能存在。”

江季子还是不相信对方的判断，觉得缺乏实质性证据，“是不是还存在另外的可能。他们上车后，有其他人把安眠药放入相同牌子的矿泉水瓶里，然后偷偷调换了欧阳然的矿泉水”？

“据我的观察和欧阳然的讲述，在车上，矿泉水瓶没有离开过他的手。”

“嗯……”江季子不知道该如何应答，“方卓为何要这么做，她杀害欧阳的动机是什么”？江季子始终不相信，昔日的亲密搭档会做出如此可怕的事情。

“我也不知道。”宗政儒无奈地摇摇头，挠挠花白的短发，“由于欧阳肠胃不舒服的缘故，回酒店的路上他没有喝瓶里的水。到达酒店之后，他用剩下的半瓶水喂小狗时才发现水有问题。”

听完宗政儒的话，事态似乎变得越来越扑朔迷离。江季子暗自思忖。从她意识深处，想不明白为什么方卓会牵涉到谋害欧阳然的案情中来。她们相处的时间虽不长，除了方卓有时说话有些刻薄、不讲情面之外，并没有大毛病，她的出发点全部是履行好本职工作。方卓无论人品，还是人缘，在旅行社的口碑都是不错的。江季子想不清楚，现在也无法想清楚。她开始忍受阵阵间歇性的头疼。

“如此说来，方卓就是给欧阳水中下药的嫌疑人?”她再次用怀疑的口气问道。

“应该是她。”

江季子双眼饱含热泪，失声地喊道：“她为什么要加害欧阳呢？他们之间到底有什么过节?”

“……这也正是我想知道的。”宗政儒面无表情地说道。

第十五章

方卓、穿短裤男子、朴泰曦成为欧阳然死亡案件的重大嫌疑人。由于证据不足，警方还不能下结论。

根据案发现场，江季子认为只要解开 218 房间的死亡谜团，案情自然会水落石出。案发当晚，如果查清楚是谁让服务员传话，要找江季子，那么这个人则是案件的主谋。宗政儒也赞同她的观点。

他们找到二层值班服务员陈晓敏，了解当天晚上的情况。据陈晓敏描述，九月十五日当晚，有位女士打来电话说要找江季子。光从声音里判断，她不熟悉这个人，但能确定对方年龄应该不太大。

电话那端的女士对江季子在 218 房间十分肯定。她说有位年老游客，正在酒店大厅等候江季子，麻烦陈晓敏转告江季子赶快下楼，把游客带回他自己的房间。女士没有说自己姓名，陈晓敏感觉有些奇怪。

这件事情合乎情理。有时会出现上年岁的客人找不到房间，让导游下去接也很正常。只是陈晓敏不明白，为什么那位女士没有直接拨打江季子的手机，而是通过服务台来转告。由于她正忙于其他事务，这个问题没有来得及多想。

当晚带班的客房经理秦杰南，对陈晓敏的说法给予了确认。

“没错”，秦杰南一身熨烫平整的黑色西服，白衬衣干净无褶皱，再配上笔挺有型的身板，给人以精明、干练的印象。

“由于客房三层有部分游客要乘晚上的航班离开，我来到二层服务台，找到了值班的陈晓敏和另一位同事，让她们协助三层服务台，尽快完成客房清理工作，准备迎接下一批游客。”

秦杰南机灵的眼神努力搜寻两位客人面部的蛛丝马迹，“陈晓敏工作中的确接到过一个电话”。他转头对着身边的陈晓敏，“你告诉我说要到 218 房间找一个人，对吧”？

“是的。是找江导游！”陈晓敏赶紧附和说道。

“陈晓敏通知完江导游后，就随我们去三层了。”秦杰南想尽量把经过描述清楚，做的也很到位。

闻听客房工作人员的解释，宗政儒微微颔首点头。

沉默。

江季子内心颇为不平静。打电话的女人是有意而为之，她的每一步绝对经过仔细推敲，才能趁服务台忙乱之机支走自己。可不可以做出这样的推断：打电话的女人是南山市人，她熟知酒店各项工作流程，然后协助凶手完成了关键的一步？这个神秘的女人到底是谁呢？

江季子打破沉寂，再次开口询问陈晓敏对打电话女士的声音是否熟知时，陈晓敏茫然地摇了摇头，“我真听不出来。电话背景很嘈杂，好像在繁华街头。她说话的声音，听起来很焦急，而且语速相当快。我根本无法确认是哪个熟悉的人”。

“她是本地人？”

“啊？”陈晓敏露出吃惊的表情，蹙眉低头沉思片刻，又抬起头，“嗯……听口音，好像不是”。

“你确定？”她身边的秦杰南，特意加重语气问道。

陈晓敏抿嘴，扭头左右分别瞅了一眼江季子和客房经理。她牙齿咬着下唇，似乎有点左右为难，说：“我真的没听出来，不知道她到底是哪儿的人。”

这是不是迫于秦杰南的压力，陈晓敏不得已而采取了明哲保身的做法，江季子不知道。很明显事情存在不确定性，人命关天的大事，她选择“是”或“不是”都会留下心理阴影。避免处在风口浪尖上也是她本能的表现。如果换成江季子处在和对方一样两难的境地，她也不能做出肯定的回答。

江季子特意瞥了一眼宗政儒，他面部毫无表情。“你们是否还注意到，我们旅游团有位游客来过服务台?”

秦杰南和陈晓敏面面相觑，“是谁”? 陈晓敏使劲咽了口唾沫，声音嘶哑地问道。

“朴泰曦。”

“朴泰曦? 我没见过他。他到服务台的时候，我们应该在三层整理客房吧。”陈晓敏喃喃说道，随后眼睛盯向秦杰南。秦杰南默默点头。

江季子认为秦杰南在刻意隐瞒什么，还想继续追问，宗政儒赶忙伸手止住。他说要去了解客服人员所说的情况，还分别向陈晓敏和秦杰南道谢。然后，他带着江季子从办公室走了出来。

他们一前一后走在回房间的路上，江季子在他身后停住了脚步，说:“宗政警官，你认为陈晓敏说的是真话?”

“是的。”宗政儒停住脚步，转身面对江季子。她那双清澈明亮的眼睛里写满疑问。

“为什么?”

“既然打电话的人有意这么做，就算陈晓敏能听出对方是谁，在没有真凭实据的情况下，也不敢贸然给别人扣上嫌疑人的帽子。”说完，宗政儒迈开步伐继续向走。江季子略微迟疑了一下，随后又紧紧跟上前去。

“陈晓敏和打电话的人之间并没有通话录音，我们手头上也没有相关证据。所以，把服务员作为突破口有些不太可能。”宗政儒一语道出问题症结所在。

“你认为打电话的人是谁?”江季子停下脚步追问。

宗政儒停下脚步，又转过身来，他用手指着自己的脑袋，语重心长地对她说道:“你用这儿好好考虑一下。”

江季子深吸一口气，眼睑下垂，呆呆伫立在原地。稍后，她睁开眼睛，咬着嘴唇，眼里散发出深沉的目光，“我认为杀害欧阳的凶手是朴泰曦”!

“噢，说说你的理由。”宗政儒走到她跟前，表情严肃，大有一副想仔细倾听的意思。

“事发当晚，一定是朴泰曦的同伙打的电话，她让二层服务员把我支走，朴本人则在218房间对欧阳下了毒手。然后，当我从218房间出来之际，碰到他在服务台附近。其实他是在案发后，观察四周情况，准备乘机溜走。”

“你自己在二层看到过朴泰曦，所以就引发出一系列关于他的推测？”一种超乎寻常的谨慎表情，出现在宗政儒的脸上。

“是的，我是这么认为的。”江季子自信满满地说。

“可是监控显示，朴泰曦在二层服务台待了一小会儿，好像在寻找什么。他并没有到过218房间，然后就独自下楼去了。”

“为什么旅游团欣赏城市夜景时，他会擅自离队？又为什么在欧阳被害后，他会出现在218房间附近？宗政警官你和警方询问过他没有？”抛出对朴泰曦一连串的疑问后，江季子还不善罢甘休，“我认为他对于欧阳的死，存在重大嫌疑。”

“我和你的结论恰恰相反！”

“什么？”江季子一脸惊愕的表情。

“你且慢慢听我说——”

朴泰曦出现在二楼服务台，宗政儒和谭虹宾曾当面询问过他。

“十五日晚上，我随团游览夜景不假。但中途我接到酒店服务员给我打的电话，告诉我有位朋友正在酒店等我。所以，我抽身脱离旅游团，自己搭车回酒店了。”朴泰曦左右手分别撑在两个膝盖上，眼睛不停扫视身穿警服的谭虹宾。

“您是否能告诉我您朋友的真实姓名？”

“农柯生。”他不假思索地说道。

“他在本市从事什么工作？”

朴泰曦露出一副不满的神情，直视着谭虹宾的眼睛说：“谭警官，这有必要吗？他与我一样从事正当职业，没有犯罪记录。”

“我们不是怀疑您朋友，只是想弄清楚他找你的原因。”

“我与朋友有十多年未见面了，就是想见见面、叙叙旧，难道不可以?”

“你没有农柯生的手机号码?”宗政儒插话问道，“你们为什么不事先联系好”?

“你也是警察?”朴泰曦蔑视的眼光里，是赤裸裸的挑衅。

“我是一名交警。”

“交警也是警察了?”

“请您如实回答我的问题。”宗政儒威严的目光直视对方。

朴泰曦想要继续反驳，看着左右两双锐利的眼神，垂下了脑袋。“嗯，怎么说呢?原来农柯生和我是生意上的好伙伴。我公司刚开张的时候，窘迫的状况让我难以为继，他可以说是帮我渡过了难关，是辅佐我的最大功臣。后来……后来公司生意一天比一天好，我害怕他会抢走众多的客源，而故意疏远了他……”朴泰曦双手使劲拍了下膝盖，好像要找个感情释放点，“干脆这么说吧，是我以小人之心，度君子之腹，用不光彩的手段挤走了他。后来我家庭和生意经历了大起大落，让我终于明白了一件事：患难朋友才是真正的朋友，甚至超越了血缘关系……”他伸手从桌子上抄起水杯，喝了一大口，仰头盯着天花板，深深地发出一声叹息，“唉!我这次来南山市，就是想请他原谅我过去所犯的错”!

“您们分开后就没有再联系?”谭虹宾点点头，似乎受到故事的打动。

“没有。”

“您是通过什么方法，知道农柯生在南山市?”

这次，朴泰曦没有抵触宗政儒的提问。“我是辗转几位好友才打探到他的消息。借助这次旅游，我想至少给自己留点脸面，让他觉得我不是特意到南山市找他赔罪的!”

“所以，你们之前根本没有通过电话?”宗政儒眉头紧皱。

“是的。”

谭虹宾内心极其失落，看来朴泰曦正如他所说的那样，只是受人摆布的一颗棋子。“您知道欧阳然发生的事情吗?”

“那个法官? 他不是被人杀了吗?”

“您们接触过?”

“没有。我不知道他的任何情况。”朴泰猛然闭嘴，长时间地保持沉默。

最终，他们不欢而散。

听完宗政儒的叙述，江季子仍然感觉无法释怀，“最终，他俩见面没有”?

“没有!”

“你不觉得朴泰曦的理由很牵强?”

“我没感觉。谭警官对农柯生的社会关系进行了排查，他说的情况与朴泰曦所言吻合。农柯生不知道朴泰曦已来到南山市，警察找到他之后，他才知道。”

“那就是说，案发当晚朴泰曦与他没有约好见面?”

“是的。朴泰曦也接到了酒店服务员的电话，与陈晓敏让你下楼接人如出一辙。”

“噢”，江季睁大双眼，旋即表现出一副难以置信的表情，“难道朴泰曦也是被人利用了”?

“对!”

“这么说来，欧阳遇害背后，竟然有人在故意释放烟幕弹，干扰警方的侦破视线。”

“是这样。朴泰曦的出现，是人为制造出的巧合。”

“巧合?”江季子细细掂量这两个字的含义，然后摇摇头，又点点头，似乎自己也不太确定。

宗政儒扭头走向他的房间，发现江季子还是止步未前，又回过头来，对愣愣地站在原地的江季子说：“案情有了重大发现，待会儿我跟你细说！”他闪身进了自己的房间。

江季子似乎对他的话入耳未入心，漠然走到自己的房间，机械地打开房门，静静依靠在门边，瞅着房间的摆设发呆。其实，那位打电话的“女士”让她产生了浓厚的兴趣。

“究竟是谁知道我在 218 房间？那晚我分别给方卓和芮纳茜打过电话，告知她们我要陪着欧阳。从此可证明，打电话到服务台的人，应该就是她们两个人中的某一个人。那人会是谁呢？”

江季子很快把芮纳茜从怀疑对象里剔除。芮纲茜是本地导游，她根本不了解旅游团成员，更谈不上有宿敌和作案动机。所以，她不是那个打电话的人。综合宗政儒提供矿泉水里放安眠药事件，还有他所说那句耐人寻味的“你用这儿好好考虑一下”，江季子断定打电话的女士应该就是带队的方卓！

关好房门，她坐到椅子上，十指交叉紧握抵住下巴，随即瞥了眼墙上的挂钟。

案发当晚二十点五十四分左右，江季子听到二楼服务员陈晓敏站在房门外喊自己的声音。应该是方卓在组织夜游过程中打电话到二楼服务台，编造出酒店大厅有游客在等她的谎言，其目的就是让她尽快离开 218 房间。那时，凶手应该潜伏在 218 房间附近。凶手趁江季子下楼找人之际，在 218 房间实施杀害欧阳然的罪行。江季子相信这个推理是正确的。

但是，还有一个明显的疑问：她回到 218 房间，发现欧阳倒在卫生间的地上，却没有看到凶手；当她再次返回时，欧阳然已被害，却仰卧在浴缸里。既然凶手杀害了欧阳然，那么凶手在哪儿？

江季子认为杀害欧阳的凶手是朴泰曦，但宗政儒对这个说法却难以认同。难道凶手另有其人？为什么宗政儒不直接说出来？是否找到朴泰曦进入过 218 房间的证据才能证明他是凶手？

脑海里交替浮现的场景让江季子百思不得其解，她实在搞不清事件相互之间的逻辑关系。所以，她带着重重疑问去找宗政儒。

来到宗政儒门前，她伸手想要摁门铃，却发现房门虚掩着。江季子不由得联想到218房间谋杀案的场景，周身寒毛直竖！是不是他故意留的门？还是在等谁？难道宗政儒忘记关门了？她小心翼翼地推开房门，瞥到宗政儒背对她弯着腰，在研究室内的落地窗。

“宗政警官。”

“你来了？”宗政儒没回头，还在专注自己的事情。从他淡漠的口吻里能听出他已猜中对方的真实意图。

江季子稍微一怔，觉得宗政儒简单问候的背后有点不太寻常。按自己的分析，案情已陷入死胡同，她想让宗政儒替她把案情脉络捋清楚。

“你想说什么？”宗政儒直起身，转过来面对着她。

“呃……”对方似乎有先见之明。霎时间，江季子的喉咙好像被噎住一样。可见，宗政儒留门就是等着她的到来。而且她来的目的，对方早已知道。既然开诚布公谈论此事，她就把心里的疑点毫无保留地提了出来。

综合掌握的线索，宗政儒阐明了自己的观点——凡是看起来不可能的事，实际上未必不可能。

“江季子，困扰你的问题，我说出来你会大吃一惊！”

“什么？你知道凶手藏在哪儿？”

“凶手没有和你玩捉迷藏！”

“不可能，我根本没有看到他。”

“其实，躺在厕所地上的人，就是杀害欧阳然的凶手！”

“呃……”江季子恍惚之中有些头晕，仿佛又回到案发现场。如果……如果当时，她有想看清楚“欧阳然”面孔的意图，那她就会翻动躺在厕所地上的那个人。按照宗政儒的说法，躺在厕所地上的人不是欧阳然，反而是凶手。如果他的真实相貌让江季子看清楚的话，她那时就会凶多吉少……

想到这里，她惊惧地瞟了一眼室内卫生间，218 房间发生的凶案宛如再现。她禁不住打了个冷战，下意识地用双手抱住双肩。

江季子游离惊恐的目光让宗政儒确定：她从心里非常排斥这个事实。

宗政儒开始陈述理由，“凶杀的动机需要与诱因紧密联系，这是内在、隐蔽支配凶手行动的内在原因。诱因受到与相联系的外界刺激后，从而会使凶手实施活动达到自我的满足……我认为一个人，若是凭着自己的智慧来探求事实真相，那么他就应该具有超于常人的见解。在这起案子中要问的不是‘发生了什么’，而是‘发生欧阳死亡案情中，有哪些事情以前没有发生过’。对于一个头脑训练有素的人来说，‘不同寻常的状况’正是破译谜案的钥匙。”

见江季子身后的房门还未关严，宗政儒做了个“请坐”的手势，等她坐下后，走过去替她把门关好。“此案好比是推理小说里惯用的“密室凶杀案”，凶手故意制造出欧阳然溺死的假象，就是想说明在这个封闭空间，没有房卡根本不可能进来。所以，给警方造成的误判就是，死者是在入浴过程中自溺身亡的。”他双手背在身后，接着在房间里踱起步来。

“但是，如果你仔细考虑这起案件哪些是以前没有发生过的，你就会发现许多疑点。按正常人的理解，欧阳然在浴室洗澡应该先把自己的衣服脱掉，然后再进入浴缸。可你看到的现场却不是这样，他衣衫不整地死在浴缸里。这恰巧说明一个问题——凶手是在仓促之中做出的决定。”

宗政儒停顿了一会儿，似乎给江季子留出了思考时间，接着又说道：“也许你看过美国爱伦·坡和日本江户川乱步的推理小说，那上面写得最多的就是密室杀人。这起案件和推理小说上所描写的非常相似。那个杀害欧阳然的凶手，耐心等你走出 218 房间，才开始动手作案。起初，他并不是躺在卫生间的地上的，而是听到你打开房门的声音他才躺下。他临机应变的能力还是不错的。”

“他是如何实施犯罪的?”江季子双瞳冒出仇恨的火焰。

“首先，凶手趁欧阳然不注意，用床单之类的东西使其窒息而亡。然后他把浴缸的水龙头打开，打算制造欧阳然溺死的假象。但是，他中途听到你开门的声音，所以顺势躺到了卫生间的地面上……”

“照这么说，欧阳死亡后一直躺在床上?”江季子眼里闪过一丝悲哀，话音微微颤抖。

宗政儒转过来身来，紧盯江季子迷离的双眼，“对，欧阳还在床上。所以，你看到躺在地上的人是假‘欧阳然’”!

“哦……”江季子还是很后怕，当时她的注意力全部集中到躺在地上的“欧阳然”，压根没想到还要到房间里查看什么。

“如此说来，我转身走出房门，听到背后传来‘咔嚓’房间上锁的声音，系凶手所为了?”她现在想明白了，为什么离开后，房门会自动锁上。

“对。凶手就是趁你走出房门之时，再把床上欧阳的尸体搬进浴缸里。”宗政儒紧锁双眉，表情凝重，继续为江季子解说案情，“监控显示，你从服务台折返 218 房间用了四分钟。凶手要利用这段时间，赶快给死去的欧阳换衣服，然后再搬动尸体放入浴缸。所以，浴缸里欧阳的衣服凌乱不堪，可见这是凶手仓促之中做的决定。上述这一系列动作，身强力壮的男人才能做到。此时，凶手已经完成杀人计划，静候在房间里，等你再次走出 218 房间时，就准备乘机逃跑……”

“为什么凶手打扮得和欧阳然如此相似?”

“这不是凶手原来的计划，属于临时起意。其目的就是迷惑你，转移警方的注意力。”

“凶手如何自由出入 218 房间?”江季子迷惑的眼睛紧盯宗

政儒。

“窗户！”宗政儒不假思索地脱口而出。

“我仔细检查和对比过 218 房间和其他房间的窗户。欧阳房间的金属推拉窗锁扣人为破坏明显，金属掰断痕迹清晰。所以，我想是旅游团熟人到欧阳房间，趁闲聊之际故意破坏了它。”

倏然，江季子明白宗政儒为何如此执着，不停检查房间的窗户。原来，他是为揭开凶手入室之谜。

“会不会窗户锁扣在我们入住之前，或者是酒店工作人员在无意中损毁的？”听到这里，江季子不由对宗政儒说法产生了怀疑。

“不是酒店工作人员所为。谭虹宾与我及时沟通过，他调取过酒店维修记录，没有发现 218 房间有任何损坏物品的登记。另外，他还仔细查看了旅游团入住酒店时的视频监控。每天上午十点，客房服务员会准时进入客房打扫房间。除此之外，就是旅游团成员回到酒店后，互相串门走动。”

在落地窗前停下脚步，宗政儒抬头注视窗户，“综合上述情况，可以断定没有陌生人进入过欧阳然的房间。而且，经过谭警官他们仔细排查，酒店客服人员中没有发现可疑的人员”。

“宗政警官，你有何证据说明凶手就在我们身边？”

“去掉上述不可能因素，用排除法就可断定作案嫌疑人是旅游团内部人员。”

“那么，凶手怎么能从二楼窗户爬进 218 房间？”

“嗯，当时这个问题困扰我很久……直到我来到一楼飘窗下面，才解开这个秘密。酒店飘窗设计很有特点，它是从房间里向外凸出的，旁边是落水管道。凶手可以轻松顺着落水管道攀爬到二楼飘窗的位置。只要金属推拉窗户锁扣不是闭锁状态，他就能很方便地进出。”

“难道没有人看到凶手？”

“我们所住环境你也了解，一层客房飘窗下是草坪和茂密的树林，一般人不会涉足其中，人们根本想不到里面还会有人隐藏。我想，凶手事先经过充分踩点，仔细观察过作案路线。”

“……”

宗政儒抽丝剥茧般的分析，使凶手狡猾狰狞的面目慢慢显露出来。仿佛是黑暗中的一盏明灯，萦绕在江季子脑海里的“隧道车祸”谜案，水落石出般渐渐浮出水面，真相变得越来越清晰。她想起宗政儒所说的那句话：“随机现象是相对于决定性现象而言的，在一定条件下，必然发生某一结果的现象称为决定性现象。”

江季子紧蹙的眉头渐渐舒展开来，“宗政警官，欧阳的案件给了我很大的启发。你上次跟我说的‘隧道车祸’案，开车的男性应该就是凶手！他与被撞身亡的路人相互认识或者特别熟识。而且，他们在车祸之前，应该是同乘一辆车”。

“噢”，宗政儒眉头轻微上扬，表情有些吃惊，他颇感意外地注视着江季子，“你是如何判断的”？

“杀害欧阳的凶手是真实的个体，他可以假扮成‘欧阳然’躺在厕所地面上，蒙骗过我的双眼。那么，隧道车祸案件，开车男性头发和眼镜被雨水淋湿就不难理解了。他与被害人在车内发生过激烈争论，其目的就是逼迫对方下车步行。而后，他打开车窗，把头伸出窗外，故意大声训斥、激怒被害人——他的本意就是让被害人远离汽车，伺机作案——在这个时候，被雨水淋湿了眼镜和头发。其实，开车男性早有预谋，他驾车把所谓的‘路人’撞死，制造出隧道车祸的假象……”

听完江季子这番话，长时间萦绕在宗政儒头脑的“疑问”，似乎正在慢慢地被打开。

案发当日隧道入口处，刹车印痕很长，而且颜色很深，这说明车速很快。从入口到车辆损毁的地方，大概有十米左右。按这样的推测，开车男子可以编造任何理由，其中就包括江季子所说的“逼迫同车人离开汽车”，以便他作案。也许同车人离车辆距离近的缘故，开车男子把头伸出车窗外与其发生口角。这期间，他的头发和眼镜被雨水淋湿。然后，他故意驾车偏离正常行驶道路，把同车人撞死在人行道上。甚至，他还下车在隧道里查看过对方的生死，然后又回到车上，关严所有车窗，把脑袋自残式地撞向方向盘，制造出自己车祸受伤的假象。此时，他却忽略了一个细节——自己的头发和眼镜已被雨水淋湿。

智者千虑，必有一失。开车男子精心制定杀人计划，看似天衣无缝，却在实施过程中不经意露出马脚。如果按照此推论，“隧道车祸”应该是一桩蓄意谋杀案。

宗政儒静静思考这起案例。

第十六章

欧阳然被害过程基本还原，谁是真正的凶手还未确定。从旅游团男性成员的体型、外貌上仔细推敲，江季子觉得哪个也不像是方卓的同谋。“凶手会是谁呢?”

江季子始终耿耿于怀的是朴泰曦出现在案发现场的时间、节点都恰到好处，应该嫌疑最大。但他体格魁梧，身体健壮，如果躺在厕所地面上的人是朴泰曦，她一眼就会认出来。宗政儒分析他不是凶手，似乎也合乎道理。但游客的一番话，却又让江季子感到左右为难。

昨晚查房，她走到时令漪和仇平凡所住的客房门口时，听到虚掩的房门里传出说话声，其中好像还有一个女人在轻轻哭泣。这引起江季子强烈的好奇心，她驻足，把头伏在门上，侧耳聆听。

“怎么会是这样? 欧阳到底得罪了谁，让他遭遇如此不幸?”这是墨良迹愤怒的声音。

“哎呀！你别哭了，光哭解决不了问题。”看样子，哭泣的女人应该是墨良迹的老伴部淑怡。

“我也想不明白，这么好的一个人，说没就没了……”听声音像是与欧阳然同屋的王达常，他说话时带有浓重的哭腔。

“我认为早就有人盯上欧阳了，他们就是想置欧阳于死地！”这个声音江季子很熟悉，他是时令漪。

“不见得吧？你有什么依据？”仇平凡质疑的声音，江季子再熟知不过了。

“我的书丢了，警察却发现在公共厕所里。你说这是不是有人准备栽赃陷害我？”

“你没有去过公共厕所？”

“没有！我一直走在游览队伍的最前面。”时令漪理直气壮地和仇平凡说道。

“你的书是什么时候丢的？”

“我下火车收拾东西时，就没有找到那本书。我还特意询问过王达常。”

“是的。我们在车上和小江导游讨论过这本书。”王达常赶快附和时令漪。

“也就是说，有人故意把你这本书扔在公共厕所，想借刀杀人？”仇平凡提出自己的观点。

“……我想，应该是这么回事。”时令漪略显犹豫，似乎不太肯定这个说法。

“真是卑鄙无耻啊！无耻至极！”墨良迹使劲咬着牙，恶狠狠地说道。显然，他非常痛恨凶手，因为凶手杀害了他的挚友。

“老时，警察还问过你什么问题？”仇平凡把焦点转向时令漪。

“其他的没有了，就是询问我丢失的这本书。”

“噢”，仇平凡又接着说，“警察怀疑是谁把你的书丢在公共厕所了”？

“他们没说。”

房间陷入沉默。

“你当时不是和欧阳一块儿进入厕所的吗？”王达常突然提问。

“我是和欧阳一块儿去的。我出去后，欧阳还在里面。”仇平凡如实回答。

“你出去的时候没有看到地下有本书？”

“……没有。”仇平凡迟疑一下，“后来——后来朴泰曦好像进去过”。

“什么？”几个人异口同声地说道。

“你和警察提过他没有？”墨良迹紧紧追问仇平凡。

“我说过。”

沉默。

“我想起来了，看来欧阳的水杯丢失也不是件简单的事。”墨良迹又提出一个新的疑点，“他不锈钢水杯的事，仇老应该知道”。

“我知道，欧阳曾说过他水杯丢了。”仇平凡赶紧附和，“是不是他忘在车上什么地方了”？

“不可能！”墨良迹马上否定仇平凡的判断，“他做事一向小心谨慎，从不会丢任何东西。这是我和他做了几十年朋友的切身体会。”

“一个普通水杯丢了能说明什么问题？”仇平凡低声自语，好像要博得大家的关注。

“呃”，王达常接过话头，“欧阳吃药，离不开水杯。这分明是有人想让他死”！

“难道有人想在水杯里下药毒死欧阳？”时令漪突然横空插了一句，整个房间顿时鸦雀无声。对于这个问题，众人还是保持谨慎态度。

“我们到达南山市后，欧阳自己又买了个水杯。”王达常喃喃道。

“其实，朴泰曦有个水杯与欧阳的一模一样……”

“你说什么?”仇平凡话还未说完，墨良迹好像站了起来，快步走到他跟前大声质问。

“你确定他用的水杯，就是欧阳丢失的那个?”

“我看非常像，但不一定是……”

房间又陷入沉默。

“这个事，我们要向警方如实反映。”时令漪最后下了结论。

听到旅客们的私下谈论，江季子心里也是七上八下。想排除朴泰曦不是嫌疑人，但诸多迹象表明，他是个难以琢磨的人。没有掌握真凭实据，她也不好参与到游客们的讨论中，只有默默转身离开。

凶手究竟是谁呢?江季子认为还是要找到方卓，才能了解事实真相。既然方卓是帮凶，真正的幕后凶手肯定就隐藏在她身后。所以，江季子想和对方有一次直面交锋的机会，她想窥一斑见全豹。

来到方卓房间门口，江季子调整了一下呼吸，按响门铃的同时，她低头看了下时间：十七日晚上十八点半。

片刻，传来一声江季子熟悉的答应声：“来了!”

“我是江季子。”

门从内侧打开。出现在江季子眼帘里的，是短廊幽暗的灯光下衬托着的一张熟悉但模糊不清的脸。

“请进。”方卓淡淡地说出一句。

江季子在方卓对面坐下。不知道是因为各有心事，还是心照不宣，两人一时间沉默了。

“刚才我打电话说找你，就是想要了解欧阳然被害一事。”

方卓那长长睫毛下的眼眸，瞬间蒙上了一层阴影，但是她表情依然平静。也许她对江季子的来意有所预料。

“我要和你说的话，始终只是我个人的猜测。虽然我到旅游公司时间不长，承蒙你处处关照。但是我觉得这件事情是‘正义’和‘邪恶’之间的斗争。你听了以后，可以告诉我真相，也可以不告诉我真相。”

方卓紧绷的脸上稍稍放松了一些，把目光漫不经心地投向了窗外。

“九月十四日，我们参观游览南山市第一个景点时，欧阳然在厕所被人从背后推倒，我们两个都是见证人。那个推倒欧阳然的人，你应该认识吧?”

方卓没有点头也没有摇头。

“我认为欧阳然的跌倒，绝对不是偶然，而是有人处心积虑，早就预谋好的事情。在厕所里推倒欧阳然的人，就是我看到的那个穿着短裤的男子，他应该就是杀害欧阳然的真正凶手！当时由于半截门帘遮挡，我没有看清他的面孔。现在回想起来，我注意到了半截门帘下，他穿的短裤和脚上的鞋子。218 房间躺在卫生间地上的那个人，他穿的短裤和脚上的鞋子与我见到的厕所男子装束完全一样。这足以说明，他俩就是同一个人！”

方卓眉头轻微抽动了一下，双手不由自主地放在膝盖上，来回揉搓着。

“第二天，也就是十五日。旅游团参观园林的时候，你让我去照顾仇平凡和欧阳然，就算我不给他们买矿泉水，其实你也会给欧阳然准备好‘水’吧? 可惜的是，欧阳然只喝了小半瓶矿泉水，而剩下的水里面，却被你在搀扶他的过程中做了手脚。不过，你的目的没有达到。如果欧阳喝过放入大量安眠药的水，作为一个肾功能有问题的人，其结果不言而喻……提起矿泉水，欧阳在火车上丢失过一个喝水的杯子。我想，把他的杯子拿走的人应该是你吧，你想趁机把安眠药放入他的水杯里。大概事不凑巧，你找不到机会，中途又听人反映他水杯丢了，所以你这个阴谋未能得逞。如果你的计划奏效了，也许欧阳然会在神不知，鬼不觉中死去……”

方卓依然很有耐心地听着，脸上没有任何表情。

“十五日晚上二十点五十四分，是你给二楼服务台的服务员陈晓敏打电话，让她到218房间去叫我，说是酒店大厅有游客在等我。现在回想起来，你和凶手制定的计划已开始实施，这只是其中一个必不可少的环节。”

好像方卓的喘息有点沉重，变乱了。

“凶杀案发生时，你故意制造出你不在现场的证据，但是你却忽略了一个细节。你和芮纳茜组织旅游团夜游时，你离开过旅游团一段时间。据我调查，你陪同几名游客参加了体验水疗馆的娱乐消遣活动，水疗馆就在我们所住的酒店附近。事发后，我去过那里。水疗馆里有许多单间，我想，如果有人趁机在水疗期间从里面出来回到酒店218房间作案的话，其他同行人员根本不会知道。”

江季子做了个吞咽动作，伸手轻拭脸上微微渗出的汗滴。“你们在水疗馆的时间段是二十点四十五分至二十一点三十分左右。我已拿到了参加水疗人员名单。”江季子这么说着，身上不时感到阵阵寒意，好像自己看漏了什么。但是，那是什么事情？她无从知晓。

方卓的表情明显变得呆滞。她在想什么？

“凶手从水疗馆出来后，立即赶到酒店，时间应该是在二十点五十分左右。他静候在一层118房间窗户边，等待你给服务台打电话，把我从218房间骗出去。当我出去后，凶手顺着落水管爬到二楼，从窗户进入欧阳的房间。当然，窗户推拉锁扣已被凶手提前破坏，推开窗扇，他很容易就能进到房间里。非常可惜的是，欧阳在我出门的时候，正在床上睡觉。否则，他会发出呼救声，也许就能避免被凶手杀害……”

说到这里，江季子停顿下来。她的嗓音嘶哑，重塑当时场景时，她身上开始不由自主地轻微颤抖。“我在楼下大厅等人时，凶手利用欧阳熟睡之际，用枕头或者别的东西把欧阳的口鼻堵住，使他窒息而死。我于二十一点十三分返回 218 房间时，发现了躺在卫生间地面上的人。那时候我惊惧交加，没有仔细查看，把他当成了欧阳然，其实他就是杀害欧阳然的凶手！当时他打开浴缸水龙头，正在制造欧阳然溺亡现场，发觉房门被我打开后，他就顺势躺在地下。而且，他故意用双腿把卫生间的门绊住。他这样做的目的就一个：让我无法推开厕所门，无法看到‘他’真正的面目！”

江季子双眼喷射出仇恨的火光，直视方卓。她稳定了一下情绪，又接着说道：“我发现无法帮助躺在地上的‘假欧阳然’，就打开房门准备出去寻求帮助。凶手趁我出门之际，起身把 218 房间的门重新锁上。然后，他把脱下的 T 恤和短裤匆忙给死去的欧阳然换上，并把尸体拖拽到卫生间，放到浴缸里。至此，凶手完成作案，准备伺机逃走……”

突然，方卓发出轻轻的笑声，拦住了江季子的话头。江季子吃惊地倒吸一口冷气。同时，方卓脸上的笑意马上消失了。她站起了身，走到飘窗前，一动不动地眺望远处的楼宇。

晚霞的余光逐渐弥散，淡墨似的夜幕如一缕轻舞缥缈的纱巾，渐渐遮住了西边青黛色的天空。对面街道上闪着稀疏的灯光，马路上车辆组成流动的光河，宛如一条色彩斑斓的长龙，在暮色中慢慢蠕动。

方卓缓缓地把头转向江季子，在昏暗的灯光下，她的脸变得不那么清晰，江季子突然觉得这张脸十分陌生。

“你说的话，我都已经听懂了。不过，你的想象不能成为证据，也不能证明我犯了罪！”

第十七章

方卓不说出幕后指使者，无法确定谁是凶手。现在警方苦于没有证据，下一步工作将变得很艰难。江季子把自己和方卓谈话的结果向宗政儒做了如实汇报。宗政儒听后露出自信的微笑，说有办法让方卓和她幕后的指使者现身。为此，他把南山市刑警队的谭虹宾，请到旅游团所住的酒店。

案发后的第四天，江季子带领的旅游团次日就要返回滨海市。宗政儒和谭虹宾商量在结束旅行之前，要把整个案情做个了结。

听着他俩的谈话，江季子凭直觉认为杀人凶手马上要显现出他的本来面目。她不知道应该是高兴，还是彷徨。反正这趟旅游，给她带来的是不堪回首的苦涩回忆。

七月十九日晚。

旅游团所有成员都在收拾行李，准备第二天乘火车离开南山市，宗政儒约谭虹宾和江季子去寻找凶手。江季子感觉宗政儒真是有点怪异，短短几天时间，他到底发现了什么蛛丝马迹？他真能把凶手缉拿归案？对此，她深深地怀疑。

酒店后花园昏暗的路灯下，他们三人围成三角形，默默站立着。江季子抑制不住心脏的狂跳，越想平静下来，越是感到呼吸颇为不顺畅。她的脑袋上好似戴了个紧箍咒，被紧紧包裹着，还伴随阵阵头疼。做了几次深呼吸之后，她才觉得胸膛得到了释放。

她侧首左看右看，空旷的林间小路上，没有任何人经过。宗政儒选择的地点比较偏僻，尤其在晚上，树木茂盛的后花园鲜有人员来往。大概此地说话方便吧，江季子心里这么想。

倏地，江季子感觉身体很冷。她蜷缩身子，双手不由自主地抱住双肩。这时候，从昏暗的路灯下走过来一个人。江季子皱着眉头，紧紧盯住对方，“是方卓！杀人凶手难道是她”？

她脑海里，快速闪现出与方卓交锋时的画面。对方的一言一行，熟悉而又陌生的面孔从精神上给了她相当大的冲击力。往昔的影像，快速在江季子眼前放映了一遍。不可能！回想起与方卓谈话时，她并没有承认自己的犯罪事实，也没有说出谁是同谋，那凶手会是谁呢？江季子拭目以待。

方卓慢慢地走到他们跟前，面无表情地看着宗政儒和谭虹宾。她仿佛当江季子不存在。她故作轻松地说道："两位警官，既然你们已知道了事实，我也就不说什么了。"说完后，她用挑衅的目光紧盯宗政儒，那意思好像在说：既然你们知道我与欧阳然的死亡有关，你们就随便处置吧！

昔日的搭档变得如此冷漠绝情，江季子有种说不出的失落感。

"你不是凶手！你不用袒护他，我知道他是谁。"宗政儒自信威严地说道，他静静地看着方卓，"从旅行之初，你和凶手就着手预谋此次凶杀案，你只不过是个跑龙套的角色，幕后的'他'才是真正的凶手，你只是个从犯而已"。

"噢，难道你全部知道了？"方卓似乎对宗政儒的说法嗤之以鼻，"您所说的'他'会是谁呢"？她语气里抱有十足的挑衅。

宗政儒微微一笑，他知道对方唯一的筹码就是觉得自己毫无证据，不能确定谁是杀人凶手。所以，他要把案情的来龙去脉解释清楚，好让方卓心服口服。

"今天晚上把你约过来，就是想要告诉你事实真相。现在你听我给你讲一讲谁是凶手……"他颇为放松地说道，"其实，我是在偶然之中发现凶手露出的破绽的。如果早这么认真观察推敲，欧阳然就不会有如此凄惨的结局"。宗政儒脸上露出遗憾的表情，其中惋惜成分居多。

他继续说道："九月十四日，欧阳然在景区公共厕被人推倒。我认为事出反常必有妖，那绝不是偶然事件。我们先按以下三个方面进行推测，看一看结果会是怎样。"

"推测一，假设当时公共厕所里有其他人员存在。欧阳然和仇平凡两人是后来进入厕所的，欧阳还提到过一个小细节，他听到仇平凡喊过'老朴快点'。但是，江季子发现厕所里除了跌倒的欧阳然，和一位穿短裤的陌生男子之外，并没有自己熟识的面孔和其他人员存在。所以，这个假设不成立。换个说法，也就是说厕所里除了欧阳然、仇平凡和那位穿短裤的男子之外，朴泰曦是否在里面，存有很大疑问。”

“推测二，假设欧阳然和仇平凡是同时如厕，朴泰曦在后。在欧阳然的印象中他们很快就出去了，但是，‘很快’的说法在欧阳遭遇突发情况下，会是多长时间？如果有人遭遇意外，从主观意识来讲，不可能再有精确的时间概念。通俗地说，仇平凡右腿有问题，动作再快，他也不可能‘很快’走出厕所。另外，还有一个重要的现场细节，在他们如厕期间，直至欧阳跌倒在地，他并没有听到仇平凡、朴泰曦之间有任何语言交流，这不符合人之常情。所以，这个假设也不成立。那就是说，朴泰曦本人并没有真正进入过厕所。而仇平凡进入厕所后，他也不是马上离开的。”

“推测三，假设欧阳然被人推倒后，他没有看到背后那个人的脸。究竟是谁把欧阳然推倒，然后又从容不迫地走出厕所呢？难道厕所里除了欧阳然、仇平凡、穿短裤的陌生男子以外，还会有其他人员存在？另外，江季子在厕所拾到一本《逻辑哲学论》，那是时令漪丢失的东西，其本人根本没有到过厕所。很明显，这是凶手故意给警方设下的陷阱。”

方卓的脸在微弱路灯下泛射出铁青色，与平时看到的她判若两人。

此时，江季子在意识深处觉察到了什么，心中那团乱如麻的疑问如同慢慢剥开的蚕茧，随着缕缕丝线抽去，剩下的真相渐渐明朗起来。她鼓足勇气说道：“宗政警官，你的意思是说……穿短裤的男子就是仇平凡？”

“对，就是他！”

“什么？”

真是不可思议！她和方卓两个人面面相觑。

“他可是右腿有残疾的人啊!”江季子极力为仇平凡辩解。从旅游团启程直至现在，她自认为对仇平凡很了解。随后她又补充道，“旅游团所有人都知道，看得也十分清楚，仇老右腿走路都不方便，而且还拄着拐杖，他怎么会……”

宗政儒打断江季子的叙述，用肯定的语气说：“所以，这才是他掩人耳目，作案成功的关键所在。”

谭虹宾则在一旁默默点头，表示认同宗政儒的说法。“谁又能证明仇平凡是个真正的残疾人呢?”若有所思的谭虹宾，听完宗政儒和江季子之间的辩论，插话说出自己的观点。

虽然他与宗政儒接触的时间不长，两人在一起商讨案情的机会也不多，但宗政儒敏捷的思维、超于常人的见地和对案情精准的判断都让他刮目相看。谭虹宾不得不承认，宗政儒的确是块做刑警的料，很可惜他在交警岗位工作几十年，真是埋没了人才。也正是因为有了宗政儒的协助，谭虹宾的工作才有条不紊地开展。当宗政儒约他出来要说明案情真相时，他还持有怀疑态度。

一直蒙在鼓里的谭虹宾，直到宗政儒揭穿仇平凡的伪装时，他才恍然大悟。他坚信“凶手”是朴泰曦的念头产生了根本性的动摇。为此，他与宗政儒还发生过激烈的争论。在宗政儒缜密的推理下，谭虹宾的判断显得漏洞百出，他输得心服口服。

“大概……”这是江季子听到谭虹宾质疑仇平凡时的第一反应。对眼前这个棘手问题，她还真回答不上来。因为常识告诉她，仇平凡从外表上来看就是个残疾人。

“我们也许被他的表象迷惑了。”宗政儒又接着说道，“罪犯最擅长的就是隐藏自己真实的企图。他把自己打扮成弱势群体，让人以为他是极为平常的人，但却做出极为不平常的事情”。

江季子与谭虹宾视线相对。她看到他微微颔首，用非常赞同的目光看着宗政儒。

“什么时候发现仇平凡腿有问题还要追溯到昨天晚上，也就是旅游团成员全部回到酒店后。其实，我早已单独和岑医生交代过，要她帮忙仔细核查仇平凡的右腿。对我的提议，岑医生没有提出任何异议，并积极寻找机会，全力配合我的工作。单从这一点，我十分感谢她无私的帮助，否则，今天我不会得出如此结论。”

宗政儒瞟向方卓，那副面孔如秋打的茄子，一脸死灰。“昨天晚饭后，岑梦茹背着药箱利用到各房间巡查的机会，发现同房间的仇平凡和时令漪正在小酌。他们想在旅游即将结束、回程之前放松一下。岑医生找准机会，趁仇平凡上厕所和避开时令漪视线之际，把少量安眠药放入到他们的酒杯中。为避免引起仇平凡的怀疑，时令漪也做了小小的牺牲。虽然我们采用的手段不太光明，但为了事实真相也值得这么做。四十分钟过后，她与服务员再次返回他们的房间，仇平凡和时令漪已经躺在床上酣睡。岑医生借机彻底检查了仇平凡的右小腿……”

“发现了什么?”江季子抓住宗政儒的胳膊，急切地想知道那个不太可能的结果。

“仇平凡的右腿不是真正的残疾，而是整个小腿上裹上了一层定制的塑料板护套，两侧有钢片做支撑。岑医生还按照我的意思，顺便检查了他左右不离手的背包，那里面有折叠拐杖，化妆用的假发和假胡须……”说到这里，宗政儒略微停顿，好像在让面前所有人消化他所说的内容。

江季子还是一副凝重的表情，微蹙的眉头之下，眼神变得懵懂迷茫。

宗政儒面对谭虹宾说道：“这印证了我原来的推理，公共厕所穿短裤的男子，与218室杀害欧阳然的凶手系同一人，他就是仇平凡！虽然，我通过岑医生获取证据的手段不符合常规，但也是不得已而为之……”

江季子仿佛听得入了迷，那张无形裹住她的网渐渐在消散，她慢慢看清了真相。原来潜意识里模糊的感觉，现在变得明朗而透彻。“宗政警官，我明白你为什么说朴泰曦不是凶手了。”

宗政儒用肯定的目光看着她，轻轻点头。

“我现在可以与你们解释，为什么说朴泰曦不是凶手的原因。”环视每张面孔，他最后把目光落在了江季子脸上——

原来，朴泰曦所接的电话也是仇平凡一手策划的。为什么把朴泰曦卷入这个案子，因为仇平凡在车上亲身经历了他与欧阳然之间不愉快，从那时起，仇平凡就有了利用他的念头。

追根溯源，仇平凡从朴泰曦那里挖掘出他对法官不信任、存在严重的偏见。而且，心胸狭窄的朴泰曦对此耿耿于怀，对执法机关充满了敌意。于是仇平凡利用朴泰曦和欧阳然之间细小的裂隙，把看似不经意的小问题，故意扩大化、繁杂化，造成混淆视听的局面，让旁人误认为他们两人之间存在不可调和的矛盾，从而达到不可告人的目的。另外，仇平凡还了解到，朴泰曦此次不光是旅游，还肩负一项重要使命：要与十多年未谋面的农柯生见面。

二十五日，旅游团夜游南山市。方卓和仇平凡利用部分人员去体验水疗馆的机会，提前算计好时间节点。他俩先后潜回酒店。首先，方卓以酒店服务员身份，利用酒店电话与朴泰曦进行联系，告诉对方农柯生已在酒店等他。其次，仇平凡来到 118 房间窗户外，耐心等待方卓发出江季子离开 218 房间的指令，准备入室作案。关于朴泰曦到达服务台的时间，方卓则是下了一番苦心。她必须做到仇平凡完成凶案后，顺利地抽身逃脱。而江季子与朴泰曦见面的地点，必须在二层服务台——她做到了，时机掌握得恰到好处。

由于朴泰曦与农柯生长时间不联系，还是通过朋友间接打探到对方的下落，他不承想后者以如此快的速度赶了过来，还对这位朋友的效率感动不已。但事与愿违，他在二层服务台并没有看到农柯生，而是看到了神色慌张的江季子，对方一系列的反常举动，让他颇感意外。

以前谭虹宾、江季子始终认为朴泰曦是凶手，但宗政儒始终没有认同。在他锲而不舍的努力下，终于还无辜者清白。

夜色笼罩下，江季子借助昏暗的路灯，虽然看不清方卓的表情，但发觉她脸上有两道闪光的泪痕，还隐约听出她在努力压抑自己不发出哭声。

“仇平凡，出来吧！我知道你就在附近！”宗政儒用一种轻松淡然的口气大声说道。

第十八章

路边灌木丛林里传来窸窸窣窣的声音，不一会儿，一个身影慢慢地从阴暗处走出来。

“舅舅！”方卓打破了凝重压抑的氛围，发出撕心裂肺的喊声，让旁人为之动容。在众人惊异的目光下，她哭泣着扑向对方的怀抱。

江季子定睛一看，站在面前的人剃的是光头，而且刮得很亮。脸上没有胡须，一身黑色运动装打扮，显得干净利落，年龄估摸不到五十岁。在夜幕的掩护下，他的五官隐约有些面熟，却不能肯定是谁。

“你们全部知道了，我明白自己迟早会有这么一天，今天算是等到了，我是罪责难逃啊……”

这种说话方式和语气，给人一种异样的感觉。江季子觉得很惊诧，头皮有些发麻，不由得瞪大眼睛紧盯着这张浮现在夜幕下的脸。

“是仇平凡！”在短暂的疑惑后，她从声音判断来人就是仇平凡。令人倍感意外的是，他为什么会以如此陌生的打扮出现，真是颠倒了旁人以往对他的认识。

“温颙，说说到底是为什么吧。”宗政儒用引导性的口气，对着站在面前的人说道。

“什么？谁是温颙？”江季子一头雾水，她看看宗政儒和站在面前的‘仇平凡’。她不明白宗政儒在说些什么，但从他镇定的口吻里，似乎已掌握了“仇平凡”的真实身份。

“宗政警官，非常佩服你。你看穿了我苦心制定的计划，这可是在监狱七年里痛苦的抉择。今天我兑现了诺言，可我又重新沦为一个罪人。”

不知是为了整理陈述内容，还是为了使自己镇静下来，仇平凡沉默了片刻之后，继续说道：“我的真实姓名是‘温颙’，为除掉欧阳然我才改名换姓的。你们刚才都看到了，方卓就是我外甥女。在她很小的时候，我姐姐和姐夫先后去世，我就把她视为己出……”

“怎么说呢，事情还要从十几年前说起……”温颙拭去方卓脸颊上的泪滴，用手把她散乱的头发小心地掖到她耳后。然后，把她的头，轻轻倚靠在自己宽阔的肩膀上。

想不到职业素养一流，表情严肃刻板的方卓，还有鲜为人知的温顺的一面。原来，方卓五岁时因车祸失去父亲，母亲在她六岁时又不幸染上重病，她母亲在弥留之际，对温颙千叮咛、万嘱咐，一定要他把方卓抚养成人。感叹姐姐命蹇的同时，温颙含泪把命运多舛的方卓带到自己的家里，从此待她就和自己亲生女儿一样。在新的生活环境里，方卓深深感受到了父爱般的温暖。

其实，温颙的家庭生活一直比较拮据。他的妻子没有正式工作，收入不稳定。但方卓的到来，并没有影响全家人对她的关爱。

十几年前，温颙在滨海市做过特技替身演员，酬金也不算多。后来随着岁数增大，身体逐渐有些吃不消，他索性辞职自己开了家公司，想从根本上改变家庭生计窘迫的状况。公司开张后，有几年做得顺风顺水，家庭成员之间融洽和睦，生活质量也逐年提高，这让温颙看到了美好的未来。有希望才有动力，他雄心勃勃，想把公司做大、做强。

只可惜，在亚洲金融风暴期间，他的公司在资金周转上出现了严重问题。四处托关系找人融资时，他觉得自己就像狂风暴雨中的一艘小船，举步维艰，随时存在翻船的危险。但他没有轻言放弃，而是珍惜每次机会，尽一切可能，想把维持全家人生计的公司救活。

人算，不如天算。在无数次碰壁后，他的心态逐渐发生了改变。一向沉稳老练的他变得喜怒无常，一意孤行，让人不可捉摸。原来妻子眼里体贴温存的丈夫，变得越来越陌生，甚至还发生了数次温颙酒后动手打妻子的状况。外人眼里幸福美满的家庭，已演变成冷漠的战场。每次家庭冲突，温颙极力维护方卓的利益。他要把对姐姐的承诺，付诸以实际行动，却忽略了妻女切身的感受，让她们精神上承受了不可言说的压力，妻子对他的做法倍感心寒。

妻子不理解丈夫胳膊肘往外拐的做法，彻底颠覆了以往对他的看法，夫妻关系名存实亡，已如累卵，岌岌可危。为了不辜负姐姐的重托，温颙的做法确实有点偏激。若调整好心态，及时与妻女做好沟通，也许不会导致悲剧的发生。

生活和工作上沉重的压力让温颙丧失了对事物正确的判断能力，他已陷入不惜任何手段挽救公司的怪圈里。终于，事情朝着不可逆转方向发展。

有一天，他与某个客户在酒店吃饭，商谈手头资金短缺，尚需时限还债的问题。对方从心里压根看不上这家小公司，话语里充满蔑视和讥讽。温颙性格刚烈，但他努力控制自己的情绪，还是想心平气和地跟对方说明实际情况，希望有通融回旋的余地。

但对方强势的态度和刻薄的言语，加上手上指点和推搡的小动作，让温颙紧绷的神经临近爆发点，长久积攒在他心中的怒火被彻底点燃。在酒精的刺激下，头脑冲动的温颙和对方发生了严重的肢体冲突。他不慎将破碎的啤酒瓶扎入对方颈动脉，致其当场死亡。

最后涪江区法院作了判决，当时作为审判长的欧阳然，审理了此案。合议庭进行评议时，根据事实判定温颙有罪，按照过失致人死亡的相关法律，法院判决温颙有期徒刑七年。

一纸七年判决书，彻底改变了温颙的人生。温颙正式服刑的第一年，他经营的公司倒闭。随后，妻子与他离婚，带走了他们唯一的女儿。不是妻子不义，相反，这是他们夫妻关系恶化导致的结果。

屋漏偏逢阴雨天，方卓刚大学毕业，处于找工作的人生十字路口，温颙倍感世态炎凉和生活的凄惨。他私底下认为自己虽有过错，但最终致使他家庭分崩离析的，是法院，是以审判长欧阳然为首的一伙人故意而为之。

法庭对他量刑过重，死者生前存在语言谩骂和人身攻击，先动手打人的事实法院一概不究，而对他如此苛刻。温颙确实想不通，也想不明白。他无法改变自己的思维定式——死者家属与欧阳然他们存在肮脏的私下交易！温颙仇恨社会、仇恨法院强加给他的诸多罪名。

那时，他下定决心从监狱出来后，一定要报复社会，杀害欧阳然，为自己主持“正义”。

对人生万念俱灰，在监狱服刑的温颙有两次企图自杀。多亏狱友和狱警，及时发现并挽救了他的生命。通过狱警悉心的照顾和思想上的开导，他慢慢打消了自杀的念头。让他顽强生存下去的唯一理由，就是心里始终牵挂的方卓。她正处在人生的抉择路口，温颙不想让她背负自己畏罪自杀的污名。

每次方卓过来探监都会让他燃起对新生活的期盼。但从内心深处，他对欧阳然的憎恶和怨恨却与日俱增。

漫长的牢狱之灾，没有让温颙认真吸取教训，他鲁莽错误的举动，也没有让他心生忏悔。嗔恨之心随时间的流逝并没有得到缓解，反而在他扭曲的心里燃烧越旺。日积月累，他的精神压力已不堪重负。

终于盼到出狱的那一天。在方卓的悉心照顾下，有一段时间温颙对未来的生活充满了希望。但是，他失去的金钱、亲情、青春，永远也不能弥补回来，而造成这所有一切的是欧阳然。所以，他要想尽办法除掉欧阳然。

方卓闻听温颙的想法，惊骇不已。她不想再次失去唯一的亲人。几次彻夜长谈和痛哭声中，她极力劝阻舅舅停止这种疯狂想法，但他根本听不进去。疯狂的报复心理、极度的偏执型人格障碍已让他踏上不归之路。

万般无奈下，看着辛苦抚养自己成人的舅舅，方卓感觉这一辈子已无法回报。所以，罪恶泯灭了人性，亲情亵渎了法律，她只能默默配合温颙罪恶的行动——无善无恶心之体，有善有恶意之动，知善知恶是良知，为善去恶是格物。

打听到欧阳然每年有出去旅游的习惯，方卓辞掉了原来的工作，辗转到欧阳然经常出行的旅行社上班。她利用自己的便利条件，开始寻找一切机会，搭建杀害欧阳然的平台——确认欧阳然的出行时间，把温颙的名字改成仇平凡，制造出假身份证，然后又绞尽脑汁地制定犯罪计划。为此，他们准备了长达三年之久。

温颙利用以前做替身演员的经验，改头换面，把自己乔装打扮成另外一个人。他精心准备的假发和胡须，全部是为了隐藏自己的真实面孔。在与欧阳然的接触过程中，温颙巧妙地通过一系列手段掩饰自己的过去。通过似是而非的谈话，他有意无意地把尘封的旧事抖搂出来，让欧阳然在恍惚中认为自己对案件的判决有瑕疵，却又找不到任何原因。此案件对于欧阳然来说，时间久远，早已模糊不清。温颙正是利用这一点制造出杀害他的计划。

默默听完温颙的述说，时间好似停顿了一样。众人都在苍茫夜幕下思考着人性和良知，还有自己的世界观。

江季子佩服宗政儒的过人胆识。把方卓约出来，就好似拔出萝卜带出泥，她身后必定跟着放心不下的温颙。想必前几日宗政儒发给滨海市公安局的旅游人员名单就是为了今晚和温颙、方卓当面对证。天网恢恢，疏而不漏，温颙和方卓所犯下的罪行，最终会受到法律的严惩。

"……"

"那天，大巴车上你看的照片，应该是你从前的回忆吧？"宗政儒打破可怕的沉寂，说出心里的疑问。

"是的。那是我们的全家福。每当看到它，我就会想起以前幸福快乐的时光……"

原来，方卓在车上关注的对象是温颙，并不是朴泰曦。她每时每刻都在关注舅舅的一言一行。

温颙充满忧伤的眼睛，渐渐地变得阴森恐怖，"毁灭我幸福的人是欧阳然，是他判案不公。给我造成一生痛苦的人，我必须让他加倍偿还……"

"世界上，公平与正义存在于良知。如果一个人没有了良知，那他的世界观和人生观将会发生根本的改变。世界上没有人以法律要挟你，也没有人以法律为武器针对你。只是你把自己制造出的不幸，强加给了欧阳然。这只能说明你心胸非常狭窄，很自私……"宗政儒的说法得到江季子和谭虹宾的肯定，他俩互相点头认同。

宗政儒平静地注视着温颙，深吸一口气，用忧郁感伤的口吻说："我想，你的冲动换来的只是个人片刻的'满足'和'成功'。你自己仔细想过没有，今后方卓的身边，还会有什么至亲至爱的人？"

"唉……啊——啊——啊！"温颙双手抱头，仰天张大嘴发出恐怖的呐喊，在黑夜里显得非常凄惨，让所有人感到不寒而栗。江季子听得出，那是一个人濒临绝望时发出的声音。

温颙内心积攒多年的怨气得到了释放，同时包含无奈的彷徨和痛苦的抉择。对方卓和温颙而言，眼前是冥思苦想、殚精竭虑的结果，但却付出了生活的全部。他们想极力避免这种情况，还是失败了。似乎，他们应验了那句老话："多行不义必自毙。"

无规矩不成方圆，公民遵纪守法，社会才能安定祥和。任何人都没有终止他人生命的权利，既然有人打破了这个束缚，相应地就会受到法律的严惩。

看着眼前的一切，江季子不由得思绪万千。她感叹人间亲情难以湮灭，憎恨犯罪分子为达到所谓的心理平衡，制造出令人触目惊心的凶案。对江季子来说，此次旅行意义非凡，也为她推理小说的创作提供了良好的素材。

夜色渐浓，湿漉漉的雾气从树丛升起。望着方卓哭泣的背影，宗政儒恍惚之间又想起自己女儿。

听宗政颖惠说，她和施达毅之间的关系渐渐缓和，他们促膝长谈，解决了横亘在他们之间的鸿沟。而且，近期他们还要结伴外出旅游。宗政儒心想，如果人与人之间能及时沟通，会解决许多不必要的麻烦，夫妻之间亦是如此。不知道为什么，宗政儒想到了这些……

"小江导游，我该走了。后会有期！"宗政儒心情颇为沉重地说。原本不想打扰她，望着呆呆出神的江季子，他还是狠下心来提出告别。

这样的称呼，让江季子有种恍若隔世的感觉。她不停在现实与回忆之中往来穿梭，究竟身处何处，她已分不清。她内心何尝不想让时间永远停留在那一刻——车站旅游团即将启程的刹那间。

"宗政儒警官，后会有期！"她强露欢颜，努力控制住要哭的冲动，哽咽着向对方道别。看着宗政儒的背影，江季子的泪水还是不知不觉流了下来。有朋友间真诚的呵护，也有永远的遗憾……然而此刻，只有她自己才能体会。

起风了，站台上只剩下孤零零的江季子。

剑　殇

第一章

“制造一场意外，让俱乐部引以为荣的击剑手变成残废！我尧某人得不到的东西，别人也休想得到！”这种近似疯狂变态的决定，已在尧文森脑海里预演了成千上万次。心中陡然升起的恶念，让他着实彷徨了很长一段时间。最终，他还是选择行走在以身试法的独木桥上。

尧文森，退役前系省击剑队优秀的佩剑选手，曾在全省佩剑比赛中斩获多项荣誉。也许时运不佳，正当他步入事业巅峰之际——即将参加全国击剑冠军赛，选拔进入国家队的关键时机，一次常规的训练，断送了他的大好前程——队友休息间的玩笑，导致意外失手，手中佩剑刺破他右臂，造成软组织开放性损伤。由于事后现场清创不彻底，他又急于投入训练，引起慢性伤口感染，出现了坏死组织。医生酌情再次进行了切除手术。为此，尧文森不得不休养达半年之久。长时间得不到有效系统的训练，对于一名击剑选手而言，这是非常致命而残酷的事——他有可能终止职业生涯。

那位没有遵守安全规定的队员，受到严厉的处分，还额外垫付了一大笔医药费。也许命中注定，但尧文森内心十分窝火。受伤时间很不巧，他无法参加比赛。最为关键的是尧文森年龄已大，这是最后一次为梦想而拼搏。但机会就这样从面前悄悄溜走——他与进入国家队的机会失之交臂。

结果让人很失望，尧文森沮丧的内心无人诉说。省击剑队原来对他寄予厚望，凭借其精湛的技术和能力，完全有可能跻身到国家队行列。面对突如其来的意外，击剑队领导对他表示出深深的惋惜。

人生遭遇的挫折，为今后的生活埋下伏笔，这是个非常重要的转折点。随着年龄增大，尧文焱技术和体力明显跟不上现代击剑潮流，无奈之下，他选择退役。

退出职业击剑生涯，对于尧文焱而言，从心里来说难以割舍，但又是万般无奈之举。经省击剑队领导介绍，他来到市“猎人”击剑俱乐部任教。此刻，在他丑恶的心灵里就萌生出对社会的不满。

从七岁开始练习击剑，他为之拼搏奋斗近二十多年，身体已落下许多伤病，到头来却没能如愿进入到国家队。现在功不成名不就，不仅付出人生中最美好的年华，最后却什么也没有得到，自己孤身一人暂且不说，他觉得无法向身边熟悉的朋友交代。那份多愁善感、爱慕虚荣的心理，时刻肆虐着他那敏感脆弱的神经。每当想到这些，尧文焱扭曲的心灵就颤抖不止，觉得整个社会辜负了他。所以，他认为自己付出的辛苦和收获不成正比，社会存在不公平的事情太多，尤其是对他而言尤为苛刻。他成为这个社会的弃儿。所以，他对整个社会充满病态的仇视。

每当看见剑道上刻苦训练的爱徒慕容罄哲，尧文焱的心中就会有种莫名其妙的悸动。不是担心他的技术，不是害怕他参加比赛拿不到名次，也不是为了慕容罄哲灿烂美好的明天，而是尧文焱心中那种始终不愿打开、无法见人的秘密——妒贤嫉能！如果一个人心理不正常，处于扭曲状态，即使是自己最心爱的东西，为达到不可告人的目的，也会不择手段去毁灭掉。这正是尧文焱现在丑陋心灵的真实写照。

“猎人”击剑俱乐部，不乏优秀的教练团队和运动员。佩剑教练尧文焱，副教练秦明浩，优秀佩剑选手慕容罄哲、左家良；重剑教练东方鉴，副教练苗可松，优秀重剑选手田溧阳、卞慈航；花剑教练漫莉君，副教练刘思明，优秀花剑选手秦雅颂、温承旭。

尧文焱作为一名资格比较老的佩剑教练，无论从技术还是经验上都得到教练团队的肯定。他培养出很多优秀的佩剑选手，在俱乐部联赛中荣获过很好的名次。私底下，尧文焱与东方鉴关系最为要好。可能两人秉性和脾气有相同点——不善于交际，性格孤傲，但对待本职工作认真负责。东方鉴已婚，居住在市中心，距离“猎人”击剑俱乐部较远，单程需要一个多小时的车程。所以，每逢俱乐部有比赛，他就会借宿在尧文焱家里，反正这位要好的朋友一个人独居，没有什么不方便。尧文焱认为俱乐部教练队伍之中，老板柏鹭鹰似乎对他没有一丁点儿欣赏的意思。他在与别人闲聊时，好像俱乐部加薪、奖励教练外出旅游、派遣个别教练外出深造等简直都是虚无缥缈的东西。理想很丰满，现实太骨感，这些都是他遥不可及的梦想而已。尧文焱经常受到这些流言蜚语的灌输，使他原本多愁善感的心灵变得更加不堪一击。所以，他对俱乐部老板柏鹭鹰增加了深深的厌恶和嫉恨。

在自我封闭的空间里，尧文焱从未对身边的闲言碎语进行过求证，单凭个人的主观臆断，妄自得出对自己不好的结论，从而导致那些言语性的负面影响，时刻牵动他那颗骚动不安的心——现在他开始变得自私膨胀，敏感而多疑。整个人变得越来越神经质，仿佛看到任何人，从他内心都会升起深深的抵触情绪。他很在意别人相互之间在说些什么，在讨论什么话题。反正他感觉这些鸡毛蒜皮的事情，都与他有千丝万缕的关系。

回想自己付出心血培养的选手，让击剑俱乐部争得荣誉，柏鹭鹰却成为最大受益人，尧文焱的心实属不甘。他在慕容罄哲身上付出的汗水、投入的精力最多，他对这个爱徒抱的希望最大。狭隘自私的心理，致使他逐渐走向极端——自己得不到的东西，别人也休想得到！

慕容罄哲是一位十分优秀的佩剑选手，就这样毁在自己的手里，也着实让尧文焱晚上辗转反侧、难以入睡。按照常人思维，尧文焱也觉得对慕容罄哲太不公平。不过，尧文焱现在不是“头脑正常”的人，所以，他做出不是“正常头脑”的人应该做的事也就不足为奇。

第二章

下半年要举行全国击剑俱乐部联赛，这是从中选拔好苗子的机会。柏鹭鹰经营的“猎人”击剑俱乐部，其实力在全省甚至所有俱乐部之中也不容小觑，属基本功扎实、有丰富比赛经验的一支队伍。每年经他之手，向省击剑队输送过不少优秀的击剑选手。唯一让他感到的遗憾的是，至今俱乐部还没有队员被选入国家队的行列。

现在的“猎人”击剑俱乐部里，慕容馨哲是个技术全面、沉稳冷静、很有前途的选手，去年他还获得了省佩剑比赛排名第一的骄人战绩。今年他状态非常好，冲进国家队的概率比较大，这是个千载难逢的时机。所以，柏鹭鹰同他的教练团队，马上开始周密细致地部署俱乐部联赛工作。

听闻此消息，“这是个机会，绝对不能放过。”尧文焱挠着脑袋，从大脑深处迸发出一个这样奇怪的念头。他开始制定属于自己的计划，前提是不想伤害无辜的慕容馨哲，只是想让慕容馨哲受伤放弃参加比赛，正如他当年意外受伤而被迫放弃进入国家队的经历一样。他想把这痛苦的一幕，重新在慕容馨哲身上复制上演。依稀之中，尧文焱仿佛看到柏鹭鹰懊恼、追悔莫及的样子。最后，被寄予了俱乐部厚爱和希望的慕容馨哲折戟沉沙，而柏鹭鹰落个颜面扫地，灰溜溜的下场。想到此，他嘴角微微上挑，露出胜利者会心的笑容。头脑中无数次幻想出柏鹭鹰沮丧无奈的表情，尧文焱憋不住就想大笑不止。届时，他会以旁观者的身份，幸灾乐祸地看着眼前发生的一切，从心理上获得到极大的满足。这也许就是尧文焱对社会、对柏鹭鹰的报复理由。

不知他是否想过没有，这种极端的做法会导致慕容馨哲遭受身体伤害，会断送一个优秀击剑手光明的未来。当法律、道德都不能成为他的枷锁时，邪恶会战胜理智，黑暗会蒙蔽良知。人性的缺失，已让尧文森的道义跌下万丈深渊。

如何制造慕容馨哲受伤的过程，且要把关联到自己的罪责开脱得一干二净，尧文森可谓煞费苦心，无时无刻不在绞尽脑汁想办法。首先，这起小事故要看似不经意，而且不要触犯法律的底线。他可不想为此锒铛入狱；其次，要制造出他不在犯罪现场的证据，而且让俱乐部熟悉的人为之作证，一定要把他所有的责任开脱；最后，必须做到慕容馨哲受伤之后，俱乐部及慕容馨哲本人不会怀疑自己，让大家实实在在地觉得，这就是一次意外事故。

那幅期盼已久的场景，不时浮现尧文森在眼前——慕容馨哲因为 XXXX 原因躺在地上，他则站在旁边装作一副痛心疾首的样子……

最为主要的是，不触碰法律底线这个原则，看似简单，却又十分复杂。弄不好尧文森会在“猎人”击剑俱乐部身败名裂，并受到相应的法律制裁。

尧文森从脑海里尝试了一系列作案方法：

一、人为制造一起车祸，让慕容馨哲受伤，无法参加本俱乐部的预赛。但实施风险系数太大，无法拿捏好尺度。而且车祸调查清楚之后，肇事者会说出事实真相，幕后的尧文森将无处遁形。

二、寻找安神药物。慕容馨哲服用后，产生嗜睡的状况，让其本人无法参加比赛。由于尧文森本人不是医生，对药性不甚了解。就算他谨遵医嘱，明白服用剂量，还要在投放药品过程中避人耳目，是个颇费心思的活儿。而且由于个体上的差异，慕容馨哲服用后会不会产生不良反应也不可知。这种做法也存在风险，不好付诸行动。

三、人为制造打架斗殴。慕容馨哲被人意外失手打伤，养伤期间自然就会错过比赛。不过，这件事轻则构成治安违法，重则触犯刑法。只要警察介入调查，很快会查清楚幕后指使人，其结果就会水落石出，真是得不偿失。

四、控制慕容罄哲的人身自由。但使用暴力、胁迫或者其他方法绑架他人的行为会构成绑架罪，根本行不通……

尧文焱小心谨慎的态度，让他头脑里的罪恶计划一个接一个被否定。他茶饭不思，夜不能寐，每天精神恍惚，苦苦地思索着一个万全之策。

偶然的一天，看着运动员穿好击剑服，戴好面罩，拿上各自的剑走上训练场时，尧文焱瞥见他们手中的佩剑，突然来了灵感——原来冥思苦想意外受伤的方法就在眼前。当年终止他运动生涯的，不正是让他受伤的佩剑吗？作为赛场上的主角，他怎么忘记了这个老伙伴？

长长地吁出一口气，尧文焱多日悬着的心终于可以放下了——在佩剑上做文章，让它辅助自己完成罪恶的计划！

佩剑的剑身断面为梯形，护手盘为月牙盘。横断面近似长方形，弯曲角度小于4厘米。护手盘的大小截面为15厘米×14厘米。剑身顶端有一个180度的卷曲合拢，形成剑头。佩剑即可刺又可劈。如果把佩剑卷曲合拢的剑头，换成开刃后形成锋利的剑尖，那么两名选手在交锋过程中，稍有不注意，就会出现一方受伤的情景。

想到这里，尧文焱内心止不住狂跳，觉得自己找到了一个万全之策。在佩剑上做手脚的话，一可以避开所有人的视线，让众人只关注佩剑质量问题，认为这纯粹是一起意外事故；二来有了自己不在场证明，成为开脱嫌疑的最好办法。于是，尧文焱只要有空闲时间就忙活起来，开始实施酝酿已久的丑恶计划。

一位做防盗门窗的老板与之相当熟悉，起源于尧文焱有强迫症，每次离家他锁上房门会打开，又再次进行复锁，有时甚至重复三、四次。虽说是独居，房子里没有什么值钱东西，但他不这样想，忍不住要去这样做。为此，他也感觉自己非常焦虑——怕有人会溜门撬锁，无中生有的念头让他没有片刻的心安。所以，隔个一年半载，家里门锁、防盗门窗就要全部更换。有长期的业务可以挣到钱，做防盗门窗的老板乐此不疲。显然此次是个精细的技术活儿，老板本想推辞，但害怕以后会失去这样稳定的客户。一方抱有利益，一方怀有不良企图，两人一拍即合。初步测算，他们从实践中摸索得出结论：使用不锈钢氩弧焊是种行之有效的办法。

具体做法：切下剑头，把佩剑截面开刃，形成锋利的“Λ形”；加工切开剑头的平整面，打磨成“V形”。由于佩剑材质为弹簧钢，考虑到强度匹配问题，必须选用强度高一些比如WEWELDING600的焊条，抗拉强度要达到860MPA。为了达到既定目的，尧文焱让同谋使用M303焊条，把原来切下来的剑头与剑身连接时，先用氩弧焊打底，再用电焊盖面操作。如果焊接前佩剑没有预热到规定的200℃，其结果会导致连接部位软化直至脱落——这是尧文焱预想中的场景，这也是他们多次试验得出的理论数据！

焊接完毕经细打磨之后，从外观上看佩剑与原来一样，接合部位不会立刻断裂。但什么时候出现预想之中的场面，让尧文焱内心颇为忐忑，他又煞费苦心地计算金属疲劳时间。

佩剑比赛将进行个人循环赛和直接淘汰赛。假如这把改装过的佩剑使用者顺利的话，六人一组循环赛中各场次按以下顺序进行：1-2、4-5、2-3、5-6、3-1、6-4、2-5、1-4、5-3、1-6、4-2、3-6、5-1、3-4、6-2。剑手四分钟内五次击中对手，即可胜出。在六人一组的比赛中，这把剑大概会刺中对方二十五次左右。当所有小组循环赛完成后，结果会交到俱乐部组委会，确定比赛中所有剑手的整体排位。将按照胜率、成绩 Ind、刺中数 TS 来排序。如果以上相同，剑手抽签决定他们各自在总排名表上的位置。

直接淘汰赛把从小组循环赛中晋级的三十二名剑手，排成一张对阵图，需要进行三十一场比赛才能决出冠亚军。佩剑采用每盘击中十五剑，比赛时间为九分钟。每盘分为三局，每局三分钟，局间休息一分钟。剑手击中十五剑或者九分钟规定时间全部用完，击中剑数多的选手获胜。实际佩剑比赛只进行两局，在一名剑手刺中对方十五剑后结束。

分析对阵图，尧文焱发现剑手在角逐冠亚军之前，要打四轮比赛。那么剑手出剑击中对方大概在六十余次，加上以前循环赛击打次数，最后佩剑刺中对方约八十五次左右——这是焊接断裂佩剑之后，剑尖所能承受最大的金属疲劳期。

慕容馨哲凭借个人实力，经过层层筛选，他会站在冠亚军的决赛台上，尧文焱对此深信不疑。经过他改造的佩剑，在紧要关头时断裂，一是可证明比赛的激烈程度，吸引观众的注意力；二是无论俱乐部内，还是俱乐部外都可以彻底打消对他本人的怀疑。

大致推算出佩剑使用次数后，尧文焱与同伙两人进行了大量的试验。做防盗门窗的老板不知道对方具体要干什么，但知道不是什么好事。但对金钱的贪婪，使他和尧文焱成为一条绳上的蚂蚱。

经过无数次不眠之夜，试验终于有了结果——调节好佩剑加工时的温度，再除去熔渣之前，不让焊接部位完全冷却，这是计划成败的两个关键点。按他们加工试验后得出的数据，剑头要经过比赛几十次激烈击打之后，才会因金属疲劳导致脱落，露出锋利的开刃部位。至此，尧文焱梦寐以求的事，终于可以实现了。

击剑比赛开始前还有规矩，那就是所有参赛选手都要把自己的装备拿到验器材处进行检查。检查过后，选手使用的剑种只能放在剑包里。所以，制作出改造过的佩剑，必须在参赛前不能看出有任何破绽，如果在检验过程中发现有问题，就会前功尽弃。

以防万一，他们又经过半年多时间的反复试验，感觉有十足把握时，再付诸行动。

额外付出大量金钱和时间之后，尧文森没有丝毫后悔，反而有种如释重负的感觉。由此可见，他思维与常人的确不相同矣。

第三章

尧文森苦苦等待的机会终于来了，全国击剑俱乐部联赛即将开始。按照“猎人”击剑俱乐部比赛日程安排，佩剑比赛是在本月十二日，也就是后天举行。如果不出什么意外，慕容罄哲将和另外一位剑手左家良进行比赛。作为种子选手，他们分别在各自的小组进行循环赛。小组循环赛完成后，所有剑手比赛结果会交到俱乐部组委会，确定所有剑手的整体排位。

根据以往成绩，直接淘汰赛中慕容罄哲和左家良的排位应该是前两名。每一轮比赛中，排位最靠后的剑手将对阵排位最靠前的剑手，因此，比赛开始他俩不会出现在同一组里进行角逐。他们两个人在冠亚军争夺赛上相遇的概率较大。胜出者将代表“猎人”击剑俱乐部的佩剑选手，参加全国击剑俱乐部联赛。

“时不待机，机不再来。”慕容罄哲和左家良是尧文森悉心栽培的两名优秀的佩剑选手。在众多的剑手中，他们无论个人技术还是比赛经验，都是其他人无法比拟的，这也是尧文森的骄傲所在。但，尧文森感觉他们就是自己的“私有财产”，仿佛两位剑手的前途和命运，只有他说了才算。

尧文森瞅准机会，就在今天晚上行动。

花剑比赛结束后准备闭馆时，尧文森特意晚走了会儿。等待的过程非常难熬，很不容易！看着人们陆续走出击剑俱乐部大门，尧文森瞅准时机，把左家良的佩剑从他剑包里偷偷地取了出来，藏在自己随身携带的背包里，悄悄地带了出来。他知道，每逢击剑俱乐部比赛期间，剑手的击剑包都会放在一个固定位置。而初学击剑的新手，会组织在看台上观看每场比赛。

当晚，在防盗门窗老板的加工厂房里，尧文燚和同谋切下左家良佩剑卷曲合拢的剑头，把平整的截面用砂轮细心打磨开刃，做成锋利的“∧型”；然后加工切开剑头的平整面，用切割机做成“V形”；接着，他们用付出大半年心血，摸索出的焊接方法——把原来切掉的剑头和剑身用氩弧焊打底，再用电焊盖面焊接上。经过数小时细致仔细打磨，直到东方天际渐渐露出鱼肚白，看到与原来佩剑外观别无二致的佩剑，他才略微松了口气——整个计划已完成一半。

看着手中这把昔日与自己在赛场上拼杀的老伙计，尧文燚心里感慨万千。不知道是受到道德伦理还是良心上的谴责，他觉得所做的事情很不光彩，有些卑鄙下流，无论自己从感情还是道义上都很对不起慕容馨哲。但从他无耻的心中，又实在找不出任何一种放弃计划的理由。

花剑比赛已于十日全部结束，十一日是俱乐部重剑比赛日。尧文燚和副教练秦鸣浩，在训练场上担任了重剑比赛裁判员。他借机用心细致观察了整个比赛场地，重点是每位佩剑选手按顺序摆放的击剑包。

……	16号	17号	18号	19号	20号	……
……	覃小勇	左家良	薛　俭	慕容馨哲	方黎歌	……

重剑比赛刚结束，尧文燚立即吩咐秦鸣浩，马上招呼明天即将参加比赛的佩剑选手，讲解比赛中需要注意的事项。然后，他就急匆匆搭车赶到自己的住地。最后一次仔细检查他改造过的左家良使用的佩剑，并再次从心中默默演绎计划的每个细节。

丑恶的帷幕已拉开，尧文燚开始付诸行动。当晚，按照自己的计划，他约出秦鸣浩、东方鉴到外面饭馆吃宵夜。饭馆地点精心选择过，距离“猎人”击剑俱乐部大约有十分钟车程。尧文燚提出聚会的理由：一方面，庆祝东方鉴教练结束重剑比赛，祝贺他爱徒田溧阳以冠军身份进入全国击剑俱乐部联赛；另一方面，为明天自己负责的佩剑比赛加油打气，希望自己的两个爱徒也能取得好成绩。

三个人落座后，按照教练团队一条不成文的规定，所有人手机全部调至静音状态，并落放在一起。其目的是杜绝外界干扰，不破坏喝酒氛围。三个人觥筹交错，酒至正酣，尧文森心中有事，不停暗示秦鸣浩劝东方教练多喝些。在他们的轮番劝解下，东方鉴已不胜酒力，整个人有些飘飘然的感觉。

为了烘托酒桌上热烈的气氛，尧文森当着两位的面用自己的手机打了个电话，点了一份东方鉴最喜欢的叫花鸡。他熟知好友对这项美食的偏好。经营叫花鸡的小店就在他们吃饭地点的旁边，尧文森事先做过充分的踩点，熟悉周边情况。睁着醉意朦胧的双眼，尧文森摇晃着脑袋，食指左右不停地摆动。他告诉在座的两位，这份垂涎欲滴的美味五分钟后就到。然后，他晃悠悠起身第二次离座，秦鸣浩眼皮沉重地瞥了一眼桌上自己的手机：二十二点二十分。

快速走出饭馆，尧文森神情马上恢复常态。他快步穿过街道，来到街对面早已停靠在路边的小汽车上。他的同谋立即启动汽车，他们很快赶到“猎人”击剑俱乐部。汽车在距俱乐部有百十余米的距离停稳后，尧文森从车里钻了出来，此时头上多了顶黑色棒球帽。他双眼快速扫视一下周边，压低帽檐，用手带了下肩上的背包，一溜小跑到俱乐部门口。然后他蹲在地上，竖起耳朵，又再次左右小心观察周围动静。瞅见附近没有行人时，他戴上事先准备好的白手套，取出偷配好的大门钥匙，小心翼翼地起身，动作轻柔地打开门锁。

随手关好大门，尧文森立即陷入无边黑暗之中。他不敢捻亮训练场地的电灯，害怕外面有路人经过时，发现击剑俱乐部里面有人。等眼睛适应黑暗之后，尧文森摸索着走在空旷的训练场地上。小手电发出不太明亮的光芒，在光圈指引下，他慢慢来到佩剑训练场地，借着手电光开始仔细搜索排列整齐的击剑包。当光束自左向右，小心翼翼地扫过贴有“慕容馨哲”名字的击剑包时，光圈好像被火焰烫了下，不由自主地上下跳动。光线似乎在思考着什么，稍微在剑包上逗留了一会儿，然后它继续向右侧扫去。这束亮光直至尽头，似乎没有找到目标，又自右向左折返往慢慢回扫。倏地，它牢牢聚焦在贴有“左家良”名字的击剑包上，然后光圈定住不动了。

尧文焱小心谨慎地确认那是左家良的击剑包后，单膝跪在地上，嘴里含着手电筒，腾出双手拉开拉链。他侧身从自己背包里格外小心地取出改动过的佩剑，按原样放进左家良的剑包里。稍后，他慢慢拉上拉链，整理了一下击剑包外观，尽量做到与原来一致。尧文焱起身，拿手电把现场仔细查看一遍，确认没有留下任何证据时，才果断地转身走向大门。来到大门口，尧文焱熄灭手电，怔怔地停留了好一会儿。他把耳朵紧紧贴在大门上，仔细听外面有没有脚步走动的声音。确定没有人经过时候，他果断拉开了大门，快速闪身出来。

低下头，尧文焱迅速锁好大门门锁，静静蹲在地上，左右张望再次确定周围没有人时，才起身快步离开击剑训练俱乐部。

此时，他不用再害怕。俱乐部每天进出许多人，尧文焱不会留下值得怀疑的脚印。刚才的操作全程戴着手套，应该也不会留下自己的指纹。从脑海里把所有细节都推敲一遍，坚信自己没有任何漏洞，他乘车返回小饭馆。

与同谋分手之后，尧文焱走进饭店落座。他端起杯子还没喝上两口，就瞥见东方鉴从座位起身，嘴里含糊不清地嚷嚷起来——朋友喝多了！他们交情甚笃，他非常了解这位知己。尧文焱示意秦鸣浩扶着站立不稳的朋友出去方便，还顺势搭了把手——他脸上露出意味深长的笑容。

天底下没有不散的筵席。由于东方鉴已醉酒，尧文焱提议东方鉴搭车回自己住处。另外，他提议秦鸣浩也到他家里暂住一晚。尧文焱的家离俱乐部很近，只有十分钟的车程。秦鸣浩醉眼朦胧地瞅了一眼自己的手机，他感觉时间的确不早了。他这副醉醺醺的样子，去赶末班车回家有点不现实。即使赶上末班车，回家还需要一个多小时的车程。况且，明天他和尧文焱还要负责佩剑比赛。所以，在尧教练住所将就一晚是上策。秦鸣浩迟钝的大脑暗自思忖：如果明天早上迟到耽误了正事，老板那里可不好交代。想起柏鹭鹰那张严厉的脸，秦鸣浩禁不住打了个寒噤，此时他尿感十足。

第四章

翌日，尧文焱精神抖擞地出现在比赛场上。

小组循环赛正如他原来所料，慕容罄哲和左家良各自从小组赛中脱颖而出。他们和晋级选手的成绩，组委会进行整体排位，接下来将进行直接淘汰赛。尧文焱心里着实捏着一把汗，害怕计划会功亏一篑——对阵排位里慕容罄哲和左家良提前相遇。其实，他大可不必这么想。凭借两位剑手实力，难分伯仲，最后两人会挺进决赛争夺王者。

尧文焱站在赛场边窥视慕容罄哲。爱徒正在做冠军争夺战前准备活动。他沉稳、冷静、信心百倍，本场比赛志在必得。此时，尧文焱仿佛做错什么事似的，下意识地把自己的视线从慕容罄哲身上挪开，又把局促不安的眼神转向场地另一边。

做赛前准备活动的左家良斗志高昂，近期他成绩排位靠前，本场比赛有势在必得的决心。两名爱徒你追我赶，形成空前良好的比赛氛围。按说，尧文焱理应高兴，但他那颗始终悬着的心久久不能放下，从心里害怕左家良的佩剑经过几次激烈拼杀后，会出现提前断裂的尴尬局面。眼下这种意外状况还没有发生，索性听天由命。他不停安慰着自己。尽管天气不是十分炎热，他已是汗如雨下。

慕容罄哲和左家良的比赛正式开始，比赛的裁判是东方鉴。两位剑手持剑臂手心向上伸平，剑尖指向裁判、对手和观众，然后屈肘垂直举剑互相致敬。

第一局。

哨音过后，左家良主动进攻。他右手持剑右腿弓步突刺慕容罄哲的面部。慕容罄哲左腿熟练快速回撤，左手向外拨开迎面而来的剑尖。两位剑手频繁变动步伐，适时调整与对手最佳的距离。他们用假动作干扰对手，不断寻求和创造攻击的时机。赛场上瞬息万变，在极短时间内，双方必须依据观察到的对手动静来判断行动的真伪，还要积极采取行动为对手设下圈套，这些决定了两位剑手的思维必须敏捷快速，稍有怠慢，都可能给对方有可乘之机，造成自己被动的局面。

两人你来我往，实力不分上下。慕容罄哲手中佩剑舞起了片片秋风，如银光乍起，矫若飞龙，似水波荡漾，火树银花，像蛇一样遍地游走。瞅准对方露出破绽，他突然全身发力，左腿大弓步向前，两把佩剑碰撞发出叮叮当当清脆的声音，他左手佩剑劈向左家良的面部。慕容罄哲一侧计分器闪烁，获得一分。裁判哨音响起，举手示意得分有效。

双方预备后继续比赛。哨音刚落，慕容罄哲弓步主动进攻，他良好的柔韧性表现得淋漓尽致——柔而不软，韧而不僵。柔韧性的好坏，可以从剑手步法弹性、弓步幅度、刺出深度以及动作姿势和身体重心的变化中反映出来。他弓步速度相当快，进攻时减少了关节、韧带、肌肉带来的阻力，对速度的发挥有积极的作用。他左手试探性地突刺，左家良用力向外格挡住。左家良抖腕隔开对方剑尖，佩剑在他手里如鹰隼一般，上下翻飞翱翔，似白练腾空，光影无迹，是雪莲迎风绽放，是明月照耀江河——两位剑手棋逢对手，将遇良才，令观众眼花缭乱，不断爆发出热烈掌声。这场比赛具有十足的观赏性。

电光火石瞬间，有人眼里却如拍摄慢镜头一般，尧文焱一帧帧地看到左家良手中剑头已掉。倏然，慕容罄哲感觉到什么，他稍微一愣神，犹豫地伸出右臂示意裁判有问题。慕容罄哲分神的一刹那，左家良灵敏地捕捉到战机，他持剑刺向对方的左臂——进攻有效得分。

比赛中左家良的身体动作、战术思维以及视觉和肢体动作配合良好，他能快速应对突发情况，迅速完成原地起动、急停、突然改变位置和方向。这些快速完成的动作和准确性是建立在他敏锐的观察力、准确的判断力以及反应的敏捷性和精准性基础之上的。他的灵敏性还特别表现在与对手交锋过程的空间、时间、力道、节奏的把握上。这也是他与慕容罄哲难分伯仲的原因。

现场听到慕容罄哲一声痛苦的惨叫："啊！"他左手无力松开，"咣当"的一声，佩剑跌落在地。左家良一侧计分器在不停闪烁。

"……"

慕容罄哲痛苦地蹙着眉头，右手捂着左大臂慢慢蹲在地上。尧文焱发现慕容罄哲右手指缝间渐渐渗露出鲜血……左家良被吓傻了！他摘下面罩，一双吃惊而迷惑的眼神盯着折断的佩剑发呆。眼前匪夷所思的一幕，让他着实想不明白，为什么自己的佩剑会断裂。

尧文焱愣愣地站在原地，足足停留有一分钟。他被自己导演的场景惊呆了！他期待这一刻，也害怕这一刻。看着逐渐围拢过去的人群，恢复常态的尧文焱快速拨开众人，挤到慕容罄哲的身边。他单膝跪地，双手托起慕容罄哲受伤的左臂，细心查看着伤口。然后，他对着聚集的人群歇斯底里地大喊道："快！快！叫救护车！"

救护人员很快来到击剑俱乐部。看着医生簇拥在慕容罄哲身旁检查着什么，过了一会儿，医护人员把躺在担架车上的慕容罄哲抬离比赛场。尧文焱心中现出一丝后悔，恍惚之中不明白自己到底做了什么，这样会给慕容馨哲造成什么后果。他心里十分凌乱，但又实在找不出一个合适的理由说服自己这么做不仁义、不光彩。剑道上遗漏的闪闪发光的剑头，攫取了他全部的意念。

“猎人”击剑俱乐部出了伤人事故，柏鹭鹰马上组织全部教练人员开展调查。慕容馨哲比赛受伤，让各位教练颇为不理解。按常理，佩剑是既劈又刺的武器，在比赛中以劈得分为多，击中有效部位是上身金属衣裹覆部位、面罩及手臂。平时佩剑训练或比赛，因为剑的质量原因，或者个别选手用力过大的缘故，偶尔会造成剑折断的情况，但形成的折断面是整齐的平面。从以往经验判断，佩剑折断绝不会形成致命的锋利尖头，这种情况实属罕见。况且佩剑选手身穿金属衣等几层额外的防护，几乎不可能出现剑手受伤的状况。

几位教练把意见集中后，向俱乐部老板做了汇报。事实摆在柏鹭鹰面前，他感觉非同小可。慕容馨哲受伤的原因颇为蹊跷，比赛期间人身受到伤害，这是以前从未遇到过的事情。

为此，他私下询问了佩剑教练尧文焱和他的副手。但从两位面露疑惑和一脸无辜的表情里，看不出任何眉目，他苦恼地摇摇头。

作为种子选手，慕容馨哲是个非常有前途的剑手。今年他状态非常好，冲击进入国家队的希望很大。全国击剑俱乐部联赛即将开始，他早不受伤，晚不受伤，偏偏在节骨眼上伤到持剑的左臂，明白无误地告诉大家，慕容馨哲不可能参加今后的比赛了。是不是有人要故意陷害他？还是另有不为人知的隐情？柏鹭鹰不敢妄自下结论。

如果慕容馨哲受伤的情况不彻查清楚，不给学员和家长及教练团队一个满意的答复，俱乐部的声誉从此就会毁了，这样导致的后果很残酷，如果今后没有人到俱乐部学习击剑，柏鹭鹰的心血将付之东流。

想到这儿，柏鹭鹰有点六神无主。为了还俱乐部的清白，他决定立即报警。

市公安局接到“猎人”击剑俱乐部报警，派出一位年轻警官麦迦洛赶到现场。

虽然麦迦洛走上工作岗位不久，资历尚浅，但在当地刑警圈内也是小有名气，他参与破获了全市几起大案、要案。他与众不同的见解，为迅速侦破工作提出新的思路，得到了同行们的认可。他业务能力强，实力不容小觑。说到本人成绩，他不得不感谢一个人——他的老师杜红继。正是跟随了这位有几十年工作经验的老刑警，他从中获益匪浅，知道了什么是侦破逆向思维。其实，他破获的每起案件背后都有他老师的身影。

首先，麦迦洛详细了解了俱乐部人员构成和击剑规则。他仔细查看了慕容罄哲受伤的剑道，并把左家良损坏的佩剑和慕容罄哲使用的佩剑作为重点检查物证拿到公安局物证鉴定中心。经物证鉴定中心检查，左家良损坏的佩剑有人做过手脚，有人蓄意制造事故伤害他的对手——慕容罄哲。

麦迦洛又把佩剑运动员的装备梳理了一遍。

比赛服：由质地结实的超高分子聚乙烯原料生产的面料制成。它可以抗 80 公斤的冲击力，其强度足以抵挡剑的刺劈。

防护板：比赛中还要穿上塑料防护胸板。

面罩：运动员在比赛中必须戴面罩，它能承受 160 公斤重的冲击力，布质的护颈要下伸到锁骨，以保证运动员头颈部的安全。

手套：由柔软皮革制成。

金属衣：佩剑金属衣有效保护部位包括双臂和躯干，向上至衣领顶端直至锁骨顶端以上 6 厘米处。

手线和头线：比赛服内有手线和头线，与场地后部拖线盘内的电线和裁判器相连，并形成一环行电路。当一方击中有效部位时，裁判器的灯就会显示击中信号。

击剑裤：必须长及膝盖以下，并被紧紧固定，而且还要穿一双长袜。

佩剑：总长105厘米，剑身长88厘米，重量500克，剑尖为圆头，没有弹簧头。佩剑既可刺又可劈，这是与花剑、重剑最大的区别。

以上是全套佩剑选手的装备，左家良佩剑能刺破慕容罄哲的金属衣和内衣两层保护服，充分说明他使用的佩剑绝对经人改造过。作案人相当熟知和了解慕容罄哲，他是左撇子剑手。左家良右手持剑进攻慕容罄哲左大臂，造成了慕容罄哲肱二头肌呈开放性损伤。从医生诊断证明来看，慕容罄哲左臂伤口较大，虽然当时彻底清创，做了初期缝合和抗生素治疗，但医生说存在有感染风险。

假如，当时左家良的佩剑不是刺向慕容罄哲左大臂，而是慕容罄哲的面罩——很难想象那灾难性的一幕。麦迦洛倒吸了一口凉气，有点不寒而栗。

俱乐部老板柏鹭鹰和管理层人员，以及教练员团队，麦迦洛也认真梳理了一遍。他反复研究整个事件过程，觉得这起看似意外伤人事件，内部熟悉规则人员作案概率较大。

那么作案人的动机是什么？嫉妒慕容罄哲的才能？还是对慕容罄哲存有个人恩怨？目前，按照作案利益最大化考虑，那嫌疑人就是左家良。如果慕容罄哲在比赛中受伤退出，他自然就会以佩剑第一名的身份，代表“猎人”击剑俱乐部进入全国击剑俱乐部联赛。

为什么左家良要这么做？麦迦洛通过几次与左家良谈话，他感觉对方是个诚实可靠的人。虽然左家良和慕容罄哲是同一期的剑手，慕容罄哲作为一位强劲的对手，赢得了左家良的尊重——那是出于天赋异禀和刻苦努力的结果。赛场上他们是当仁不让的对手，私底下他们是非常要好的朋友。

对于慕容罄哲意外受伤，左家良感到愧疚和自责。他一方面认为是自己断送了好友的前程；另一方面即使他代表俱乐部参加全国联赛，也觉得赢得不是光明正大，在众人面前显得不光彩。麦迦洛走访与左家良熟悉的人员，找不出他的作案动机和时间。作为一名优秀剑手，左家良有充分的不在场证据。麦迦洛不得不排除眼前最值得怀疑的人——左家良。

第五章

经过几天细致的排查，麦迦洛百思不得其解。他确信有人在比赛前把左家良的佩剑做过改动。到底是什么人，在什么时候把改造过的佩剑，通过何种特殊手段，蒙混过验器材处的人员，他无从知晓。按常理推断，左家良自己使用的佩剑，他做手脚最为便捷，但麦迦洛排除了他作案的嫌疑。改造过的佩剑混入比赛场，应该是佩剑比赛前的十日或者十一日。因为十日之前，左家良还用自己的佩剑进行过系统训练。据他反映，没有发现佩剑有何异常。十日是花剑比赛日，十一日是重剑比赛日，然后就是十二日佩剑比赛日。所以，按比赛日程推算，有问题的佩剑应该是在比赛前两天，被人更换或损坏过。

怎么才能确定嫌疑人作案时间？麦迦洛把比赛情况梳理清楚：

十日，花剑比赛完成之后，教练和剑手们全部回家，所有人都有自己不在训练馆的证明。当晚，因为居住地比较远，东方鉴暂住在尧文焱家里。

十一日，重剑比赛结束之后，东方鉴、尧文焱和秦鸣浩在击剑俱乐部附近小饭馆喝酒。为了不影响第二日佩剑正常比赛，尧文焱和秦鸣浩把醉酒的东方鉴搀扶到尧文焱家里。他们三个人可以相互证明，当晚没人在击剑俱乐部现场。

嫌疑人会是谁？他又是在何时把左家良佩剑调换过来的呢？

麦迦洛把自己关在屋里，开始冥思苦想。此案关键是要确定嫌疑人，然后再把嫌疑人的作案线索串联在一起，以线索为指引还原整个作案过程。

他决定分析一下。首先，俱乐部的柏鹭鹰被排除在外。麦迦洛心想，整个俱乐部最不想出现这种局面的人就是他。无论是佩剑、重剑还是花剑的运动员，全部是俱乐部辛苦栽培出来的，是俱乐部参加比赛的资本。从道理上来说，一个击剑俱乐部的兴衰和选手素质有很大关系，况且，慕容馨哲还是佩剑选手中的佼佼者。柏鹭鹰不会做自毁长城的事情。

其次，对于佩剑教练尧文焱、秦鸣浩两人，麦迦洛实在想不出有何道理会让他俩染指此事。他们是佩剑教练，对自己辛苦培养的剑手爱护还不够，怎么会下此毒手？麦迦洛实在想不出有任何反对理由。

再次，东方鉴和苗可松进入麦迦洛视线。从目前所掌握的资料来看，两位都有不在场证据。十一日是重剑比赛日，他们忙着从各小组赛中选拔队员，不可能也没有时间在左家良的佩剑上做文章。

难道东方鉴和尧文焱之间存有过节，东方鉴制定出针对慕容馨哲的人身伤害事故？那当晚为什么东方鉴又和尧文焱、秦鸣浩在外面饭馆喝酒？难道东方鉴和我说了假话？麦迦洛细想之后，认为东方教练没有作案动机，也没有作案时间。他相信自己的判断。

最后是花剑教练漫莉君和副手刘思明，两人于十日结束花剑比赛。她们从秦雅颂和温承旭两位优秀的剑手中，选拔出秦雅颂参加全国俱乐部联赛。从与她们的谈话和旁人了解的情况来看，麦迦洛没有发现两位有针对慕容馨哲的企图，而且她们有确凿的不在场证据。

麦迦洛实在理不出头绪。恍惚之中，他脑海里闪现出一副若有若无的面孔，那副容貌自己似曾相识，好像案情谜底与之有直接关系。可是，费力要看清楚时候，那面容却显得十分模糊，顿时令麦迦洛怅然若失。但麦迦洛毫不气馁，他相信自己的灵感。大脑经过一段时间的苦苦思索之后，他发现原来的判断没错——教练员中有人再说假话！十一日晚，尧文焱、东方鉴和秦鸣浩在击剑俱乐部附近的小酒馆喝酒，三人中绝对有犯罪嫌疑人。在他们聚餐的时间段内，他们似乎可以相互印证不在场，但不能排除中间有人会利用机会离开酒桌去作案。

那个人会是谁？麦迦洛仔细查看尧文焱、秦鸣浩和东方鉴的笔录。当晚他们于二十点三十分去击剑俱乐部附近的小酒馆吃饭，直到二十二点三十分饭局结束，他们前后在酒馆待了两个小时左右。秦鸣浩和东方鉴有两次离开酒桌，大概全是啤酒惹的祸，他们结伴出去方便，而且是同时离开座位；尧文焱中途单独离开过两次，应该也是出去方便吧，第一次是在二十一点十分左右，第二次是在二十二点二十分。

当警察询问秦鸣浩，为什么他清晰记得搭档出去的时间时，他无奈说出实情，其实他想早点回家，但是怕妨碍两位教练喝酒的兴致，尤其是忌惮尧文焱反复无常的性格，他不想搅局，所以不好意思张口。所以，他留意时间只是希望能早点结束饭局，自己能赶上二十三点的末班车回家。

警察又问秦鸣浩，他关注的时间，是不是从他自己所带的手表上看到的，秦鸣浩否定了麦迦洛的说法。击剑俱乐部教练每天要教学员练习击剑，嫌手表碍事，一般都不喜欢带，大部分人用手机掌握时间。另外，击剑俱乐部教练喝酒还有一条不成文规定，就是所有人要把自己的手机调成静音，并叠放在一起，以免打扰喝酒的气氛。

听到秦鸣浩这么说，麦迦洛对此非常感兴趣，头脑里忽然闪现出一个人——单独两次离开座位的尧文焱！他独自出去应该有充分作案机会，麦迦洛好像找到了一条关键的线索。换个角度考虑，他对自己的推测又不太肯定。因为尧文焱是慕容馨哲的教练，慕容馨哲是他辛辛苦苦培养的剑手，如果他真这么做的话，无非说明他脑子有“病”。

但麦迦洛还是马上找到尧文焱，单独询问他离开和返回小酒馆的确切时间。得到对方确切的答复后，他又觉得自己的推理根本不成立。尧文焱第一次离开座位到回来用了四分钟，第二次出去到回来用了五分钟。所以，按这个计算，击剑俱乐部距离他们三人聚餐的小酒馆，大概有十分钟车程。按最长时间五分钟来计算，尧文焱不可能在短短五分钟之间内，从酒馆到俱乐部更换左家良佩剑后又再次折返。理论上不可能，实际上也根本没有可能。麦迦洛苦恼地摇摇头。

转眼时间又过去了半个多月。慕容馨哲左臂呈现伤口感染的迹象，导致他整个左大臂加挂护板，停止了所有肢体活动，还要定时去医院做理疗。由于在比赛中意外受伤，慕容馨哲本次俱乐部联赛不可能继续下去，更谈不上参加全国击剑俱乐部联赛。今年他想进入国家队的愿望化为泡影，无论从精神还是肉体上，对慕容馨哲都是双重打击。他像换了个人似的，终日沉默寡言，默默看着剑道上训练的队友独自流泪。

“猎人”俱乐部老板柏鹭鹰为此伤透脑筋。如果不给慕容馨哲一个合理说法，或许会断送一名优秀剑手的大好前程。直至今日警察还没有锁定嫌疑人，他从良心上觉得对不起慕容馨哲。所以，他只有打电话不停催促警方早日破案。

安慰过俱乐部老板之后，麦迦洛感到很郁闷。现在对尧文焱的调查还陷于停滞状态，表面看似简单的案件，实际操作上却很棘手。所以，麦迦洛不得不向他老师请教。

第六章

杜红继认真倾听了麦迦洛的陈述，嘴角上隐约浮现出让人不易觉察的微笑。案情的确有无限可能，表面看似是一场意外伤人事故，可是背后还隐藏着不可告人的目的。不过，他从麦迦洛的判断中发现了问题所在。

接过击剑俱乐部所有人员笔录，杜红继开始仔细翻阅查看。尔后，他十分肯定麦迦洛的推理——作案嫌疑人就是尧文焱，只是尧文焱把自己的不在场证明做得相当到位，到目前为止还没有发现有什么漏洞。但是，杜红继有他独特的方法。

“这就是时间陷阱！你看，现在有两条关键线索能解释尧文焱为什么这么做。”杜红继指着东方鉴和秦鸣浩的笔录，抬头看着麦迦洛满是疑惑的脸，“东方和秦鸣浩两人在酒桌上共同离开过两次，尧文焱也出去过两次，这根本不是偶然，而是尧文焱精心制造的计划中最为关键的一环”。

“噢，为什么？尧文焱不是第一次出去了四分钟，第二次出去了五分钟吗？而且他们三个人的手机始终放在一起。”麦迦洛依据尧文焱的离开时间为轴线，把事情发展脉络梳理了一遍。“在短短的几分钟内，尧文焱乘车到达俱乐部都成问题，更不用说他作案后又泰然自若地返回小酒馆……”麦迦洛手头掌握的资料也正是这些。

“犯罪分子最为擅长的就是利用别人的疏忽制造出属于自己的机会，人们往往认为事情不可能的时候，也正是这些犯罪分子认为最有可能的时候。”杜红继所言如一阵扑面而来的细雨，渐渐洗刷出麦迦洛心中长时间的“不可能”，这个“不可能”在他心里翻腾了很久，在老师的指点迷津下，他才略微感觉案情有些眉目。

“杜老师，你是说尧文焱在‘时间’上做过手脚？”

“对！尧文焱就是利用东方鉴和秦鸣浩喝酒的时候，人为制造出属于自己的作案时间。”

“杜老师，那你能不能说一说尧文焱在复杂的环境中，是怎么实现自己计划的？”在杜红继的点拨之下，麦迦洛发现脑海里的那个“疙瘩”已慢慢打开，隐约看到了事实的真相，只是自己思路还是不太清晰。

杜红继从座位站起来，双臂抱在胸前，右手抚摸着下巴，在房间里开始踱步，“你确定尧文森是嫌疑人，是不是他最终达到了目的”?

“没错，他达到了既定目标。”

“从作案实施的过程，看似他没有留下任何破绽?”

麦迦洛仰头，注视着杜红继，然后又低头深思，“据我掌握的情况而言，他的确没留下值得怀疑的线索”。

“既然他的目的达到，我们反推事情发展脉络，你会发现什么有价值的信息?”杜红线嘴角的线条微微上挑，耐心注视着他的爱徒。

麦迦洛抑息凝神，紧闭双目，“慕容馨哲比赛受伤……嫌疑人更换左家良佩剑……三位教练饭馆聚餐……改造出有问题的佩剑……嫌疑人制定罪恶计划……”

“尧文森偷偷摸摸更换左家良佩剑，他需不需要时间?”

闻听杜红继插话进来，麦迦洛恍然大悟睁开双眼，“对呀!

更换左家良的佩剑需要一定的时间”。

“杜老师，我明白您刚才所说。尧文森的确是在时间上作了手脚，他找到了属于自己作案的时间。”老师教授的逆向思维，又一次帮助麦迦洛发现了问题根源。

“那么，尧文森又是如何找到的时间?”杜红继又追问道。

冲着老师，麦迦洛摊开双手，无奈地摇摇头。他的确不明白。

看着面部表情有点呆滞的麦迦洛，杜红继走到他跟前，“我们从以下三个方面来分析。”

“首先，尧文森在二十一点十分离开酒桌，再次返回时用了四分钟。他明白无误地传达给两位同事一个重要信息，他出去的时间只有‘四分钟’，要特别给这两个人加强感官上的印象。”他转过身，背向麦迦洛继续踱步，“而且尧文焱十分了解自己的副手秦鸣浩。从秦鸣浩的言谈举止上，他得出结论——对方有赶末班车回家的心理，他会在自己离开后，查看手机上的时间。这样做的后果有两点，一是无形之中会为自己离开的时间作证，二是他离开的时间与秦鸣浩掌握的时间相吻合，以后会成为他不在场的良好佐证”。

“其次，尧文焱再次离开的时间是二十二点二十分，这是极为关键的一环。这次他要关注三个时间节点，一是二十二点十五分，他打电话预定的叫花鸡，是不是他所说的‘五分钟’后就到；二是他离开小酒馆的正确时间，这个时间我待会儿要细说；三是他到俱乐部作案，然后返回小酒馆需要的‘五分钟’。”杜红继转身，他面对麦迦洛，“总之，尧文焱火候把握得恰到好处，他离开的时间在自己预期的‘五分钟’之内”。

“最后，东方鉴和秦鸣浩第一次离开座位是二十二点，就是我刚才所说两条关键线索中的一条。他们第二次离开，也就是尧文焱第二次回到自己座位之后的五分钟，确切的时间应该是二十二点二十五分，这是另一条关键线索。看似秦鸣浩和东方鉴两次很正常的离开，其实是为尧文焱实施罪恶计划奠定坚实的基础。”

“杜老师，您说……您说尧文焱花费几分钟作案？”麦迦洛有些口吃地问道，眼睛骨碌碌地从左到右，从上到下打量着杜红继，一副颇感狐疑的眼神。也许他想要从对方脸上打探到肯定的信息。

“五分钟！”

“呃，什么？”麦迦洛瞪大眼睛，从他喉咙中硬挤出一种自己也从未听过的声音，“杜老师，你没有和我开玩笑吧？尧文焱怎么能在‘五分钟’内作案，难道他是个隐藏在人间的‘超人’？听起来真有点天方夜谭……”

看着把头摇得像拨浪鼓似的麦迦洛，杜红继接着说：“现在看来，在这起案件中，尧文焱真是经过缜密细致的思考，每一步行动都经过深思熟虑……”杜红继看了看一旁欲言又止，想急于知道答案的麦迦洛，“这起案件涉及两部手机”！

“两部手机?”麦迦洛露出十分惊讶的表情。他感觉杜红继把自己想知道的关键证据已点明，但他固有的思维感觉杜红继似乎“遗漏”了什么。想到这儿，他又快速接过对方的话茬，“桌子上不是明明有尧文焱、东方鉴和秦鸣浩三个人的手机吗”?

第七章

“你是被尧文焱伪造的‘不在犯罪现场’的证明蒙蔽了，但是从表面上来看，尧文焱伪造的证明又似乎毫无漏洞……”杜红继语重心长地对着麦迦洛说道，“尧文焱在第二次出去前定了一份叫花鸡，其目的就是想让东方鉴和秦鸣浩证明自己就是出去了‘五分钟’。”他略微停顿一会儿，好像要给麦迦洛一段充足的思考时间，“你认为那真的是‘五分钟’吗?”

“不是，这中间肯定有其他的问题。”麦迦洛快速回答了老师的提问。

杜红继转身，双手抱在胸前，又在房间里来回踱步。“所以，尧文焱把东方鉴和秦鸣浩手机上的时间，暗地里各自调快三十分钟，那么就能给他制造出‘不在犯罪现场’的证明。东方鉴和秦鸣浩第一次离开座位时，正确的时间应该是二十一点三十分。但时间已被尧文焱人为调快，手机上的显示是二十二点整”。

为了让麦迦洛慢慢消化自己刚才所说内容，杜红继站在原地，侧首颇有耐心地看着墙上的挂钟。稍许，他又把目光转向了麦迦洛，“时间又是怎么被调回来的呢? 尧文焱利用两位同事第一次出去把时间调快，他作案回来之后，耐心等到两位第二次离开，又乘机把他们手机时间调回到二十二点二十五分”。

麦迦洛低头沉思，但总觉得杜红继的猜测多了一点主观臆断的成分。再说，四周吃饭人员都带有手机或手表的，小饭馆的墙壁上也装有时钟。有正确的时间作参照，东方鉴、秦鸣浩发现手机上时间不对，他们应该进行了及时调整，说不定他们手机上还设有保护密码。

杜红继似乎看穿了麦迦洛的心理活动，“如果秦鸣浩和东方鉴发现尧文焱做的手脚，那么尧文焱会推迟作案时间。但事实上他的计划已经成功了，也就是说这两位同伴并未注意到自己手机上时间的变化，很有可能是尧文焱用某些特殊手段，转移了他们的注意力”。

麦迦洛抿嘴，紧锁双眉，好像仍持怀疑态度。

“你和好朋友喝酒的时候，是否注意过你手机上时间的变化?在酒精的刺激和麻醉下，在头脑不是很清醒的状态之中，你是否真留意过你手机上时间的改变?”

对啊，男人们在喝酒的时候，有谁真正留意过自己手机上时间的改变？而且当事人手机还是处于静音状态，若有来电留不留意还不知道呢！至于手机密码，对好友来说，算是隐藏的秘密?尧文焱正是利用朋友之间这种不算规则的规则，完成了规则内不规则的事。

“我与你谈话之前，已给你发了条短信，不知你看到没有?”杜红继对麦迦洛说道。

麦迦洛一愣神，不知道杜红继葫芦里卖什么药。他快速掏出自己的手机，开始低头翻阅短信内容。须臾，他抬起头，手挠着脑袋，“杜老师，您确定给我发过短信”?

“是的。”

“我怎么找不到呢?”

杜红继伸手从麦迦洛手里把手机拿了过来，“你是不是删了”？他手指在屏幕上不停地翻看。

“没有啊！”麦迦洛一头雾水，“杜老师，您确定给我发过短信”？他双手抱着头，仿佛因自己遗漏了什么重要信息而懊悔。

“唉”，杜红继把手机递到他面前，轻拍了下自己的额头，“不好意思，估计我是老糊涂了”。

麦迦洛接过手机，怔怔地看着对方那张平静的脸，老师今天是怎么了？作为一名老刑警，杜红继思维缜密，反应机敏，判断准确，从未发生过类似失误。一连串的疑问不断涌上麦迦洛的心头。他想从杜红继表情上发现一些蛛丝马迹，但没有发现他想要的东西。

“你明白我给你讲的时间‘陷阱’了吧？”杜红继看着一头雾水的麦迦洛，又抛来他们所谈论的话题。

“嗯……”这是不太肯定的声音。

杜红继从衣兜中掏出自己的手机，在麦迦洛面前不停地晃动。“你注意到没有？你手机上的时间已被我调快。现在是十点三十五分，而正确的时间应该是十点十五分。”

“什么？”麦迦洛吃惊地说道。他压根儿没有想到杜红继会用短信作诱饵，他上当了！他的手机经对方之手后，时间与原来不一致了。杜红继这种偷天换日的手法，麦迦洛以前想都没有想过。他的确感觉老师对案情的分析，有着超乎常人的思维和手法。

麦迦洛低头，看着自己手机上显示的时间：十点十五。他害怕眼花看错，使劲揉了揉眼睛，“没错，时间没错”！他懵懂地抬起头来，用不解的目光注视着杜红继。

“其实，我根本没有调整你手机上的时间，只不过是想给你演示尧文焱如何分散两位同事的注意力，而最终实现他自己丑恶的计划……”杜红继向呆呆伫立在原地的麦迦洛一语双关地说道。

“噢……”麦迦洛低头瞧着自己的手机，努力咽了口唾沫，湿润了一下发干的嗓子。似乎眼前一幕不太真实，他觉得被老师“启发”了一番，但杜红继所做的一切，不就是要告诉他事实的真相？

仔细回想尧文森的所作所为，他不正是用别人不经意间疏忽的心理，制造出属于他自己的“时间”吗？麦迦洛没想到老师会给自己上了这么生动的一课，表面看似无关紧要的一系列动作，却包含着深深的意味。在事实面前，麦迦洛频频点头，他不得不信服老师的推理。

“然后，我们再来看尧文森第二次出去前定的叫花鸡，他打电话给旁边的小店，正确时间应该是二十一点四十五分，但东方鉴和秦鸣浩手机上的时间则是二十二点十五分。叫花鸡不管是五分钟送到，还是十五分钟送到，对于尧文森来说都不是什么重要的事情。他借用美食转移了东方鉴和秦鸣浩两人的注意力。他这样做的目的就是想证明自己出去的时间不长。其实，他出去就是为了作案。”

麦迦洛细细品味杜红继所说的话，按道理讲“五分钟≠半小时”，但在两个男人已微微醉酒的状态下，谁能分清正确的时间？尧文森缜密的心思，让麦迦洛暗暗吃了一惊，连这样的细微之处，他都进行如此精心的算计，所以，他的不在场证明看上去没有任何漏洞，也就不足为奇了。

“噢，我总算弄明白了……”麦迦洛仿佛从迷雾般的“时间”里醒悟过来。

“杜老师，尧文森第一次偷偷调整时间，我已理解。但他在第二次把时间调整回来，是不是包含有很大的赌注成分？”

“你所说的完全有道理。”

“难道他没有想过失手的后果？”

“关于这个问题，我想他其实早就考虑过。当晚作为唯一头脑清醒的人，他既是编剧，又是演员。罪恶的计划一旦开始实施，就如一部发动的机器，它不会无缘无故中途停止，尧文森会想尽办法付诸实施。否则，他会前功尽弃……”杜红继紧蹙眉头，眼睛牢牢盯着墙上的钟表说道。

“……不过，杜老师，我在时间和空间感上还是有点不太清楚，尧文淼是怎么在时间上偷梁换柱做的手脚。”

“你对我所说存有疑问?”

“不是……不是那个意思。”麦迦洛赶快回答，“嗯……我原有的思维定式，还是摆脱不了以前固有模式的束缚。”他咂咂嘴，一副无奈的表情。

虽然麦迦洛口头上说明白杜红继的推理，但他内心还是比较迷茫。闻听麦迦洛言语，杜红继快速走到桌边，坐了下来。他随手拿了一张纸，用笔在上面疾速写着什么。麦迦洛伸长脖子，但没有看清纸上的内容。稍后，杜红继转身，把稿纸递到麦迦洛手里。他接过后，开始仔细看了起来：

事件	正确时间	东方鉴、秦鸣浩手机调快后三十分钟时间	行　动
尧文淼第一次离开	21：10		试探离开，往返用了四分钟
东方鉴、秦鸣浩第一次离开	21：30	22：00	人为把东方鉴、秦鸣浩手机时间各调快半小时
尧文淼电话预定饭馆旁小店叫花鸡	21：45	22：15	
尧文淼第二次离开	21：50	22：20	出去作案
尧文淼第二次回来	22：20	22：50	
东方鉴、秦鸣浩第二次离开	22：25	22：25	人为把东方鉴、秦鸣浩手机时间各调回半小时

“这下彻底明白了，不过还有一个问题。”麦迦洛恍然大悟，不过又提出新疑问。

“什么问题?”

“这个能成为尧文淼的犯罪证据吗?”

“不能，这只是我初步的推测。我还需看下那把改造过的佩剑，还有你需带我到俱乐部找到确凿的证据。”

在物证鉴定中心，杜红继查看过那柄断剑之后，他们一道来到“猎人”击剑俱乐部，进行了更为细致的勘查。麦迦洛感到疑问满腹，他无数次查看过现场，除了断裂的剑头之外，没有发现值得怀疑的线索。难道杜红继会发现解开谜案的钥匙？他暗自思忖。

“我大概找到证据了。”

“什么？杜老师你确定？”

“嗯，现在不太确定。我还要亲自与尧文焱交谈过后，才能知道最终答案。”

对此，麦迦洛惊讶不已。接着，杜红继不慌不忙地详细叙述了自己的想法。归根结底，姜还是老的辣，麦迦洛非常佩服老师“钓鱼”的耐心。他立即打电话通知尧文焱来公安局。

“经过几天调查，证明你是清白的。我想请俱乐部各位教练陆续过来，再询问一些当天情况。你作为慕容罄哲的教练，有几个细节还需你说明。”

当尧文焱听到这个通知的时候，在自己的头脑里把事情快速地过了一遍。他严谨地分析了自己眼前的处境和相关人员的情况，“这会不会是警察给我下的圈套呢？”他真想不出这里面会有什么文章，但从心里提醒自己，时刻要保持高度的警惕。

麦迦洛在公安局的办公室里见到尧文焱过来，赶紧迎上前，笑嘻嘻地说道：“我曾经一度怀疑你就是嫌疑人，实在对不起。今天劳你大驾光临，主要是向你表示我个人深深的歉意。”说完后又向尧文焱介绍他身边的杜红继，“这是我的老师杜红继，他是有名的刑侦专家。”

麦迦洛把杜红继介绍给尧文焱。相互寒暄落座后，尧文焱使劲咽了口唾沫。他抑制住怦怦跳动的心脏——莫非我今天要栽到杜红继手里？他有了不好的念头。不过，警察所言排除他是嫌疑人，仿佛又给他吃了一颗定心丸。

三个人坐到一起，两位警察没有直奔主题，而是围绕慕容罄哲受伤赔偿的事情开了话题。渐渐地，尧文森已经完全忘记自己还是警方的怀疑对象。在慕容馨哲受伤的问题上，尧文森表现得相当激进，对整个事件的发生感到不可思议，认为全部是柏鹭鹰疏于管理而造成的必然结果。所以，他有意无意间透露慕容馨哲家长要以“人身伤害”为由，起诉“猎人”击剑俱乐部。

杜红继听完尧文森的叙述，显然慕容馨哲的家长受到尧文森的怂恿，而他本人知识面和阅历也很丰富，属于“见多识广”的一类人。

杜红继说出了自己的看法，“对抗性体育是体育的重要组成部分，它是以体育竞技为主要特征，以夺取比赛胜利为主要目标，身体对抗性强、具有高风险的职业化体育活动，其中就包括击剑。”看着尧文森用无辜的眼神盯着自己，杜红继继续说，“按你的说法，击剑俱乐部要承担慕容馨哲受伤的赔偿。但是，据我所知，俱乐部为每位选手购买了‘人身意外伤害’保险，且我仔细阅读过《击剑比赛秩序手册》，上面明确指出：‘如发生意外，有关赔偿由保险公司承担相应赔偿，主、承办单位均不承担责任及费用。’换个说法，也就是击剑俱乐部事先考虑到风险的存在，已经为参赛剑手购买了意外伤害险，除非是他人故意造成的伤害。”

歪着头，尧文森张大嘴巴，情绪激动地对着杜红继高声质问道：“如果按你这么解释，左家良不是故意伤害，那么只有慕容馨哲独自承担后果？”

“你怎么知道左家良不是故意伤害？”抓住尧文森话语中的破绽，杜红继突然反问他。

“我是……我是……”这番话似乎击中了对方要害，让尧文森结巴了老半天说不出话来，仿佛他自乱阵脚。但他很快把被动局面扭转过来，“我听麦警官曾经说过，左家良不是故意伤害慕容馨哲”。

他改口的速度还真快。杜红继目光转向麦迦洛，对方微微点点头。

尧文焱向上翻下白眼，似乎还不死心，又努力找出别的理由，“左家良使用的佩剑有问题，器材组为什么在赛前没有检验出来？这说明俱乐部管理上存在严重漏洞，柏鹭鹰应该赔偿慕容馨哲医疗费和精神损失费！”他孤注一掷地把有问题的佩剑提了出来。

杜红继看尧文焱还在寻找各种措辞，百般诋毁柏鹭鹰，如果不快刀斩乱麻，他是不会轻而易举地停止原来的计划——让柏鹭鹰颜面扫地，继而让俱乐部完全垮掉。

杜红继接着说："按你的理由，器材检查组在审查过程存在人为过错，但又是谁使用如此卑鄙的手段，让左家良有问题的佩剑蒙混过关？他是不是栽赃陷害左家良？他是不是谋害慕容馨哲的凶手？他是不是应该承担所有法律责任？”

听完杜红继一针见血的话，尧文焱眼中似乎露出沮丧和害怕的表情，他稍微停顿一会儿，“那么——你说，慕容馨哲受伤的原因是什么”？他想探听警察怀疑的对象。

杜红继静静地看着对手在演戏。从对方一举一动，可以看到尧文焱从紧张到无奈再到偏执的过程，他在寻找各种牵强理由。杜红继十分清楚对手内心在想什么，希望得到什么样的结果。随后，他轻轻从口中吐出一番意味深长的话，“也许，慕容馨哲受伤纯属意外……”好像杜红继违背了初衷，说出了尧文焱想要的结果。

当听到慕容馨哲的受伤是偶然时，尧文焱上下嘴唇不由自主地哆嗦了一下，他干咽了口唾沫，觉得此事与他无关。那颗始终悬着的心，似乎可以放下了。

第八章

“终于可以松口气了！眼前的警察不是给出最终结论了吗？”尧文焱心中的那块巨石可以落地了。

看着脸上渐渐露出自信微笑的尧文焱，杜红继显得颇为轻松，说：“是啊，其实这是不幸之中的万幸，慕容罄哲没有受到致命的伤害。不过，我还有一件事情要问尧教练，不知道你是否知道。”

尧文焱向前挪动一下身体，大有一番仔细倾听的样子。此刻他心情相当好，甚至听到窗外愉快的蝉鸣。以前他非常讨厌这种单调刺耳的声音。

“据我所知，所有剑手的击剑包，全部放在俱乐部训练场地的旁边。借你今天过来之际，我们就想了解一下，你对十一日慕容罄哲的击剑包有无印象？”

一听到“击剑包”三个字，尧文焱脸颊两边的肌肉不由自主地上下抖动。他稍作考虑，头脑中快速掠过那天自己对击剑馆的记忆。经过短暂高速回忆之后，他非常肯定地回答：“噢……有印象，十一日慕容罄哲的击剑包在 19 号位置，这个我特意观察过。”他面带自信微笑，内心十分平静地说，一副胸有成竹的样子。

“是那样吗？你没有记错吧，当天慕容罄哲的击剑包在 19 号位置？”

“是的，绝对没错！因为第二天佩剑要进行比赛，所以我特意观察了每位佩剑选手的击剑包。”他显得洋洋得意，对于警察的提问，应得干脆利落。

杜红继又接着问道：“左家良的击剑包的位置你还有印象吗？”

“他的击剑包在 17 号的位置。”尧文焱还是毫不犹豫地回答。

“那就太谢谢你了！”

说完杜红继站起身来，双手抱在胸前，右手抚摸着自己的下巴，在房间里来回踱步。一般经过艰苦的脑力劳动，破解谜案之后，处于兴奋状态的杜红继都有此动作。麦迦洛相当熟悉老师的言行，他似乎看到胜利的曙光。

“尧教练，其实我一开始就知道你肯定知道慕容罄哲和左家良击剑包的位置。你刚才的回答从容不迫，说明你对此事相当上心。慕容罄哲和左家良的击剑包，能够如此深地留在你的脑海里，一定有某种特殊的原因吧。以上仅仅是我个人的猜测，请原谅我的冒昧。”

尧文猋暗暗吃了一惊，事实确实像眼前这位警察说的。十一日晚上，他并没有喝多少酒，在击剑馆自己可是看得清清楚楚啊。他反复研究过当天晚上所有细节，应该不会留下什么问题。他思忖了一下，放下心来。

“事实的确如您所说那样，每位教练对自己的爱徒都会倍加上心。”他回答的语气显得轻松自然，一副好老师的模样。

“尧教练，你真是聪明一世，糊涂一时。你在十一日晚上更换左家良佩剑的时候，没有注意到慕容罄哲的击剑包并不在 19 号位置，而且左家良的击剑包也不在 17 号位置……”

杜红继的话，令尧文猋的头嗡的一声，“……什么”？

他感觉杜红继的脸变得十分模糊，仿佛隐藏在浓雾弥漫的森林之中，显得若隐若现。而杜红继的身影好像站到了他身边，说了什么，双手比画什么，他好像一时反应不过来了，就好像他所有的感官系统暂时失去了原有功能。

杜红继脚步没有停止，继续来回踱步。“慕容罄哲的击剑包按照原来的排列位置应该在 19 号。但是，十一日重剑比赛结束闭馆的时候，为了给第二天的佩剑比赛腾出更大的场地，各位剑手的剑包略微调整了一下。所以，柏鹭鹰组织人员移动了所有佩剑选手的击剑包。按照新顺序，每位佩剑选手的击剑包全部向前移动了一个位置。”他站住不动，转身走近尧文焱，然后俯下身，目不转睛盯着对方的眼睛。“十一日傍晚，佩剑选手击剑包的新顺序：左家良16号，慕容馨哲18号。我想这次体力劳动，尧教练你没有参加吧?”

尧文焱瞪大眼睛注视着杜红继，对方那犀利的目光仿佛要看穿自己。杜红继瞳仁里的他逐渐变得非常渺小，他所有举动变得猥琐龌龊。也不知何故，他这对平时神气活现、炯炯有神的眼球猛然间转动不起来了，变得呆滞而木然。他努力克制僵硬的面部表情，但脸上的肌肉无意识的抖动，还是让他着实难以掩盖。所以，他尽量装作自然，但嘴角两边还是情不自禁地抽动。如果憋不住，他喉咙里会发出万分恐惧的尖叫声，这种声音是失败前绝望的哀号。

“喂，尧教练明白我说的意思了吗?我事先估计到，向你提问‘击剑包’位置一事时，你一定会非常自信、实事求是地回答。果然，你是不打自招了。”

杜红继明知道事情的原委，还故意当着尧文焱的面问麦迦洛，“麦警官，我想问你一下，击剑俱乐部佩剑训练场地的击剑包，是什么时候调换位置的”?

“十一日下午六点钟，击剑馆闭馆的时候!”

“什么?怎么会是下午六点钟?尧教练当时也应该是在场的啊。”

附和老师所说的话，麦迦洛旁敲侧击地说道：“大概尧教练有什么急事，故意提前离开击剑馆了吧?当天晚上，他再次返回的时候，由于没有充足的光线，他应该没有注意到所有的击剑包位置已更换。”

看着六神无主的尧文焱，麦迦洛讲话略有停顿，接着，他脸部表情马上沉了下来，严肃地把声调提高后说：“另外，要特意说明的是，我原来确定的嫌疑人就是你，但是苦于自己拿不出证据。今天杜警官给你安排了一出好戏，让你说出自己内心丑恶的计划，你的目的就是栽赃陷害柏鹭鹰，继而搞垮‘猎人’击剑俱乐部。”麦迦洛特别注意对方的脸，由原来红扑扑的样子，瞬间变得白纸一样。

此时此刻，尧文焱脸颊不由自主开始抽搐起来。绞尽脑汁的他，做梦也没有想到，竟然不知不觉地落入到杜红继为他编织的口袋里。如今尘埃落定，大局已定，已追悔莫及。十一日下午击剑俱乐部，尧文焱的确仔细观察了整个训练场地，他的记忆也没有错。但是，他急于实施晚上的作案计划，所以提前离开了击剑馆。最为重要的一环是他根本没有注意到后来佩剑选手的击剑包全部挪动了位置。这一事实，在杜红继和麦迦洛到俱乐部，发现剑包上的排列序号之后，从柏鹭鹰那里得到了证实。

杜红继紧盯着尧文焱由于紧张而扭曲的脸，换了一种得理且不饶人的口吻："怎么样？你为什么只对慕容罄哲和左家良的击剑包有印象，而对其他人员漠不关心？这也说明，你有特别留意他们两人的击剑包。"

尧文焱伸手擦拭脸上的冷汗，唉！人算不如天算。

"你的失败，在于你十一日白天牢牢记住了他俩击剑包的位置，但是，在当晚光线不充足的情况下，你只注意到击剑包上贴有慕容罄哲和左家良两人的名字，而没有注意到他们击剑包所在位置的变动！"杜红继站直身体，用手指着尧文焱，"而事实上，你根本不关注顺序号和击剑包位置的关系，因为这与你的计划毫不相干。换个说法，每位选手摆放击剑包的顺序号，在你眼里根本不是重要的事！"

杜红继仍然用平静的口气说："怎么样，黔驴技穷了吧！你绝不会想到，一个看似与本案毫无关系的阿拉伯数字，竟能让你乖乖坦白隐藏在内心深处的罪恶……"

说完，杜红继直起腰来，转身紧盯着墙上的时钟，"另外，你还很善于调整‘时间’。十一日晚上，你与东方鉴、秦鸣浩喝酒的时候，制造出属于自己的作案‘时间’。你有意让两位同事作为你不在场的证明。可以说，你想得很周到、很细致，我很佩服你。你刚才所说的慕容馨哲和左家良击剑包位置排列顺序，就可以印证你丑恶的嘴脸。你枉费心机地做出这所有的一切，只不过想为自己开脱罪行”。他意味深长地看着眼前目光散乱的尧文猋，此时，对方空洞的眼神里，已没有任何燃烧着的活力。

“你就是那个更换左家良佩剑的人！”

听到杜红继说出这番话时，尧文猋反而重重地呼出一口气。他感觉压在心底的千斤重担，似乎已被警察挪开。所有一切，已全部在警察掌握之中，尧文猋输得很完美、很彻底。

杜红继慢慢踱步，走到尧文猋跟前站住，说：“我还想奉劝你一句话，那就是‘要想人不知，除非己莫为。’”

尧文猋的脸色由白转青，额头上大滴的汗珠顺着脸颊流了下来。紧握的双手，汗水已汇成水滴，手掌已是湿漉漉。他静静地坐在那里无言已对，眼下越是辩解漏洞就会越多。他深知，聪明反被聪明误，自己所说的一切已经变成了供述。

此时此刻，他脑海里宛如放电影一般，不停翻腾着柏鹭鹰脸上露出既疑惑又心有余悸的复杂神情；秦鸣浩眼角上挑，嘴角斜上拉，似乎看清某人的真实嘴脸，展现出鄙夷不屑的神态；昔日好友东方鉴眼神迷茫，无奈地摇晃着头，流露出一副难以置信的表情；苗可松原来那尊师重道的恭敬眼光，慢慢变成一种蔑视，继而逐渐转换成引以为戒的表情；漫莉君微微蹙眉凝思，不知对眼前事实不太相信还是有点猝不及防，无助、焦虑之情溢于言表；刘思明清澈明亮富有激情的眼眸里，似乎多了份人生无常，世事难料的感叹；尤其是慕容馨哲那双迷惑不解的射向自己的目光，让尧文猋感觉如芒在背。从慕容馨哲纯净的目光中，他还看到深深的哀怨和极度的愤慨……

“完了，彻底完了……”他面无表情，长时间沉默。

行走在以身试法的独木桥上，尧文猋最终还是掉下了万丈深渊。